U0518408

# 延河谣

张金平 著

陕西师范大学出版总社 西安

图书代号　WX24N0104

## 图书在版编目（CIP）数据

延河谣 / 张金平著. — 西安：陕西师范大学出版总社
有限公司，2024.6
　　ISBN 978-7-5695-4313-1

　　Ⅰ.①延… Ⅱ.①张… Ⅲ.①长篇小说—中国—当代
Ⅳ.①I247.5

　　中国国家版本馆CIP数据核字（2024）第074531号

## 延 河 谣
YAN HE YAO

张金平　著

| | |
|---|---|
| 出版统筹 | 刘东风　郭永新 |
| 责任编辑 | 郑若萍　邢美芳　刘　筱 |
| 责任校对 | 郑　萍 |
| 封面设计 | 张潇伊 |
| 封面绘图 | 马向东 |
| 出版发行 | 陕西师范大学出版总社 |
| | （西安市长安南路199号　邮编 710062） |
| 网　　址 | http://www.snupg.com |
| 印　　刷 | 西安市建明工贸有限责任公司 |
| 开　　本 | 880 mm×1230 mm　1/32 |
| 印　　张 | 12 |
| 字　　数 | 260千 |
| 版　　次 | 2024年6月第1版 |
| 印　　次 | 2024年6月第1次印刷 |
| 书　　号 | ISBN 978-7-5695-4313-1 |
| 定　　价 | 68.00元 |

读者购书、书店添货或发现印装质量问题，请与本公司营销部联系、调换。
电话：（029）85307864　85303629　传真：（029）85303879

# 目　录

溯流

风，从黄河峡谷的深处，火急火燎地奔扑而来，把山下的水吹皱了，把山峁儿吹皴了，把羊肠小路吹弯了，把唢呐声吹飘了……

信天游颤巍巍地荡过山梁上的小轿子，红扑扑的花轿像颗马茹子，滚落在陕北高原的心怀里。那唢呐声时断时续，摇曳着白肤施那颗躁动含羞、半遮半掩的少女心。

隔着挂满了霞光的轿帘，她的男人骑着棕色高头大马，挽着夕阳，挽着希望，挽着未来日子的梦想，一直牵引着她的心跳。

小轿子从大清早出发，像摇晃的小船，把她从黄河岸边摇到高原的腹地，顺着延河，逆流而上，一直摇到那个叫张家圪垯的山沟沟里。沟里风大，跟当地那些男人们的嗓门一样凛冽，听到和牛丰林的口音一模一样的乡音，她就知道，回家了！这将是她一辈子走不出的家，她将在这条沟沟里做梦，在这条沟沟里生娃，在这条沟沟里欢笑，在这条沟沟里寄托终身……

她又揭起轿帘。一路上揭了无数遍。她看着自己的男人，心上都是露珠，都是花草一样的芬芳，都是粮食、果实的香气。这香气氤氲在入冬的柳树梢梢上，玉米叶尖尖上，酸枣刺儿上，赭红色的杜梨树叶上……

她正想着自己念叨了三年的男人，他就来了，一股脑儿把她迎进了窑洞里。

一恍惚，天色暗了下去，窗外的唢呐声消失了，喝酒划拳的声音也没了声息，偶尔听到牛丰林的脚步声，还有招呼客人的声音落在窗棂子上，那些火红的窗花儿一跳一跳地闪动着。她把手里装着核桃和红枣的小香囊揉搓着，这是临走的时候，母亲塞给她的东西。她在路上就明白了，这是希望她早生贵子的意思，路上饿了还能充饥。结婚的日子，饿肚子的往往是新媳妇，何况这么长的路，也没合眼。她想把枣儿吃了，又怕忽闪进来个冒失鬼，惊了自己的好心情。她又听到牛丰林的脚步声，似乎在门口停了许久，然后又离去了。她心里着实埋怨着他，哪怕送一个馍也行。可左等右等，等来的是一身的倦意。

一打盹，洞房的脚地上齐齐站了五六个后生，一个个瞪着火辣辣的双眼看着她，带头的还是牛丰林。白肤施不解地看着牛丰林，疑惑地扫过后面那些喝得半醉的后生。牛丰林憨厚地笑了笑说，肤施，你别怕，我们……

白肤施赶忙问，丰林，你们这是干甚？

入洞房该是牛丰林一个人，突然跑进来这么多二后生，白肤施感到十分慌乱。牛丰林有些歉意地看了看其他人，又看了看白肤施说，肤施，今晚，就对不住你了！

听到这话，白肤施更惊诧了，茫然地看着牛丰林。牛丰林示意了一下旁边的几个二后生，几个后生不管不顾地跳上炕。白肤施慌忙躲在炕角，几个后生冲着白肤施身旁的两个大木箱，三两下打开来，拿出铺在上面的崭新的被褥。白肤施看明白了，那是父母给她的陪嫁，绸面上还绣了好看的牡丹花。后生们继续翻腾着，从两个箱底翻出十来条枪，然后全部背在背上出了门。

白肤施蜷缩在炕角，惊魂未定。牛丰林迟疑着走到门口，又转过身来，笑了笑，露出洁白的大门牙。白肤施赶忙问，丰林，你要干啥去？牛丰林看了一眼门外，很焦急的样子。他隔着煤油灯压低声音说，彩云，你等着我！彩云是白肤施的小名。

白肤施还想说什么，又怕惊动了外人，迟疑中，牛丰林已在外面锁了门。再看时，人已经像风一样消失在窗棂子上。

她走也不是，坐也不是，索性就那么和衣躺下。等着吧，或许明天一早，她的男人就回来了，就像用三年时间，她就等到了那个叫爱情的东西。他赶着牲灵，唱着信天游，带着一辈子的承诺来迎娶她，把一河槽的水都搅活泛了。

夜，深得探不着底，她的心思也深得寻不着边际。

第二天一早，丰林妈端了一碗羊肉饸饹进来，热情得有些殷勤。丰林妈端详着她，愧疚地说，娃，昨晚丰林安顿了，怕你想不开，黑了找不着路，我就没敢开门……你先把饭吃了。白肤施觉得这话也蹊跷，可再怎么蹊跷，也熬不住肚子饿。一大瓷碗饸饹，把心焐暖了，把脸焐红了，这才看清丰林妈的表情，还等她回话哩。

看着站在脚地上的丰林他妈好像犯了错误一样不敢看她，憋了一肚子怨气的白肤施就问，丰林呢？丰林妈说，走咧。白肤施问，走哪咧？丰林妈说，没说。白肤施问，啥时间回来？丰林妈说，没说。白肤施肚子饱了，底气也足了，迟疑了一下又问，送亲的人咧？丰林妈说，外面等着哩。白肤施问，压根就不是给丰林娶婆姨？丰林妈说，你是个好婆姨哩，丰林怕是没这福气么。丰林说，对不住你，他让你等着哩，如果不愿意等，不要为难你。我们盘算，怕你不愿意等哩，盘缠啥的都给你准备好了。白肤施说，我不要盘缠，——丰林还说啥了？丰林妈说，就这一句。白肤施说，我不走，这事情，满庄子的人都看热闹呢，我男人是死是活我都不晓得。丰林妈抹了一把泪说，就当他死了吧。白肤施说，我咋回去哩？回去就成被丰林休了，这辈子也说不清。丰林妈说，我们给送亲的人都说清楚了，该咋办就咋办，彩礼双份赔过去，还是看你哩。

走的时候，丰林妈和丰林大站在硷畔上望眼欲穿，不肯回窑洞，他们眼看着到手的儿媳妇飞了，想极力挽留，却怎么也找不到合适的理由，干着急，只能把心情都装在一个羊毛口袋里，把家里好吃的都装了进去。丰林妈说，昨夜饿了一宿，再别饿着了。丰林大说，过了这阵子，我们到天尽头找你大你妈，我们去给他们磕头赔情道歉。

白肤施扫了一眼那羊毛口袋，丰林妈和丰林大把所有能做到的歉意，都装了进去，桌子上还剩下些凌乱的残羹剩饭，就像她无法收拾的余痛。那些痛，萦绕在硷畔上，像这冬天的乌云，也不落雪，就那么罩着，绕着，盘桓着，拧巴着，就是不肯散去。

白肤施没有回头。

送亲的人，没有一个敢说话，一路上往回走，像是送葬。

每走一步回头路，就像踩着了一道伤口，撕裂的疼。这路，沿着延河，一直通向黄河岸边的天尽头。那天尽头是个不知名的小村子，连接着天地。现在天尽头是白肤施的世界中最远的地方，隔着最远的距离。它通向对面山西的道，渡口上凝结着冰凌子，有些刺眼，一下子望过去便化成了满眼的泪水……

这泪水中隐隐约约现出黄河坡岸上的杂草，杂草丛里是她的羊。她的羊像她少女的心思一样，漫山遍野地啃啮着她青春的躁动和不安。羊好像窥视到了她的青春悸动，在干燥的黄蒿里时隐时现地探着头。还有那些云朵，它们毫无缘由地从黄河的西岸飘到东岸，从东岸又飘到西岸，让她有些懊恼，也有些淡淡的说不清的伤感。

枪声一响，那些云彩就断了头绪，胡乱地四处跑散了。羊也受了惊，蹄儿慌乱地在干枯的草丛里逃窜，失魂落魄地叫着。白肤施定了定神，看到在黄河岸边那些枪声传来的地方，几个柴狗一样的男人用凶恶的目光乱嗅。白肤施目光一探，又探到一个不深不浅的田窖。田窖是雨水冲刷出来的旋涡，这旋涡就把她的胆儿给冲出来了，另一眼又一探，就探到那儿躺着一个像一头羊的家伙，定定地看着她。

她吓得差点叫出来。但很快看到那后生的目光里求生的渴望。她认得他叫牛丰林，骡马店里歇过脚，西口路上唱过情歌。她使着劲把牛丰林拉到田窖里，手里粘了一把热血，那热血顺着自己的手掌一直流到放羊铲子上。她抓起一把黄蒿揩了揩，刚擦干净，那几个背着枪的男人已经顺路跑过来了。长得最高大的男人问，有没有见到个后生跑过来？白肤施远远地指了指路的另一头。那高大的男人看了她一眼，她赶紧低了头，用土疙瘩丢过去打在一头羊的肚皮上，发泄自己的不满。那些背着枪的男人走了，白肤施才知道自己心里多么害怕，——手心里是汗，也是血。

黄昏的时候，羊群认路，先回了圈，白肤施大半夜才把牛丰林背回骡马店。这男人足足有三只羊那么沉。见她把一个男人安顿在后院的草料房里，她大说，哪有死人住店的道理？惹事！她妈说，也不问清是什么人，胆子忒大了！她大说，确实像住过店的脚夫！她妈恨说，催命鬼！

半夜里，那些追牛丰林的男人就住在这骡马店里，白肤施没敢露面，陪着这个男人在草料房里，直到他醒来。那一晚，她的心像丢失在半路上的羊，散乱在山坡上。

两个多月里，牛丰林白吃白喝，养足了精神，从寒冬腊月一直养到桃花灿烂。她看着那后生，心里就像粘了一把血，莫名地紧张和慌乱；那后生看她的时候，目光里带着暑夏一般的滚烫。牛丰林说，我认得你哩，你妈叫你彩云哩，天上的彩云。白肤施说，你唱酸曲好听哩，山上长着十个样样草，十样样我看上妹子九样样好，那还有哪一样不好？牛丰林说，你哪儿都好，哥就是个臭脚夫，路上生死不由人，要是把你闪在半路咋弄呀？白肤施说，只要哥有这份心，做一天夫妻也是有情人！牛丰林又说，哥是个亡命徒，恐怕耽误了妹子的终身哩。白肤施却不接这茬，只说，我大我妈要彩礼，只这一样难为你哩。牛丰林说，你等着哥，哥要是不回来，就让哥一头栽在黄河里！

那些日子，白肤施站在骡马店的路口上，把目光伸直了，一直伸到对岸的山西山梁上。她的心每天被这日子丈量着，越量越深，深不见底。

梁上的第一场雪下完了，牛丰林真来了。他骑着高头大骡马，引着一帮吹鼓手和娶亲的后生们，从骡马店里热热闹闹地把她抬了出来……

想到这一处，她的脚步就停了下来。回忆似乎被凝结了，目光却还像当初一样，丈量着一种深不见底的东西。她心里一疼。这疼就像当初抓起牛丰林的时候，看到他的伤时心里那么疼，疼得她迈不出半步来。

她站在崾岘处的山路上，对着送亲的人说，舅、姑，我就送你们到这儿了！

白肤施这么说，只是想给自己找个土塄儿下坡。她舅她姑和送亲的人听明白了，挨个儿走过崾岘，继续往回走。白肤施看着亲人们离开，自己才返回张家圪垯。她知道，这一回头，那就是一辈子。

　　白肤施心里藏不住那么大的委屈。原本憋了一肚子的怨气，想要说出来，她从小在骡马店长大，她大她妈虽然重男轻女，可也没让她受过这么大的委屈。她觉得不能就这么走了，想要点什么，又不知道该要什么，总之觉得这儿欠着她什么，她得讨要回来才行。

　　白肤施的脚步轻得有些恍惚，刚刚回来的路上，差点把脚上的花鞋撑破。窑里，丰林父母的叹息声直直地传了出来，直愣愣地扑过来。她走到门口，牛丰林的小脚妈妈正好出来，她吃惊说，娃，你咋回来了？又赶紧改口说，快先回窑，家里暖和呀。说着，拉住白肤施就往窑里拉。手上的劲头很大，白肤施的手腕一阵儿地疼。

　　屋子里捂满了老旱烟的味道，牛丰林他大使劲压住咳嗽，把炕栏让给白肤施。白肤施迟疑着不知道该上炕还是该站着，走到水瓮跟前，用马勺舀了一勺凉水，咕噜咕噜就喝了一大口，而后说，我回来拿件东西，忘拿了。说着，却上了炕，在炕上找了一会儿，又没找着，于是跟变了个魔术一样，从自己拿着的包里找到了围巾……窑里的光线有些暗，白肤施还是觉着脸上像炕头一样燥热。她拿着围巾，好像是在证明自己并没有说错，两位老人其实看得真切，这围巾确实是从她自己的包里拿出来的。白肤施找到围巾，就要下炕，再不下炕，她不知道有啥理由这么待下去了。

　　丰林妈的声音像是这窑里的烟雾一样轻，生怕漏出窗户去，盯住她的眼睛说，丰林早些年就出去闹红哩……这话引得丰林大一阵咳嗾。白肤施说，我不管他闹红闹白，这到底是娶亲呢？还是骗人呢？他娶我，就是为了把那些黑杆子送到家里来！我又不是憨憨！两位老人听这话，明白这事显然瞒不住，就说，丰林从小有主意，我们管不住他啊，你要怪就怪我们两个没本事，任你打任你骂，要不我老两口跟你回去磕头赔罪。

话还是那些话，听起来味道又不一样了，显然见白肤施回来他们倒是想挽留。白肤施说不清心里是什么滋味，不知道哪儿不舒坦，就像心被摘下来了，突然没有个落处，一直飘荡着。她其实早就知道自己怎么想的，就算牛丰林是个杀人不眨眼的土匪，她也要跟着，只是嘴上说不出来，被什么东西一直堵着。

窗外的槐树枝丫上，鸦鹊子犹豫不决地想落巢，叽叽喳喳叫个不停。

这当儿，庄里的一个男人伴着急促的喘气声跑进来，冒冒失失也没敲门，直愣愣就站在脚地上，看了一眼白肤施，似乎那话是专对着白肤施讲的，丰林家的，丰林让人捎话回来说，他年底就回来！回不来，就收他的尸！

听到说丰林家的，她一下子感觉到一股子暖意，这庄里的人大抵是把她当成了牛丰林的婆姨，这话也是专为她说的。她心里一直堵着的东西缓缓地坠到了这窑里，后面的话却像冰冷的石头一样，硬生生的，好像还沾着冰渣子，扎得她心瑟缩。丰林他妈说，就这一句？那男人说，就这一句！丰林他大拉着那男人出了门，似乎还在问什么，丰林他妈似得到了喜讯一般说，娃，丰林专门给你捎的话，他怕是遇到难处了。这句话，让她熨帖了些许，她也矜持不住了，一屁股坐在炕栏上，把包儿摔在炕上，跟自个儿生了个气说，活要见人，死要见尸！不能凭他一句话，让我来就来，让我走就走！

丰林他妈听这话，看着儿媳妇脱婚装，就扑哧笑了出来，拉住白肤施说，就是这个理！我看就你能降住他哩！饿了吧？妈给你做饭去！

牛丰林他妈突然就变成了婆婆。婆婆喜不自禁地踏着小脚出了门，白肤施倒是有了收拾自己的心思。她看着打扫得干干净净的窑洞，想起了自己的男人牛丰林，他显然是打算和她在这儿过日子的，要不然也不会有如此准备。她对他的怨气，突然间就化成了一种莫名的感激和怦然心动。真正的感情，永远是这样矛盾地存在着，爱与恨，怨与喜，悲与欢交织着……

她这样想着自己未来的日子，把这些念想都化成种子，揣进怀里，又迈着大脚，小心翼翼地种在地里，日出而作日落而息，从未有过懈怠。她跟着婆婆和公公，看着杏花刚落桃花便开，把十多年没在娘家干的活儿，一年时间全干完了。张家圪塄的风小，柔柔的，带着一丝甜，不像天尽头的风，大，烈烈的，全是尖儿和锋芒。

柔柔的春风一吹，就把白肤施心里的干枯吹绿了，吹出了冒尖的草儿，吹出了庄稼一样的希望。张家圪塄的地，挨着河沟，反倒不缺水，那相思的日子也跟心底的情话一样，一天比一天茂盛。她换上了农妇的粗衣，把嫁衣整齐地叠放在箱柜里，每天睡前都要看上一遍。嫁衣叠出了皱褶，摸出了毛茸茸的细绒，就像这秋天里谷穗毛茸茸的让人垂涎欲滴的收获。粮食交给张家地主后还有富余，这是一个丰盛的年头，是一个充满了思念，让人怀有希望的年头。

庄稼收完，白肤施充盈得像装进柳囤里的粮食，恍然间，有些不知所措了。张家圪塄的一年就像移动的星宿，转眼就到了头。她不能就这么数着手指过日子。那几天，她正打算回一趟天尽头的娘家时，牛丰林回来了……

牛丰林偷着回来了，大半夜钻进了她的被窝，她和着衣服，使劲地挣扎着……她的门一直是反插着木栓，又顶了木杠，稍有动静，婆婆公公就能听到，还有院子里的大花狗，还有丰林的两个哥哥也在院子里住着——这"贼人"怎么就无声无息地进了门？她想喊出来，丰林赶紧捂住她的嘴，她定了定神，黑暗里摸了摸，确实是丰林，他怎么就回来了？跟梦一样。她顾不得询问，就在丰林的怀里哭了起来，牛丰林责怪她说，这大半夜，小声哭吧。白肤施不管他说什么，放开嗓子哭了一阵，又笑了几声说，你把灯点着！牛丰林说，点灯干啥？白肤施说，你只管点开了。牛丰林摸索着点着了煤油灯的时候，白肤施已经换上了嫁衣，却来不及整妆。她等这一天等了一年。牛丰林站在脚地上看着她，明白白肤施的意思了，就说，彩云，哥对不起你哩。说着脸色就暗淡下来。白肤施伸手拉一把牛丰林说，丰林，别说这种丧气话，我怕又等不上了，咱俩还没入洞房呢！我妈说，要是没这仪程，怕以后日子不长呢！牛丰林这才缓过神来说，行，听你的。

白肤施把盖头盖上，牛丰林想要揭盖头，白肤施又忙拉住他的手问，你稀罕和我过日子不？牛丰林说，当然稀罕，要不咋把你娶回来呢？白肤施顿了顿又问，你这走了一年不声不响，想我没？牛丰林说，想哩，在队伍里……白肤施打断他说，彩云以后就是你婆姨哩，你对她好不？牛丰林说，好！白肤施问完就说，行咧。牛丰林这才笨手笨脚揭了盖头。他仔细端详着白肤施，脸上的愁云也解开了，一年里风尘仆仆的劳累、怨恨和委屈都在自己的女人身上化成了一场沉得无法醒来的梦……

白肤施睡不着，看着自己的男人，从天麻麻亮一直看到他醒来。牛丰林说，彩云，你咋不合一眼哩？白肤施说，我怕我睡着了，你又跑不见影了。牛丰林咧着嘴笑了笑，暗淡地说，跑不了，不走了。

牛丰林回了张家圪垯，似乎跟以前不一样了，整天沉默寡言。冬天的日子短，转眼就黑沉凝固了一般，丰林的眼睛里，藏着的就是那种捉摸不清的东西，甚至到了茶饭不思的地步。白肤施说，你要是觉得我不好，我就回趟娘家吧，免得你心烦。牛丰林说，跟你没关系。白肤施说，那跟谁有关系？牛丰林说，革命！白肤施说，革命是谁？牛丰林说，革命不是人，是……

牛丰林说到这里，见白肤施眼巴巴地盯着他，像探索，又像质询。牛丰林说，闹红，晓得不？白肤施点点头说，就是跟着队伍不要命地跑，打坏人！牛丰林说，你懂？白肤施说，你别忘了，我家是开骡马店的，什么不知道？牛丰林就说，我小时候惹了地主张广德的儿子，就是饿得没忍住，刨了他家的红薯，烤着吃了，他儿子打我，没打过，被我揍了一顿，张广德就要把我的腿打断。我大怕我吃亏，就把我交给我姨夫走西口到山西赶脚。牛丰林说着笑了笑，看着白肤施听得那么入神，继续说，赶牲灵闯山西，来来回回就遇到一些参加革命的人，他们给我讲了很多革命的道理，很快我也成了他们中的一员。

听到这儿，白肤施眨巴着眼睛看着牛丰林，似乎有些不明白了，但是又不敢轻易打断牛丰林的话。牛丰林拉住白肤施的手说，彩云，记不记得黄河你救我那次？那是因为给红军送弹药，被白军查获了，我们的同志牺牲了三位，我是因为被你救了，捡回一条命来。白肤施点头问他，那结婚呢？牛丰林说，结婚也是为了方便把那些枪和弹药送到队伍里去。白肤施说，表面是结婚，其实是为了那些枪和弹药？牛丰林点点头。白肤施说，你还是骗我。牛丰林说，我怎么越说越说不清楚了，结婚是为了送弹药，送弹药也是为了结婚……反正两方面的原因都有，我没骗你。白肤施说，真没骗？牛丰林说，真没！白肤施听到他这么说，还是有些疑惑。牛丰林说，跟你结婚那晚，我离开家，一刻都没敢耽误，和同志们把武器送到部队后，上级还把我夸了半天，说我把婆姨撂在家里不管，先考虑部队的事情，是个好同志！我心里知道对不起你，可是革命的事情比任何事情都大啊。跟着部队打了半年多的仗，还打下两个县城，眼看这陕北都要变红了，上级却被人诬陷，抓了起来，谁都不敢说不敢问，谁问就抓谁！我气不过，就跑回来了！白肤施看着牛丰林有些困惑，这个上级被抓了，牛丰林为什么这么气愤？还让他乖乖回家了？但是她又无法多想，她觉得只要自己的男人回家了就行。在她和上级或者说革命之间，她觉得她是胜利者。这才是最重要的事情。

　　过罢新年十五天，秧歌唱在你门前。富安静，穷热闹，闹来闹去穷到老。按照陕北风俗，欢欢喜喜过完新年，就要开始闹秧歌了。秧歌把这些穷苦日子打扮了一番。牛丰林不愿意闹秧歌，白肤施就探着头，向墙外张望，又说，你怎么跟个新媳妇一样，大门不出二门不迈？牛丰林就讲，我昨天给你教的字怎么又忘记了？白肤施说，我学这些没用，你认得字就行了，反正我嫁鸡随鸡嫁狗随狗，男人懂的，女人不一定非要懂。我妈教的。白肤施这么说，牛丰林就虎着脸不说话了。片刻又说，你先回来，我问你，穷人为啥穷？张广德为啥是地主？白肤施说，因为他是地主，所以他就是地主啊。牛丰林说，不对！地主是剥削阶级，你又忘了？跟你说多少遍了，怎么就是记不住呢？白肤施看到牛丰林恼了，就拉着他的胳膊说，我家丰林是先生，放心，我给你早点生个娃，你给咱娃好好教这些，我一个女人，学这个会让人笑话呢。牛丰林说，天天给你讲，男女平等，男女都是一样啊。白肤施说，我没忘，可是男女能一样吗？要是一样了，你跟个男人过日子试试？白肤施这么说完就咯咯咯地笑了，牛丰林无奈地摇头笑了笑，笑自己怎么非要跟自己的婆姨讲这些呢？讲这些有什么用呢？

张家圪垯从正月初二开始，几乎天天有秧歌来给张广德拜年，惹得众人都来围观。别村的秧歌队来给张广德拜年，那是冲着他能给秧歌队二升黄米。牛丰林看着张广德抽着水烟的嚣张姿态说，我迟早要把他家的米全分了！这话说完没多长时间，前面庄里的后生来找牛丰林，告诉他，中央红军到陕北了，他们的上级得救了！

牛丰林站在院子里，像根木桩一样望着天，脸颊上全是眼泪，大半天才努出一句话来——我们终于盼到头了！而后返回窑洞对白肤施说，彩云，中央红军来了，我们的革命有希望了！这是天大的好事，我必须为革命去做事了！牛丰林说着，一边收拾行装，白肤施坐在炕栏上，一言不吭地看着他收拾完了，有些沮丧地说，丰林，革命真比你婆姨还重要？牛丰林顿住了，看着白肤施说，我跟你讲了那么多道理，你怎么一句都没有听进去？白肤施说，丰林，我笨嘛……要不你别走了，你继续给我讲，讲明白了你再走，行不？牛丰林说，不行！这事比天大，你在家里好好待着，我有消息了给你写信捎话。

白肤施还想说什么，男人已经头也不回地出了门。男人真是心硬得如冬天的磨盘，说走就走，刚回来的时候还说不想革命了，死心塌地过日子了，这刚有了革命的消息，就把婆姨忘得一干二净，连句暖心的话都没有。

男人一走，白肤施的心又悬在了半空，苦日子好像又回来了。这几个月跟牛丰林在一块过日子，她觉得像是梦了一场，不知不觉日子就过去了，还没来得及回味咀嚼呢。庄里的人都说张广德坏，可她觉得，她的男人比张广德还坏，张广德拿走的是一年的大部分收成，牛丰林拿走的可是她全部的心！身上剩下的全是泪水，白天抹了夜晚还抹，就是抹不干。她刚嫁到牛家的时候，还没有流过这么多的泪，反倒是男人回来一趟，好像给心里挖开了个泉眼，每天都潺潺不息，她不知道自己这是怎么了，有点怨恨自己不争气。

过年不久，桃花还没有开，公公每天去山里送粪，婆婆总是笑眯眯地看着白肤施。可看到白肤施从早到晚不停地呕吐，五脏六腑都要倒出来一般，婆婆又着急了，脸上带着喜色，拉着白肤施问长问短，白肤施羞涩，除了她妈还没有别的人对她讲这些让人脸红的事情。婆婆拉着胃里还在翻江倒海的白肤施，拉到了张家圪塔袁阴阳的家里。婆婆把胳膊上挎着的半篮子鸡蛋放在锅台上，袁阴阳爱搭不理，没有看她。婆婆就说，你给看看，是不是有喜了？袁阴阳抬眼盯住白肤施，白肤施背对着袁阴阳。袁阴阳语气傲慢地说，这是丰林婆姨？婆婆说，是呢么，咱庄里受苦一年多了。

袁阴阳不说话了，好像思谋着什么，等得令人着实着急。过了一会儿，他终于招了招手，示意白肤施把手伸过来。白肤施不愿意，婆婆就拉着她的手，然后递给袁阴阳，另一只手推了推那篮子鸡蛋。袁阴阳闭着眼给白肤施诊脉，时不时抓着白肤施的手翻上来扣下去，白肤施恼了，甩开袁阴阳的手转身就走。婆婆不明就里地去拉，没拉住，转身问袁阴阳，到底有没有？袁阴阳生气地说，你这儿媳妇咋回事？婆婆说，娃娃不懂事！到底有没有？袁阴阳说，不懂事也不能这样！婆婆说，她把你咋了？娃一句话没说么。袁阴阳沉了沉气，无可奈何地说，有了！婆婆气得不行说，她刚才到底咋了？袁阴阳说，我还要问你呢，你刚才不是就在跟前吗？婆婆说，我儿媳妇金贵着呢！你个死老汉，诊脉就诊脉，摸来摸去像什么话？她要是不高兴，我丰林回来把你的脑仁挖出来！说完提着那半篮子鸡蛋走了。袁阴阳看着自己的手，想追出去，又停住脚，站在门口大声骂道，牛老婆你别毁我的清誉！

白肤施有了身孕，一家人更殷勤地呵护她，原本打算回天尽头的念头就打消了。天寒路远，丰林不在家，谁也不同意她一个人回去。公公给牛丰林捎话说，你婆姨怀上了！也不知道捎到了哪里，就跟风一样，捎出去的话，杳无回音。婆婆为了给她补身子，就把荷包蛋每天侍应着。白肤施整日闲在家，觉得不自在，想着也该出山劳动了，婆婆就是不许，只说，过了这段时间，显山露水，坐住了根，爱怎么出去就怎么出去。偏偏这个时候，那句捎出去的话有了回音，震得她耳朵发麻，头晕目眩——牛丰林捎回来一封信！

在张家圪垱，能识文断字的人除了牛丰林，还有两个人，一个就是前庄头子上的地主张广德。想让张广德给她读信，那比登天还难，何况这是牛丰林的信，他一听牛丰林的名字，恨不得一把抓回来挂在房檐下吊打一番。另外一个人就是袁阴阳。白肤施只能去求袁阴阳读信。

袁阴阳看着婆婆带着白肤施来了，眼皮都不抬一下，好像门口站着两个木桩子。婆婆笑了笑，把鸡蛋又放在锅台上，袁阴阳不为所动，如老增入定，闭目养神。婆婆大声地在袁阴阳的耳朵边喊着，袁能行！袁能行是庄里人给袁阴阳起的外号，袁阴阳烦躁地说，你这么大声干啥？影响我静修哩！婆婆说，修啥修？能修出个儿子来？这话戳心，袁阴阳一辈子生了五个女儿，没一个儿子。袁阴阳看着婆婆，瞪了半天眼，又看看白肤施，不耐烦地说，把脉还是起名？算卦还是修坟？白肤施赶紧把信递给袁阴阳。

袁阴阳读信之前，先把锅台上的鸡蛋放在炕上，然后才开始读信道，彩云，前日一别，挂念，我们的队伍已经与中央的队伍会合，革命形势必然大好！勿念。捎来的话已经收到，即将作为父亲，没有给孩子准备什么，寄托一个名字——牛延红，希望他能够永远信仰革命，直至成功！

袁阴阳读完信，看着两个女人还期待着，就把信折叠起来再装入信封中递过去。白肤施赶忙抢过来，揣在怀里问，就这些？袁阴阳说，就这些！丰林给他娃娃起了个名字，叫牛延红！一听到这话，白肤施不顾婆婆说什么，像小鹿儿一样飞奔出了窑洞。那时节，正是桃花开放的季节，她一口气跑到桃花树下，对着山梁子喊着，丰林——延红——

白肤施不会写信只能捎话，看谁去县城就把话捎给谁。捎去的话，有时候就被春风一吹，不知所踪，但是，从那次以后，牛丰林每隔一段时间就写封家信，纸短情长地从白肤施不知晓的地方送来。因为信，白肤施觉得自己的男人把话都藏在那牛皮信封里了，那里面装的不是信纸，那是自己男人的魂魄，装着男人用心对她说的情话。她不识字，但是男人的每一句话她都记得清楚。只是袁阴阳读得一点也不好听，每读一句，还要抬头看她一眼，让她很难为情。可这又是没办法的事情，牛丰林不来信，她就把过去的信拿去让袁阴阳再读一遍，前提是鸡蛋攒够了才行。

后来她和袁阴阳也熟了，就独自提着鸡蛋找袁阴阳。她觉得丰林信里的有些话，只有她能听懂，要多听几遍才行，如果反复读，婆婆听多了也会听出味道，那味道应该独属于她和丰林的才对，婆婆肯定会笑话她吧？只是这个读信的袁阴阳越来越大胆起来，开始觉得鸡蛋有点少了，说你家的鸡小，蛋也小。又说你一个女人家，想男人了，这满庄都是男人。再后来，越大胆了。那天他说，鸡蛋以后就别拿了，给你好好补身子，肚子里的娃娃要营养哩，你让干大摸一下手，读一句，摸一下就行。袁阴阳说着，还真伸出手来拉白肤施，白肤施吓了一跳，手里的鸡蛋筐差点掉在地上。她定了定神，用力推开袁阴阳，袁阴阳一个趔趄，白肤施趁势将半篮子鸡蛋全扣在袁阴阳的脑袋上，气愤地离去！

从此以后，她就再也没有请他读信。说也奇怪，从此，牛丰林的信也没有再来，那些牛皮纸信封，似乎突然就被风刮走了，也不知道刮到了哪个犄角旮旯。

革命娃

陕北的春天倏忽而过，桃花儿开了，柳叶儿绿了，太阳就等不及了，跳出来炽烈了，短暂的温存之春被火红的热烈之夏迅速代替。

　　白肤施开始跟着婆婆在山里锄地，肚子也掩饰不住了。越是这样，她反而越不想在家里待着，哪怕是磨个面粉，拾点柴火也好。白肤施把天尽头红薯花的根带了好多到张家圪坮，春天的时候已经种在了硷畔上。牛丰林信上说过，无论是男孩还是女孩，都叫牛延红。她喜欢这个名字，就像这是牛丰林给她的一件礼物一样。

　　红薯花很快结起花蕾，就像待产的白肤施一样，她看着那花蕾，就像看着她自己一样。她看着花痴痴地笑着，花看着她羞涩地拢着，她们在太阳底下那么鲜艳地对望时，村口传来一阵嘈杂的人声。

　　那边喊着，人回来了！这边喊着，是牛丰林！白肤施一激灵，站在硷畔上瞭了瞭，没看到自己的男人，倒是有几个汉子抬着一块木板，从硷畔下面走上来，木板上躺着一个盖着破被子的人。还真是自己的男人！白肤施跑过去，看着牛丰林，牛丰林强努着微笑，伸出手来。她像不认识他一样，仔仔细细地确认过了，才扑过去，拉住男人的手，拨开他脸上散乱的棉絮和布条，眼泪扑簌簌地落下来。

　　男人被抬到炕上时，白肤施的眼前就黑了。她目光里全是黑洞，只好紧紧地拽着男人的手。婆婆和公公的哭泣声、叹息声还有几个兄弟来探望的埋怨声、关切声都在她耳边变得微弱了，消失了……一直到所有的人都走了，她才仔细看清牛丰林的脸。

牛丰林脸上全是伤，那俊朗的面孔像被撕扯过一样，伤口肿胀着，显得特别大，说话也困难得很。白肤施流着泪，把一碗水晾温了喂给他，男人却摇了摇头。见白肤施的眼泪就没有断线，男人抓住她的手有些吃力地开口说话，嫑哭，没事！白肤施就冲进男人的怀里抽泣。声音很低，她怕惊动了刚刚离开的人。

男人的腿被炸掉了一大块肉，腹部也受了伤。男人离开家寻找到原来的部队，东征去了山西抗日打鬼子，过了黄河还没见到鬼子，却被阎锡山围着打。战争打得惨烈，男人流了好多血，但还是活了下来，又跟部队返回，过黄河修整养伤。

军医看了他的伤，无奈地摇头。男人说，他就想见见彩云。有了这种信念，昏昏醒醒一个多月后，终于活过来了，他对团长说，还是把我送回去吧，送回去了，我就能活！团长说，这里有医生，医生才能把你的伤治好。男人说，我婆姨比医生好！团长说，你要相信医生！男人说，我信，我婆姨说了，哪里的土养哪里的人，我回去了不浪费部队的粮食，肯定能活着！团长说，你必须得给我保证，活着回来！男人流着泪给团长敬礼，然后说，保证完成任务！

牛丰林的归来对白肤施来说既是喜又是忧。她白天担心孩子，不晓得什么时候才能生出来。晚上，她守着牛丰林，担心他要不要喝水，要不要吃饭？哪儿疼，哪儿热？刚回来那段时间，男人时醒时昏，有时疼得呻吟不已，有时候甚至会半夜哭起来。

除了大腿等处的皮肉受伤外，牛丰林最重的伤在脚上，炸弹在他脚边炸响时，脚掌和脚趾血肉模糊。医生说，截了吧。牛丰林说，不截，能长成啥样算啥样！就跟柳树上掰了树枝，脚上的伤疤长得极为丑陋，有点像是女人被裹过的小脚。牛丰林说，只要能站起来就行，可站起来并不容易，两个月过去了，全身的伤好多了，但还不能够站起来。

　　快到端午的时候，白肤施一个人吃完一颗大西瓜，肚子撑得不得了，对牛丰林说，前天看到地里的芝麻熟了，必须得背回来才行。牛丰林说，明天也可以。白肤施没头没脑地说，万一熟在地里咋办？下了雨就全泡烂了。说完赶着黄昏跑到芝麻地里，挽了芝麻，背了一大捆往回走。那时候月亮已经上来，把路都照亮了，白肤施喘着气，呼吸着月光，就觉得肚子里的西瓜一直在翻腾，怎么也消化不了，心里不住地责怪自己太嘴馋。肚子越疼，越觉得不能歇息。一直坚持到家，白肤施一下子觉着气也呼不出来了，那当院子里的月亮就像塞在喉咙里的一块焦黄的石头……婆婆和公公赶紧将白肤施抬进窑里，又赶忙去找了接生婆。到了后半夜，月亮下去了，孩子生出来了，是个儿子，牛丰林一高兴，拄着拐杖就站起来了！

　　炕上躺着大小三个人，都由婆婆侍应着。刚出满月，白肤施看着孩子说，这娃娃还要躺多长时间才能会跑呢？牛丰林说，等他会走的时候，我带他去延安城。白肤施问，去那儿干啥？牛丰林说，当然是参加革命哩。白肤施不悦，看着男人的脚，说，你就死了这条心吧，我娃哪里都不去，不能让他走你的老路。牛丰林也不跟她争辩，捏着牛延红的小手，亲了又亲。白肤施能下地了，开始一边照顾男人，一边照顾儿子。

　　秋天的日子好过一些，树上的、地里的，一茬接着一茬地熟，饿不着肚子就能活着。日子充盈起来，全是实实在在的快乐。

张家圪坮一共两口水井，大水井倒是比较近，那是供张广德家自己用的，其他人一般不允许去大水井挑水；小一点的水井就是供农民们挑水用的，水混浊还路远。在照顾男人的这段时间，张家圪坮发生了很多变化，最大的变化就是张广德被打倒了，他跟普通农民一样，不再像以前那样在家里闲着骂张唾李、颐指气使。

张家圪坮的地都分了，每家都按人口均分到了地，大家再也不用给张广德交租子了，连刚出生的牛延红也有份。公公说，张广德被打倒了，我们翻身做主人了！张广德这辈子也翻不起身了，他以后跟咱一样！地是人民政府的地，每个人都有份。白肤施是女人，要照顾老小，没去开会，不晓得这些，家里的男人晓得这些就行。

白肤施觉得张广德被打倒以后最大的好处是，那口大水井谁都可以挑水了！挑水的地儿近了，她任何时候下了硷畔坡，就能挑着两桶水回来，然后把里里外外的衣服全都洗个干净，把家里的锅碗瓢盆都洗得锃亮，把男人和孩子都捯饬得干干净净、清清爽爽。日子就这样被洗亮了。

农闲时吃饭要省着粮食，普通农民只吃上顿和下顿，有时候一天就吃一顿，不分上顿下顿。若是遇到饥荒，就是有了上顿没下顿。这一年，家里有娃有男人，都要增加营养，白肤施就把饭分成三顿，早中晚各一顿。这一年鸡也疯狂地下蛋，鸡蛋每天都给牛丰林供应着，炒着吃，煮着吃，蒸着吃，牛丰林说，这吃法，还不把家里吃空了？白肤施说，张广德被打倒了，以后不用交租子了。牛丰林说，我听说了，这是迟早的事，以后的日子会越来越好！白肤施不知道这个越来越好会是什么样，她只知道只要能给男人增加营养的东西，都一股脑儿地搬回家，谁家杀猪了，她就拿着鸡蛋去换，还真换回了二斤猪肉。

养着养着，儿子瘦了，她自己也瘦了，唯独牛丰林胖了。白肤施看着就高兴，说，娃娃慢慢再养，他有的是长身体的日子。牛丰林说，你把自己也养起来，娃娃也不遭罪。白肤施说，只要你不想着那个革命就行！牛丰林说，要是没有革命，咱的日子能这么好？白肤施说，她那么大本事，咋不把你的病看好？牛丰林笑说，革命不是医生……医生再好，不如自家婆姨好！白肤施这才高兴了，又摆着大脚出了门说，我去找些柴火，吃个面条子，咱大咱妈说要吃新麦呢！

刚入冬，牛丰林的身体就没什么大碍了，能出门走几步，还能帮着白肤施烧火做饭。他看着娃娃，抱着他在院子里转悠，白肤施跟着婆婆出工。这一年，谁的心气大，谁家的粮食就多，那庄稼使劲地往壮了长，农民也使劲地往家里背，都各自把粮食存在仓窑的大柳囤里。白肤施的脚步欢实，手脚利落，干农活在她眼里就是一件开心的事情，若是苦，还能比男人不在身边更苦吗？若是泪，已经流完了。剩下的日子，那全是高兴才对。

冬天的时候，白肤施已经把硷畔摆柴火的地方扎满了，就等着过年。粮食有了，就要过个完整的年，豆腐要磨，酱醋要酿，豆芽要生，还杀了两只鸡冻了起来，她想着给男人补补身子。日子好过多了，男人盘算着过了冬，自己也就能上山劳动了，就说，不要冻鸡，你吃了才好，娃娃儿奶水不能断。白肤施说，多得很，娃够吃，你也够吃！牛丰林就痴痴地笑说，咱这片土好，地也好，人更好！

还没有来得及过个囫囵年，牛丰林就被乡里的干部叫去了。白肤施一听，心里就发紧，觉得这日子又要变了。她给男人说，她啥都不图，哪怕他一辈子就躺在这炕上，她侍应着都行，她可以出去劳动。过日子不能没有定盘星，可男人的心不在这杆秤上，天天打听外面的事情。外面的事情她不懂，但她知道，外面的事情一变，她的日子也就变了。她开始恨起那些外面的世事来。

男人一走，娃就是她背上的一块丢不下的肉。男人说，他的小名就叫禾禾，革命的禾苗。白肤施说不行！这是我身上的肉，不是革命身上的肉！这是我的娃，不是革命的娃！叫小芝麻！男人拗不过她，说，那就叫小芝麻！硷畔上的红薯花已经开过好多遍了，现在花不开了，连叶儿也耷拉着，白肤施觉得这日子也耷拉起来了，连小芝麻的哭声也显得有气无力。

天刚黑，牛丰林回来了，怀里抱着一个同样耷拉着小脑袋的娃娃儿。白肤施不想理他，牛丰林说，这娃儿你得帮咱养着哩，你看她多可怜呀，这是战友的娃，咱不能不管，这是任务！好说歹说，白肤施没好气地说，这是革命的娃吧？牛丰林说，对，是革命的娃！说完，这娃儿就哭得厉害，牛丰林拿着勺儿给她喂米汤，女娃儿喉咙细，在牛丰林的怀里呛住了，咳不出来，也出不来气，腿脚儿乱蹬。白肤施看着着急，抢过来抱在怀里，拍了拍女娃儿的背，娃儿就哭了出来，细声细气地叫着。

白肤施不由得看了一眼，那娃儿面黄肌瘦，可怜得紧。她也不顾小芝麻哭嚎，先把衣服解开，把奶头塞给这革命的娃儿。娃儿得了这宝物，足足哑吧了半小时，直把血丝咂出来才松口，白肤施就怨艾地说，你这革命的娃跟你一样心狠！牛丰林歉意地笑了笑说，娃饿了，她晓得啥呢。白肤施白了他一眼，又看一眼女娃儿说，晓得你喜欢女娃，我就生个女娃好了。牛丰林说，都喜欢。白肤施说，以后你喂她好了！嘴上这么说，手上却没有把娃递给牛丰林。牛丰林放心地笑了笑。白肤施怀抱着娃，心里像是塞了一把未干的柴火，点不着也阴不干，实实地罩着一腔烟，却不忍心再说狠话了，对着窗户问又要离开的男人，你这革命的娃叫啥？牛丰林在院子里喊说，叫花花！

花花娇小，饭量却大。

白肤施的腿儿得跑得勤快一些，要不然就满庄里听见花花一个劲地哭喊，惹得小芝麻不敢出声。听丰林说，娃是他战友家孩子，婆婆看到十多天过去了，娃还在家里嗷嗷叫着吃奶，就心疼起儿媳妇来，天天盼着那战友来寻娃。

没过几天，牛丰林回来了。丰林妈问，娃到底是谁的？咋这大人还不来寻自己娃？丰林说，那就养咱家里。丰林妈说，你养啊？你不是说男女平等吗？你咋不自己养着娃，彩云一边喂养，一边还要去山里劳动哩！牛丰林说，革命的分工不同。又说，这是革命的后代，咱不仅要养着，还不能出差错，还要养好！丰林妈说，我不同意，你大也不同意，昨天夜里就跟我说了，要是养几天还可以，时间长了，我孙子还要吃奶呢！又忍不住说，你也不心疼一下你媳妇，你替她劳动过几天？你过去一个人走南闯北刀尖上舔血，我们也不说啥，就当是没你这个儿子；现在还要革命哩？有婆姨了，也该收收心了！牛丰林笑说，过去的革命和现在的革命都是一回事！丰林妈说，是一回事，不管干啥，就是不安心，不收心，我都看不下去了，庄里的人咋看你？牛丰林说，我是干部！这是革命需要！丰林妈说，不管谁需要也不行，首先让我亲孙子吃饱了才行！以后你婆姨回来给娃娃喂奶，奶水我分配，不能让这女子吃了再给我孙子吃，这是我亲孙子！牛丰林说，妈，咱现在所有的好日子——打倒张广德，有了土地，这些都是革命者用命换来的！为了革命多少人牺牲了，还有很多人为革命顾不得自己的娃娃……他们的娃娃咱养着有啥难为的呢？再说了，我和彩云已经商量好了。丰林妈说，彩云同意，那是因为你是她男人，但是我们不能不为她着想！你说你这几年对得起这个婆姨不？妈是怕你这日子过不下去啊！彩云也是人！牛丰林听到母亲这么数落他，也着实心疼起白肤施来，就说，妈，我是对不起彩云，可革命需要我，我不能当逃兵，而且我是本地人，党中央和毛主席就住在延安，我更要努力工作哩。

本想回来给娃娃们喂奶，意外听到这番话的白肤施心里倒是暖了起来，觉得男人的心里到底还是有自己哩。婆婆公公也认可自己，替自己说话，这说明自己在这一家里扎下根了。

正盘算着，听见花花又开始哭了，白肤施也顾不得再多想什么，三步两步进了门，抱起花花，先把自己的奶水给她。花花才止住了哭，小芝麻也开始哭了。小芝麻一哭，白肤施的奶水就少了，心里也火烧火燎地急。奶水都流到了花花的小嘴巴里了，婆婆看着来气，只好抱着小芝麻先出了门。

听着小芝麻在院子里哭得委屈，男人说，彩云，哥对不起你。白肤施眼睛一热说，都是一家人，说这些话干啥？男人说着从怀里拿出一盒雪花膏来，说，这是延安城里买的。白肤施说，你嫌我丑了黑了？男人说，不是不是。白肤施笑了笑说，延安城里的女人好看不？牛丰林说，没你好看。白肤施又问，革命好看？牛丰林就故意打趣说，革命当然好看，革命还会更好看！又笑说，革命不是人，革命是一种运动，因为有革命了，才把张广德打倒了，我们才有好日子。

显然，牛丰林说的话，白肤施不能真的理解，牛丰林的话她都相信，只有这个话她不信。她也不多问，说，家里有我呢，咱妈是心疼小芝麻呢。牛丰林憨厚地笑了笑说，等工作稳定了，哥带你去延安城里住！白肤施笑了笑说，那地咋办哩？再说了，你跟你的革命过日子去，家里的事，有我呢！牛丰林说，反正革命说让你来，你就来。白肤施不是很高兴，就说，我是明媒正娶，还由得她说了算了！

牛丰林住了一宿，第二天又要去延安。白肤施问，花花姓甚名谁？牛丰林说，组织有纪律，这个不要问，叫花花就行了。

牛丰林走了，婆婆说，你家里带着娃娃，我去劳动。白肤施说，你的腰不好，腿又疼，万一有个三长两短咋办？婆婆说，那也不能让你受这么重的苦。白肤施说，我没事，生下来就是受苦的命。其实婆婆也知道，白肤施在家里小时候并没有受过苦，她家里开着骡马店，哪里吃过这么重的苦头？如今只是硬咬着牙苦撑着。

刚开始出山劳动那一年，白肤施手脚都是水泡，婆婆才知道这儿媳妇原来从没受过罪。可她身上却没有娇气，自从进了这牛家的门，就没有抱怨过苦累，婆婆这才觉得心疼。婆婆说，你是享福的命呢，跟着我们丰林迟早享福呀。这是句安慰的话，白肤施想到牛丰林说要接她去延安的话，便高兴得忘了男人一走了之的不快，说，我没事，娃娃的奶水丢不了。这话就让婆婆放心了。

婆婆确实担心这么跑来跑去把奶水给丢了。白肤施说，丢不了，她出门揣着半个馍，饿了就啃两口。婆婆听了，会意地笑了笑。这是解决丢奶水的办法，前段时间婆婆说过。

过了青黄不接的日子，白肤施本想给两个娃都断了奶，婆婆也觉得再这么吃下去，娃娃们倒肥了，可这儿媳妇一天比一天消瘦，那咋行？牛家的几个儿子早就分家了，只有丰林还和老人一起住着，白肤施就成了家里的主要劳力。公公虽然还能受苦劳动，可毕竟不如年轻人，所以，这个家还得依靠白肤施来撑着。

不管多苦，回到家里，看到两个可爱的娃，白肤施心里就暖得能化开所有的苦闷。花花比小芝麻大两三个月，不到半年时间，靠着白肤施的奶水，花花就白白胖胖起来，白肤施自己却瘦成了一道风，连头发都稀少了。不久，她的奶水还真丢了。白肤施奶水越来越少，她想自己补补，又怕婆婆觉得她嘴馋，越是着急，越断得快，直到真咂不出奶水了，花花又扯着嗓门哭嚎了，她才不得不承认这个事实。

花花娇气，米汤吃不进去，她不能眼看着娃瘦下去。家里还有些积蓄，牛丰林时不时拿些工资回来，她都积攒下来，跑到前后庄里打听着，最后牵回来一头奶羊。这奶羊的奶水充足，就是膻气比较大，白肤施就去问袁阴阳，这咋办？袁阴阳不理她。白肤施说，你不说？不说的话，我就告诉丰林，你借着念他的信，压迫劳苦群众哩，丰林肯定找人把你绑了送到乡府去改造！白肤施的话引得袁阴阳害怕极了，他觉得这女人真能做出这种事情来，现在她男人得势了，这女人得罪不起。就说，你煮奶的时候，放点醋就好了。一试，果然没有膻味了，白肤施心里想，这袁阴阳还真是有两下子。

有了这头奶羊，不但把两个娃娃的身体养起来了，白肤施还多了个伴儿。奶羊时时刻刻地跟着白肤施，白肤施随手在路边抓一把草叶儿，奶羊就能饱餐一顿，夏天一来，这奶羊活着就更容易了。总算把两个娃的嘴填住了，这日子又丰润起来了，从早到晚充盈着羊奶一般丰裕的味道。要是地里的活儿干完了，白肤施就把花花和小芝麻一前一后背着，拉着羊，从沟口一直放羊放到沟掌，从早上一直走到晚上。生活就像初秋的玉米秆儿，剥开坚硬的表皮，还会有甘甜，不出意外的话，甚至能收获果实的喜悦。

在公公婆婆眼里，花花是女娃，自然要刻薄一些，小芝麻是男娃，还是亲孙子，当然要优待一些。可男人交给白肤施的任务是，这娃要比咱小芝麻金贵多了！怎么金贵白肤施不明白。男人又说，没有她亲大亲妈，咱的日子还在天上晃荡着呢。这话白肤施知道轻重，也就是说，虽然她是个女娃，是根草，那也是金草银草，咱小芝麻虽然是男娃，是树，那也是普通的小柳树。这分量她分得清。再者抚养的时间长了，她反而更觉得花花可亲，就视如己出地待着。婆婆公公当然不管你是金镶玉还是公主格格，反正到了我家，那就是我孙子更亲。因此免不了在白肤施的面前唠叨一下，嘱咐两句。时间长了，白肤施就不愿意他们把花花当外人。

男人每隔一段时间回来，待不了两天就走了，男人走了，白肤施就对公公婆婆说，这花花不得了呢，她是一位大官的娃哩。公公说，大官的奶妈丫鬟那么多，用得着咱替他们养活娃？婆婆说，那是什么"革命"的娃。白肤施说，不是，不是，丰林不是那样的人。婆婆说，男人要有二两本事，都一样。公公瞪了她一眼，觉得她这话是火上浇油，她就不敢再说话了。白肤施不敢往下想，又笑着说，就是一位大官的娃，因为落难了，养不起娃，人家给丰林说了，让他送回来，给咱小芝麻当童养媳呢。白肤施这么说，公公婆婆有些相信了，说，真的？白肤施说，可不是么，要不然我这么出劲地护着娃呢。公公婆婆想了想，似乎相信了，公公说，也行么，我听说南面北面的地主都还没打倒呢，咱的日子最好，给咱延红找个童养媳正好。婆婆只好跟着讪笑着，看着怀里的花花，嘟囔着说，女孩小鼻子小眼睛，福相。

过了几天，白肤施偷偷对婆婆说，她抱着花花去找过袁阴阳了，袁阴阳说，这花花跟咱小芝麻般配得很呢。婆婆问，哪儿般配了？咱小芝麻浓眉大眼，方方正正，花花还是单眼皮！白肤施说，袁阴阳说咱小芝麻和他大一样，那是骑马上轿子的命，盛世能文、乱世能武的大才，五行走金，命格硬得很，必须得有个土命娃护佑着他，才能保平安、享富贵！花花刚好是土命，啥都合适。婆婆问，真的？白肤施说，当然真的，不信你去问袁阴阳。婆婆叹息了一声，感慨地说，这老汉的话，十有八九是没错！

公公婆婆自从听了袁阴阳的话，就对两个孩子一视同仁了。在白肤施的心里，花花毕竟是牛丰林的种，他喜欢"革命"，可他俩的娃，最后还得她带着！她只能一边带着娃，一边说服自己。时间长了，这奶羊都成了她的娃，何况花花？一碗米汤倒成两碗，两个娃谁也不偏；一碗羊奶倒成两份，两个娃谁也不向。

还没到秋天的时候，花花学会了走路。那天白肤施从山里回来，一进院子就看到花花站在窑洞的墙边。白肤施刚喊了声"花花"，她就脱开手，向白肤施蹒跚而来。白肤施赶紧扔掉背上的一大捆青草，扑过去抱住花花，花花吓了一跳，就哭了起来，白肤施也喜极而泣。花花的小嘴儿巧，早就开始牙牙学语了，一边哭一边热烈地叫着"妈妈"，白肤施紧紧地抱着花花，一边应着一边在花花的脸上亲吻着，那一声声的叫喊和颤巍巍的脚步，就是生活全部的光芒和希望。

这希望一闪，日子就过得快了。小芝麻也学会了走路，也跟着花花一样呼唤着妈妈。白肤施突然觉得自己掉进了幸福的蜜罐里，过去那些心里的埋怨和受过的苦累，都被两个孩子化成了烟云，而他俩成了烟云里永恒的小太阳。

秋天一到，生活便充裕了，被阳光照耀的白肤施也像被丰收压弯了的庄稼一样，脚步更欢实，笑容更灿烂了。花花说，妈妈，要！她指着硷畔上的红枣儿，白肤施噌地一下爬上树，摘了一把半红半绿的红枣，兜里揣得满满的，说，谁叫妈妈响亮，就给谁吃！花花叫得最响亮，花花吃得最多，小芝麻想哭，白肤施说，那得叫姐姐，小芝麻奶声奶气地冲着花花叫了几声姐姐，枣儿就分平了。

刚入冬，牛丰林又回来了，站在院子里没法进门。牛丰林带着冷风拍了几次门，白肤施就是不开。牛丰林牵着一个五六岁孩子的手，冷得瑟瑟发抖，那孩子还是单衣，牛丰林就用自己的衣服裹住孩子。婆婆和公公就把牛丰林和孩子都拉到他们的窑洞里，婆婆给娃喝了一碗米汤，暖了暖身子，这娃喝了几口就把碗放下了，蹲在灶火旁边打盹。

丰林他大抽着旱烟不说话，表情却很愤怒，这愤怒似乎靠一两锅旱烟无法消解，屋子里被旱烟罩得异常沉重。丰林妈说，这娃是哪儿来的？牛丰林说，从上海带回来的，叫马向思，没大没妈，也是革命后代。丰林妈说，你准备咋处理呢？牛丰林说，这是组织派给我的任务，咱得养活这娃。丰林妈还没接上话，丰林他大就恼了，把旱烟锅子扔在脚地上，也不知道他是打谁，还是故意撒气。灶火边的马向思吓了一跳，牛丰林赶忙护住马向思。丰林他大恨恨地说，你自己的娃都不养活，到处捡娃娃，你要当菩萨，外面当去！这个家，你想回来就回来，想走了拍屁股就走，扔下婆姨娃娃不管，你是个男人吗？哪有婆姨在家里受苦，男人自己出去逍遥快活的道理？这日子还过不过了？！丰林妈怕父子俩当场都火上头，赶紧缓了声说，他大，你甭吼喊，娃娃怕了。丰林他大看了一眼脚地上的马向思，马向思压根没看他们，小手伸着取暖。

过了一会儿，丰林妈继续说，丰林，你婆姨现在还带着两个娃哩，这一年下来，年轻轻的女子操磨成老婆姨了，你大年龄也大了，咱四五口人的口粮，全靠她一个人撑着，你就不晓得心疼一下婆姨？那是个人，又不是牲口！你再给她添张嘴，她以后咋受苦了？她咋活下去了？牛丰林说，大，妈，彩云是革命家属，是我婆姨，我也晓得她的苦和累，现在是艰苦时期，党中央比咱还困难，要不是他们来得及时救了革命队伍，咱能有现在的好日子吗？牛丰林的话还没说完，丰林他大说，你跟我讲这些有啥用？最后还得让你婆姨替你劳动哩，你要是个男人，就赶紧回来劳动！说这些老子也听不懂！牛丰林说，你迟早得懂这些，咱所有的人都要懂这个大道理！牛丰林说得急，马上就把他大的火给点起来了。

丰林他大顺手把牛鞭扬过去，牛丰林顺势一躲跑了，丰林他大在气头上，鞋也没来得及穿，跑出去追牛丰林，一直追出大院子，追到沟底过了大水井。牛丰林一边跑一边说，县政府成立了，就在咱沟口哩，工作队也要来了，大，你这觉悟咋行么？丰林他大一边追一边扬着鞭子喘着气说，张广德那孙子老子都不怕，你派个工作队就想把老子管着？牛丰林说，没想管着你，是想改变你的想法和观念。丰林他大说，想法观念？那你把你大的头割了挂在县政府城墙上不就行了？牛丰林说，县政府没有城墙，老百姓谁想去就去。丰林他大说，放屁！哪个朝代的官老爷没个城墙？那谁家儿子守衙门呢？牛丰林说，我们没有衙门，我们靠的是老百姓！

牛丰林瘸着腿跑得慢，他大没赶多长时间就撵上他了，眼看着牛鞭子落下来了，白肤施拦在牛丰林的跟前，看着公公说，大，丰林说得对着呢。丰林他大看着白肤施，面儿上不松劲，心里却觉得她懂事明理，就问，对啥？他跑外面吃香喝辣，逍遥快活，回到家从没见他握一次馒头把儿，娃娃撂下一大堆，他还是不是人了？白肤施看了一眼背后的男人，走到公公跟前说，大，丰林那是出去干大事呢，他说了，那政府是咱老百姓的政府，衙门也是咱老百姓的衙门，你怕啥呢？有丰林在衙门里，您也有面子，咱受苦也愿意。你说是不是？丰林他大听着儿媳妇这么说，就松开手，白肤施抢过鞭子笑了笑。儿媳妇笑了，丰林他大也不好再发作。

回到窑洞，白肤施也不说话，牛丰林就主动问，你那话是哪儿学来的？你比咱大觉悟高。白肤施不说话，也不理他，牛丰林就觍着脸逗了一会儿花花，又逗了一会儿小芝麻。马向思坐在脚地的凳子上，一句话也不说。

牛丰林给他大他妈说的话，白肤施听得真切，这马向思也是革命的后代，要寄养在这个家里，别说白肤施不同意，他大他妈也不同意。白肤施给小芝麻和花花做米茶，两个娃都怔怔地看着牛丰林，牛丰林看着马向思。牛丰林说，彩云，我也晓得你苦你累呢，我也心疼呢。白肤施没说话，锅里的米茶是给娃做的饭，娃要长精神，长身体，这算是比较有营养的食物。

做米茶需要很多工序，婆婆腰动弹不得，白肤施就自己去做，屋子里满是成长的味道。牛丰林还想说什么，白肤施已经利索地将两小碗米茶给两个孩子喂完了。白肤施没看男人，低着头说，娃要留下能行，但是，你要走的话，先把我休了。斧头就在门后，白肤施拾起斧头出了门。牛丰林看了一眼锅里，还有一碗米茶，就盛在另一个碗里给马向思，马向思摇着头不吃。

小芝麻和花花用两根绳儿拴着，白肤施害怕他们爬到炕栏上栽到脚地上。一会儿丰林妈就过来了，她得看着两个娃。见牛丰林愁苦地低着头，丰林妈说，你媳妇难呢，你别怪她。牛丰林说，我晓得哩。丰林妈看着马向思，担心地说，这娃也不说话，也不吃饭，你等着，我再去做点好吃的，看他吃不吃。牛丰林只好一个人看着三个娃，一会儿抱这个撒尿，一会儿提着那个拉屎，沾了一手的屎尿，狼狈不堪。丰林妈终于做好了一碗白面条，说，家里白面不多，你给娃娃吃上两口。马向思还是摇头，也不看牛丰林，更不看丰林他妈。牛丰林就苦劝说，这白面条，我们过年才能吃得上，你们上海人吃啥？不能天天吃鱼吃肉吧？丰林妈就问，上海在哪里？牛丰林说，在南面，可南的南面哩。丰林妈说，不管哪里人，不吃面咋活么？牛丰林也苦恼，这娃是油盐不进，要是出了事，他等于完不成任务。跟他说话，就像对着悬崖畔子说话，也听不进去话。牛丰林和丰林妈都被难住了，眼看着一碗面坨了。

　　下午的时候，白肤施背着一捆柴回来了，都是些狼牙刺整理过的柴火。砍这种柴火，那要费很大的工夫。没有柴这冬天没法过，这种柴火耐烧，可大多长在悬崖边上，砍到手并非易事。男人要背回来这么多带刺的柴火，也是一件熬苦的事情，何况白肤施是个女人。牛丰林看着白肤施回来，伸手拉住白肤施，看着她的手掌全是被狼牙刺扎破的伤口，手背上也全是伤，心疼地将白肤施的手紧紧握在自己的手心里，而自己温润的手掌却在这双满是伤口的手面前，让人脸红。

　　看牛丰林心疼她，拉着手眼眶都红了，白肤施立刻抽了手，烧火准备做饭，牛丰林就扯了扯白肤施的衣襟说，我来吧。白肤施说，哪有男人烧火做饭的道理？见马向思还是那副油盐不进的表情，牛丰林搓着手，特别为难地说，彩云，这娃，不吃不喝，两天了，咋办呢？白肤施说，你问我？你不晓得咋办，你带他回来干甚？牛丰林说，要不这样，我出去劳动，你在家看孩子，这也是工作嘛。白肤施没说啥，先拿了两个鸡蛋递给牛丰林，牛丰林懵懂地看着马向思，又看了一眼白肤施。白肤施低声说，相信我就是了。牛丰林笨手笨脚地在旁边炒了两个鸡蛋，还特地把清油多放了些。马向思果然没有拒绝，几下子就吃了个精光，然后躺在炕上睡去了。

牛丰林说，你咋知道他要吃鸡蛋呢？这孩子南方人，不懂咱说啥，他说的话，我也听不懂。白肤施说，那小眼睛，进门就瞅着咱桌子上的鸡蛋了。牛丰林笑了笑说，你就是这些娃娃的克星。白肤施说，我就是个下人！还不如我们家店里的伙计！牛丰林说，这是哪里的话，你是这家里的主心骨！大掌柜！

白肤施还是不松口，坚决不收留孩子，牛丰林也没法走，市里的工作任务多，他不得不放下来，这孩子才是他眼下最重要的工作。白肤施看着自己的男人每天在院子里和脚地上转来转去，心知他焦急，却故意不理他，让他更开不了口。

男人满脑子想着延安城的生活。婆婆说过，丰林从小就没有劳动过，十几岁的时候就跟着姨夫赶脚赶牲灵走西口，农活儿倒是都会，可白肤施觉得他碍手碍脚。再说冬天了，能干的农活并不多，她不能让他开口，要不然就觉得自己气势上输了一成，要不然男人真把她当成下人奶妈子了。白肤施觉得自己就是因为和男人相处的时间短，缺乏了互相之间的这种斗争，男人要是在家里，哪怕是吵一架，打个你死我活，那也是极为幸福的事情。

男人着急，反复给她做工作，想让她带这娃，她就是不说话、不回应。两个人就像做一种内心的对决，男人烦恼，她就有了得胜的优越感了。男人以前常说男女平等，在她看来，男女平等应该就是这种女人敢于对决的勇气吧。男人看她铁了心肠，连马向思的饭也不给做了，反正马向思除了吃鸡蛋，其他饭都不吃。白肤施偷偷观察，觉得马向思很独特，她还从没有见过这么安静的孩子。男人越是着急留下孩子，她越是有了报复的快感，他越烦躁，她心里越感到自己的胜利果实在扩大……丰林他大看着丰林在院子里磨蹭，就生气地说，从早到晚像头驴一样转悠，你不嫌磨鞋，老子还觉得眼花哩！牛丰林说，彩云给我做鞋呢。丰林他大就一脸嫌弃地说，你这话说出来，自己脸红害臊不？牛丰林觍着脸笑着说，大，人各有所长，分工不同，不能所有的人都劳动种庄稼活着，那社会国家谁来管理？丰林他大说，照你这么说，你生下来就是个当官的料？牛丰林赶忙说，大，我不是当官，我是为大家服务哩。丰林他大说，你连你婆姨和你大你妈都服务不好，你还服务大家？你说啥呢？丰林他大嗓门大，白肤施在窑洞里听得爽气，突然又觉得男人可怜，这次回家里里外外看脸色。她就开始心疼男人，觉得男人在外面做的是大事，她也听了一些风言风语，说自己男人在外面当官哩，可当官的人哪有像他这样，穿着自己做的土布鞋，身上打着补丁的？连头驴都没骑回来，算啥大官呢？男人的心在哪里，她清楚得很，她知道这么强留下去也不是办法。

过了几日，白肤施就开始烦男人了。这晚把娃们都安抚睡着了，白肤施看着白白净净的马向思对男人说，你和外面的女人生了娃，我养一个可以，我给咱大咱妈说，花花是你给咱小芝麻抱回来的童养媳。可你不能一年抱回来一个，我咋给咱大咱妈圆这个谎呢？这张家圪崂不大，我也要活人呢，我的脸往哪里搁？我就那么贱？给你外面的女人养了小的还养大的，你娶了我，真是为了给你当老妈子还是奶妈？我也要保住我的名分哩！白肤施说得一板一眼，很是专注，牛丰林听完张大嘴巴看着白肤施，捧着她的脸大笑起来。

男人的笑声让白肤施有些羞怯，她推开男人，不理他，牛丰林赶忙止住了笑容说，彩云，你明天就把花花带上，咱去一趟延安城，反正也不是农忙，我给你见个人！白肤施好奇地问，啥人？我不去，我一个女人家，去城里像个啥？你跟你那个叫革命的相好在一搭，我就当自己瞎了！牛丰林一边笑一边坚定地说，这次你必须去！

延安县

从张家圪塄起身，再走二十多里路才能到沟口的县政府。白肤施嘴上说不想去城里，可心里还是想见一见这位叫革命的女人，她想看看这女人有没有自己漂亮。又想，她自然比自己漂亮，要不然牛丰林这么长时间忘不了她，还跟她生娃过日子。

　　女人进城在张家圪塄也算是大事件。婆婆瞪着眼睛说，进城干啥？牛丰林抢先说，是我的主意，我想带着彩云去城里看看。婆婆不说话了，觉得这个理由倒是不错。可公公对男人说，你一天能不能干点正经事？牛丰林说，大，咱不能光低头种地，还要抬头看天哩，要晓得咱咋种地，为谁种地哩。公公听牛丰林这么一说，其实是服气儿子这句话，但是嘴上不饶，说，老子种了一辈子地，还用得着你教训？这话牛丰林不接茬，那就等于他大同意了。

　　花花自然得带着，小芝麻白肤施舍不得给婆婆公公留下，带走了正好也让他们轻松几天。至于马向思，牛丰林更不放心，索性就都带着吧。他有小心思，他了解自己婆姨，多相处两天她就和孩子处出感情来了。

　　一大早，丰林他大就从丰林他哥那儿借了头毛驴，把水桶托在毛驴背的两头，一头驮着花花，一头驮着小芝麻。牛丰林则背着马向思，吆着毛驴赶着太阳，一路向沟口走去。

初冬的风，有些凛冽，这凛冽中却有一丝丝光的温度。白肤施想一睹革命的芳容，牛丰林却是要证明自己。两个人虽然各怀心思，但却是难得的第一次一起出行。

白肤施看到牛丰林一脸的阳光和希冀，她不知道男人是因为她还是因为另外一个女人，看着他那么高兴，好像正如了他的意，中了他的诡计，突然就没有了兴趣，快到沟口的时候，白肤施拉住驴的缰绳说，我不想去了。牛丰林急了，说，这都走出来了，咋就不想去了？白肤施说，我要是见了你那相好，你俩把我的娃抢走了怎么办？牛丰林又笑了起来，说，革命的娃都给你了，你还怕她抢走你的娃？白肤施还在犹豫，牛丰林就讨好地走过来，拉住白肤施的手，白肤施一把甩开来说，别拉我，去拉你的相好去！牛丰林也不管她耍脾气，使劲拉住了，吓得驴直躲，差点惊了，白肤施只好任他拉着，警告说，你想好了，你要拉着就别松手，见了你的相好也要这么拉着！牛丰林想了想，白肤施就瞪着他，牛丰林服软说，拉就拉着！白肤施说，你要是不敢，你就是它！白肤施指着毛驴。牛丰林说，行！我要是松手，死了以后就变成它！白肤施得了这个安慰，就迈开脚步拉着驴向前走去。

沟口的太阳升起来，身上也暖和了。白肤施依稀记得，当初出嫁的时候，牛丰林问，彩云，咱走哪条路？她想，她是明媒正娶，当然要走大路，先前走的小路那是为了赶路程，但是，到了这里，那就必须走大路，走大路一辈子才能坦坦荡荡，光明磊落。她信这个。

沟口的河水交汇到了延河，那河水清凌凌地流淌着，柔软且欢快。她望着河，突然间有些愣神，她想给延河的尽头——天尽头的大和妈捎句话，说说她到这里的每一天，好像这些幸福的话，说给这延河水听了，就会传到大和妈的耳朵里。一恍惚，丰林拉了她一把，告诉她，河畔的右手坡上去，原是戏台，绕过戏台后的几棵大柳树，就是一个大斜坡。顺着大斜坡上去，面朝西南是三排错落有致的窑洞，窑洞的院子倒是和普通老百姓的院落没什么区别，只是打扫得更加干净利落，两旁的墙壁上用石灰刷着白色的大字。白肤施好奇说，这儿唱戏的倒是不少。牛丰林说，这不是唱戏的戏台了，就是咱的县府，你看好了，这两个是"团结"二字。此时正是阳光当照之时，几只喜鹊在县府院子的树枝上叽叽喳喳叫个不停。

正说着，就有几个干部模样的人从斜坡后面的柳树下走过来。他们都穿着灰布制服，制服上撂着各类颜色的补丁，缝补的手艺不是很好，长一针短一线地缀着。个别人穿着那种圆口鞋，听口音也不是本地人，本地的布鞋鞋口一般都是方口。人都精瘦，可是满脸的红光，好像个个都逢了喜事一样，开口就问，老牛，这是要去哪儿呢？这是你婆姨啊？白肤施一听，赶紧低头，不敢正眼看那些人。牛丰林好像跟他们很熟的样子，说，是哩是哩，我婆姨！唉，县里的土地汇总表还没有报上来，你得赶紧啊……还有，对群众的统计工作，要做到细致，要上门做工作哩。对方了笑说，刚开完会呢，都交代了，我们这都是靠两条腿去庄里，你这一张嘴，我们跑断腿。牛丰林说，驴马紧张，不要占用农用的牲口。对方答应着就直直地走了，接着又是几个打招呼的人，白肤施都没有敢抬头，就那么听着，等打完招呼了，又赶着驴继续赶路。

过延河的时候，牛丰林问白肤施，你咋老是低着个头？这样不好。白肤施说，女人咋能直勾勾看人呢？唉，他们咋叫你老牛？白肤施显然不服气，觉得把自己男人叫老了。牛丰林笑了笑说，我面相老，这腿又不好，大家是同志之间的亲切称呼。

蹚过延河，再看那些河水，她很确定，那些给远方父母的话，应该是捎去了，内心既爽快又担忧，好像害怕那些话被人听到一样。一抬头，川道直溜溜地向西南通着，路也宽了，人也舒心了。白肤施看到男人的脸色跟刚才那些人一样，就问男人，刚才那些人你都认识？牛丰林说，认识啊，都是咱县里的干部。白肤施问，干部是干啥的？牛丰林说，干部就是为老百姓干事的人，就是干掉全部问题的人。白肤施说，那不是官爷吗？哪有这么穷的官爷？这能干成啥事？又扭头看了一眼县政府的窑洞说，衙门都盖成那样，谁敢打官司？越这么说，牛丰林越笑得大声，他说，彩云，给你说了多少次了，现在是新社会，我们的新社会没有官老爷，都是为老百姓干事的人，他们也都是从老百姓中来、为老百姓办事的人。你说的衙门，那是旧社会的事情，现在没有衙门，叫政府，都是替老百姓做事的地方，做啥事呢？你看，咱庄里把张广德打倒了，让他跟你们一样劳动种地，咱们都分到土地了，想种啥种啥，把农民都解放了。

这一次，牛丰林的话白肤施听得认真，就说，那你也别当干部了，都穿得这么可怜，还不如咱庄里的张广德体面。牛丰林又笑说，干部要是体面了，群众就体面不了了！我们要是都跟张广德一样，那不是又回到旧社会了吗？这个道理白肤施还没有想明白，牛丰林似乎也看出来了，就岔开了话题说，你看，都看到宝塔山了，咱马上就到了。你还没来过延安吧？白肤施摇了摇头说，哪能想来就来呢？牛丰林说，当然可以想来就来，这是咱老百姓的地儿，谁管住你的腿了？白肤施说，还有谁？你啊！还有你大你妈，你这一对儿女。

走着说着，抬眼就真看到了宝塔山，远远的唐代佛塔伫立在山峁上，直指青天，巍峨雄伟，倒显得旁边的那些山梁矮了几分。白肤施远远地望着这突兀而来的佛塔，突然停住了脚步。

牛丰林倒是自顾自唠叨起这佛塔，沉浸在自己的知识海洋里，并未在意白肤施的神情，只说，这是唐代佛塔，传说啊，上天看到咱这里的老百姓生活得太苦了，就派菩萨来化解苦难，后来这位菩萨离开后，为了纪念他，修了这宝塔。能解救天下苦难的菩萨，其实就是我们自己，我们共产党就要用自己的信仰带领老百姓来拯救天下苍生……

白肤施也没听牛丰林说什么，突然撒开驴缰绳，双手合十地拜着，就差跪下来了。牛丰林赶忙拉住她说，你这是做甚么？白肤施说，我妈说了，宝塔山九层层，里面住着活神神，见了神仙不拜咋行？牛丰林说，彩云，你听我说，以后不许你这样！白肤施看到牛丰林独自背着马向思埋着头往前走，像是真生气了，只好跟上去，一只手拉着驴，一只手牵住牛丰林说，咋了这是？牛丰林站住想了想说，怪我，对你缺乏耐心，过去给你讲过的那些话，看来对你是没啥效果。白肤施说，你过去说过的话，我都记得，可有时候觉得挺空落，你大打你那天我不是就用上了吗？牛丰林笑了笑说，对，我们慢慢来，我不怪你，彩云，你一定要相信我。白肤施只好半信半疑地说，相信，相信！我，我以后不拜祂了，你这还恼了，跟个女人一样。这一嘟囔，牛丰林反而不好意思了，扑哧笑了笑说，我没恼，只要你别拜神就行。

过了桥儿沟不久就到东关街，人也多了起来，像赶集一样。吆着骡马的人群，叫卖声不绝于耳的小贩，纷纷扰扰，甚是热闹。街道两旁，错落有致的商铺有序而繁荣，满街道充斥着这个小城独有的生活味。也有穿着朴素但是整齐划一的红军队伍走过去，一个个精神抖擞。白肤施瞅了一眼，也不敢多看，躲在牛丰林的身旁。

白肤施第一次来延安城，觉得哪儿都好奇，但是又不敢多问，刚才拜佛，显然男人很不高兴。她不知道为啥男人不高兴她拜神，只好跟着一直走到南关。南关街要比东关街更为热闹，也相对整齐一些，安澜门外当兵的也多起来，有的在和老百姓说话，互相之间因为语言不通，耐心地沟通着。

沿着店面走了半刻钟，白肤施看了一路的热闹，也无非是各色人等，文的武的，男的女的，高的矮的，有说有笑，南腔北调，都是她没见过的模样。倒不像张家圪垯，同村的男人和女人，一般都很有界限，像她这样年轻的小媳妇，若是跟同村其他男人多搭腔，反会被人说闲话。

瞅着一个小摊儿，男人买了两个枣果馅给白肤施，看她吃着，又给马向思，见马向思直摇头，只好把煮好的鸡蛋递给他一个。看到牛丰林终于露出点笑容来，白肤施边走边问，你是不是觉得我这身行囊给你丢人了？牛丰林说，你自己看看，你比我们干部体面多了。牛丰林说的倒是实话，白肤施临行之前，特意穿了结婚时备用的新衣，梳洗打扮了一番，倒是比那些南关街上的女干部敞亮多了。

边区政府就在南关街外的一个小坡上，顺着山脚一摆儿几排窑洞，到了下午已经见不到太阳了，办公条件确实紧张得很，反倒像个小村子。院子错落有致，马棚子、岗哨一间挨着一间，大院子里的人来来往往，个个行色匆匆，却要比县府的人更忙碌一些。

牛丰林带着白肤施上了旁边的鸦雀沟，在一家小院里停下来。依然有来往的干部不断与牛丰林打招呼，说话很客气，但是有些话白肤施是听得不大懂，穿方口布鞋的人也多了起来，南腔北调，让她觉得很是不适。

拴好了驴，娃娃们就饿得大呼小叫起来，白肤施先进了窑，窑洞窄小却干净整洁，也来不及细看，先给花花和小芝麻喂了羊奶，又热了米茶，两个孩子这才停止了闹腾。这一路上颠簸，两个孩子睡得倒香。

马向思扛不住饿，咬了几口果馅，觉得好吃，就吃了个完。这倒让牛丰林诧异，白肤施说，这娃爱吃甜！这话让牛丰林恍然大悟，可这北方人口味都偏咸，想找点甜的东西并不容易。他又跑出去，拿了个大瓷碗，和旁边的同事借白糖，也没借到。最后只好端来一大碗搅团来给白肤施和马向思分了。马向思摇着头不吃，也不说话，牛丰林就说，我再去买个果馅去。下了坡也就一会儿工夫，牛丰林怀里抱着十来个果馅说，这以后的日子咋办？这孩子总不能一直吃果馅吧？又看着碗里的搅团压根没动。白肤施说，你也走一天了，先吃点搅团吧。不管咋样，她还是心疼男人。男人笑了笑说，我还有呢，这灶房里要提前报饭，要不然会浪费。

白肤施这才知道，其实饭是定量，他们来得迟，幸好赶上剩余的这点搅团，她就把搅团分开了说，已经凉了。又说，你这大衙门还不如我家骡马店呢，还老牛同志呢！牛丰林笑了笑说，现在是艰苦时期，前线要打日本鬼子，我们得把粮食都节省下来给前线。白肤施说，那就吃这个？牛丰林说，吃这个咋了？白肤施说，你要天天吃这个，还不如回家种地呢，我天天给你做好吃的！牛丰林说，这不是为了革命吗？白肤施一听"革命"二字，表情有些不悦，说，那你就不能为了我？牛丰林听她这么说，又笑了笑说，一会儿咱就去北关那边，见一见革命同志！

两个人简单填了一下肚子，白肤施先把自己整整齐齐收拾了一番，毕竟要见牛丰林心心念念的女人，她不能在面子和气势上输了！她想，好歹自己也是牛丰林明媒正娶的婆姨，这城里的女人再怎么放肆，也不能瞧不上咱！反反复复打扮，反而让牛丰林有些烦了，催她，她还一肚子气呢，说了两句解气的话——我受了几年苦，等了你几年了，让你等这一会儿就烦了？牛丰林说，不是那个意思！

两个人一起出了门，又赶上驴带着娃娃，从南关穿到北关。路过中心街，街道虽不大，商铺鳞次栉比，井然有序，穿着那种补丁制服的干部和老百姓相互打着招呼，都很熟络的样子，却是少了那种毕恭毕敬、点头哈腰的礼节往来。若是在天尽头的镇子或者县衙周围，有几个人敢这么直勾勾地看着衙门里的人呢？老百姓中间都有三六九等呢。在这儿就不同了，老百姓和商人、干部之间，那就是简单的邻里关系。白肤施觉得，这世事，确实如男人所说，变了！到了北关西沟的侧山坡上，几孔窑洞门口有岗亭，牛丰林就拿出证件来给对方看了看，站岗的小后生说的话，白肤施听不太明白。牛丰林返回说，人没在，要我们等着哩，咱就这儿等着吧。白肤施说，等谁呢？牛丰林诡秘地一笑说，等等你就晓得了。

城里的太阳似乎落得早一些，留了一条沟的人声马嘶，久久没有散去。那些点灯熬油的窑洞里，都是一些白肤施颇感神秘的眼神，她有些不敢直视。这是一个她完全陌生的新世界，她站在新世界半黑半明的门口，徘徊踟蹰迟疑不定，她心里依靠的男人在门里呼唤着她，伸出手，她却不知道如何迈开步子。面对新的东西需要莫大的勇气，她还缺乏这样的勇气。

等了不知道多久，连脚跟都发麻了，沟槽里的人声马嘶也听不见了，这才看到碥畔上两三个人影冲过来，都一色的干部制服，先冲前来的是个三十来岁的女干部，白肤施心里一紧，女干部冲到白肤施的面前，看着怀里两个娃，左看看右看看，嘴里轻唤着，花花，花花……

白肤施很识相地把花花推给她，她已是满脸的泪水，抱住花花亲吻着，哭声低沉而撕裂，似乎心痛得无法自抑。

白肤施一直盯着这个土灰色军装的女人，她剪着短发，皮肤白皙，有着亲人一样的热光，还有一种从张家圪堎女人目光中见不到的特殊光芒。花花对这个女人很抗拒，伸出手要白肤施。白肤施有些失措。女人这才非常得体地站起来，伸出手要与白肤施握手，白肤施却不知道她要做什么，只顾哄自己怀里的花花。牛丰林赶紧介绍说，这是我婆姨，白肤施。

那女人抹了泪，立刻笑眯眯地向她敬礼。这让白肤施更加手足无措了，紧张地看着牛丰林。牛丰林说，彩云，这是花花的妈妈，又指着后面的男人说，这位是花花的爸爸，是我们的首长。白肤施听了牛丰林的话，一愣一迟疑，慌乱地站在那儿，她还从未与陌生人握过手，赶紧给两位首长鞠躬。制服女人走过来扶住她说，是我们要感谢你，你怎么鞠躬呢？你是我们的恩人呐。

白肤施觉着这女人真会说话，说话声音不高不低，清脆，好像怕她听不明一样，语速很慢，带着一点陕北腔，这样很多话她都能听明白了，两句话就把她稳住了，也把她给镇住了。牛丰林赶忙解围说，报告首长，这是我们应该做的，请首长放心，我婆姨也是第一次当妈妈，孩子照顾不周，请首长批评指正！男首长一直站在旁边嘿嘿嘿笑着，白肤施这才顾得上看他一眼，长得像一位笑呵呵的弥勒佛。他轻轻地拍了拍牛丰林敬礼的胳膊说，我们感激你还来不及呢，批评啥？危难之处见真情，我和爱人没有你们的帮助，就没法全力以赴工作。我们永远相信延安的老百姓，孩子是我们的，也是你们的！牛丰林赶忙说，首长言重了，我们就是尽了一点绵薄之力，这是革命的孩子，金贵着呢。首长拉住牛丰林的手说，对，你说得对，这是革命的孩子。

制服女人看着白肤施怀里的花花，花花已经不敢多看她了，孩子唯一认识的母亲只有白肤施。白肤施有些尴尬地说，花花，快叫妈妈啊……制服女人期待着，花花却搂着白肤施的脖子叫起了妈妈。制服女人和男人略显失望地互相看了看。白肤施哄了哄花花，想让她叫她妈妈，可是总是哄不顺，孩子警惕得很，也抗拒着这位"陌生人"。白肤施只好说，你们别担心，跟你们住几天，她就好了，不管咋样你们是她的亲生父母对不对？制服女人和男人有些难过地低着头说，白肤施同志，我们就是想见见孩子，以后还要有劳您继续带着孩子。

白肤施听了这话，看了看牛丰林，又看了看怀里的花花，反而笑容可掬地摸了摸花花说，你们要是现在把孩子带走了，我也舍不得，花花跟我都习惯了。看到白肤施这么说，两个人有些愧色。牛丰林说，首长，请您放心，我家婆姨就是爱孩子。制服女人说，看到她，我也放心了，以后，你也是花花的妈妈，就这么说定了。白肤施得了这个允诺，更是抿不住嘴地笑起来说，这怎么好意思呢？我哪儿能受得起？制服男人说，怎么受不起？我们生了她，可你养育了她，生恩没有养恩重，以后都一样亲。白肤施终于放心了，感到一阵儿的暖意袭身，嘴里却说不出一句话来。

临走，她听到窑洞里制服女人的哭声隐隐传来，牛丰林问白肤施，你这下知道我是啥人了吧？白肤施说，我当然知道，要不然我咋会嫁给你，我就是舍不得这娃娃！让他们带走了，我还不放心了。又问，这两位首长真是花花的亲生父母？牛丰林说当然是真的！我那儿还有证明呢，白纸黑字！白肤施说，他们真狠心！牛丰林说，你这是啥话嘛？你不了解情况，他们的工作非常重要，而且每天都很忙，为了革命连自己的生命安危都抛弃了，我们能做的就是解决他们的后顾之忧啊！白肤施自然不理解牛丰林的话，更不理解为了工作送人抚养孩子这件事。两个人说了一路，也吵了一路。白肤施的情绪好多了，反倒把牛丰林气得半天不说话。走到鸦雀沟上了硷畔，驴都跟着回来了，掉头一看，马向思不见了。

马向思去哪儿了？从北关走到二道街又到中心街的时候，马向思还在，一路上跟着，两个人只顾吵着，马向思什么时候落下了，也都记不清。看着小芝麻和花花睡着了，牛丰林赶紧叫了旁边宿舍的同事小朱帮忙照看两个睡着的孩子，他和白肤施返回去找马向思。

一路跑着叫着，走过南门坡的街铺，又跑到拐子巷，还是没有孩子的影子。两个人只能分开了去找，牛丰林往东关方向，白肤施往二道街钟鼓楼方向。临走的时候牛丰林安慰她说，孩子丢不了，就这么大的地方，到处都是咱自己的同志，你只要直着走，别把你自己走丢了就行。白肤施也顾不得这些，按照牛丰林指的方向往前寻。

夜深了，街道上的行人也少了，无论是布匹店还是骡马店都关了门。白肤施越走心越慌，不由得大声叫着孩子的名字——马向思！马向思——她一边叫，一边不由得哭起来，跌跌撞撞穿过大东门的时候，借着月光，透过众多的灯笼模糊的光线，隐隐约约看到不远处，一个孩子正蹲在路边。

白肤施翘着步子快速冲过去，看到马向思正一个人盯着一座院子的大门口仔细地看着。院子不大，外面除了标语，还有一幅墙壁画，画上的花儿鲜艳无比，生动逼真得很。白肤施抹了抹汗水和眼泪，轻轻走过去，拍着马向思的肩膀，慢慢地搂住他，顺着他的目光指着墙上的壁画问他，那是什么东西？马向思说，橘子。白肤施问，橘子？哪个？马向思指着墙上最红的那个果实点了点头。

白肤施并不是不知道橘子，她在骡马店里、市场上见过，也吃过，只是这种水果，在这里确实比较稀缺。白肤施抓住马向思的手问，你想吃？马向思又点了点头，白肤施说，那我明天买给你吃好不好？马向思又点了点头，白肤施顺势拉起马向思，而后踩着月光慢慢地往回走。白肤施问，你属啥呀？马向思说，猴子。白肤施说，那跟我一样，我也属猴呢，猴子咋这么听话呢？马向思说，猴子要听话，猴子不上树！白肤施说，谁告诉你的啊？马向思不说话，白肤施说，以后听我的，猴子不听话，猴子要上树！马向思看着白肤施，突然笑了起来，白肤施还是第一次见这个孩子笑，也不由得跟着笑起来。

第二天一大早，白肤施就跑到二道街去买橘子，可是没有买到，满大街没有卖橘子的商铺，就打听着过了河，走到东关，才在一个果铺店买到两个橘子。她像得到了宝贝一样揣在怀里，高高兴兴地穿过南关，到了牛丰林的宿舍院子，白肤施就听到窑洞里牛丰林和一个女人有说有笑地谈论着。白肤施不是故意要偷听，而是确实听到了他们说话的声音。

男人说：……这能证明这俩孩子是他们父母生的吗？

女人说：咋不能了？老牛同志，要是这也没法证明，那就当孩子是我的。

男人说：这可不能开玩笑！

女人说：老牛同志，我向您保证，这个证明无论啥时候都有效，你婆姨不是不识字吗？她要这个干啥？

男人说：就是个证明，她不相信我。

女人说：那她相信谁？

男人说：她？信神。

女人突然笑了起来，笑得声音挺大，这让男人很是难堪。白肤施就站在门口，她听得出，自己男人和这个女人关系非同一般，她不知道该怎么进门，就在门口咳嗽了一声，以免自己打扰了这两个人。这一咳嗽，马向思先跑了出来，看着白肤施手里的橘子，拿在手里，眼睛扑闪闪地看着她。她拉住马向思，牛丰林和小朱也都走了出来，小朱的脸上还残留着笑容，怀里抱着花花，牛丰林怀里抱着小芝麻。

昨天走的时候天晚，没看清小朱，今天却看了个真切。小朱确实挺漂亮，跟白肤施的年纪相仿，与花花的母亲一样，皮肤白皙，眼睛又大又花，跟水里刚捞出来的一样，是个很是让人心疼的女人。白肤施心里一紧，酸楚楚的眼泪由不得自己往外冒，手里紧紧拉着马向思，然后转身走掉了。

男人在后面喊着，彩云，你去哪儿啊？白肤施恨恨地说，去死！然后就不见了人影。院子里的小朱莫名其妙地看着牛丰林问，老牛同志，那是你婆姨？牛丰林说，对。小朱问，她咋了？牛丰林说，没事，你帮我再带带娃，我去看看……

白肤施两脚迈出了鸦雀沟，心里就有些发忧，这是该走哪里才好？延安城里城外并不大，但是人却不少，满眼都是穿制服的男人女人，她觉得男人就是想把她骗到延安城，就是想让她心甘情愿地替他养养娃，她偏不！凭什么他和别的女人在这城里逍遥快活，让她在张家圪崂里受那驴马罪？这种欺骗的感觉比让她去山上背狼牙刺还难受，这是给她心里塞了一把狼牙刺，让她乱得找不着路。她拉着马向思，牛丰林不是说了吗？马向思最重要！那好，那俩娃不重要你带着，我就带着马向思。这么想着，气着，心里咒怨着，她一口气跑到了凤凰山上。

山上有岗亭放哨，她没理对方的问话，一屁股坐在山顶上哭了起来。马向思掰开了橘子说，你吃。白肤施说，我不吃，你吃。马向思摇头，就举着橘子给她喂。她吃了一瓣儿，马向思笑着看着她问，甜不？白肤施说，甜呢。马向思说，这么甜，你怎么哭？白肤施说，心里苦嘛！说完越发哭得止不住。

白肤施搂着马向思，看着他把橘子吃完了，这才抹干了眼泪。她突然觉得这孩子可怜，也不像男人说的那样冷若冰霜。白肤施看着对面的清凉山，觉得自己太傻了，从张家圪崂走的时候，心里一直念叨着要先去清凉山拜一拜神仙才是，她觉得自己这一路的不顺都是因为没有先去拜神仙。越这么想越恼自己，而后就盘算着怎么回张家圪崂，该怎么给公公婆婆说这城里的事情，心里又乱成一堆柴草。

正盘算着，牛丰林喘着气跑上来了。白肤施扭着头不理他，无名的委屈又化成了不争气的眼泪。牛丰林说，你这一句话不说瞎跑啥呢？白肤施不说话，心里骂他，你卖了良心还怪我跑？我死了才好！牛丰林想了想，坐在白肤施旁边，把自己的棉衣脱下来给白肤施，白肤施不要，顺手给马向思披在身上。

牛丰林看出白肤施的心思来了，就说，这地方危险呢，飞机来了怎么办？白肤施说，飞机来了炸死我才好。牛丰林说，那我不是打了光棍了？娃咋办呢？白肤施气说，你心里就有你娃和你相好，炸死了我，你好活去！牛丰林笑了起来说，昨天晚上你也看到了，花花的父母都是首长，不是我的娃！本来不能告诉你首长的姓名，今天我告诉你，花花姓胡，你心里晓得就行，不要告诉别人，这是纪律。白肤施又问，那马向思呢？牛丰林看了看马向思，有些难为，显然马向思是能听懂他们说话了，白肤施就说，娃，你不是要撒尿吗？就去那边。

马向思听了白肤施的话，就走到石头窝下面去了。牛丰林说，他爸他妈是上海的地下工作者，为了革命，已经全部牺牲了，马向思现在是孤儿。上级要求我们一定要保护好孩子，让他健康成长，不要再受到伤害了……他的爸爸妈妈为了自己的信仰，给他起名马向思，那是永远信仰和向着马克思主义啊。对他的身份，小朱同志已经开了证明。

牛丰林说这些的时候，眼睛里蒙着一层泪雾，一边从兜里拿出马向思的证明信件给白肤施。白肤施接过去，她也看不懂，看着牛丰林说得那么真诚，甚至掉了眼泪，迟疑了一会儿问，那小朱同志是谁？牛丰林赶忙收敛起悲伤，看着白肤施，也明白了白肤施这么一跑的原因，就说，刚才你见到的那位就是小朱同志，小朱同志也是我们的革命同志，她虽然年轻，但是老革命了，刚完成白区的地下工作调到了咱这里来，她的丈夫在前线抗日，她还是我的上级领导呢。彩云，我向你保证，我牛丰林对你一心一意、绝无二心，我向党组织、向牺牲的那么多战友保证！白肤施也不懂那么多，就说，你要是没有二心，那你对着对面的清凉山神神发誓！牛丰林说，我是共产党的干部，我怎么能对着你说的那些神神发誓？白肤施不悦说，你要是不敢对着神神发誓，那就是你心里有鬼！我问你，革命是谁？你现在还骗我，你说的这些证明我也不懂，这两个娃明明是你和革命生的娃，诳我一个不识字的女人，你还有良心吗？

听到白肤施又开始胡搅蛮缠，牛丰林真是又急又无奈，赶紧解释说，彩云，我过去跟你说了那么多，你怎么就记住了这些没用的东西？我给你说，革命不是人，更不是什么女人，革命是一种志向，一种社会理想，我们所有人追求的一种信仰！白肤施说，就像我们老百姓信神一样？牛丰林这么说，白肤施似乎理解了一些，牛丰林张大嘴巴看着她，笑着说，差不多就是这个意思，但绝不是人！白肤施听到男人这么说，心里的块垒似乎终于消除了。几年来，这个"革命"折磨得她日夜难安，没有想到事情竟然是这样。她有些羞涩地告诉牛丰林说，我总以为革命是一个大姑娘……牛丰林又气又好笑地说，我早就给你说了，要多学习嘛，我也知道你心里有疙瘩，所以这次带你来延安城，就是想证明给你看，也让你开开眼界学习学习。

这么一说，白肤施也破涕为笑，捶着牛丰林说，早说，害我跑这么老大远！牛丰林说，这下明白了？你男人哪儿那么大本事，你男人就是一个瘸子，组织给我的任务，那必须完成！过去是这样，现在、以后更要这样！白肤施说，不许你这么说，瘸子咋了？瘸子也是我男人！

回了鸦雀沟，白肤施就将张家圪崂带来的红枣核桃一股脑儿包好，全送给了小朱。白肤施说，家里也没有啥好带来的，就这些平常东西，你吃个稀罕。小朱说，这哪儿是稀罕呢？能吃到这么多东西，我感激你还来不及呢。再说了，你为咱革命带着娃娃，那是为我们大家做贡献呢。我们要感谢你呢。白肤施说，有啥感谢的呢？都是顺手的事情，我家老牛同志年轻，还要你以后多帮衬呢。小朱看出白肤施的心思来，笑着说，嫂子，你说哪里的话啊，老牛同志是老革命，而且还是本地人，应该是我们向他学习呢。白肤施说，也就你夸他，回家里来，还被他大甩牛鞭子呢。小朱一听，突然笑起来说，老牛同志看来联系群众不够啊。又说，我也没啥可送你的，这是一条围巾，嫂子你围上好看呢，说着就给白肤施围上来。围巾红彤彤的，显得白肤施挺精神，小朱又拿出抽屉里的一支崭新的钢笔给她。白肤施怎么推辞都不行，最后不得不收下来，就说，等过段时间，嫂子给你炸油糕送来，可好吃了。小朱说，嫂子，你只要把这两孩子养好了，我们吃啥喝啥都不重要，是不是？白肤施说，对对对。

看到小朱宿舍里的镜子旁边插着一张照片，白肤施好奇地询问说，小朱啊，这是你男人？小朱看着那照片，递给白肤施说，啊，对啊，我男人，我们在反围剿的时候认识，后来失散了，我找到组织的时候，他开始长征，到了延安；我申请到了延安，他又去前线了……

小朱说的时候面露羞涩，白肤施羡慕地说，我和老牛也是在他闹红的时候认识。小朱说，我晓得呢，他告诉过我们，我们这里的人都知道你，也知道你带着花花不容易。白肤施一听心里乐得开了花，觉得自己也是和他们一样，是他们那样的人。

抽了空，白肤施就去二道街给三个娃娃买了洋布，每人缝了一身衣服，还有鞋帽。她不忘给婆婆公公扯了布，又把牛丰林和小朱等人宿舍里的被褥洗了个遍，这才说要回的话。牛丰林原想让她好好感受一下革命氛围，学习学习，她却说也快过年了，出来这十多天，也不知道家里的鸡啊羊啊牛啊有没有饿着，再待的时间长了，反而碍手碍脚。两个娃总不能一直在城里，这么白吃白喝，她原来以为牛丰林在城里吃香喝辣呢，结果看到他的伙食还不如张家圪塝，搅团算是顶好吃的饭了，有时候还吃糠咽菜、吃清水米汤呢，这算什么衙门啊。说着眼睛就有些发热，牛丰林说，前方八路军抗日打鬼子要紧呢，咱吃啥都高兴。白肤施又说，你们都不容易呢，小朱身上还是单衣呢，我买了二斤棉花放在小朱的宿舍了，你回头让她自己找人缝在衣服里，一个女人家，不要受了冷。牛丰林舍不得她走，内心又觉得还是张家圪塝比较安全，就说送她回去才放心。

刚回了张家圪塝，一场大雪就把庄子封得严严实实。天地那么敞亮，就像白肤施的心情一样。她就盼着一场雪，这场雪下了，小芝麻和花花的感冒也能好点。城里走了一趟，两个孩子都生了病，这让她对城里的天气有些恼怒。她听袁阴阳说，冬天的娃就容易风寒，一场雪就能把风寒带走，冬天的娃娃容易被不干净的东西沾染，雪这东西是天上的神仙洒下来的药！她听到鸦雀子外面叫的时候就把小芝麻和花花叫了起来，然后扔在院子里让他们玩耍。

马向思从来没有见过大雪，一下子被眼前的景象惊呆了，一个人窝在窑洞里不敢出门。白肤施把马向思抱在窗台上，让他看着弟弟和妹妹玩耍，马向思问，雪是什么味道？白肤施说，甜的！马向思有点不敢相信，就让白肤施拖着小手出了门，然后在雪地里尝了一下。白肤施一脸慈爱地看着他问，是不是甜的？马向思点点头。白肤施就用雪球扔他，小芝麻和花花也参与进来了，院子里顿时乱成一团。婆婆埋怨应该先把雪扫起来，公公则笑眯眯地拿着烟袋看着孩子们嬉笑着，目光里全是融雪一样的慈祥。

雪夜，窗户上都是油灯的光与雪清亮的倩影。牛丰林看着三个孩子睡了一炕头，就说，这几天我跟县上的同志已经安顿了，孩子有啥困难，你就找咱新当选的村干部。白肤施说，新的村干部是谁啊？牛丰林说，我大哥啊，你咋不知道？白肤施说，那也是自己人啊，你大哥啥时候革命了？牛丰林说，他是村里的人选出来的干部，他要是解决不了，你就去找乡里、县里的干部，孩子的事情是大事。白肤施就说，你大哥有时候凶巴巴的，我不去找他，再说了，我男人是革命干部，我要给你争气争面子。又说，我也没啥困难，你看马向思跟我多亲，你还不放心？牛丰林说，我当然放心了，万一有啥困难找他们就行。白肤施说，你放心去吧，娃我养着，马向思我能降得住，不过我有个条件。牛丰林说，有啥条件你说，但是不能提过分的要求！白肤施坐起来说，我也要革命！我要是革命了，袁阴阳以后就得听我的话！我娃看病啥的他就不敢糊弄我！牛丰林说，你这参加革命的动机不纯，完全是为了整治别人，自私自利的目的，这可不行。白肤施说，咋不行了？你看，花花她妈妈还有小朱同志都是革命，她们也是女人，你不是说男女平等吗？我咋就不行了？我都掐算过了，我有革命的运气呢！牛丰林赶忙抢过她的话头说，哎哎哎，你等等，你先别着急，什么叫革命的运气？还掐算？我先警告你啊，革命不是算命，更不兴算命！我们是唯物主义，不是唯心主义！以后要是再这么迷信可不行！白肤施被牛丰林这么一说，有些不服气地翻过身，掉过头，不理牛丰林。

看到白肤施沮丧，牛丰林想了想又说，彩云，其实你早就革命了，只是你自己不知道啊。白肤施一喜，转过身说，我啥时候革命了？我咋不知道呢？牛丰林说，你当初救了革命同志——老牛同志，这算一件；而且你支持了革命，帮助革命运送了武器，这算另一件；

最重要的是，你帮助革命抚养了三个孩子，这是最大的一件，这当然都算是革命了！白肤施噌地坐起来，呆呆地看着牛丰林，满意地笑了问，真的？牛丰林说，当然是真的了！我骗你干吗呢？你要求革命，要求进步，我们当然非常欢迎了。革命也不是非要拿着枪与敌人斗争，也不是非要上战场打仗才是革命。你只要把这两个孩子抚养成人了，那就是革命成功了！白肤施听了男人的话，目光中充满了雪一样的亮色，说，我对清凉山的神神发誓，我对咱的革命发誓，别说两个娃娃，就是二十个娃，我也能把他们养得白白胖胖、健健康康，保证完成任务，把孩子们抚养成人！看着白肤施一脸真诚、信誓旦旦的样子，牛丰林觉得既好笑又感动。眼前的女人如此可爱，就像这日子一般，越过越有了盼头，让人有拥抱星星月亮的冲动。

学文化

男人走后两天，小芝麻和花花的病就好了。白肤施心里想着，这袁阴阳的话倒不是完全错的，也有灵验的时候，自己迟早要把他的本事都学到手了不可！她要革命成为牛丰林那样的人，那必须有点让他们看得上的真本事才行！她明显地感觉到，小朱和牛丰林交流时总是有种说不出来的默契。这种默契是她和男人从未有过的，虽然和男人结婚这么长时间了，她觉得男人跟她隐约还隔着些什么，到底是什么？她其实是想清楚了，就是那个叫革命的东西。

　　她心甘情愿、不计报酬抚养这些孩子，但是不能让这些隐约的东西最后成了她和男人之间的绊脚石。再者说，她觉得小朱同志是个特别好的女人，说话声音也好听，对人也和蔼，真心对人好，并不像袁阴阳这种人，看到人就嫌弃，就高高在上。小朱同志还有文化，总会写写画画，这让她有些后悔，当初就应该多跟男人学识字写字才对，尤其是男人生病的那段时间，牛丰林一直想给她教识字，她总是比较忙，又觉得识字有男人就行，现在看来并不是这样。小朱同志还是一个非常时兴的女人，短帽盖盖头发，不用打扮都觉得特别漂亮。她就琢磨，开始嫌弃自己的大长辫子，走路说话都觉得自己浑身不得体、不舒服了。

下雪后，马向思穿得特别厚，好像稍不小心就会滚下山坡的样子。马向思坚决不肯脱掉厚棉袄，总把自己裹得像个大鸡蛋一样。白肤施就给他起了一个上口的小名，叫蛋蛋。又说，圆圆的脸蛋，圆圆的脑袋儿，就是个蛋蛋，咋样？马向思不高兴，不理她，她倒越是叫得欢了，说，蛋蛋，金蛋蛋银蛋蛋，你是我的宝蛋蛋！马向思笑了，白肤施就认为他同意了，整日蛋蛋、蛋蛋地喊着孩子，孩子再也没有表示反对。

雪没坐住多久就化掉了，地上湿溜溜的像是踩着丝绸一样。白肤施从城里走了一趟，整个人也像澡了雪一样，全身通透。冬天的张家圪塄，婆姨们常聚在阳畔石碾子周围聊着闲话。这个婆姨说，这彩云城里走了一趟，是男人给啥神药了？那个说，人家彩云要当干部了，他男人是大官呢。白肤施路过，没停脚也听到了，就亮开嗓子说，我男人给了我一服药，叫革命！说着就把小朱同志送给她的围巾整日围在脖子里，又把钢笔也别在了自己胸前的纽扣旁边，看起来有些滑稽，可她觉得这是一种象征，宣告她在张家圪塄与众不同，宣告她也是革命队伍的人。

婆婆说，彩云，你又不识字，整天别着个钢笔干啥？白肤施就嘿嘿嘿地笑着说，好看呢，城里的女人都别着呢，我虽然不是城里的女人，可我也是他们的人，再说了，也能防身呢，你看这东西尖尖的，遇到个坏人、恶狗，还能给娃娃们抵挡一下呢。婆婆笑说，这张广德已经被打倒了，哪有坏人呢？又说，你看着娃娃们别有闪失就行，瞎盘算啥呢？白肤施说，就算我不识字，小芝麻、花花、蛋蛋以后还写字呢！

有一天，钢笔就那么丢了，白肤施找了大半夜，最后才得知被袁阴阳捡走了。白肤施找到他说，你这是偷！袁阴阳说，那我放我捡来的那个地方去。白肤施这才知道自己是在大水井旁边丢的钢笔，从此就再也不敢把钢笔带在身上，而是压在了箱底，等着有一天能派上用场。

马干部和冯干部什么时候到了张家圪垴她还真不知道，一直听庄里的人说这两个人。每次两个干部来，牛家老大跑得比新女婿还欢，然后招呼庄里的人开会。白肤施也想去开会，可家里有三个孩子。他们没分家，只能公公代表全家去，这种事情一般也只能男人去。

公公开完会回来，白肤施问他，都学啥？公公说，识字呢，还讲道理呢，年轻人都爱去，我老了，瞌睡。白肤施想说自己也想去，又不好提。后来，马干部和冯干部就上门来了，问这几个孩子的情况，盘问了半天是怎么回事。白肤施说，都是我自己的娃嘛。孩子们都不说话，看着陌生人眨着眼睛，目光里莫大的防范和恐惧。白肤施说我家男人也是干部，你们还不信吗？马干部和冯干部就不再问了。又问牛家老大，牛家老大没说话，就来询问他大，这几个娃到底哪里来的？公公不说话，白肤施说，大哥，牛丰林没告诉你？大哥说，没！刚才干部问我，我也说不清。白肤施说，以后就说我娘家远方哥哥的两个娃，我哥榆林城里被抓了壮丁，扔下娃娃跑了。大哥就问，两个都是？白肤施说，都是！老大就这么走了。白肤施说，大，丰林说过，不许告诉别人这两个孩子的来历。公公说，这兵荒马乱的，不许说就不说。又沉思了一下问，你说他们城里的那些兵都是好人？白肤施说，好人！要不然还能给我送围巾？公公说，我也听说了，都是些为老百姓拼命的人，以后谁再问娃娃的事，你就按今天这个说法！你养着娃，就当是你自己的娃！白肤施说，那咱就说定了！从此再不敢叫孩子的大名，全都叫小名。又说，以后还是少抛头露面，以免别人怀疑，人心隔肚皮，万一县政府的人和牛丰林的市政府不是一回事咋办？白肤施想的是，如果是一回事，他俩咋能不知道孩子的来历，还特意来问呢？再说，她接到的任务和别的政府没有关系，牛丰林曾经告诉她，这是秘密任务，不能让别人知道！从此以后，她再也不敢想着去开会的事情了。

后来，冯干部和马干部又来了几次，想让白肤施去参加夜校，白肤施没有敢答应，就说娃比较多，要看娃呢。马干部说，我认得你呢，你是老牛同志的婆姨嘛，你要是不学习，以后跟老牛同志怎么交流呢？白肤施问，啥交流？马干部就说，交流就是说说话，交流思想，共同进步。白肤施说，我男人跟你们一样，可他还没嫌弃我呢，关你啥事？马干部听她语气有些强硬，态度也不是很好，只好作罢。

虽然嘴上这么说，可马干部的话就像种地点豆儿，刚好点在她的心里。那天，别人都去开会了，她心里着急。花花和小芝麻都开始满院子蹒跚学步了，她就把孩子带到太阳下，用两根粗麻绳牵着。庄里的平地少，牵着以防孩子跌倒或滑倒伤了。

袁阴阳看着白肤施在那儿看娃，就走过来说，丰林家的，咋不逞能了？你男人打你了？白肤施不理他。又问，你的钢笔呢？白肤施说，那是延安城里大干部送给我的钢笔，那叫首长，你想看就看？你也不看你自己头上长几个角！袁阴阳说，我又不是羊，我能长几个角？又说，彩云，现在年轻人都学文化呢，你要是不学文化，别人都看不起你，更不要说你男人了。白肤施说，你是想看那支钢笔吧？袁阴阳说，我想要钢笔，哪儿买不来啊？白肤施说，我准备把我的钢笔给马干部和冯干部卖了，他俩都想要。袁阴阳说，真的？白肤施说，骗你干啥？他俩上门问了我几次了，我都没卖！袁阴阳问，真想卖？白肤施说，我还没有想好呢！又说，你想要？袁阴阳说，你要是卖那钢笔，那我也就当帮你了。白肤施说，我也就想给你卖！袁阴阳说，多少钱？白肤施说，不要钱！袁阴阳说，你若骗我，以后就别想在我这儿问到一句话！白肤施说，只要你一天给我教一个字，教够了三百个字，我就把钢笔送给你！一个字，我给你两个鸡蛋！现码现过！袁阴阳想了想，说话算数？白肤施说，肯定算数！我现在也是政府的人，能跟你耍赖？不给你鸡蛋你可以不教啊！钢笔最后才能给你，你要是不信了，我给你画押嘛。袁阴阳说，那倒不用，我还是相信政府哩！你放心，我包教包会！

有了孩子就有了生活的目标，有了孩子们的哭笑声，生活就有了诗意。每天一大早，太阳就把生活唤醒了，照亮了；连红色的旧窗花也鲜艳起来了，生动起来了。白肤施先把家里的水瓮添满了，就像要把一天的精力全添得足足的，满满当当的。而后给花花和蛋蛋煮羊奶，羊奶不够三个孩子喝，她要先紧着花花和蛋蛋这两个孩子喝饱了才行，然后才把蒸熟的鸡蛋给三个孩子分开来。

这是一天的早餐。安抚好了孩子，她开始给他们梳洗，这是牛丰林给她叮嘱的卫生习惯。男人说，孩子讲卫生才能少生病。连婆婆都说，咱的三个娃，都比庄里其他娃娃少生病，那是因为洗得多啊。婆婆是有点嫌弃白肤施费水，虽说大水井的水旺，可也不能这么洗啊。早上洗一遍，晚上洗一遍，那可都是人喝的井水啊！婆婆的意思是，洗漱的水可以用河水。白肤施认为，河水那是牲口喝的水，不够干净，哪能给娃们洗呢？就井水！她嘴上不顶着，心里却嘀咕，你亲孙子也洗着呢！婆婆看到批评她没啥效果，索性由她。

洗漱完了，三个孩子像三颗小太阳一样，把阳处的土围墙都照得暖乎乎的。前面拉着的是小芝麻，小芝麻的后面用绳子串着花花，花花后面又拴着蛋蛋，四个人就像一串儿糖葫芦，沿着土墙根走到大槐树的围墙边。围墙边就是小孩子们玩耍的地方，白肤施得眼不离娃地看着他们。

三个孩子秉性不同：马向思虽然不言不语，看起来软弱，却是说一是一说二是二，小小的娃儿有种柔中带刚的倔强；花花则比较娇柔，爱哭鼻子；小芝麻呢则比较老实，给啥吃啥，也不挑不叫，反倒像个女孩子一样乖巧。

张家圪崂的娃娃们比较野，公社的干部们正想办法让他们去上学。地主张广德得势的时候，只有一个私塾，有钱的孩子才能上学。冯干部和马干部就说，必须先把学校办起来。可谁去教书呢？有人说袁阴阳要去当老师了，可袁阴阳不愿意干，觉得给的薪水太少了，还不如他给别人算命看病呢。嘴上推脱说，年龄大了，新社会的字，他教不了，万一教出一群小阴阳来，那还得挨批斗。

于是，这事就这么耽搁下来了。没几天时间，冯干部自己背着铺盖卷来了，就住在庄里，他准备给娃娃们当老师，并号召所有适龄的孩子都来上课。娃娃们很快就玩到了一起，哪怕是一根树枝，都能当成玩具。村里年龄稍大的人就开始聚过来，也坐在这围墙的旁边晒太阳，自然也成了看孩子的义务员。之所以带孩子们来这里晒太阳，是因为白肤施觉得，马向思需要逐渐和庄里的娃娃们一起玩耍，需要慢慢地开始融入张家圪崂的孩子圈了。

张家圪崂的人除了农忙的时候吃三顿饭，到了冬天就是两顿饭。

白肤施怕孩子饿，就随身揣着干粮。她把牛丰林带回来的微薄的工资攒下来，全换成了白面，然后再掺上荞面或者玉米面，给孩子增加营养，大人自然舍不得吃这些有白面粉的馍。给三个娃挨个喂完了简单的午餐，看着他们玩得热闹，她就给坐在人群里的婆婆安顿了一声，缓步走下了坡。

婆婆知道白肤施想从袁阴阳那儿学点本事，她自己也对袁阴阳的话迷信不已。袁阴阳就说，你儿媳妇心灵得很，让她学点本事，看看病也好！婆婆也就默许同意了。白肤施揣着两个鸡蛋，就像揣着两个噗噗跳动的心。她把浑身的勇气都使上了，表面上还是嘻嘻哈哈，内心却有些胆怯——袁阴阳她倒是很了解，无非是为了两个鸡蛋，可这两个鸡蛋带给她的人生意义却非同寻常，文化这种东西不是谁都可以学，即使像她这种家庭，依然没有机会上学。

白肤施很小的时候，她大白掌柜觉得，女娃迟早是别人家的人，学文化毫无作用，能算个账就行了。少女时代的白肤施除了看店就是放羊，没有学一点文化。现在在她看来，学文化以后，她就是张家圪垴的女秀才了，哪怕成不了秀才，能成半个女阴阳也不错。这么想着，她觉得自己改变命运的机会就这么悄然来临了。

袁阴阳用一张写对联时剩余的边角料纸，写了一个"牛"字，说，你是牛家的媳妇，先给你教个简单的字，这是"牛"！白肤施看着那"牛"字就想起了自己男人，张口就问，自己的男人怎么一条腿？你这是欺负讽刺我男人瘸腿呢？袁阴阳说，这是字，老祖先造出来的字，老祖先能知道你家牛丰林瘸腿呢？这又不是画像呢！以后你记住这是"牛"字就行了，牛丰林的"牛"！又让白肤施写了一下，白肤施费了担两担井水的力气写完，这字就算学完了。

两个鸡蛋放在袁阴阳锅台上，白肤施揣上那张红纸，高高兴兴地出了门，一整天就被这个"牛"字缠绕着。下午做饭的时候还差点走神，一直到晚上没事的时候，就拿出一边认一边用柴火比画着写起来。不知不觉，一个多月过去了，也识得了不少字。

牛丰林爱吃鸡蛋，嫁到牛家以后，她就使劲地养鸡。现在男人没吃多少，袁阴阳倒是吃了不少，但她觉得不管谁吃了鸡蛋，没有白吃的蛋。现在三个娃娃的营养也全靠了这一群鸡。别人家的鸡容易得病，白肤施家的鸡总是一年比一年多，很少得病。不管袁阴阳吃多少，她必须先得给三个娃娃供应足了，有时候欠了袁阴阳的鸡蛋，袁阴阳就记在本儿上。白肤施不用记，那些数儿都在她脑子里记得清清楚楚，连日期都不差一天，所以袁阴阳也不敢糊弄她。

有一天，白肤施把记在红纸片上的几个字不由自主读出来的时候，马向思就给她纠正说，读 dài 夫，不是 dà 夫，读 kuài 计，不是 huì 计。白肤施也不知道马向思读得对不对，毕竟马向思才是个六七岁的孩子，那袁阴阳道行多深啊，那是上知天文下知地理的半仙，这条沟里的人哪个不对他尊敬和佩服？这时候，冯干部已经在村里教书了，白肤施瞅了个机会就背着别人偷偷询问他，这两字是咋念呢？冯干部读得跟马向思一模一样。

冯干部看白肤施火急火燎地要走，就在后面喊她说，你家蛋蛋到了上学的年龄了。白肤施说，我家蛋蛋不用上学。冯干部问，为啥？白肤施说，他本来就是个小秀才！从此以后，蛋蛋又多了一个外号：小秀才。

白肤施得知袁阴阳给她教错了字，就扣了袁阴阳三次的鸡蛋，袁阴阳觉得自己没有错，可是又不敢跟着白肤施去甄别清楚，只好忍了。

从此以后，白肤施从袁阴阳这儿学来的字都要请马向思把把关，马向思也愿意教白肤施识字。他的上海口音很浓重，白肤施则是浓重的陕北口音，两个口音掺和在一起，最后的结果是，白肤施的口音带着上海腔，马向思的口音中带着陕北腔……因为识字学文化的关系，马向思对白肤施建立起了信任，他说话也只有白肤施能够听得懂，白肤施对马向思偏袒，连牛奶里都撒着切碎的红枣。因为马向思爱吃甜，只要有人出去赶集进城，白肤施准要求人家买些白糖或者红糖回来。

不到三个月，白肤施基本能认识常用的一些汉字了，她聪明异常，看到一个汉字就主动询问袁阴阳，可袁阴阳觉得应该拿鸡蛋来换取。白肤施说，我好歹算是你两个多月的徒弟对吧？鸡蛋也吃了不少吧？起码还有个情分不是？你不能事事都拿鸡蛋说事，完全不讲情面。袁阴阳说，我的肚子不讲情面嘛，我跟我师父学的时候，我师父还打我呢。

白肤施觉得憋屈，回家就问马向思，马向思还真认识。她心里就想，与其给袁阴阳吃了鸡蛋，不如给我自己的娃吃！马向思的小脑瓜里装了多少汉字？白肤施心里没有底。白肤施就把当初牛丰林写给她的信拿出来，让他一封封地念，这才发现，袁阴阳当初给她念信的时候，不仅有所保留，而且读错了很多字，字读错了意思就错了。而且牛丰林每封信都叮嘱白肤施要注意身体，要多关照公公婆婆，袁阴阳压根就没有读！再比如，牛丰林要她抽时间去延安城里检查一下身体，他也没有念；牛丰林让她多学习，尤其要跟乡里来的干部多学习，他也没有念；牛丰林要她不要相信袁阴阳，他更不会念……

有了这些证据，白肤施就对袁阴阳的能力产生了巨大的怀疑，她把牛丰林信里的字每一个都摘出来，然后让马向思给她教，马向思有不认识的字，她才去找袁阴阳，而后有机会找冯干部确认一下。

她不喜欢冯干部，觉得他像个女人一样，总是磨磨叽叽，说话时也像个大姑娘一样，还害羞脸红。可冯干部识字多，他说不要鸡蛋，反而搞得白肤施觉得他没有人情味了。最让她不愿意找冯干部的原因是，她觉得冯干部年轻，经常见面会惹来闲话，婆婆也不会同意。她心里对冯干部有防范，更重要的原因是，听说冯干部是医学生，不但给驴马看病，还接生孩子。一个大男人干这种事也不害臊，这就让她无端地认定，冯干部不是啥正经人。

冯干部和马干部打听花花和蛋蛋的事情，让她觉得这些人多管闲事，觉得他们另有所图，万一他们是坏人，那她不是害了花花和蛋蛋吗？在她的心里，这两个孩子就是一切，除了婆婆公公和男人，再就是小朱同志值得信任，其他人都不能信任。哪怕他们穿的是一样的制服，她也觉得应该甄别。

冯干部发现白肤施处处防范他，也觉得自己的方法欠妥，就说，你现在识字已经不算少了，不过想要识再多的字，我可以送你一本书，但是得用十个鸡蛋来换！白肤施就问，这本书里有多少个字？冯干部说大概有七八千字，只要你把这本书读完读通了，你也就成干部了！还有，难认的字，我给你用拼音标注出来了，回头我给你教一教怎么认拼音。白肤施说，我儿子蛋蛋会呢。冯干部笑了笑说，那行，我先给你标注拼音，三天后，我标注完了再给你。白肤施说，好！三天后，白肤施拿了二十个鸡蛋，冯干部说，多了。白肤施说，不多，我不想占你便宜！冯干部无奈，只好收了鸡蛋。

回到家一看，是千字文。冯干部自己用白纸把每个字都抄写下来，字看起来大了，清楚明白，每个字都标注了拼音。这本手抄书，看来他是下了很大功夫，二十个鸡蛋她是沾了光，如果再纠缠这事，就显得生分了。

有了这本书，白肤施再去找袁阴阳的时间就少了，不但她自己学习，连马向思也学了不少字。有了件可以做想做的事情，日子就过得像粘带了雨水的庄稼，噌噌噌地往前蹿。

过年的时候牛丰林回来了，没待多长时间，又匆匆回了延安县城。临走，白肤施把家里的年茶饭给小朱科长装了一大口袋，又给花花的父母捎了一些。牛丰林回市政府的时候，背着一大堆年茶饭，挨个儿给同志们分发。这个年就过得有了别样的味道，比如小朱同志，她觉得自己在这地界上有人记挂，在延安这地方有了亲戚。白肤施又把另一份年茶饭放在学校外面的墙头上，免得遇见冯干部又要客套一番。

文化人说话麻烦得很，总是客客套套，磨磨叽叽，一句话想三步，渠渠道道多，她觉得费神。没有想到，学校墙头上其他人已经给冯干部放了很多黄馍馍、油馍馍，白肤施就觉得冯干部这人确实有些能耐呢。不收娃娃们的学费，天天给庄里的人开会，到底是图啥呢？后来又听说，冯干部让那些学生娃娃把年茶饭认领了，都各自拿回去。白肤施没有去，她觉得冯干部不近人情，不食人间烟火！大概也是嫌弃老百姓的饭吧？她暗忖，以后还是跟冯干部少来往为好。

白肤施来得少了，袁阴阳就觉得这里面肯定有鬼。打听了半天才得知是冯干部在中间捣鬼，害得他少收了很多鸡蛋。不仅仅白肤施这一件事，单说过年写对联的事也够让他恼火的。过去，张家圪坳的地主张广德家的对联，那都是延安府送回来的，个个都是书法家自拟的对联，好看又喜庆，每一副对联都是福禄康寿，或者风花雪月。老百姓的对联呢？有点心思的人就去找袁阴阳写对联，一副对联两个鸡蛋，也都是从老对联里抄来的经典内容，有时还会把庙宇内容、婚丧嫁娶内容的对联写上去。老百姓也不识字，他为了赚钱，过年这一笔非常可观的收入绝不能缺席。最主要的原因是，这就不断宣告了在张家圪塔，老百姓永远离不开我袁阴阳！对联红纸自己裁自己带，鸡蛋就是润笔费。至于那些拿不出润笔费的老百姓，自己找点红纸裁了，用锅底黑作墨，将碗底沾上墨，扣上七个圈，也是常有的事情。对于普通老百姓来说，文字，就是旧社会通向特权的一条复杂的路，并不是每一个人都有权利去踏上它。

今年腊月就奇怪，压根就没人来找他写对联，连白肤施家的对联都是牛家老大和那个蛋蛋写的，虽然不好看，可这些人还真贴上去了，也不嫌害臊。这个年，袁阴阳憋了一肚子的气无处撒。以前张广德得势的时候也不惹他，现在连白肤施这种活寡妇都看不起他；更要命的是，自从冯干部驻到张家圪塔以后，他给人看病的收入也少了，他的嘴就要挂起来饿肚子了。冯干部看病都不要钱，他这是专门跑来跟自己作对啊。他也想过很多办法，比如说把冯干部的烟囱给堵了，把他的柴火给点了，装鬼吓他，可这些招数在他那儿根本没有用。大半年过去了，冯干部就像钉子一样，不仅钉在张家圪塔的庄里，还钉在了张家圪塔人的心里，更是扎在他袁阴阳的心里。好在机会很快就来了。

白肤施的羊生病了，拉稀不吃草，连续几天不见奶水。三个娃娃喝奶喝习惯了，突然断了顿，小芝麻和花花就哭闹。反倒是马向思逐渐长大了，哄着弟弟和妹妹喝白糖水才止住哭闹。可这又不是长久之计，白肤施只得求助袁阴阳。袁阴阳掐指算了一下说，羊老了，你挤奶太多了——你家那羊啊，那不是普通羊，那是杨二郎杨戬的羊！白肤施说，杨二郎养的那不是狗吗？袁阴阳说，有狗就有羊有牛有马，你不懂，杨二郎有钱！白肤施说，好，那我们家的羊呢？袁阴阳想了想说，这羊金贵呢，它来你家是报恩来了。白肤施问，以前也没见过它啊？袁阴阳说，你想想，好好想想！你以前是不是一直跟羊打交道？要不你上辈子是拦羊娃！白肤施笑了笑说，你没说错，我以前做姑娘的时候，就是拦羊娃。白肤施一笑，袁阴阳把脸绷得更紧了，接着说，你家羊里，有一只羊很特别啊，你小的时候救过它的命！

　　白肤施有些纳闷，想了想说，对，有这么一回事。我小时候，家里有一只羊羔跟我特别亲，有一次羊羔挂在了悬崖上，是我救回来的，它长大一点的时候，我大要杀它，我拦住一直没有让杀！袁阴阳继续顿了顿，嘴里念叨着什么，白肤施就急躁地站起来说，到底该咋办呢？她迟疑了一下，就赶紧把半篮子鸡蛋放在袁阴阳的锅台上说，啥时候欠过你的呀？袁阴阳笑了笑说，你这个人，就这点好，心善！你救的这只羊不是普通羊，它就是杨二郎家里的羊，现在化成奶羊报恩来了，所以，你这三个娃娃能活着，是你积德行善的结果。这句话说得白肤施高兴了，笑嘻嘻地说，这不是举手之劳吗？袁阴阳说，善恶一念间呀，你是好人，才有今天的好报呢。白肤施越加高兴了，问，那现在怎么办？袁阴阳说，它呀，现在老了，要死了，没办法啊，它要回天上复命呢，你们之间的恩情已经了结了。白肤施有些失望地说，就这么了结了？袁阴阳点点头说，那你还要怎么样？这羊要把你娃喂大成人，可是你现在三个娃，把羊的恩情都喝完了，你还想怎么样？白肤施怅然若失地看着袁阴阳，怯怯地问他，那有没有办法救了它的命？袁阴阳说，你咋还不明白？羊的恩情已经用完了，跟你已经情断义绝了。白肤施问，那我娃娃咋办呢？袁阴阳不置可否地看了她一眼，白肤施说，你得想想办法啊，羊不能死，奶也不能断啊！袁阴阳笑了笑说，为今之计，只有一个办法，那就是给羊续命。白肤施问，咋续命？

从袁阴阳那儿回来以后，白肤施愁云不展地张罗把家里的六只鸡捉住，塞在筐子里，趁着天黑，送给袁阴阳。这六只鸡可都是下蛋的母鸡，白肤施自然心疼得不得了。袁阴阳得了这六只母鸡，警告白肤施说，这就是六个月的续命钱，一个月一只母鸡，半年后你再拿母鸡来给你的羊续命！白肤施送了母鸡，袁阴阳就焚香拜佛，舞弄一番后，交给白肤施六包纸灰，纸灰里似乎又加了药沫。白肤施和了水，然后给奶羊灌到嘴里，到第三天的时候，奶羊就好了，利利索索地出了奶，精神又恢复如常。

这件事以后，白肤施对袁阴阳的态度稍好了一些，对袁阴阳的话也更信任了。不管怎么说，他还是张家圪塝有本事的人。没有他这身本事，娃娃们的奶早就断了。而这一切，马向思看在了眼里，马向思看着白肤施对羊啊鸡啊都特别爱护，又看着袁阴阳拿走了家里的六只鸡，心里难过极了。

过了一段时间，马向思就故意侧面提醒她，羊的病来得莫名其妙，去得也莫名其妙，别人家的羊都挺好，咱家的羊为啥得病？而且这羊年龄也不大，你也放过羊，应该懂啊。马向思这么一说，白肤施就开始疑惑，觉得这孩子心思细腻，也是当局者迷旁观者清。她觉得这事不能就这么完了，没事就往袁阴阳家跑，整日看他给人用各种办法看病，看得多了，就往心里记，记得多了，袁阴阳那些本事，她也了熟于心。往往还没有等袁阴阳给人说治病的法子，她就抢着说出口来。袁阴阳觉得白肤施这是故意捣乱呢，就气哼哼地问，你想干啥？白肤施说，我不是你徒弟？那不学点本事咋行？说着又拿出两个鸡蛋说，今天学的内容，我都记住了，以后要是再学到了，再给你。

袁阴阳拿白肤施没有办法，就问她，听说你都会写对联了，那钢笔该给我了吧？白肤施嘿嘿笑着说，那个不能算数，为啥？你给我教的那些字都是半拉子没熟的字，你还好意思提这个啊？好多错字呢。袁阴阳知道她说得有理，又不好跟她过多争辩，脸上也挂不住，说，行，那你藏着，迟早还能生出小钢笔来。好歹自己还赚了几只母鸡，也算没有赔本。

过了些时日，袁阴阳看到白肤施还是每天来学习，赶她她也赖着不走，就说，这本事也学了不少，你也该走了吧？白肤施说，你也没怎么教，我这是偷师学艺呢。搞得袁阴阳既沮丧又无奈。

没几日，马向思也病了。时令已近初夏，白肤施就想，孩子是不是吃了啥不干净的东西了？眼看着马向思吃东西越来越少，而且老是喊着肚子疼，疼得半夜起来直喊爸爸妈妈，白肤施心痛不已。马向思从来到张家圪垯以后，还从来没有这么叫过，他叫一声，白肤施的心就疼一下。一直疼到睡着，看着他还在迷迷糊糊地叫妈妈，白肤施就赶紧应他，蛋蛋别怕，蛋蛋不疼，妈妈在呢，妈妈在你跟前呢。一直搂着马向思，等他睡着才敢眯一会儿。

白肤施背着马向思去求袁阴阳给孩子看病，袁阴阳摸了摸孩子头说，有点发烧啊，你不是在我这儿学了那么长时间了，怎么还没学会？白肤施说，有师父在呢，我怎么敢自己看呢？我那两下子怎么敢胡造次呢？袁阴阳点了点头，然后也不避讳白肤施，在一张黄纸上画了些她也看不懂的东西，蒙在马向思的头上，口中念念有词，接着把黄纸烧尽的灰烬放入盛着清水的碗中，让马向思喝了这碗神水后，告诉白肤施说，好了，回去吧！

　　回到窑里，白肤施心一直悬着，也没敢带着花花和小芝麻出去晒太阳，一直守候着马向思。晚了，拿毛巾给他降温，又做了红糖鸡蛋，又借了蜂蜜做了软糕，却是三天了还不见效。白肤施就觉得自己对不起娃，对不起牛丰林，这娃来家里这么长时间了，也没给点油水补补，身体自然不行。抹了一宿的眼泪，看着马向思不仅病没有好，而且肚子疼得更厉害了，有时候疼得满地打滚地叫着。白肤施再去找袁阴阳，袁阴阳肯定地说，药绝对是没有任何问题，是吃的方法有问题！他说，你别和着糖水给娃喂，要开水，而且太阳刚升起来的时候喝一次，太阳刚落下去的时候喝一次！白肤施照办了，可依然不见好。这下她慌了，打听冯干部没有在庄里，赶紧背着马向思就往城里跑。

　　跑到沟口的县政府，偏偏遇到了冯干部。冯干部问，娃是咋了？白肤施只好如实说了，刻意回避袁阴阳的药。冯干部摸了摸孩子的额头，觉得还好，就说，你把孩子放下来，我给你看看，诊所就在那边呢。白肤施不肯，倔强地说，你得给我男人说一声，要不然我不能把娃给你们！冯干部担心出事，赶紧给县上的领导通报。县领导知道这是牛丰林婆姨，县政府有电话，立刻就通了市政府。牛丰林听说孩子病了，借了一匹马一股脑儿就往县政府跑，跑到沟口，看到白肤施紧紧地抱着马向思等着他。牛丰林气得不得了，说，你咋带个娃还能带成这样？！你还能干个啥么？白肤施本来就挺急，心里又委屈，牛丰林劈头盖脸一顿训斥，她就抱着娃哭起来，也忘了要给娃看病呢。

旁边的冯干部给牛丰林使了个眼色，把他拉到一边嘀咕了几句，牛丰林这才和颜悦色地看着白肤施说，你这是跑来哭鼻子呢？还是给娃娃看病呢？白肤施缓过气来说，你得送到城里去么，病重得厉害呢。牛丰林说，让他看就行了么。白肤施悄悄给牛丰林说，那是个不正经的人，还给女人接生娃娃呢，给牲口看病呢，他能看得好了？牛丰林说，你净听别人瞎说，冯干部那是医学院的高才生，哪有看不好的病呢？他给首长都看病呢！白肤施不敢辩驳，就由着男人把马向思抱到了县府的卫生室去。

县府的卫生室就在县府斜对面的路边，院子不大，也就是一排六孔窑洞。早先，这里是一个骡马店，后来县府租来，为老百姓看病。冯干部给马向思马上听诊了，然后笑了笑说，吃点药，问题不大。

这话听得白肤施心里很不舒服，嘀咕着，那袁阴阳看了多少次都说很严重，你一个嘴上没毛的年轻人说得倒轻巧，问题不大？我倒要看看你咋给娃看病呢！后晌，马向思的病几乎痊愈了，也不知道冯干部给娃吃了啥白药片片，娃就跟吃了仙丹一样，开始跟她说话了，也开始吃饭了，更不喊疼了。牛丰林给他买了两个枣饼，他也不客气，好像没有得病一样，吃了个饱。

白肤施正和娃娃说话呢，县政府的领导也来了，一会儿说刘县长，一会儿说王书记，她也分不清谁是谁，还把一盒罐头留给马向思。那县太爷倒是眼熟，那不是过去来张家圪崂的货郎吗？穿着打扮跟张家圪崂的农民也没有两样，白肤施就觉得这县太爷也太寒碜了。刘县长说，他还真是那个货郎，咱县上的所有村庄的情况都了解，谁家有多少人多少牲口，他脑子里都装着呢。你是白肤施，小名彩云，你大是天尽头白家骡马店的白掌柜。白肤施一听就笑了，说，说得一点都不差。牛丰林陪着王书记和刘县长他们出了门，白肤施还有些不相信了，跟在后面，听到门口的刘县长批评牛丰林。

刘县长说，老牛，你也是老革命了，虽说你是市政府的人，我也要批评你！牛丰林说，我虚心接受批评，不管哪里的干部，都是县府培养出来的干部啊。刘县长就说，嗯，两个孩子的情况我们刚刚才了解到，你应该提早告诉我们！你是对我们不信任，还是对我们县府有意见？牛丰林只好说，刘县长你冤枉我了，这个任务我接到得比较紧急，所以也不知道该不该告诉你们。我想，我个人能够解决的事情，还是个人解决。旁边王书记的语气更严厉了，说，这是你个人的事情吗？这是组织的事情！牛丰林只好说，王书记您别生气，我以后努力改正。刘县长打圆场说，这样吧，以后有啥困难让你婆姨跟小冯说，不过，这件事情还是要保密，仅限于我们几个人知道就行，你说呢，书记？王书记想了想说，就按刘县长说的办，你要是再隐瞒……牛丰林赶忙抢着说，再隐瞒，您撤了我的职！王书记的语气也缓和了，说，县府也有向市府的建议权，你这样做事，万一娃娃出了问题怎么办？谁来负责？这是第一次，绝不允许有第二次。牛丰林只好咧开嘴笑着敬礼说，是！

这事惊动了王书记和刘县长，冯干部觉得挺对不起牛丰林和白肤施，就解释说，我真没有私下给两位领导汇报。牛丰林说，不怪你。但是看得出来，牛丰林是非常难过，脸上没有一点笑容，白肤施看着男人的表情，突然心里忐忑得很。

冯干部特意嘱咐卫生室的灶房，给白肤施一家做了荞面麻食，白肤施看着牛丰林的脸色，却没有什么食欲。饭后，马向思就说，想回家，想弟弟和妹妹了。于是他们踩着夜色往家走。一路上白肤施不敢说话，天也阴沉沉的让人难受，他们走了很长时间的路，一直走到月亮也下去了。

摘星辰

她坐在炕头上不敢睡，男人躺在炕上蒙着被子，故意与她隔离。望着窗外，目光所到处，尽是黑魆魆的山峦，而那些无声的山峦、夏夜的蛙声，似都在对自己进行谴责。她一直觉得，男人就是她的天，男人的脸色就是天色。今天男人虎着个脸，还没有见谁敢这么让他难堪，即使是他大打他，那也不是啥奇怪的事，但是陌生的男人训他，他几乎不敢还一句嘴，白肤施还是第一次见到。

　　她推了推男人柔声说，丰林，县长会不会不要你了？要是不让你革命了，把你的饭碗打了，你就回来，回来了我出山劳动养你。牛丰林没有说话，白肤施心里更加发怵，看男人的样子，这件事情挺严重，远非她想象得那么简单。白肤施觉得，不管是大人还是孩子，都吃五谷杂粮，哪有不得病就能长大的道理？过了一会儿，听到男人轻微的鼾声，白肤施只好劝自己快睡。

　　一早起来，白肤施觉得这事就这么过去了吧，男人还是沉着脸。白肤施觉得他小题大做了，有些不高兴，说，总不能不得病吧？男人知道这里面有蹊跷，就说，你昨天没反省？白肤施说，反省啥呢？男人气得直瞪眼，说，蛋蛋到底咋回事？白肤施欲言又止，想了想还是开了口，就那么回事。男人说，你要是不老实交代，以后出了事咋办？我实话告诉你，这种事以后绝不能再发生！白肤施知道隐瞒不过，只好老实说了前因后果，牛丰林又气得翻白眼，说，我给你说的话，你一句都记不得！那阴阳说的话，你倒是一五一十都记得照办！白肤施听到男人这么说，觉得事情有点大了，可也没有好办法，她心里急，又说不出来，索性就放开嗓子哭了起来。这一哭，公公婆婆就过来了，问，咋回事？看着白肤施哭鼻子，就数落牛丰林说，你这半月二十天不回家，回一趟家，还吹胡子瞪眼，你觉得彩云不会带娃吗？那行么，你来带，你自己上手看看，三个娃娃一个妈，那滋味你也尝尝！牛丰林说，这是两码事，她跟袁阴阳学的那都是歪门邪道，差点把娃娃给看出大麻达来！丰林他妈就说，袁阴阳咋了？你小时候还不是请他看病才长这么大吗？要说你还得感激人家呢。牛丰林听他妈这么说，心里更气了。白肤施赶紧跟婆婆和公公说，这事怪我，是我没带好娃娃，县老爷要打板子坐牢就冲我来，我不怕，袁阴阳的事情也是我求的人家，跟人家没关系。牛丰林又气说，你这还大包大揽了？公公说，有啥事我担着，现在娃娃也好好的，你责怪她干啥？这样吧，你既然觉得你婆姨带娃娃带得不好，你明天就把娃娃带走，谁带得好，你让谁去带，行不？丰林他大这么一说，大家都不说话了。牛丰林看到白肤施独自抱着小芝麻和花花默默饮泣，心也软了，不敢再多说什么。

事情就这么吵吵闹闹暂时结束了。中午，牛丰林看到白肤施眼睛哭得都肿了，也觉得自己有些小题大做，心疼她说，彩云，我说得有些严重了，你别哭了。他这么说，白肤施反而又哭起来，伤心和委屈一股脑儿都倾泻出来，像受了很大冤枉一般。牛丰林拿她没有办法，看着马向思冲他翻白眼，一副征讨他的表情，反倒像是他犯了错误一般。

在白肤施的认知里，无论张家圪塄还是天尽头，男人就是男人嘛，哪有低头向女人道歉的事情？男人说话做事就算错了，那也得按错误的方式来！陕北男人的简单粗暴，诚如她的父亲白掌柜和她的公公。既然牛丰林说男女平等，那就试试他到底是不是真平等。牛丰林接着对白肤施说，我也是着急，态度很不好，我向你道歉认错。白肤施听到牛丰林这么说，突然扑哧笑了出来，说，男人还有认错的时候？牛丰林说，错就是错，对就是对，不分男女，知错能改还是好同志。

牛丰林说得铿锵有力，但是白肤施又不愿意继续听了，觉得他说得勉强，还有些不服气的味道，反而不理他了。牛丰林只好换了一种沟通方式，平心静气地问，彩云，这娃，你还想不想再养着了？白肤施说，娃都养了这么长时间，你说我想不想？牛丰林说，那你以后得听我的！白肤施说，能行！

冯干部回了张家圪塄，牛丰林就和冯干部开了几次会，庄里的几个人也跟着他们一起开会。具体怎么开，开什么内容，白肤施不知道，会议只有村干部和党员参加。

没几天时间，张家圪塄召开了群众大会，多数的群众都参加了，包括白肤施。白肤施第一次参加这种会议，觉得挺新鲜，她背着花花，抱着小芝麻，站在第一排，觉着戏台上的牛丰林特别威武。戏台在张广德家的旁边，以前，在张家圪塄能请得起唱大戏的人，只有张广德家。张广德被打倒以后，再没有人来唱戏了。戏台上的牛丰林不仅威武帅气，而且颇有男人的官样儿了。牛丰林不笑也不动，稳稳当当坐在正中，旁边是冯干部和县府的人，村干部都对他非常尊敬，他点点头，旁边的人才得到了允诺一样，开始说话了。那一瞬间，白肤施觉得自己男人真行，真牛啊，起码是这里面最大的官啊。她就盯着自己男人，越看越俊，目光一寸也舍不得离开。

会议由冯干部主持，马干部也来了，两个人先讲了形势，说日本鬼子到中国来了，要团结抗日。这些话白肤施是第一次听到，很多都听不懂，也不想懂，她目光只顾盯着台上端坐着的牛丰林，觉得他就跟说书里的杨宗保一样威武帅气。她盯着男人笑，男人不看她，好像不认识她一样，她觉得男人像另外一个人，绝不是她被窝里的那个男人，心里还有那么一点恼他。冯干部和马干部再讲什么，她也没记住。过了一会儿，就到了会议的关键部分，袁阴阳被带了上来，站在戏台的中央，耷拉着脑袋。白肤施一下愣住了，看着袁阴阳的样子，好奇地问他，师父，你跑上去干啥？咋还穿得花花绿绿，这是开会啊，不是做法事啊。袁阴阳被庄里的民兵押着，不得动弹，瞪了白肤施一眼没说话。白肤施看着牛丰林，牛丰林也板着脸说，白肤施同志，你不要讲话！坐下！白肤施听到男人这么说，有些不服气，又觉得不能在这么多人面前跟男人吵闹，只好又坐下。

冯干部指着袁阴阳说，这个人长期在咱张家圪塄用封建迷信愚弄乡亲，欺骗百姓，不劳而获！现在就让他自己说一下，怎么愚弄干部家属白肤施同志的！袁阴阳吭哧了半天，看了一眼台下的白肤施，有些懊悔地说，她家的奶羊几个月前病了，我给看好了。白肤施说，对啊，就是他看好的！我还给了他六只鸡呢。冯干部说，白肤施同志，你上当了！你听他给你慢慢说！牛丰林坐在台上，一会失望一会沮丧……白肤施也觉得这事特别蹊跷，可是拿自己说事，提前也没有告诉自己，心里就有些埋怨男人。袁阴阳接着说，其实白肤施的奶羊没有病，我就是偷偷给羊喂了点药，让它拉肚子，一拉肚子，奶羊就不产奶了，然后我又给羊喂了止泻的药，羊就好了，我给白肤施编了一套说辞，她就信了，骗了她六只鸡！白肤施睁大眼睛看着袁阴阳，又看着牛丰林，说，阴阳也会看病呢，大家不是都知道么？他骗我干啥？牛丰林大声说，阴阳就是骗人的！白肤施又听冯干部说，牛副科长说得对，阴阳就是骗人的！白肤施同志，这下你明白了吗？你看，这些东西就是他毒害你的奶羊用的中药，还有这些东西，都是常年欺骗乡里的东西！冯干部说着，把袁阴阳家里的三山刀啊，罗盘啊等等工具收集了一大桌子。台下的群众群情激奋地喊着，打倒袁巫神！打倒袁骗子！打倒袁阴阳！

后面大家都喊了啥，说了啥，白肤施已经听不清了。一会儿，她看到马向思也现身说法，走上台后，说自己并没有病，他就是要大家都看清袁阴阳的真实面目……马向思上了台，白肤施更迷糊了，这孩子这么小，咋还人小鬼主意大呢？他还假装生病？她有些想不通。最后，牛丰林开始讲话了，大概意思是，张家圪垯要人人平等，袁阴阳必须和大家一样参加劳动！以后绝不能再欺骗乡亲！袁阴阳低头认罪，保证以后绝不再去做阴阳巫神，不再做看病看风水的迷信事情。大会开完之后，白肤施背着娃在前面杵着脑袋往回走，牛丰林和冯干部拉着马向思在后面走，牛丰林叫了她几次，她都失魂落魄地没有听到。

牛丰林安排马向思在村里的小学上学，又住了一日就回了城，白肤施几日间过得恍恍惚惚，直到牛丰林走了以后，她才想起要和这个孩子好好谈谈。

白肤施问，蛋娃，病都是你装出来的？

马向思说，嗯。

白肤施说，你这么小的人人，咋就想起骗人呢？

马向思说，我不是骗人，我要惩罚坏人！

白肤施说，坏人有天惩罚，你要是被坏人惩罚了咋办？

马向思不说话了，看着天，天有些空蒙。白肤施也看了看天，天灰不溜秋地瞪着她，罩着她。白肤施恼了，左右寻了寻，抽出炕上的笤帚，挥舞着。满窑都是她挥舞笤帚的身影，花花和小芝麻吓得不敢出声。

白肤施说，你得站直了，你得反省！

马向思说，我为啥要反省，错的是那个袁阴阳！你没有权利惩罚我！

白肤施说，你吃我的，喝我的，咋还没权利惩罚你了？谁有权利惩罚你，你说，我这就找他去！

马向思嘴上这么说，看到白肤施变了脸，吓得站直在墙根下，可怜巴巴地看着白肤施挥舞笤帚，怯生生地说，我……我爸我妈才有权利惩罚我。

白肤施看着一脸认真的马向思，心想什么时候这小子头上还裹了一块羊肚子手巾！她一伸手把羊肚子手巾给扯下来，气咻咻地说，我现在是你妈，咋了？不服？

马向思说，你不是我妈！

白肤施说，我就是，你吃我喝我的，我就是你妈！站好，不反省，别想吃饭！

白肤施语气强势，可显然底气不足，故意转身顺带把窑洞的门摔得哗啦一声响。这气势，马向思是被征服了，顺带把花花和小芝麻也镇住了。花花努着嘴想哭，白肤施赶紧抱在怀里，又拉了小芝麻进了门。一直到天黑，马向思还是不承认错误。到了晚上，白肤施也不出来，她蹲在窑里等马向思进来承认错误，等了半天，连人影都不见，白肤施一着急，跑到硷畔上冲着黑黝黝的山洼吼了几声蛋蛋——蛋蛋——！

要是这娃再来个离家出走，她担待不起。吼了两声，婆婆跑出来拉住她说，娃没跑，在我窑里的炕上睡着了。白肤施转过婆婆的窑洞，从窗口看了一眼马向思，果然睡得很沉，就问，吃了？婆婆说，不吃咋弄，饿坏了你不心疼？白肤施说，不心疼！婆婆笑说，没见过这么精的娃娃哩。白肤施问，他咋说？婆婆笑说，他说，我妈不给我吃饭了，奶奶，你收留了我吧！说得跟小乞丐一样，我能不管？白肤施一听，泪水就在眼眶里打转，恨恨地说，这小子能软能硬哩，咋就不在我跟前说句软话？婆婆说，你别管了，我明天哄哄。白肤施不依不饶地说，别哄，不给他点厉害看看，他明天还飞天上去了。

一大早起来，白肤施就看到马向思已经站在墙根下了，跟没事人一样故意扭头不理她。白肤施说，你这没反省，看样子还越有理了？直接反省到炕上去了？马向思不理她，也不说话。白肤施端着尿盆，这口气还是咽不下去，对他说，你娃就不懂，咱把袁阴阳得罪了，你也上台风光了，那以后就不跟袁阴阳来往了？你没啥，长大了屁股一拍走了，你妈我还要做人哩。说不好听的，这也算欺师灭祖哩，我好歹也是当过他徒弟哩。马向思说，你那师父，就是骗子！白肤施说，骗子也是师父，谁让咱那时候需要人家呢！当初要不是他，我连一个字都捡不到，即使骗了我，那也有没骗的地方啊，人要时时处处念着别人的好！再说，邻里邻居的，低头不见抬头见，你这一闹，咱成仇人了。马向思说，仇人就仇人，他骗你就是骗我！白肤施气得不行，又说服不了马向思，端着手里的尿盆，作势想扔在马向思的脑袋上，又觉着不合适，说，真想让你把尿盆顶头上反省，我就是看你脑袋瓜太聪明了！看来，今天还得反省，站好！马向思站直了说，反省就反省。白肤施倒了尿盆，继续回到窑里，做了饭，吃过，背着小芝麻和花花走了。马向思冲着窑里看了一眼，看到白肤施留了一碗饭，高兴地跑进去吃了个饱……

后晌的时候，牛丰林又回来了，还骑了一匹马，主要是不放心花花和马向思。花花的父母因为上次见过之后，特意给白肤施和娃娃们扯了布匹表达心意。牛丰林进了院子，看到马向思蹲在地上画圈圈，牛丰林一脸春风地问，你弟弟妹妹呢？马向思看到牛丰林回来，高兴地说，你婆姨带着弟弟妹妹去串门了，一天没见人！牛丰林又问，这么热的天，去哪儿串门呢？马向思脱口就说，最近整天去冯干部那儿，白天晚上都去！牛丰林一听，脸就黑了下来，语气也暗淡了许多，也不问马向思是咋回事，一头扎进窑里。

一直到天黑，白肤施才带着俩孩子回来，见牛丰林虎着脸不说话，白肤施说，你咋突然又回来了？牛丰林说，我的家，我什么时候想回来就回来。白肤施看牛丰林一脸的煞白，就问，是不是身体不舒服了？那就回来休息几天，或者去城里的医院看病也行。牛丰林说，你是盼着我永远别回来？白肤施说，你这是啥话么，我不是天天盼你回来么。牛丰林气哼哼地说不出话来，干脆起身出了门。白肤施就不敢问了，瞪着马向思问，咋回事？马向思摇头，疑虑重重的白肤施看着炕上的花布，又看了看窗外，赶紧给孩子们做了饭吃，还是不见牛丰林回来，却听到他的马还在院子里踏闲步。白肤施端了碗出去，牛丰林蹲在院子里的大树下不说话。

白肤施说，咋了？一进门就吹胡子瞪眼，我也再没找袁阴阳，你们也把他打倒了，他现在见我都躲远远的。牛丰林还是不说话，白肤施也来气了，踢了一脚蹲在地上的牛丰林说，上次人家县长就批评你了，有啥话就说嘛，你跟群众就这么闷着，咋跟群众打交道哩？牛丰林被她这么一软一硬地拉扯，还真是急出一肚子气来。白肤施看他气得直喘气，越加痴痴地笑他。牛丰林问，这大夏天的你串啥门么？还天天串到冯干部窑里去了，也不怕有闲话让人笑话？白肤施问，谁告诉你我串门去了？牛丰林说，你别问。白肤施又问，就这小事？牛丰林说，你一个小媳妇，整天跑人家冯干部窑里，这事还小？这是作风问题，可是大问题！

白肤施一听，这又是整的哪一出啊！仔细一想，这不对啊，就拉着牛丰林往窑里走，质问马向思说，我是去串门了吗？你个小东西，啥话都敢说，你就不怕出大事？又说，丰林，你去问问，我去干啥了？我是到冯干部那儿去了，那不是村里的青救会要学认字吗？我那是你大你妈推荐去的。你去问问，是不是这回事？白肤施这么一说，牛丰林纳闷地看着马向思。白肤施早就明白了，对马向思说，我早上不是让你去反省吗？你还给我反省出事来了？马向思说，我也就说你去串门了，没说其他。白肤施说，你还跟我犟嘴？我也没办法管你了，你继续反省，反省，反省不好，让老牛同志把你带走……马向思也像白肤施一样，哗啦一声摔门而出。

牛丰林看着白肤施纳闷地询问，你，你咋体罚他呢？白肤施说，你别管，我有我的办法呢。牛丰林说，我不是问你有没有办法，我是说，娃娃咋可以体罚呢？不能这么管娃娃。白肤施说，那咋管？不打不成才啊，我都没动手呢，留着一手呢。牛丰林说，这可是革命后代，你这么体罚咋行？这不等于虐待吗？白肤施说，这咋就是虐待了，我没缺他吃喝，那就不是虐待。牛丰林恼了，说，不行！我说不行就不行。牛丰林的声音有点大，白肤施就觉得委屈了，泪眼婆娑地看着他，牛丰林只好耐心地说，你让蛋蛋回来，你得教育，反省不是教育，教育也不是体罚。然后冲着门外喊，蛋蛋，蛋蛋，你回来！

马向思听到牛丰林的声音，三两步跑回窑洞，牛丰林也不顾白肤施垂泪，直接教育他说，蛋儿，撒谎肯定不对，而且你这都够上打小报告了。马向思说，我这是向组织及时汇报情况。牛丰林说，这是两回事，第一，在咱家，我不代表家里的组织，彩云才是，这点你要搞清楚。第二，你的目的是掩盖前面的错误，故意打小报告，造成了我和彩云同志之间的误会。这两件事，你错上加错！我们是一家人，懂吗？就像我们全国人民都要一起对付日本人，这是大道理，以后你就会明白。马向思确实有些似懂非懂，反问牛丰林，那我报告袁阴阳的事情也错了吗？牛丰林说，那没错！白肤施惊讶地说，咋没错？牛丰林拉过白肤施说，你也听听，袁阴阳是利用封建迷信盘剥老百姓，欺骗、欺负老百姓，这种事情当然要举报，要斗争，这和马向思后面的事情是两种截然不同的性质。对待袁阴阳，我们还要教育和引导，也不是要把他一棒子打死，就像对待地主张广德一样，我们是要把他的土地分给大家，让他和大家一样劳动，一样吃喝拉撒睡，不能让他高高在上地骑在老百姓头上，要平等！让老百姓都成为土地的主人，让所有人都有尊严地活在这世上！

牛丰林一口气说出这么多的话，马向思显然是被教育得服服帖帖了，掉头就要去反省，他说，牛丰林同志，你说得对，我错了，我反省。牛丰林说，你知道错了就行了，不用去站墙根。又看了白肤施一眼，白肤施嘟囔着说，以前听你讲这些道理的时候，我觉得跟耳旁风一样，现在听了听，觉得有些道理！牛丰林说，这说明你进步了。白肤施说，不过，人家冯干部比你讲得更实际。牛丰林不服气地说，咋个实际法？白肤施说，冯干部了，那张广德对咱老百姓就像对待牲口一样，他不干活，长着嘴巴吃喝哩，咱跟他是一样的人，也要让他跟咱成为一样的人，这叫平等。牛丰林说，我说的意思跟他说的有区别吗？白肤施说，有，你说的话我听不大懂，冯干部说的话我们都能听得懂。牛丰林瞪着眼看着白肤施说，蛋蛋都能听得懂。白肤施说，蛋蛋满脑子都是文化，我们满脑子都是吃喝拉撒睡，我才学了几个字……牛丰林听她这么一说，反倒不说话了，觉得白肤施说的确实有道理，也就开始反省自己。

反省了一宿，第二天一早，牛丰林就同意了她去上青救会，但前提是娃娃得照顾好。过了两日，牛丰林就受不了了，说你还是别去了，你得照顾家里的娃么，你的主要任务要分清楚。白肤施也不争辩，男人不让她去，她哪里敢去？可事情得问清楚为什么。牛丰林憋红了脸说，庄里有风言风语哩，你一个女人家，还是把分内的事情做好吧。白肤施又问，都是啥风言风语？牛丰林不愿意说，马向思就抢着说，袁阴阳说你跟冯干部关系好哩。白肤施就问男人，你信？到底是你这么想还是袁阴阳这么想？牛丰林酸溜溜地说，我好歹还是市里的干部呢，要面子哩。白肤施扑哧笑了出来，说，我就去认个字，我是对字认不清，不是对人认不清，你还不放心？牛丰林掩饰说，不是不放心……你还是别去了，等娃娃都稍微大点了，咱去城里认字，城里有的是女老师，让小朱科长教你！

白肤施表面生闷气，但是心里还是跟吃了一颗冰糖一样甜，她晓得男人这么说，那是因为心里有她，她就打趣地对男人说，咱再要个娃么，我不怕累。牛丰林嘿嘿嘿地笑着说，三个娃，你还嫌少？白肤施说，蛋蛋说了，我不是他妈妈！牛丰林看了一眼马向思，马向思装着睡熟了的样子。牛丰林就说，他嘴上越是这么说，心里越是有你，这点我了解他。白肤施说，这娃心思咋这么稠呢？牛丰林说，有文化的人，哪个心思不稠？那小冯干部心思不稠咋偏偏就盯着你呢？觉着我是瘸子？白肤施说，都给你说了，就去认字，认字的女人多了，又不是我一个，多大的男人，还犯这心思呢？你也是，心思稠，心眼还小。牛丰林被白肤施一说，恼了，背过身去了。白肤施就搂住他说，我要是嫌弃你，我还帮你小老婆抚养俩孩子？牛丰林生气地说，什么小老婆？都给你说清楚了，是革命后代！白肤施说，跟你开玩笑呢，你还这么大声音，吵着孩子了！我是怕配不上你这瘸子，才去认字，你以为我想去认字啊，那么多字里，我也找不到我男人牛丰林，你让我以后写信找阴阳还是找其他人啊？你要是跟过去一样，一走就是几年，不要我了，我连状子都不会写。反正我听你的就是了，不去了，你放心去城里吧。牛丰林听着女人的话，反倒心里有些过意不去了，返身抱住白肤施说，你永远是三个娃娃的妈，他们不会不认你，放心吧。白肤施说，娃还是少，牛丰林说，那就多生几个。白肤施抿着嘴笑说，你给我送回来几个，我就生几个，这样我心里的一碗水才绝对平衡！牛丰林说，能行！

夏日里的闷热，就像把一家人全扔进了开水里煮，煮出了蝉鸣和断断续续的梦。白肤施梦到自己在山里疯跑，不知道是什么东西一直追着她，她跑得浑身都是汗水，觉得丢了什么东西，慌忙就喊蛋蛋，喊花花，喊小芝麻。可就是不见三个孩子，脚步又停不下来，冒着太阳用力跑，一直跑到浑身累得再也跑不动了，这才醒来……

一觉醒来，赶紧给男人准备回城上班的干粮，得把回来洗干净的衣服带上，得把公家的马喂饱，得把家里熟了的杏子、夏熟的南瓜，还有软米粽子、攒下来的几个小香瓜都给小朱科长带上，还得给花花的父母捎一份。花花的父母拿来那么多布，她都没想过能有这么多的花布，她想好了，给三个娃娃每人裁一身新衣服，然后给婆婆也能裁一身，这样在心里量来量去，把日子量得一寸不短，一寸不长。

牛丰林刚要走，冯干部来了。

牛丰林不想怎么搭理他，兀自赶着马，驮着白肤施准备的东西向外走，冯干部搭不上话，就在他屁股后面跟着。牛丰林说，你撵着我干啥呢？革命工作不能这么磨磨唧唧，该干啥干啥去。冯干部说，你婆姨学习不能断，她上进，应该鼓励。牛丰林说，我都说了，她身上有革命任务哩，学习的事情以后有的是时间。冯干部说，既然有革命任务，我也不好过问，但是，总可以兼顾嘛。牛丰林说，我婆姨的事情，我心里有数，你把你的事情做好就行。冯干部不依不饶地说，你虽然是我的上级，可你婆姨归咱县政府管哩，不能搞特殊！牛丰林说，我婆姨在你来之前就为革命做事了，她算不算特殊？具体问题要具体对待，你做工作怎么这么死板？典型的本本主义嘛。冯干部说服不了牛丰林，看着他梗着脖子、一瘸一拐地赶着马离去，心里也颇不是滋味。

冯干部自然也不甘心，工作不扎实，他感觉牛丰林对他还有误会。如果继续当面去找牛丰林，势必会让两个人误会加深，牛丰林的固执他也是听说了的，而且上次当着县委、县政府主要领导的面，牛丰林受了批评，冯干部知道自己多少也有责任。冯干部只能迂回做工作，把情况如实报告给小朱科长，小朱科长和他算是半个老乡，听了事情的前因后果，就告诉他，这件事情交给她就行。牛丰林并不知道他两人的这层关系，自然不会联想到冯干部会暗中做工作。

小朱科长说，老牛啊，嫂子回去这么久，怎么再没见她？你这算是金屋藏娇呢？牛丰林说，不是有任务么，哪儿能让她天天乱跑呢？小朱说，她真是个好女人，你看这茶饭做的，比咱灶上的饭好吃多了，你也不邀请我去你们张家圪垮看看。牛丰林说，你要想去，咱抽个时间回去，让你嫂子给你做好吃的。这件事情就这么说定了，没过几日，小朱科长真去张家圪垮看白肤施。

走了几程山，蹚过几条水，那张家圪垮就在那兀地山沟里，闪现在眼前了。小朱科长看到白肤施把两个孩子养得白白胖胖，心里就高兴，不仅把城里买的衣服给白肤施，还送给白肤施一盒雪花膏。白肤施从小在骡马店长大，自然也知道这东西的珍贵，心里总觉得欠着小朱科长莫大的情义。两个女人接触多了，小朱科长就能领会白肤施的心思了。

住了两天，小朱就问牛丰林，嫂子干吗不去青救会？牛丰林说，这不是有革命任务吗？又把上次白肤施跟袁阴阳学习的事情一五一十地说了。小朱说，嫂子要求进步呢，这是好事啊，再说蛋蛋毕竟认识的字少，你让她多接触新事物，对以后带孩子也有好处不是？牛丰林说，那哪儿成呢，她精力有限，还要上山劳动么。小朱说，你这不行啊，越是这样，越是要让她看到革命大家庭的温暖，我听说她表现很积极，应该鼓励，我们的革命靠的是人民群众，不能单打独斗，要讲团结哩，而且嫂子学习带着很大的感情色彩，她都是为了你，稍不留神容易走偏，要学会引导她，那青救会就是现成的教育场所。牛丰林不好多辩驳，有些不自在，白肤施在一旁看着男人这样，只好救场说，是我不愿意去了。小朱说，嫂子，你别怕，老牛这是封建官僚家长作风，要提出批评呢！咱让妇女解放，那不是表面的口号，要从身边做起，要从尊重自己人做起。你觉得呢？

白肤施在旁边听着觉着爽气，觉得小朱说的每一句话都有理，但是又不敢多说一句话，以免伤了男人。牛丰林被小朱这么一说，只好讪讪地承认错误说，你这嫂子，啥都好，就是被袁阴阳迷信那一套中毒太深了，我是不放心嘛。小朱说，我相信嫂子能慢慢改掉缺点，更相信她能成为咱革命队伍中的一员。嫂子，你说对不对？白肤施不敢立刻答应，就看了一眼牛丰林，见牛丰林点了点头，白肤施这才说，只要能成为你们中的一员，我自然愿意改么，丰林你放心，我啥时候都是你婆姨，绝无二心！

白肤施这么一说，反倒把小朱和牛丰林都逗乐了。牛丰林说，你看你，当着领导的面说的是啥话么，我咋就不放心你？白肤施也意识到自己说错了话，赶紧解释说，我是说，让你俩都放心，我对孩子一心一意的好！我，我也忠于革命！小朱和牛丰林笑得前仰后合，临走的时候，还特意叫来了冯干部。冯干部得知牛丰林的工作做通了，自然也高兴得不得了，背着这夫妻俩，特意感谢小朱。小朱临走的时候，把早已准备好的笔记本送给白肤施，把白肤施乐得合不拢嘴。

学习的机会争取来了，白肤施的日子就像那笔记本上写满的字迹一样，一天天被填得满满当当。日子有盼头，字迹工整了，也找到了学习的方法，也就后悔当初跟袁阴阳胡乱学来的字，更觉得马向思当初做得没错。那些字儿也像她的孩子一样，逐渐工整了，端正了，有了眉目。写字的时候，那些字也听话起来了，活泛起来了，生动起来了，一直钻到她心里去了，也能从她心里跑出来。她试着给牛丰林和小朱科长写信，小朱科长就把信上的错别字认真地指出来，然后给她回信。几个月下来，白肤施还真成了文化人，成了青救会学习进步最大的一个。赶着驴劳动的时候，她又把那支钢笔别在了纽扣中间，还带着笔记本，把小朱科长的一言一行都学得了四五分，俨然一个女干部。

入秋以后，太阳还像这川道里的生活一样滚烫，白肤施感到自己的身体也是滚烫的，一算日子，果然是怀上了，心里也踏实了，高高兴兴写信给牛丰林，牛丰林自然也高兴。花花和小芝麻都能满沟底跑了，能说会道吵个不停。日子越盼越长，长得没有尽头，也甜得没有尽头。

马向思跟着白肤施出山劳动，即使帮不上什么忙，还能帮她看着两个孩子。白肤施远远地看着马向思，他正像模像样地给弟弟妹妹教书写字，教唱歌，教各种游戏。白肤施一边收割糜子，一边听马向思唱歌。马向思唱歌节奏感很好，但是听不清是什么歌。

小三子，拉车子，一拉拉到陆家嘴。

拾着一包香瓜子，炒炒一锅子，吃吃一肚子，拆拆一裤子。

拔拉红头阿三看见仔，拖到巡捕房里罚角子。

白肤施听了好几遍没听明白，喊说，蛋蛋儿呀，想吃饺子呢？马向思说，不是饺子，是罚钱！他努着嘴，还嫌白肤施听不明白。白肤施就笑说，想吃饺子，明天给你们包饺子，素饺子鸡蛋馅儿。马向思就高兴地用陕北口音说，能行！

听着马向思唱，白肤施也忍不住了，扯开了嗓子唱，那背阴地里的嗓子脆生生地塞满了沟槽，直把天上的云彩也听得颤巍巍地散开了。三个娃儿聚精会神地张开了耳朵，张开了童年的心扉。

女娃女娃，长大卖给马家。

马家没马骑，骑上花花老公鸡。

压得公鸡圪蹴起，气得女娃打公鸡。

公鸡展翅飞了整五里，一落落在婆家当院里。

公婆女婿快迎起，叫女娃别害气，这是专门给你买的小飞机，以后走娘家来回把它骑!

白肤施一唱，三个娃儿笑得前仰后合，那满沟满山上都铺满了娃娃们和白肤施的笑声，把个云彩也笑得不见了踪影。

傍晚，三个娃儿背朝黄土面朝天地睡了个痛快，把个日子就睡过了头，白肤施糜子地里的庄稼也睡得东倒西歪了。娃儿醒来，白肤施就把干粮分开来，塞一点填肚子，她还得继续割糜子，拢起棵子，整成捆，扎了绳，就要往回赶。

白肤施背着糜子捆，沿着山路流着汗，听着后面的马向思还给两个娃娃教那些歌谣。她觉得所有的劳累都化成了甜蜜，连傍晚的霞光也甜丝丝地散漫开来，铺了满眼的余晖。

路过崾岘的时候，就看到崖畔上的蛇莓子熟了，马茹子也紫了，这野生的食物，娃娃们哪有不馋的道理。马向思说，能吃吗? 花花和小芝麻自然不知道，摇着头看着前面背着庄稼的白肤施。白肤施停下脚步，放下背上的糜子，笑眯眯地看着三个孩子说，当然能吃呢，我从小吃呢，马向思和花花、小芝麻自然更馋了。马向思说，我也想尝尝。白肤施说，那还不容易，你们别动，别动! 那儿站着，我去摘!

白肤施说着的时候，伸手就去摘了马茹子，分给三个孩子，一边又说，别吃了核儿。马向思瞅着那蛇莓子说，那些是什么味道? 白肤施说，甜的。说着，也伸了身子去探那些蛇莓子，越摘越多，越探越远，就像摘到了一片彩色的夕阳。

她摘了满满的两捧，手指都扎出了血，倒是不觉得疼，拢着再分给三个娃，还继续说，今年雨水旺，这马茹子和蛇莓子也多呢。转身还问，甜不甜？马向思说，蛇莓子甜。花花和小芝麻说，马茹子甜！孩子们争吵着，叫嚷着，就把黄昏吵嚷得热闹活跃起来了。

蛇莓子是藤类植物，马茹子是小灌木，它们有两个共同点：都是长在山崖的边沿上，沿着山崖边一直缠绕着，罩出一面面绿墙；都是浑身长满了细小的刺儿。蛇莓子果实鲜艳，点缀在众多的绿叶当中，熟透了就变成红色的小团块。马茹子熟透了就变成紫色，一串儿点缀在直溜溜的枝干上，那鲜艳欲滴的样子，惹得人不由得垂涎。看到孩子们喜欢，白肤施就越摘越来劲了。如若平时，这点活根本不在话下，何况她从小放羊，摘这种野果子是必备的本领，可如今刚刚卸下背上的庄稼，又有身孕，身子一虚，脚下一滑，整个人就淹没在那些蛇莓子的藤蔓里。

小芝麻先觉察到异样，喊了一声"妈妈！"马向思和花花也看不到白肤施，慌忙往那崖畔上跑，这才看见白肤施已经滚落下去了，在满是荆棘和杂草的山崖上一直滚啊滚，滚得不见人影了。

马向思要下去，却不知道从哪个地方下去，急得团团转，三个娃儿就焦急地拼命喊。

马向思喊，妈妈——

花花和小芝麻也跟着哭喊，妈妈——

白肤施滚到了哪里，他们看不清了，泪水模糊了妈妈，也模糊了黄昏的颜色。

心头肉

连绵的秋雨下了整整三天。

陕北的山峁上光秃秃地挂不住一棵树，那些藤蔓和庄稼在大雨中被连根拔起，枝叶儿还要使劲地纠缠着，久久不愿意离开土地，一步三回头的样子，连同泥水一起顺流而下。天，阴沉得厉害，凝重的云彩郁结在张家圪垯的上空，久久无法散去。它们空蒙而轻漫，又那么空洞，让人觉得伸出手似乎抓到的都是无助和冷落。

秋雨一瞬间就涨满了河槽，漫过了坑坑洼洼的道路，也淹没了无数快乐的日子。雨水冲刷着整个高原的肌肤，那些丰腴土地被一丝丝一缕缕地抽离，整个山梁和山峁在雨中显得消瘦、羸弱，孤零零的，毫无挣扎之力。

白肤施的梦就这样蔓延着，她身在这洪水里，无望地挣扎着，窒息着，混着泥土最深层的腥味。这土腥味像是一味救命的丹药，给她莫大的活着的希望。但是那些洪水的浪头太大，又将她淹没，她挣扎着一边喊丰林，一边喊蛋蛋和花花，最后又喊小芝麻，可就是喊不出声音来，她被洪水一直推着走，磕磕绊绊，沉沉浮浮……等喊出声音来的时候，已经是第三天的傍晚了。

牛丰林和婆婆都守在医院里，白肤施肚子里的孩子是没了，血流得止不住，边区医院的大夫来了，还是没有其他办法，只能手术。最后总算止了血，但以后也没法再要孩子了。这件事情她在醒来的第二天才知道，为了抢救她，冯干部一直参与手术和治疗，边区的手术大夫也是他特意请来的。白肤施过意不去，觉得不管丢了什么，留下了什么，总归是冯干部在忙乎，就叮嘱牛丰林回家以后记得把自己纳的布鞋送给冯干部一双。她说，冯干部一双单鞋从春穿到秋，从冬穿到夏，都破成啥了。白肤施看着他们这些干部，一直都觉得恓惶得很。

医院里住了两日，白肤施说，回吧。牛丰林说，听大夫的话。白肤施说，庄稼还在地里，雨水一旺，粮食都沤了。我老是梦见洪水大得很，把人和庄稼都淹了，我实在担心得很。牛丰林说，有咱大咱妈，还有我和我哥，今年你别管了。白肤施说，还有娃娃们，想娃了。牛丰林拗不过她，只好赶着驴，把白肤施驮回去。

一路上，牛丰林一句话都不说，他是实在不知道怎么安慰她。而她，心里空落落的像是整个人只剩下躯壳一般，没有一点精神头。走到半路，荞麦花地里花儿开得正旺，漫山遍野，全是紫色的天地。那荞麦花的花粉落在地上，把整个山峁都染成了粉紫色。她从小到大就喜欢这荞麦地，它让这黄色的地、蓝色的天空、白的日头、黑的夜多了一分色彩，这色彩却又刚刚在夏秋交际之时，那么短暂而美丽，那么绚烂和珍贵。她想到了自己的童年时光，自己的少女时代，自己的一生。

白肤施拉着驴绳，久久伫立在那儿。牛丰林看着她，有些不解，问她想什么，白肤施说，丰林哥，你让我下来。牛丰林抱着白肤施溜下驴背。白肤施缓步穿过荞麦地，看着那漫山的荞麦花儿，她走过之处，摩挲着亲吻着那些花儿……走到崖畔上，她浑身都长满了紫色的荞麦花，那些花儿在她的身上绽放，她和那些花儿融为一体了。

　　看到站在崖畔上的白肤施，牛丰林吓了一跳，以为白肤施想不开了，就大声说，彩云，你别想不开，别做傻事！白肤施脸上却带着荞麦花一样的笑容，挂着泪水，对着山峦大声喊着，丰林哥，你把我休了吧。牛丰林说，你说啥呢？白肤施说，丰林哥，我没保护好你的娃娃，我再也给你怀不上娃娃了，彩云对不起你么。牛丰林听着彩云的话，看着她挂满泪水的脸，冲过去紧紧地抱住白肤施，安慰她说，彩云，我牛丰林这辈子都不会休你，咱还有小芝麻，我这辈子谁都不要了，就要你哩！白肤施哭得像个孩子，心里的委屈就像山梁上的被风吹过的荞麦花瓣儿，散乱着，渐渐升腾到了天空。

　　牛丰林拉着毛驴驮着白肤施，慢悠悠地走到张家圪塄的硷畔上，三个娃娃齐整整地站在硷畔上，像燕娃儿等着归巢的母燕。远远地看到白肤施，小芝麻和花花忍不住冲下硷畔，一边跑一边叫喊着"妈妈！妈妈！"，白肤施顾不得自己的身体，自己滑下驴背，冲过去一边喊叫着，花花，小芝麻，别跑，别跑！小芝麻摔倒了，白肤施更加心痛地喊着，冲过去，抱住花花，用力地亲吻着，小芝麻摔倒后又很快爬起来，跑过来争抢妈妈的怀抱，白肤施就恨不得每个人脸上都亲几口。泪水混合在一起，哭声和笑声混合在一起……

　　久久地，白肤施才看到马向思站在她身边，有些羞涩地盯着她看，欲语还休，眼泪在眼眶中打转，白肤施看着马向思，马向思忍不住，哇的一声哭了出来，同时喊了一声"妈妈"——这一声妈妈将白肤施所有的委屈和痛苦都化解了。她拉过马向思，紧紧地抱在怀里，一边哭一边说，妈妈好着呢，别担心，好着呢，我的蛋蛋是男子汉了，不能哭鼻子，别哭！一家人哭成了一团儿，牛丰林也忍不住转过身，抹了泪干咳一声说，你有三个娃呢，还生啥？回！白肤施听牛丰林这么说，不由得扑哧笑出来，拉着，抱着，拖着，一家人就高高兴兴上了硷畔。

无论是欢乐还是痛苦，日子总像被风吹过的尘，表面上被吹得凌乱而慌张，甚至一点不剩，其实沉淀在那些缝隙里、角落中或隐或现的伤疤总是无法愈合。白肤施脸上依然洋溢着笑容，充实的生活总能溢出那么多的快乐，磨平了那平凡而苦涩的时间。

庄稼在生长，在成熟，三个娃儿也在生长。

小芝麻和花花就像两个小冤家，抢吃抢喝，动不动就大打出手，花花易哭，也容易得到白肤施的眷顾，小芝麻因此更愿意和马向思一起玩。马向思就充当了弟弟妹妹的榜样和小老师，用自己的所学启蒙弟弟妹妹。

他们就像小羊羔一样，整天跟在白肤施的身后形影不离。掰完玉米，白肤施就像变戏法一样，把那些套种的高粱秆儿整齐地码在一起，这些是她早先找到的甜秆高粱。她知道马向思喜欢吃甜的东西，可这陕北的山里，甜的东西实在太少了，打听好久才换得这高粱种子。收了高粱，这高粱秆儿就是白肤施和三个孩子最可口的零食，三个孩子眼巴巴地盯着这高粱秆儿，哪个孩子表现好，就给奖励一根高粱秆儿！

娘四个一人手里拿着一根高粱秆儿，躺在玉米秆儿堆里，看着刚刚用井水洗净的蓝天，喜滋滋地吸吮着高粱秆儿那甜蜜的汁液，就像贪婪地享受着这无尽的快乐时光。他们互相看着，笑着，把秋天的蓝笑成了傍晚的霞光，那霞光也跟着花枝乱颤……

甜完了，笑完了，白肤施问，蛋蛋，你咋叫一回妈妈，再就不叫了？马向思说，我没叫。白肤施说，你叫了，花花和小芝麻都听到了。你俩听到没？两人齐声说，听到了！白肤施说，蛋蛋，你再叫一声，我再给你甜秆儿吃！马向思不说话，小芝麻和花花先大声叫起来，翻身跑到白肤施的跟前要甜秆儿来了，白肤施一人又给了一根甜秆儿，两个人高兴地继续叫妈妈。白肤施看着马向思，马向思做着激烈的思想斗争，白肤施扑过去，抓住马向思，使劲地挠他的胳肢窝，花花和小芝麻也来帮忙，马向思被挠得乱笑不已，赶忙喊着饶命。白肤施说，不要饶命，要叫妈妈！马向思只好叫了一声，白肤施高兴地把甜秆儿塞在他的嘴里说，吃了甜秆儿以后嘴甜点！马向思立刻又反悔说，我没叫！白肤施气得不得了，说，你叫了！你不仅嘴上叫了，心里也叫了，睡觉的时候都叫了，你以为我没听到吗？一句话说得马向思脸红了，花花和小芝麻都在旁边打趣，马向思就追打弟弟妹妹，两个孩子吓得赶紧从玉米地里跑掉了，白肤施笑得前仰后合。

庄稼收完，日子就能喘口气，天气的脸色也好将起来，秋风里游荡着庄稼成熟后从容自如、稳健迈步的身影和果实流着的甜腻香气。

牛丰林回来的时候，庄稼已经收得差不多了，三个娃娃直愣愣地眨着明亮的眼睛，蹲在火堆旁边烧玉米花儿吃，一个个吃得满脸黑灰，像被熏烤过的肉肠。牛丰林指着三个娃娃，对旁边两个陌生的干部说，高的就是马向思，低一点的是花花，最小的是我儿子牛延红。两个干部看着三个孩子满身的灰土，一脸的黑灰，不由得笑起来。笑声中，白肤施跑出来，拿着毛巾准备给他们擦脸，看到牛丰林和客人，慌忙解释说，调皮得很呢，就爱吃这个，新玉米香呢，你们也尝尝。白肤施一说，马向思冲着牛丰林咬那刚烧熟的玉米籽，发出咯嘣儿响，花花也学他的样子，小芝麻一咬，没出声，牙疼得直叫，捂着嘴跑到白肤施怀里，几个大人都哄笑起来。

吃过简单的饭，牛丰林就犹犹豫豫，迟疑半天，又搓手又冲白肤施干巴巴地笑。白肤施问了几次，牛丰林看那两位干部，还是说不出口的样子。最后，他终于鼓起勇气说，彩云，你别忙了，这两位是保育院的干部。白肤施说，你都说了几遍了，保育院是个啥？啥医院？牛丰林说，不是医院，就是娃娃们上学的地方……你一会儿把娃娃的衣服准备好，让他们把娃娃都带走吧。

牛丰林说了这话，好像卸下了心里的重担，也不敢看白肤施。白肤施愣在那儿，半天没听清楚一样看着牛丰林说，去城里？牛丰林说，嗯。白肤施说，带那么多衣服干啥？旁边的干部赶忙解释说，娃娃们这几年辛苦你照顾，经过组织考虑，要把他们带到保育院去统一抚养教育。白肤施这下听明白了，看着牛丰林说，你不是说让我抚养么，这才两三年。牛丰林说，这是公家的娃娃，革命的后代，咱就是暂时给照顾一下。牛丰林的声音小，就怕哪句话把她给戳伤了。白肤施低着头说，你当初没这么说。白肤施说完，转身就出了门，牛丰林给两位干部解释说，这，这相处出感情了，你们放心，我给她做思想工作。两位干部点点头说，丰林同志，要不，我们下次再来吧？让你婆姨也有个思想准备，她也不容易。牛丰林只好作罢，带着两个干部走了。

这事一下子就成了白肤施心里的重锤，每天都捶打着她，让她老是不能集中精力做事。马向思那天在门外也听到牛丰林和干部们说的话了，看白肤施心里难过，就说，妈，我哪里都不去，我就跟你在这儿待着。白肤施笑着摸着他的小脑袋说，好！

过了几天，牛丰林又回来了，还是带着那两个干部。白肤施知道这事是躲不过去了，刚要问马向思咋办，就发现马向思已经带着花花不见了。牛丰林和白肤施带着那两个干部和村里的干部还有冯干部满庄里寻找，一直找到晚上，才从婆婆的仓窑里把两个孩子提溜出来。他们也不说饿肚子了，开口就说，妈妈，我不要跟他们去，我们就在这里跟着你。一句话说得白肤施当即哭了起来。

晚上，白肤施给两个娃娃洗了个澡，牛丰林给他们剪了头发，换上了新衣服，马向思非得要把那羊肚子手巾裹在头上，牛丰林只好依了他。

这一晚的时间，就像当初牛丰林突然从洞房里逃走一样难熬。男人睡得打呼噜，白肤施就踢了他一脚，男人醒来问，咋了？白肤施说，没事。男人说，你这搞得跟卖儿卖女一样，他们走了，那是去更好的地方，比咱家吃得好穿得好！白肤施说，那真要有那种地方，当初还用得着送咱家吗？再说了，那些老师能对咱娃好吗？牛丰林被问烦了，说，都给你说了多少遍了，那是过去，现在啥都好了，那延安城一天一个样儿，也不是你那时候看的样子了。白肤施又问，那老师不会打娃娃吧？那些老师都是什么身份？都有自己的孩子没？如果有的话，哪里能顾得了我们蛋蛋和花花啊；要是没有，他们怕是没有带娃娃的经验嘛。牛丰林觉得白肤施多事了，有点生气地说，他们是革命的后代，这些问题，组织肯定会考虑呢，你问那么多干吗？我们就是执行任务嘛。白肤施也恼了，说，我的娃娃，我不问清楚，那不真成了卖儿卖女了吗？

牛丰林被白肤施呛得没招了，只好起身在院子里转了一圈。他大他妈也没有睡着，他大在院子里蹲着，询问牛丰林说，你这突然把娃娃送来，又把娃娃要走，你这不是闪呼人吗？牛丰林也不想给他大解释，感觉解释一天口干舌燥，自己心里也烦着，也没处躲避，就蹲在茅坑里半天不出来……他大就在茅坑外说，那娃娃能别带走不？你去商量一下啊，躲这儿咋行？你多少也向着你婆姨一点儿，该替她说说话啊！牛丰林憋着一句话都没有说。

一大早，白肤施就把鸡蛋打在热锅里，做了满满当当两碗荷包蛋。牛丰林端给两个干部，两个干部没吃，让两个娃娃吃。马向思就不吃，花花吃了两个，马向思气愤地瞪着她，花花也不敢吃了。白肤施走到干部住的窑里，牛丰林和两个干部正说话呢，两碗稀饭倒是喝完了，还放了钱在饭碗边上。牛丰林看着白肤施进来，又看着那钱，就说，彩云，你收了吧，我们都有纪律呢。白肤施说，小朱科长来了我也没收，穿着你们这种衣服的人的钱我都不收，我知道是自己人。一位干部说，嫂子，你收了吧，吃吃住住的，咱三大纪律八项注意讲得明明白白。

干部讲得得体又干巴，白肤施听得却有些不高兴。她端起空碗又放下来说，既然这样，那就把蛋蛋和花花的吃住穿用的钱都拿来吧！一句话，三个人都僵在那儿。牛丰林赶忙说，我婆姨没文化，她是跟你们开玩笑呢。白肤施说，我没开玩笑，我说要就要，你们要是给得起，就把娃娃带走，给不起，就不准带走！牛丰林说，彩云，你怎么能这么胡闹呢？咱是执行任务，从来没有说钱的事情。白肤施说，那我现在就要说了。牛丰林生气地说，胡闹！牛丰林一生气，白肤施就哭了起来，两个干部有些束手无策，赶忙说，嫂子，我们也知道你和娃娃们有感情了，所以上次来也没有为难你，娃娃让你带着，我们首长特意让我们感谢你，钱是准备了，但是不多，也请你收下。那干部说着，还真从怀里拿出几个银圆来放在炕栏上。白肤施看到对方还真是认真了，自己这一招无效了，就抽泣着说，我不要你们的钱，我就要我的娃娃哩！

一下子，屋子里的气氛又窘迫起来，牛丰林将钱还给那干部，好声劝说白肤施说，彩云，当初让你带娃娃，那是我的主意，也是我主动应承下来这个任务！你要怪就怪我，现在组织决定让孩子回到他们应该去的地方，你应该想开一点，他们会得到非常好的照顾。两个干部也跟着点头。

白肤施看到这一招不灵，就出了门，牛丰林慌忙给两位干部解释说，婆姨没啥文化，得慢慢给她讲道理。干部又说，你婆姨是个重情重义的人，她是用心抚养了，所以才舍不得。牛丰林说，是这个道理，她把蛋蛋和花花看得比我自己的娃还重呢。正说着，白肤施拉着公婆进来了，两位干部面面相觑，牛丰林有些失措地问，彩云，你这是想干啥么？白肤施说，我就是求首长们不要带走娃娃，我白肤施保证，以后也不去上夜校，不去青救会了，也不出山劳动了，专心给你们带娃娃，我大我妈可以作证，行不行？庄里的、邻里邻居的人都可以作证，他们都在外面站着呢，让他们给我证明一下，我从来没有虐待过这两个娃娃，我对他们好着呢，只要有我一口饭吃，从来没有饿过他俩，从来没有打骂过——就是对蛋蛋惩罚过，可也是因为他犯了错误啊……

白肤施这么说着，两个干部也不由得落泪了，他们走出门，看到院子里站着很多张家圪坊的群众，他们巴望着，等待着，都想要为这个可怜的女人出点力，说句话。白肤施几乎要跪下的时候，旁边的干部慌忙拉住她，另一名干部看了看牛丰林，只好上前再次劝她说，嫂子，我们都相信你，相信你对娃娃们最好，我们带走两个娃娃，并不是因为你带得不好，而是因为这是组织的决定，要他们去更好的地方，去接受革命的教育。我也相信，你对孩子的这份恩情，他们一定会铭记一辈子……你，你一定要相信组织，我们执行任务，就像当初牛丰林同志执行把孩子送回来的任务一样，我们不都想让孩子们以后有更好的环境和更好的教育吗？他们也该上学了……

白肤施听出来了，他们这次来已经是铁了心要带走蛋蛋和花花，说再多也没有用，只好蹲在地上默默地抽泣。又怕自己失控了，就躲回窑洞里，紧紧抱着小芝麻，默默地淌眼泪。听着外面的嘈杂声逐渐小了，她又想看又怕看。总算鼓足勇气，站到门口瞅了一眼：确实走了，确实远了，确实不见了……

这时候，白肤施号啕大哭起来。小芝麻吓坏了，躲在旁边看着她。白肤施不甘心，毫无理由地跑出去找孩子，院落里当然是空空的。一瞬间，她觉得她的心被掏空了，她愣神半天，突然想起，她该送送孩子，她毕竟是大人，是妈妈，或许孩子跟她一样，也在哭泣，也在号啕大哭。在这段时间里，对于孩子会被带走的事情她已经打好了十二分的心理准备，可是事情真到了眼前，她却控制不住自己，好像内心一点准备都没有。

她来不及多想，一股脑儿追到山梁上。已经不见了蛋蛋和花花的影子。她又跑到沟底，越过崎岖不平的山峁。直到跑不动了，累得浑身是汗，满脸的泪水、汗水分不清了，白肤施才瘫坐在地畔上。她怨自己怎么如此不济呢？又想，孩子们怎么走得那么快呢，他们还没有最后叫一声妈妈呢！

白肤施站在路边的山崖上，喊着蛋蛋和花花的名字。可只有一声声干燥和空旷的回声，喊破了嗓子，也听不到他们的任何讯息……那些深沟就变得更加深不可测，天空也像深渊一般无边无际，它们吞噬了两年多美好的时光，吞噬了一个母亲的希望，将一段日子生生地截断，留下的是横切面巨大的伤口，是黄昏混沌的寂寥和思念。

晚上，她一个人想着两个孩子，望着窗外，想着或许孩子们突然就回来了，他们或许有什么原因，暂时不带走孩子了，又送回来了……小芝麻一个人在被窝里眨着眼睛说，我想姐姐，想哥哥了。又嘟囔说，给姐姐和哥哥留着饭，他们迟早回来吃饭呀。小芝麻还说，哥哥和姐姐咋还不回来呢？他们是不是被毛野人吃了？

毛野人是陕北民间故事的主角，类似"大灰狼"。白肤施经常把这个故事讲给三个孩子听：

从前有位大嫂生养了三个孩子：老大叫木墩墩，老二叫锅刷刷，最小的叫门栓栓。一天大嫂回娘家，临起身对三个孩子说，妈妈去外婆家，你们三个乖乖在家待着，把门关好，谁叫门也不要开！小心来了毛野人。三个孩子爽快答应。木墩墩比较懂事，对妈妈说，妈妈，你放心去吧，走路要朝大路走，大路上人多，不要走小路，小心遇到毛野人。大嫂应了一声就放心地走了。

天快黑了，大嫂着急赶路，就抄了近处的小路，果然遇到了毛野人。毛野人问大嫂说，大嫂，你手里头拿的些什么东西？大嫂被毛野人吓糊涂了，说，我妈病了，我给拿一只母鸡。毛野人不客气地说，大嫂，正好我饿了，快让我吃了吧。大嫂怕毛野人吃她，就把母鸡扔过去了。毛野人吃完了母鸡，又问起大嫂家里的情况，大嫂吓得一五一十都给毛野人说了。可恶的毛野人听完之后，一口吃掉了大嫂，并且变成了大嫂的模样。

夜晚，毛野人摸到大嫂家门口敲门说，木墩墩给妈妈开门呀。木墩墩从门缝一瞅，看见不是他妈，就说，你不是我妈妈，我妈妈穿的红袄绿裤子。毛野人一听，马上变了衣裳又说，锅刷刷给妈开门呀。锅刷刷从窗户口一看说，你不是我妈妈，我妈妈下巴有个瘊子。毛野人一听，赶紧变了个瘊子摁在自己下巴，又吼叫道，门栓栓给妈开门来！最小的孩子门栓栓一看果然是妈妈，就把门打开了。

毛野人回到家里说，今天可把妈妈累坏了，肚子也饿了呀。木墩墩说，妈妈，我们也饿了，我去做饭，下多少米，舀多少水？毛野人说，有米都下了，有水都加上。木墩墩感觉出异样，说，妈妈，你常说，一碗米加三碗水！毛野人就说，那就一碗米加三碗水。老大木墩墩开始怀疑这个妈妈是毛野人变幻而来的。

晚上睡觉的时候，小儿子门栓栓嚷着要和妈妈一起睡，毛野人说，胖墩胖墩挨妈睡，瘦墩瘦墩挨墙睡。木墩墩听着这话，觉得这个妈妈一定是毛野人变幻的，因为妈妈晚上睡觉常说，瘦墩瘦墩挨墙睡，胖墩给妈挠后背。木墩墩比较聪明，他说，妈妈我胖，我和你睡。睡到半夜，木墩墩将灶台上一个刚出生不久的小羊羔悄悄地塞给毛野人搂着。不一会儿，木墩墩听见妈妈的后背一下一下抽动着，嘴巴还咯咯作响，其实是毛野人正在啃小羊羔的骨头。木墩墩终于彻底明白，这个妈妈就是毛野人，他留了个心眼说，妈妈，我要尿尿。顺便悄悄告诉锅刷刷和门栓栓一起出去撒尿。毛野人怕他们跑了，说，就在家里尿，这半夜在外面撒尿，容易摔跟头。木墩墩说，锅刷刷和门栓栓也要撒尿，你要是担心，就给我腰上拴条绳子。毛野人真给木墩墩腰上拴了根绳子说，尿完赶紧回来。木墩墩把锅刷刷和门栓栓一起带到门外，偷偷把绳子解开，然后告诉他们实情，又把绳子拴在树上，爬上树躲了起来。

天亮了，毛野人拽了拽绳子，发现拽不回来，就赶忙去找木墩墩。她顺着绳子找到了树下，发现三个孩子正趴在树杈上，就疑惑问，木墩墩你是如何爬上树的呢？木墩墩说，我东家借一碗油、西家借一碗油，抹一抹爬一爬，就上来了！毛野人就借了些油抹在树干上，然后往上爬，爬到一半手一滑摔下来了。毛野人又问最小的门栓栓说，门栓栓最听妈妈的话了，给妈妈说说，你是如何爬上去的呢？门栓栓年纪小又胆小，就实话实说，东家借一把斧，西家借一把斧，砍一下上一下，就上来了。毛野人借来了斧头，边砍边爬上了树，眼看就要抓住三个孩子了，木墩墩发现树上有一窝喜鹊，就对喜鹊说，喜鹊大哥救命，她不是我妈妈，她是毛野人变成了妈妈。喜鹊听了，飞过来冲着毛野人的眼睛狠狠啄下去，毛野人痛得一声惨叫从树上摔下去摔死了。

毛野人摔死后，三个孩子跳下树，最终在毛野人的肚子里救回了妈妈。

陕北人常把这个故事当作孩子的睡前故事，孩子不听话，就拿毛野人来吓唬。

白肤施每次讲这个故事的时候，花花和小芝麻就吓得赶紧搂着白肤施睡去了，只有马向思在思考，他问，毛野人为啥要吃人？毛野人怎么可以伪装变化呢？白肤施说，敌人都会伪装变化，这也是我爸妈说的！他们也是听老辈人传下来的话。马向思又问，毛野人为什么非得吃这一家人？毛野人那么厉害，怎么可能被小孩子骗得摔死了呢？问得白肤施也烦躁了，就说，明天晚上再给你讲。第二天，马向思又会冒出新的问题，毛野人既然变化都会，不可能留下那么多简单的漏洞让三个娃娃看穿，所以，毛野人应该在路上已经被妈妈消灭了。又说，我问过爷爷了，他说毛野人没有死，后来变成了白菜，白菜心里还长出九个毛野人……

每天晚上，只要她讲毛野人的故事，马向思就会冒出各种奇怪的问题，白肤施就想，这孩子怎么会有那么多问题呢？她虽然每次都被他的问题问烦了，但是内心觉得这个脑子总在想问题的娃以后一定会有出息。

小芝麻缠了几天，就慢慢不再问哥哥姐姐了，可白肤施就不同了，时间越长，她对两个孩子越想念。

张家圪塄的庄子东头有座破庙，也说不清是什么庙，以前都是袁阴阳说了算。需要求子怀孕、婚姻许配的时候，袁阴阳就说那是娘娘庙；需要看病生死的时候，他又说那是药王庙；需要求平安、问前程的时候，他又说那是观世音菩萨庙。

白肤施来到庙里，说，我娃娃蛋蛋和花花也不晓得是好是坏，是饥是饱，是冷是暖，您要晓得的话，你给我个上上卦。白肤施从怀里掏出一个锤形的小木卦，这本是袁阴阳的木卦，她用一只大公鸡换来的。她虔诚地合住木卦，然后祈求着，用力向前一滚，卦面的正上方是上上签，这个她能看得懂。她脸上的愁容被这卦面给化开了，就能高兴那么几天时间。过段时间又忧虑起来，再去庙上滚那木卦，要是滚得不好，她会继续滚，直到滚出她满意的结果来。这就成了她思念孩子、安慰自己的唯一方式。

白肤施在最无助的时候，她心里的"神仙"帮她度过了难熬的日子。她把所有对孩子的想念寄托在那座小庙里，她想让"神仙"保佑两个孩子平平安安，快快乐乐，健健康康，这是一位中国母亲最为朴素的行为和愿望。

回到家后，白肤施就有些后悔，她后悔没有留下娃娃的一点东西。她翻箱倒柜地寻找，最后发现柜子的最底下还真留着马向思小时候的小肚兜。白肤施看着这小肚兜，就想起马向思刚来的时候，行李里只有这几样东西。白肤施按照那小肚兜的样子，给他做了与现在等身的肚兜，他就一直穿着。

陕北温差大，早晚凉，中午热。小肚兜一穿，马向思再没有怎么得病。白肤施觉得那是"神仙"保佑的结果，孩子刚来的时候，她偷偷在小肚兜的内层塞了袁阴阳给的平安符。这次走得匆忙，没穿肚兜，成了她的一件莫大的心事，她想把这道平安符送给马向思，给娃保个平安。她想了想，赶紧重新做了一件肚兜，把平安符缝在肚兜里，然后把小芝麻托付给婆婆，说自己想去一趟城里。

婆婆和公公知道她想蛋蛋和花花了，也就由了她去。白肤施走到沟口的县政府，先去找了冯干部，询问保育院在哪儿，冯干部仔细询问，才知道她想去看娃娃，就告诉她在柳林铺。白肤施连牛丰林都没去找，绕过延安城，径直去了柳林铺，一路走一路打听，也幸好冯干部帮她写了证明，路上避免了很多盘问，她一直走到了下午才找到保育院。

蹚过延河水，就是大世界。每次蹚过这河水，她心里都有说不清的心悸，好像它能给她莫大的勇气和希望。那清凌凌的河水，能照出自己的心事，能冲刷掉她内心挽着的疙瘩。绕着延河水拐来拐去，就到了柳林铺。柳林铺在延安以南二十多里处，在一个山沟外的山洼上，一排窑洞南北坐落着，远处很难发现这么一个隐蔽的院落。走近了却是高矮不一的围墙，白肤施试图直接走进去，被门口的卫兵拦住了说，你这证明信没用，这里是特殊地点，绝不允许外人进来。白肤施说，我也不是啥外人，都自己人。卫兵说，不行！卫兵的话比较生硬，白肤施也不敢造次，看着天也黑了，就在不远处的树下吃了点干粮，躲开卫兵的视线，在围墙四周探头探脑地观察起里面的情景来。

躲在院墙外，她不免有些激动，倒不是担心被卫兵发现或者呵斥，而是觉得自己突然间离孩子们又近了，自己的那两个心肝宝贝儿就在眼前了。心心念念的娃娃们就在咫尺，她怎么能不高兴呢？

看不见有娃娃在院子里玩耍，她心想，这地方怎么像个监狱，怎么能这么安静呢？有孩子的地方就应该是热热闹闹的啊！内心不免对这里产生了疑惑和反感。她探了探头，看到还是一片安静。她不甘心地挨着矮墙探听，她不相信就这么大点地方，自己还看不到蛋蛋和花花。

一会儿，还真让她听到了蛋蛋的哭声，哭声嗡嗡嘤嘤，从里面传出来。她在矮墙外，一边敲敲墙，一边摸索着走，走到离厕所不远的地方，那嗡嗡嘤嘤的哭声止了。白肤施从墙上探出头，刚好看到马向思正巴望着她。白肤施欣喜若狂，立刻给马向思打了个噤声的手势。

马向思也立即明白了什么，警惕地左右看看，像个小兔子一样缩下身子，眼巴巴等着白肤施的下一步动作。接着，白肤施把随身带着的裨裟缓缓地伸了进来，马向思顺着裨裟，很快翻过了矮墙。母子俩抱在一起，高兴得几乎快哭出来了，又不敢哭出声来。

白肤施问，花花妹妹呢？马向思说，妹妹跟院长一块睡呢，她每天晚上都哭着要妈妈，你见不到她。白肤施听到马向思这么说，哭得更厉害了。她捂住嘴看着那墙，却无计可施，她毕竟是大人，很清楚一旦翻墙进入，那肯定连蛋蛋都带不走了，权宜之计只能忍痛割爱，带走一个算一个。二人不敢久留，白肤施很快擦了眼泪说，妹妹下次再想办法，你先跟我回！马向思毫不犹豫地跟着白肤施悄悄钻入夜色中。

回到家，白肤施把那肚兜给马向思穿上，又把那旧肚兜藏起来，不断询问花花的情况。马向思说，我就是想家了，所以才在墙根下哭鼻子呢。白肤施说，我就算到你哭了，所以才来救你！小芝麻看到马向思，高兴得手舞足蹈，还把自己藏的冰糖分给马向思吃，一家人一直闹到半夜才都安安静静地睡着了。第二天，她不敢让马向思出门，就在窑里安静地待着。马向思还给妈妈说起在保育院的事情，说他不想和妹妹花花分开，工作人员想让他去上小学，他不去，坚持要在保育院看护自己的妹妹，院长和工作人员商议后，答应了马向思暂时住半年，等适应了新生活再送他去小学上课。所以，在保育院里，马向思就成了年龄最大的孩子，也成了一名特立独行的孩子。

没有能找回花花，白肤施心里难过极了，她的内心其实最放心不下的就是花花，最喜欢的也是花花。哪个妈妈的心都有那么一点偏向最小的孩子，也可能是因为花花是女孩的缘故吧。她不住地问花花的情况，想着伺机再把花花带回来……

马向思的脚上长了冻疮，白肤施就用糜子秆煮成汤给他洗脚，一边洗一边心疼得不得了，说，那保育院没有热炕吗？咋还把脚冻了呢？又说，羊毛袜子里再加点棉花才行。马向思赶忙说，妈，你千万别加，那羊毛袜子太厚，我嫌穿着跑起来不利索，所以就没穿。白肤施责怪他，大冬天怎么能不穿袜子呢？你这脚一直娇嫩，刚来那年就这么冻坏了，千万别脱了，不能跑就少跑一会儿，等天暖了，想怎么跑就怎么跑。马向思点头答应了，又问白肤施，妈，那你以后还把我送到保育院不？你要是再送，我还把脚冻烂了！白肤施看着马向思，瞪着他说，你这是故意的啊？憨娃娃，冻坏了你自己疼！马向思说，你不疼吗？白肤施一愣，低着头洗脚，一边不由落泪说，疼！马向思就拿头上的羊肚子手巾给白肤施擦眼泪。白肤施说，以后，咱哪里也不去，就待在咱自己家里暖和，等我把花花抢回来，咱一家人永远在一起，再不分开了！白肤施一说，小芝麻和马向思都高兴得叫起来。白肤施最后还不忘补一句说，我也算过了，咱娘四个，那是天生的母子母女命，老天注定的嘛，咱不能违背老天爷的安排嘛！一边说完，一边就对马向思说，我要唱个颠倒歌，看你娃能翻转不。马向思连忙说，翻得转，你尽管唱。白肤施就吟唱起来：

虎画儿，画虎儿。

犍牛（公牛）下了个牲牛儿。

吃猫奶，跟狗走，半夜看见人咬狗。

拿起狗，打石头，

打得石头大张口，反转回来咬了手。

颠倒话儿话颠倒，老鼠叼个大狸猫。

蝎子踢死老儿马，口袋驮个叫驴跑。

杀了个骆驼剥了个牛，挖得二斤猪香油，

吃滚水，喝油糕，

张三吃了李四饱，撑得王五满庄跑……

马向思认真听着，听完后立刻说，犍牛和牸牛是啥？白肤施一听，立刻和小芝麻笑起来，笑得马向思不好意思了，拉住白肤施说，笑我干吗？我哪儿错了？又红着脸说，牛啊，驴啊，猫啊，狗啊，公母我哪儿分得清……这一说，白肤施笑得更厉害了，说，那你是男是女啊？我看你像个女娃，来，给你扎个小辫辫……马向思吓得在炕上乱跑，白肤施和小芝麻就跟在后面抓他。温暖的窑洞里传出的笑声，惹得月儿也笑眯了眼，风也柔软了，枣树枝儿也轻轻颤了起来……

马向思丢了，这无疑是一件大事。边保处派出一个连，日夜不停地寻找马向思，一直找到了县政府，县政府也配合带人立刻锁定了张家圪塃。马向思回到张家圪塃的第三天，边保处的人就带着县政府的干部，还有冯干部等人，找到了白肤施的家。白肤施拉着小芝麻正在给奶羊割草，看着冯干部带着几个人来了，心知不好，连奔带跑地冲到院子里，故意把声音扯得很高，说，你们干啥呀？我不认得你们呀！冯干部说，白肤施同志，这些是边保处的同志，他们只想问你几句话。白肤施说，我是女人不会说话，我男人回来再说好吧？冯干部看她的样子，心里已经懂了八九分，就说，白肤施同志，马向思丢了。白肤施吃惊又恼怒地说，丢了？你们把我娃丢了？那可不行，我得寻你们个说法，当初你们带走的时候，娃娃好好的，咋就给我丢了？冯干部看她是铁定了不给孩子，就说，娃娃你真没见到？白肤施说，见到了，天天梦里见呢。

第一个回合虽然得胜而归，白肤施心里却忐忑得很。边保处的人都荷枪实弹，那架势，她能感觉到，这不是简单的问题。她回了窑洞，小腿儿还在打战。她叫了一声蛋蛋，马向思就从木箱子里钻了出来，白肤施紧紧地抱住马向思，生怕那些人抢走了孩子。

　　边保处的人在庄里驻扎下来，这日子就不好过了。冯干部让牛丰林的大哥做白肤施的工作，牛丰林的大哥是村长。白肤施自然一口咬定孩子不在她这儿。冯干部也不敢硬来，他了解白肤施，晚上又自己单独来了一趟，说，白肤施同志，你为革命抚养孩子的事情，我们大家都感谢你，可那孩子是革命的后代，不是谁家的私有财产，也不是你的孩子……白肤施说，是不是，娃娃心里有数呢。冯干部听着这话，不敢再强求她。

　　第二天，牛丰林回来了，他压着一肚子火，看了一眼白肤施，一把就揭开了箱子。马向思在里面可怜兮兮地仰着脸看着他，牛丰林一下子也心软了，他伸手拉出马向思，神情明显缓和下来，满肚子的气已泄了一半，对白肤施说，你这胆子也够大的，一个人跑到延安……你知道因为你这事，政府动用了多少人吗？白肤施很无辜地低着头说，我就去看看娃娃，一见娃娃，我就舍不得让他们住在那儿了。是我不对，丰林，我给你跪下了，你歪好也是个官儿了，你求一下首长们，就让把这两个娃娃给我抚养着。我保证，把娃娃们都养得胖乎乎的，健健康康的，行不？白肤施说完就真跪下来了，马向思和小芝麻也跟着跪在牛丰林面前。牛丰林被逼得没有办法，拉起白肤施说，彩云啊，你咋这么糊涂呢？你晓得这是啥么？这是抢人哩。你听我说，娃娃给了保育院，那是为了娃娃好哩，你心疼娃娃，组织也心疼娃娃，就算娃娃到了保育院，那也是你的娃娃嘛。白肤施听着牛丰林的话，似乎能想开点了，松了手，牛丰林拉着马向思走出门的时候，门口边保处的人已经等候了很久。

马向思哭声不断，在白肤施的耳朵里就像巨大的钟声一样撞击着她的心，她抱着小芝麻也放开声哭起来……

马向思走了，牛丰林说，娃娃们一走，别说你难受，我也有点难受，毕竟跟着你这两年里，一起吃吃喝喝，一起长大。我知道你付出得多，可你也不能说，喜欢娃娃就不放手了嘛。白肤施不说话，也不理牛丰林。牛丰林又说，这样吧，我回头跟院长商量一下，让蛋蛋和花花一两个月回来一趟，看看你，你心里也好受点。白肤施说，你别哄我！没有这两个娃娃，我就去死！牛丰林说，我还好好活着，你死啥？你这是咒我哩！白肤施不理他，牛丰林也晓得自己做得有点不妥当，怕婆姨想不开，多住了几日，看她情绪稳定一些了，这才回了延安。

没过几日，白肤施决定再去一趟保育院。这一次她熟悉了路线，赶着中午就找到地儿了。她在大门口徘徊，大门口已经加强了警备，她不得不远远地蹲在树底下，抽个空就走过去探望一眼。她看马向思也向外张望，就狠命地招手，院子里的保育员警惕地看着她，拉着马向思回了窑洞。

就这么徘徊了半日，下午的时候，就见一个穿着灰色军装的女人走出来。女人个头不高，但身板正直，没有花花母亲那么严肃，也没有小朱干部那么刻板，笑意里透着一股普通妇女的亲近。她是冲着白肤施走来的，见白肤施想躲在大树后面，就调皮地笑了笑问，这个俊婆姨啊，你这是找人？这女人近处看着更年轻，说话也好听。

白肤施没敢答应，有些不好意思地低着头。这女人又说，我是这里的院长，我姓刘，你叫我刘大姐也行。怎么不说话呀？白肤施说，我找我娃呢，我想我娃呢。刘院长说，你娃在这里面？白肤施说，是呢是呢，可这些当兵的不让我进去。刘院长就笑说，你是哪里来的呀？白肤施说，从川口乡的张家圪垯来呢。刘院长又问，你娃叫啥？白肤施说，我儿官名叫马向思，我女子就叫花花。

刘院长再没问，直接拉着白肤施进了门，谁也没敢挡着道。白肤施一进院子，远远就看到花花蹲在门道口，院子里其他孩子都在玩，只有她一个人孤零零地蹲着。白肤施连跑带冲地飞步过去，那么多的孩子，她第一眼就看到了花花，她一边跑一边喊花花，那院子里就漏了一地的炒玉米花……

白肤施兜里的炒玉米花儿落了满院子，那些保育院的孩子们纷纷跑过去抢着，白肤施也顾不得这些了，使劲兜住包儿，害怕全漏完了，然后紧紧地把花花搂在怀里。她的举动一下子让院子里的孩子和大人们看傻了，院子里的时光像静止了一样，如同这午后的阳光，只要它照到的地方，就是欢喜，就是温暖，就是明亮无比的生长，就是爆米花一样的灿烂……

野蛮生长

窑洞外的马向思和其他孩子趴在窗口上张望，刘院长也不呵斥，孩子们叽叽喳喳，她也不烦。她每次向外看那些娃娃的眼神，反倒像慈祥的奶奶看自己亲孙子一般。刘院长收回目光看着白肤施的时候，白肤施就有些脸热，她心里就想，这女人真厉害，能看穿人的心哩。她看你一眼，你就不由得跟她亲近，想跟她说话，想跟她把所有的事宣泄出来；她笑的时候，你就感觉她跟你的亲人一样。

　　刘院长拉了白肤施的手看了看，粗糙、黝黑而干瘪，心疼地说，蛋蛋要不是你抚养得好，他那身体，怕是早就垮了。这话说得白肤施的眼睛立刻就热乎了。刘院长又说，你是她的亲妈妈，永远都是。两句话一落，白肤施就哭了起来，刘院长看着她哭，拿了毛巾给她擦，白肤施就觉得那毛巾软软和和，还有一股阳光的温暖味道。说话间，一位女老师已经端来了一大碗饸饹，热乎乎的，惹得白肤施也忘了哭。刘院长说，吃吧，走一天路呢，爱子心切，他们要不是你儿子你女儿，你哪能跑那么远来看他们呢，对不对？白肤施也不客气，刘院长的话她没法否认，一边吃一边点头一边哭，一碗饸饹就那么不知不觉地吃完了。

　　吃饱了饭，刘院长就拉着白肤施在保育院参观，从教室到卫生科，从暖炕到厨房，哪都要比张家圪塄方便很多。刘院长说，这地方只是临时住所，孩子们一天天增加，眼看住不下了，人手也不够。好不容易见到妈妈的花花在白肤施怀里没有离开过。走了一圈，花花手里就多了一个肉丸子，悄悄地递给白肤施。白肤施没接，说，你这孩子，咋随便拿公家东西呢？这么贵重的东西……刘院长走过来，拿过丸子来问她，花花，是不是想把这个给妈妈吃？花花低着头，而后懊悔地点了点头。刘院长就说，那是给哪个妈妈呢？花花指了指白肤施。刘院长就笑着说，白肤施同志，你看，花花还是想着你呢，孩子没错，是你教得好，知道心疼你。刘院长的话让白肤施豁然开朗了，惹得她不由得亲了一口孩子。

孩子看过了，也放心了，白肤施觉得自己继续待在这个地方，那就有些不好意思了。她说，院长同志，看到娃娃们有肉吃，我也就放心了。刘院长说，你就放心吧，他们都是革命后代，他们的父母要么是为革命牺牲了生命，要么正在为革命浴血奋战，把他们照顾好了，我们的同志才没有后顾之忧啊。白肤施使劲点头，觉得眼前这个女人，哪怕是眨一下眼睛她都能信服，就低着头不敢看她了，生怕自己的心思被看穿了。刘院长又问，你要是不放心，就在这儿多待几天，等啥时候放心了，再回去。白肤施说，不不不，我不是这个意思，我怎么能在这儿不干活白吃白喝，这是跟娃娃们抢吃抢喝呢。刘院长说，这是哪里的话，你是功臣，孩子们没少让你吃苦受累，这是应该的。白肤施说，我啥都没做，我就是喜欢娃儿们……我……

白肤施有些语无伦次了，也不敢看刘院长。刘院长笑了笑说，你有话直说，别客气，说错了也没关系，没人怪你说错话。白肤施被鼓励了，就说，我想在这儿看孩子，洗碗、扫院子都行。就是想问问你，怎么才能进来？白肤施一说，刘院长扑哧笑了出来，说，我就知道你会这么想，这也没错。咱这里面呀，全是精心挑选的老师，他们不但要照顾孩子，还要帮他们看病，护理孩子们的生活，都是一职多能，按照科学抚养孩子。最主要的是，你还得是咱自己的同志才行。白肤施说，自己的同志？刘院长微笑着点点头说，还有，咱这地方也不是很安全，我们正在选址，想给孩子们换个安全的地方，到时候，孩子们多了，我们还会请你来呢。白肤施一听，有希望了，起码刘院长没有当即拒绝，就高高兴兴敬了个礼，转身就跑了……

　　一路上，那脚步轻盈起来了，脚下就像生了风，生了雨，一路轻风细雨从柳林一口气跑到南关。

　　小朱科长和牛丰林看着白肤施一脸生根发芽的表情，又听她一口气把保育院的情景说了个详细，互相看了看，也猜出她怎么想了。小朱科长说，你真想去？白肤施说，真想去！你觉得行不？牛丰林没有说话，一脸的愁苦，大脑袋嗡嗡响。小朱科长看出两人又得吵，赶紧笑着插了一句说，老牛同志，嫂子这是要求进步，好事啊，我们应该帮助她。白肤施眼巴巴地看牛丰林，牛丰林生硬地附和着说，应该，应该帮助她。白肤施说，那我怎么才能进步？怎样才能成为那些保育院的同志？牛丰林说，那保育院归属于中央总卫生处，那都是咱的上上级……小朱科长立刻说，嫂子，咱的那些娃娃都是革命的火种，保育院的老师都是非常专业的，有知识有文化，是非常可靠的革命同志，你想要去，那确实有点难。白肤施说，啥难我都不怕，只要有希望就行。你俩说，我有希望没？

　　显然牛丰林觉得白肤施这是瞎找事，心里和脸上都显出了不耐烦，听到她这一问，更觉得这事有些想当然了。他觉得早点打消白肤

128

施的这种念想或许是对她好，就说，你还是回去把小芝麻看好了……牛丰林的话让白肤施立刻沮丧起来，她只能眼巴巴地看着小朱科长。小朱科长不忍心伤害白肤施，就说，当然有希望，只要你要求进步，没有什么克服不了的困难。你先回去，我马上嘱咐县里的同志，多帮助你进步。再说你本来就是革命同志，对孩子们又有感情，我想你一定会成为一名合格的保育员，你说呢，老牛同志？牛丰林被逼得无奈，只好点点头说，你先回去好好学习吧，我也想想怎么帮助你。白肤施一听这话，自然高兴得不得了，发誓说，我向各路神仙保证，一定好好学习，成为非常专业有知识有文化的婆姨，努力成为可靠的革命同志！牛丰林一听这话就反感，说，你还向神仙保证？你，你向小朱科长保证就行，就这一条你也不能……小朱科长说，行了，老牛同志，这事就这么说定了，嫂子，我支持你！

白肤施得了这样的信心，感觉生活就像庄稼被施了肥一般，脚底下的劲头直蹿脑门，直把她的脸催开了花。这大冬天的风也温柔了，延河河滩里的冰也柔软了，大雪覆盖的山梁山峁也对她和颜悦色了，于是，整个冬天都退到了她的身后，她整日迎接的都是春天的阳光和暖风。

青救会的学习，她一节课都没有落下；冯干部说要继续办夜校，白肤施每一期都举手报名；冯干部要培训接生员，白肤施第一个报名；区里要办卫生合作社，白肤施第一个支持。冯干部说，以后青救会和夜校的学习，由你来带领大家学习，你能行不？白肤施问，对啊，我能行不？冯干部说，我问你，你怎么反问我？白肤施说，我识字不多啊，我怕不行。冯干部说，上次考试，你都考了九十多分，你还不行？以后，除了教大家写字，你还要带领大家读报纸。有一点要记住，尽量不用方言。白肤施笑着说，我不用方言，他们听不懂嘛。冯干部无奈说，那也行，但是意思必须表达清楚。白肤施高兴得合不拢嘴，答应道，是！

过了一段时间，白肤施又问冯干部，卫生合作社为啥不让我参加？我都是接生员了。冯干部说，合作社要大家一起办，选最优秀的接生员和卫生员，白肤施同志，你只要好好考试就行。白肤施一听，问他，还要考试啊？冯干部说，卫生员需要非常专业的知识，不考试咋行？白肤施说，我就是有点害怕。冯干部问，你害怕什么？白肤施说，我这半年一共才接生了一个娃娃，还有三只羊羔、一头小牛……那一个娃娃还是咱们县卫生院的马干部帮我接生的，我哪有那么大本事呢？冯干部说，白肤施同志，那不如这样吧，马干部毕竟是女同志，跟你交流起来比较方便，我让她最近来帮你学习学习，咋样？白肤施说，专门为我？那咋行么，她那么忙，我又不是啥人物。冯干部说，你现在还真是个人物，在咱区里是最优秀的干部家属，也是最积极的群众，你只要肯努力，肯进步，什么都有可能。革命就是要把不可能变成可能！不过，如果你有时间的话，去县卫生院，让她帮你学习，也是办法，不晓得你愿意不愿意跑腿？白肤施说，愿意愿意！一百个愿意，她要真当我的师父呢，跑个腿算啥么。

白肤施出了几趟沟，过了几次延河，胆儿就壮得冒了尖，也不怕谁家的狗咬驴叫，那腿脚抹了油一般，心里也就跑得亮堂了。

安顿好公婆，白肤施就提着干粮，背着小芝麻，沿着河道往前走。她感觉自己又进了一步，虽然前途未知，可毕竟路在她脚下了，她已经有所准备了。出了这条沟，那就不打算再回头了。她很清楚，男人的日子在外头哩，她的日子也得在外头，要不然，男人啥时候跑了她都不知道。当然，这是她的小心思。更重要的是，孩子们的日子以后肯定也在外头，蛋蛋和花花要是长大了，绝不可能再回张家圪塔，他们的天地肯定在延安城，她要整天在张家圪塔，那啥时候才能见到他们？再往远想一点，蛋蛋要是长大了，那还不得娶个媳妇过日子？花花还不得出嫁？哪儿能少了她这个妈妈呢！想着这些未来的好日子，她觉得什么样的日子都能熬过去。她要进步，要成为他们中的一员，她不能老是牵着男人的心，不能让娃娃们担心，更不能绑着孩子们成长的脚步。她绝不想拖累孩子。

赶到晌午，白肤施挽着袖口，把头顶的太阳攥在怀里，那浑身散发出来的都是阳光的味道，整个人也暖融融、亮堂堂了。

马干部还没有回县府，去下乡和宣传队的干部搞防瘟疫工作了。天快黑之前，白肤施远远看到她一个人走回来，心里就想，这该是位漂亮的女郎中。她还没开口呢，马干部先责怪她道，彩云姐，你怎么站外面呢？冻着孩子咋办？这一反问，把白肤施的眼泪差点问出来了，她也顺着她的话说，马干部，你不就是太阳嘛，看到你就暖和得很。马干部一笑说，反了，群众是我们的太阳。又说，你是为考试的事情吧？白肤施有些不好意思，马干部一边走一边帮她解下背上的孩子，一起进了窑洞。

窑洞里有点凉，白肤施猜想她是下乡时间久了，所以一直没有生火。马干部搂着小芝麻，白肤施腾出手就帮她生火，又说，这点柴火咋能烧热这炕呢？天黑前我帮你弄点硬柴。马干部说，你先等等，我还要跟你说正事呢，下个月就要考试了，你准备得怎么样了？白肤施说，我怕考不上，所以想跟你讨个主意。白肤施说的时候不敢看马干部，使劲把脸藏在自己怀里，马干部把一颗冰糖塞给小芝麻，然后笑白肤施说，你来不就是考试嘛，怕啥？谁不知道你庄里有个彩云，还把个阴阳给拿住了。

白肤施听到马干部这么说，扑哧笑出来说，你这话不敢说，羞死人了。马干部说，彩云姐，我是夸你有斗争精神哩。我还给村里的卫生干部夸你，让他们向你学习哩！白肤施有点受宠若惊，就说，冯干部担心我方言太重了。马干部说，哪有啊，你讲方言，老百姓才能听得懂，我们也在学习方言，入乡随俗嘛。白肤施就自信起来，说，我教你！哎呀，错了错了，我这一高兴都不知道自己是谁了。马干部扑哧一笑说，我就是这个意思啊，这离考试还有个把月呢，你就住我这儿，趁着这两天有时间，我那边的书你都看看，好不好？白肤施说，我拖儿带女的，把你这儿侵害得能行？马干部说，不侵害，你也是干部家属，我不信你，信谁呢？

这么一说，白肤施表面上受用，心里却堵了口气，觉得自己不仅要当好干部家属，还要当好干部呢！这话却不敢当着马干部讲。手里的柴火烧了大半，锅里放的干粮也热透了。马干部揭开锅，把黄面儿馍馍掰开来，三个人每人一份，小芝麻不客气，见了吃的东西直往嘴里塞。白肤施拦也拦不住，就说，你说这娃娃，不懂礼貌么。马干部说，都是一家人，不要客气，我到你家吃饭也没客气过啊。白肤施还想说什么，门口的另一个干部喊了一声马干部的名字，马干部慌忙出了门。一会儿又折回来，收拾出诊箱，一边收拾一边说，彩云姐，我给门诊的老周说了，你这两天跟他实习，我这会得赶紧去村里一趟，有个急诊呢。白肤施应声的工夫，马干部已经出门了。

白肤施守着莫大的窑洞，她也没去门诊找老周，而是把马干部的窑洞收拾了个遍。棉被拆洗了，衣服也没几件，很快洗完了，又把空洞里里外外清扫干净。她知道马干部十天有九天在农村跑着给人看病，公家人看病基本不收钱。你也分不清她是干部还是医生。干部们到了农村，啥事情都往身上揽，婆媳不和、夫妻矛盾、邻里关系、土地问题、成分问题、教育问题，他们都懂，头疼脑热，他们都会看，没有他们不懂的事，也没有他们解决不了的问题。他们解决不了，还有政府当官的解决，一般到了县政府，事情都化解掉了。群众有啥事情，不管是哪一级干部，也不分大小官，喊他们，他们都能随叫随到。干部嘛，就是干掉全部问题的人。尤其是这两年时间，白肤施和张家圪塄的人都感觉到，这些穿着制服的干部，比袁阴阳的那两把刷子厉害多了。袁阴阳跟他们比起来，那真是小妖怪，他们才是真神仙，所以她就把学习叫修炼，要把自己修炼成为真神仙、真干部！

白肤施这么想着，抿嘴笑着，把偷偷带来的鸡蛋和玉米面啥的添在马干部的小盆里。她是有备而来，干部们在村里吃饭都自觉掏伙食费，她以后也要按照干部的标准要求自己！

老周不仅瘸腿还少条胳膊，眼睛也看不清楚，但是，边区的群众都知道老周的医术高，比马干部还要高明好多倍。因为手脚不便，老周只能在县卫生院里留守看病。老周的一条腿走中医的路，一条胳膊干的全是西医的活儿。他每天把军装穿得有棱有角，干干净净，连拐杖都发着一种奇异的光，那光里，有很多别人看不清摸不着的知识光芒。有人给老周提意见，认为老周穿着军装看病，那是拉开了与群众之间的距离，但是老周依然如故，每天把自己弄得干干净净，一点也不含糊。这身军装是长征时期的红军装，有人说，我们现在已经是八路军了，给你换一身八路军装。老周不答应，就再也没有谁去提起。

白肤施背着小芝麻观察老周给群众看病。老周坐在椅子上，撩开一个老汉的衣服，用听诊器听了听。许久，又看了看他的舌苔，问了问他的生活情况，很快就吃清了老汉的病情。老周不温不火地说，这是肺气肿，有十来年了吧？老汉不知道啥是肺气肿，就问，能死不？老周一笑说，不能死。听到这话，老汉就放心地笑了笑说，那我回去呀。老周说，吃点药。老汉说，死不了吃啥药呢？老周说，能死的话，吃药也没用啊。老汉也笑说，说得有道理，那就听你的。

这么一来二去，白肤施也没闲着，一会儿给老周倒水，一会儿帮他拿听诊器。一直到太阳落了，老周才看了看白肤施说，这下忙完了，轮到你了。白肤施说，我没病。老周说，你没病，这也不是串门的地方嘛。白肤施赶紧说，马干部让我给你帮忙呢，我是张家圪塄老牛的婆姨。老周就问，是牛丰林的媳妇？白肤施答道，是呢。老周就笑说，那我晓得你哩，你帮公家带着两个娃娃哩。白肤施听到娃娃的话，神色立刻暗淡下来了。老周又问，是你身边的这个娃娃不？白肤施说，不是，娃娃送到柳林铺了。老周好奇说，那你是？白肤施说，这是我自己的娃，我就是想过来看看，能帮个手，学点本事，或许能用得上……我想娃娃哩。

都说老周在县府医术最高，所以在老周面前，白肤施还是有些生惧，说话也有些语无伦次。但是老周听明白了，老周说，你是想学点本事，也去柳林铺，跟娃娃们在一起？老周眼睛毒，你一说，他就能知道你想啥，这让白肤施更害怕了，觉得老周真是聪明得厉害，也不敢撒谎，就说，对，我就是这么想的。那你咋知道这些事？老周说，不是我一个人知道，那县府的人都知道，你可是夜校的学习模范，马干部回来经常讲，也给其他村子的妇女讲。白肤施就有些不好意思，说，我倒成模范了？这多害臊啊。老周笑说，这是光荣啊。那你说，我能帮你干啥？白肤施说，我想学当大夫，能看个小娃娃头疼脑热就行。老周抿着嘴笑，然后想了想说，你这几天就在这儿待着，有啥我喊你就行。白肤施没有想到老周这么痛快答应了，就说，我还是帮你干活好了，说着就去张罗卫生院的晚饭。卫生院的人少，除了老周，还有四五人值班，其他人都到村里去了，全院也就十二个人，却承担着全县的医疗卫生任务，就是这些人，每个人都是一道针线，把全县人的健康缝得密匝匝的，不漏一点风。

平时卫生院的灶房做饭，就是雇着旁边的一位大娘，她这两天刚好回了娘家，白肤施来了正好派上用场。月亮刚上来的时候，饭已经熟了，三大锅盖儿荞面煎饼。厨房的窑里只有荞面，老周自己也知道这是好东西，可又不知道怎么吃才好，就说了那么一句，有荞面呢。白肤施把土豆切了丝，还有黄萝卜，稍微加点粉条和酸菜丝，一起炒完卷起来，又把辣椒碾成末，炝了当蘸酱，这煎饼就能吃了。老周一尝也不说话，闷着头吃了四五个，旁边的人也不知道味道怎么样，不好下手。白肤施说，快吃啊，要是不好吃，我重新给你们做。几个人一尝就责怪老周，怎么吃独食啊？老周说，我请来的厨师，我得先吃饱！旁边的医生护士都笑老周，每个人都用两只手抓着煎饼等着蘸辣椒汁。白肤施也不知道煎饼做没做好，那辣椒汁是不是太辣了，一直听到大家不住地叫好，她才放心地躲在角落里，一边看着大家吃，一边内心暗自欢喜。

马干部晚上出诊又没回来，白肤施就和小芝麻住在马干部的窑洞里。第二天，白肤施想起牛丰林在这新政府的旁边有一个亲戚，走过去并不远，就说要借两升荞面。亲戚倒是认得白肤施，见了孩子也高兴得不得了，问清了情况后，就拿了两升荞面给她。

到了中午，老周和卫生院其他的人下班，凉粉就像魔术一样摆上桌了。老周还真没吃过这么好看的陕北饭，那凉粉晶莹剔透，粉嘟嘟、嫩生生的，发着光，跟琉璃一样，把老周和所有医生护士的影儿都照得透亮，谁也舍不得动筷子了。这哪儿是饭呀，这是艺术品嘛，老周笑着。干部们说，哪儿还有心思吃，都顾着仔细看了，好像那凉粉儿能动起来，活起来，有了生命一般，着实让人心疼得很。

老周说，看着就心情舒畅了，吃多一点对不起凉粉，吃少一点，就对不起自己。旁边的白肤施痴痴地笑着，老周又说，吃人嘴软啊，你跟着学就是了，考试是为了优选，不是为了淘汰嘛。白肤施看到老周答应了，赶忙起来拜了拜说，师父在上，弟子给您行礼了。老周说，你瞎拜啥啊？我们是革命队伍，不兴这套！白肤施又笨拙地敬礼。老周赶忙还礼，搞得手忙脚乱。白肤施又笑说，师父以后想吃啥，我都想办法给您做。老周说，革命队伍嘛，你这是逼着我刻薄同志呢。白肤施说，这哪是刻薄，这是同志之间互相帮助哩。老周说，以后也别进厨房了，先学习，你不是着急见你娃吗？

第一天上班就遇到了大难题。

县府的几个区相继报告了各村的生育状况，这个问题本来早就引起了县府的注意——延安县各区乡的生育率不高，这件事情还引起了中央领导的重视，要重新认真查找问题根源。白肤施就问老周，这女人生娃，自古以来就是观音娘娘的事，咱能管得了？老周听她这么说，正好看到马干部回来，就把马干部一起叫过来说，你给她说说，这生育率的问题。马干部最近正忙乎这事，就坐下来耐心地告诉白肤施，这还真不是观音娘娘的事，是咱自己的事。白肤施好奇地问，啥事？马干部也不忌讳老周在场，直接说，拿咱乡来说，育龄妇女六千多人，全乡每年生育小孩不足两千，成活率也不到三分之一……马干部表情很是庄重和严肃，话语中透露出一种深深的忧虑。

白肤施看了看老周，又看了看马干部，说，这事跟咱有啥关系呢？马干部说，当然有关系，边区老百姓的生活就是咱的事情，这妇女不生孩子，当然是天大的事情。白肤施不好意思地说，那女人不生孩子，不是该怪男人嘛？老周笑了笑说，白肤施同志说的倒是没什么问题，我们开始也是这么想，然后调查了一个多月，发现啊，还真不是男人的问题。白肤施表情诧异地看着马干部问，那是啥问题？马干部笑了笑问她，彩云姐，你小时候是不是一直喝凉水？白肤施说，对啊，那不喝凉水喝啥呢？马干部又问，在张家圪垯呢？白肤施说，也喝凉水啊，不喝凉水喝啥呢？你的问题怎么这么奇怪。马干部和老周对视了一眼，似乎明白了什么似的说，那就对了，我们调查的结果和其他区乡一样，就是这个原因。白肤施还不明白，老周急道，这生不下娃，就是喝凉水的缘故。

白肤施认真地看了看老周，有些不解说，这喝凉水自古都这样，这还成问题了？不是有句老话说么，养不下娃娃，那是炕板石的问题。老周不明白，马干部就笑说，以前乡里流传，这句话的意思就是生不了孩子，原因主要是土炕下面有一层石板的原因。老周笑说，还是小马对群众熟悉。不过我可以肯定地告诉你，我们通过和边区医院的大夫求教，确定这生不了孩子是凉水的缘故！老周又问白肤施，为什么不喝开水呢？白肤施笑了笑说，那开水废柴火呢，谁家柴多啊？这不是都习惯了这么喝吗？到底是开水的问题还是凉水的问题？马干部说，就是这井水人畜共饮，造成了水里的微生物和细菌不断滋长，人喝了这种水以后，就容易生病，也容易造成不孕不育，导致生育率低下。

137

白肤施听不大明白，问道，那井水看着清格朗朗，连人影都能照得见呢，怎么会有你们说的微生物和细菌呢？那微生物和细菌是啥？马干部笑了笑，走过去拿了一本书给她翻看，说，你自己看，微生物、细菌种类非常多，人若喝了这种水，长年累月，哪有不生病的道理。实话说，你上次怀孩子的事情，多少跟这也有关系。白肤施暗淡地说，我那是外伤，是天意……老周打断她的话说，还真不是这样，据我们了解，你当时掉下去的那个山崖并不算高，而且坡度也不算大，造成的外伤也不是很重，但是孩子很轻易地就没了，我们也感到非常纳闷。当然，像你这种例子还有很多，有些孕妇平地摔了一跤，孩子就保不住了，这也是生育率比较低的一个重要原因，根本原因还是出在这个水上！

白肤施听到两个人这么说，一时陷入了悲痛的回忆之中。马干部抓住她的手安慰说，彩云姐，我们都知道你不想回忆这件事情，可是如果我们不找出来事情的原因，那以后还会有更多的人受害啊。白肤施慌忙收回情绪说，我，我相信你们，你们比神仙还灵验，还救过我的命呢，我当然信你们。那现在该怎么办？老周说，办法简单，也比较麻烦。白肤施抢说，我不怕麻烦。老周说，这件事啊，必须从两方面着手。一方面呢，尽快找些石灰，对每个村的井水都进行杀毒，每隔半个月杀毒一次，这件事情需要咱县府的干部和村干部一起去做群众的工作；另一方面呢，就是宣传群众喝烧开以后的水，尽量不要喝凉水，尤其是妇女和儿童。

老周的意见最后被县府采纳，白肤施也成了卫生工作队的一员。白石灰可以找人去烧，石灰矿倒是不难找到，当地群众叫卷石，自古以来也都烧制。工作队很快就烧出了白石灰，带着白石灰挨个在每个村的井水里消毒，消毒的量和分寸老周都仔细告诉了白肤施。开始倒没什么动静，后来有些村民担心喝了石灰水被毒死。造谣的自然是袁阴阳，袁阴阳却不承认。

白肤施就和冯干部把村民都喊到一起，聚到当初张广德家的大水井边，一边投进石灰，一边打上水来，拿起马勺就喝，然后拍了拍自己说，这是杀毒！把井水里的小虫子都杀死。村民就说，我们也没看到小虫子啊。白肤施就拿着那本书，挨个给大家看，然后从水井里捞出一大把水藻，那水藻大冬天还泛着绿色，上面居然还真有不知名的虫子在蠕动着。白肤施说，你们是看不见，那县府的大夫都能看见呢。这下相信了没？以后，每个月都要杀杀毒！白肤施又说，以后，庄里的人不准再喝凉水，我刚才是给大家示范呢，做饭的时候，多烧点开水，水烧开了，滚烫了，晾在盆里才能喝！

白肤施挨个村子给大家示范，她嗓门大，又时不时拿出袁阴阳举例子说，那袁阴阳生不出儿子，也跟这水有关系呢！你们别不信！马干部有一次路过一听，这宣传有点走偏了，赶紧纠正她说，彩云姐，这水跟生男生女没关系。白肤施这才赶紧假意扇了扇自己的嘴巴说，我这一宣传太上头，跑到别处去了。后来想纠正，却来不及了，群众讲卫生的热情突然一下子高起来了，只是因为白肤施说了，喝了掺了石灰的井水能生娃，喝了掺了石灰水的开水能生男娃……

这话一传开，连县府的刘县长也听到了，就来卫生院打听情况。正好遇到白肤施兴致勃勃地从村里回来，就问她，生男生女那句话是怎么回事？白肤施看他虎着脸，还真有些害怕，上次就是他训斥的牛丰林。她就只好老实交代说，自己歪嘴和尚念错了经。刘县长不但没有恼怒，还笑着说，哎呀，这事虽然宣传得有点走了偏路，但是，我们从白肤施同志身上学到一样本事，那就是给群众做工作的时候，要讲究方法。从群众中找出问题，也要从群众中找解决问题的方法。我看她啊，缺点突出，优点也突出。白肤施听他这么说，一下子就放松了，问，那县长同志，我有啥优点呢么？刘县长说，你这嗓门大，人又显眼，最主要的是用群众最喜欢的方式来宣传革命科学！听说群众不愿意来的时候，你还给人唱两嗓子？白肤施说，我那唱得又不好听，就是想让人来听听我咋说的嘛。刘县长说，你说的比唱的好听。不过呢，以后工作要注意，没有科学依据的事情一定不要乱说，要不然，我们县府的工作队还得返回去再纠正你这个说法呢。白肤施也认识到了错误，赶忙检讨。得了县长的夸奖，白肤施自然高兴了好长一段时间，又听说刘县长在好几次大会上都提到了这个例子，只是她没有缘分亲耳听到。后来，据说这位刘县长还用这个方法创造了边区的"变工方法"。

几天后，老周就把卫生员的证书交到她的手上。临回村的时候，老周请白肤施给他又做一顿凉粉，院子里的医生护士都尝到了一碗，跟过节一样。老周说，以后你就是咱卫生院的一员了！老周说这话的时候，白肤施非常惊讶，觉得自己跟做梦一样。这梦里，自己一下子成了张家圪埢的老师，背着小芝麻给孩子们上课；这梦里，自己变成了郎中大夫，给张家圪埢的大人娃娃看病，也给村里的牲口看病接生。

白肤施耀眼得像张家圪埢山峁上那株整天开花的向日葵。

但过了些日子，她又开始焦躁了。蛋蛋和花花就像太阳一样在城里牵引着她的心，牵引着她的梦想，牵引着她的脚步，牵引着她的命。

她想蛋蛋和花花的时候就问小芝麻，你想蛋蛋哥哥和花花姐姐不？小芝麻说，想哩！咱去城里找蛋蛋哥哥和花花姐姐么？白肤施说，妈也想哩，妈不能天天去找，要有个时间哩。小芝麻问，啥时间？白肤施一脸憧憬地说，等咱进步了就能去看他们了。小芝麻又问，啥时间进步了？白肤施想了想说，冯干部、马干部、周老师都说我进步挺快，应该还没有进步到那么高的地方吧。小芝麻又问，哪个地方？白肤施说，就是保育院的那个地方。

张家圪崂成了白肤施进步的起点。她白天给孩子们教书，教的内容五花八门，开始是劳动课、技能课，后来就成了识字课，也有数学课，有不懂的地方赶紧问冯干部；晚上又给村民读报，《解放日报》每天一篇，读得津津有味，当然带着天尽头和张家圪崂的混合口音，后来在冯干部的纠正下，渐渐咬起了腔调来。她最喜欢大家来看病，老人孩子是最主要的病号，但是大部分病患她还是拿不准。她主要承担的是群众的卫生宣传工作，比如提醒谁家的茅房要修一修，组织大家重新修理水井等。但是谁要有个头疼脑热的病痛，她急了，也会拿出"老本"来应付一下，有时候袁阴阳那一套还挺管用。发烧了用柴胡根熬汤喝，谁家小孩流鼻血了，她就烧了头发止血，治病的方法五花八门。

天一冷，白肤施就担心起蛋蛋和花花的冷暖来，她把两个孩子的冬衣早先做好了，正盘算着怎么去送冬衣，就听说袁阴阳病了。

袁阴阳参加生产劳动后，很难适应繁重的苦力，全村就他家的庄稼收割得最晚。每天出山劳动，他都要骂骂咧咧半天。后来就变成了他老婆每天对他骂骂咧咧，他也不敢吱声。因为常年积累的恶名，也没有人去帮他收割庄稼。他背回来的庄稼稀稀拉拉的，腰也逐渐被压垮了，慢慢腾腾背回最后一背庄稼的时候，已经是霜降以后了，若是有个阴雨天气，袁阴阳家剩余的庄稼就全沤在地里了。袁阴阳背着庄稼往回走，脸上没有农人的喜悦，全是抱怨，连汗珠也冒着怨气。有了怨气和不忿的脚步，那路就变得坎坷无比，那泥土充塞的羊肠小道就变成了悬崖峭壁，袁阴阳心里盘算着，人生大起大落，现在正是落的时候了……

还好，丰林他大放牛回家的时候救起了袁阴阳。

袁阴阳从悬崖掉下去捡回半条命，丰林大把他背回村庄的时候，也就剩一口怨气了。村民们对他的惩罚逐步变成了怜悯，但是袁阴阳却害怕这种怜悯，他的骨子里还是活在过去的风光里，活在高高在上的虚荣中。他把看望他的村民都骂出了门。他摔断了腿，冯干部劝他去县城看病，他拒绝了。他恨所有的人，又不得不在内心面对现实，这现实就是折磨他的魔咒。

过了半个月，袁阴阳的腿伤就溃烂起来，窑洞里发出恶臭，他偷偷给自己用土方子敷药，结果不但没有好转，反而恶化了。他给丰林大说，也就只有彩云能看好他的病，这是故意给白肤施传话。

白肤施说，袁阴阳是已经被改造过的人，冯干部说了，他有进步了。又说，他好歹也当过我的师父，一日为师终身为父。白肤施说，冯干部说过，要先进帮助后进哩，我是干部家属，改造和帮助袁阴阳也是责任。

袁阴阳可不这么认为，袁阴阳见到白肤施，第一句话就问她，你是不是打听到什么了？白肤施说，我就听说你病了，也不去看，等死。我不能让你死了，你死了，说明拒绝改造和进步，我们还得对你负责不是？袁阴阳说，我的命是我自个儿的，跟你们没关系。白肤施说，我觉得你就是没改造好，还得继续改造才对。袁阴阳说，你说吧，什么条件？白肤施说，我没条件，你是我师父，我得把你看好了。说着，就开始给袁阴阳看腿，那布条上都是血渍和腐肉，白肤施捏着鼻子说，你这腿要废了，如果还不治疗，那得送命哩。袁阴阳说，我的病我还不知道？要你瞎说！你不就是想去保育院吗？白肤施说，我去不去，也跟你没关系啊。袁阴阳说，你早都打听好了，你不用瞒着我，我是有个亲戚在保育院当保姆哩，你因为知道这个才给我看病哩。

白肤施张大嘴巴看着袁阴阳说，我真不知道有这个情况。袁阴阳看着她，一脸的不屑。但是这个话落在白肤施的耳朵里，她还真有了小算盘。白肤施说，你这么一说，我还真就冲这个目的，你到底看不看？听她这么一说，袁阴阳感觉自己又占据了上风，得了理，掌握了主动。袁阴阳难得露出笑容说，我的徒弟心里想啥，我还是清楚呢。白肤施说，那你说，怎么才能去保育院？袁阴阳说，你这算是徒弟求师父了？白肤施厌恶地应了一声。袁阴阳说，你先把我的腿看好再说吧。其实就算他不说这话，白肤施照样会帮他看腿。

白肤施用毛驴把袁阴阳驮到县卫生院，老周检查了袁阴阳的腿，叫了一声好险！二话没说，直接把卫生院仅有的两支盘尼西林给袁阴阳用上了。不到一周时间，袁阴阳的病就有了好转，腿保住了。但袁阴阳没有一句感激的话，回村的路上，白肤施憋着一肚子气说，你晓得吗？这两支盘尼西林就是前方两位抗日战士的命！我那周师父用两条人命换了你一条烂命！

袁阴阳听到这话，沉默了，一会儿又拉住驴缰绳说，咱回去，咱得好好谢谢人家。白肤施说，你别演戏了，说得跟真的一样！那老周医生也是我师父，你回去以后好好改造进步，争取成为人民群众的一份子！袁阴阳说，我演戏那也是真演。我当然知道那药金贵，你放心，你的事情包在我身上，不过有一件事情我得问问你，你背着我又认了师父这事，可不地道！白肤施听他这么说，气得狠狠地踢了一脚毛驴，毛驴受了惊，驮着袁阴阳满沟槽跑，袁阴阳吓得一阵乱叫。

白肤施把年茶饭早早就做好了，而且比往年多做了一倍还多，专门用毛驴驮着年茶饭和蛋蛋、花花的冬衣，又出了沟槽。她没有去找牛丰林，她觉得这是她自己的事情。白肤施把驴拴在院子门口，几个娃娃就围拢过来，白肤施把油馍分发给娃娃们吃，又高着嗓门问，蛋蛋和花花在哪儿呢？刚说完，就看到蛋蛋拉着花花站在人群外了，白肤施爱怜地跑过去，抱起蛋蛋又抱起花花，左右舍不得松手。她把驴背上的花棉衣给他俩试了试，偷偷告诉他俩，棉衣兜里有鸡蛋呢。两个孩子穿着小棉袄，顿时憋红了脸，互相看着笑了起来，白肤施也笑起来，三个人笑着笑着就流下了眼泪。白肤施就赶忙拿袖子给他们擦，边擦边安慰说，别哭，别哭，要是让刘院长听到了，怕要怪我了。

穿着小花袄的蛋蛋和花花一直拉着白肤施，走到保育院，门口的警卫又挡住了她，白肤施也不进去了，知道这地儿不该是她进去的地方，内心还是很自卑。临走的时候，白肤施突然想起了啥，叫住蛋蛋和花花，有些不好意思地看着两个孩子问，蛋蛋，花花，你俩不会忘了我吧？蛋蛋看了看花花，拉着花花一起叫了一声"妈妈！"白肤施哽咽着，慌忙招手让他们赶紧回去。

看着两个孩子回了窑洞，白肤施再也绷不住了，蹲在门口的土墙下哭了起来。越哭越伤心，也不知道哪里来的伤心劲，眼泪就湿润了这个小沟槽，模糊了入冬的好天气。不远处的刘院长看在眼里，走过去想安慰白肤施。白肤施看到是刘院长，慌忙擦了眼泪，笑着说，我就是给娃娃送点吃的，还有棉衣。刘院长说，谢谢你，这么远的路真是辛苦你了。白肤施说，不辛苦不辛苦。刘院长说，上次跟你说的事情，我觉得还是没有说清楚。白肤施说，说清楚了，你的意思是，我得成为你们的同志才能进保育院。再者，还得有技能。你可不知道，我现在是张家圪塄的老师，是青救会的副会长，还是庄里的卫生员哩。刘院长说，真的啊？你进步这么大？白肤施说，冯干部和马干部都这么说。你们啥时候考试，我第一个来报名。刘院长想了想，拉住白肤施的手笑了笑说，白肤施同志，你先不要着急，孩子们现在的住宿环境还不稳定，等稍微稳定了，我通知你来。白肤施说，要不，就把娃娃们都送到我们村里，我们村里的环境好，坏人也少，保准娃娃们健健康康长大！刘院长笑了笑说，这事我们还得商议，等组织的意见，我也决定不了。你这来一趟也不容易，这样吧，我把孩子们的课程表啊，书啊之类的，给你拿一套，你先熟悉熟悉。白肤施一听，立刻明白了什么，说，谢谢院长！还有一件事，我上次忘记给您说了，我男人在边区政府上班哩，是个干部。你打听一下就能问到。刘院长扑哧笑了出来说，我知道，我知道呢，都是一家人。听到刘院长这话，白肤施脸上像是被春风刮过一样，感觉牛丰林这旗号总算有了一点用处了，却不知道刘院长早就知道她的底细了。白肤施不愿意进去，就在门口等着，拿了书就准备走，刘院长说，小嫂子，我们就约好了，春天的时候你再来，我欢迎你。白肤施认真地点头答应，不舍地离去。

年底，村里选举乡议员，白肤施毫无意外地当选了。她问马干部，这议员能干啥？马干部说，议员能给政府提意见哩。白肤施想了想说，顶用不？马干部说，顶用啊，这是政府的会，你说啥，政府都得听。白肤施又问，那当了议员算不算是自己的同志？马干部想了想说，当然算。白肤施自信地说，那我当定了！

开会的时候，大家讨论得非常激烈，县上的参议会代表提的意见都非常具体。比如，哪个村里的牛不够用，政府应该想办法解决。比如哪个村里的二流子比较多，干了坏事，政府要立刻拿出态度惩罚。再比如哪个村里的哪家人婆媳不和睦，应该管管。这些讨论让白肤施的心情一下放松下来了。她看到平时的老农民都敢给政府这么说话，自己也觉得放心了，觉得这个会来对了。

轮到她发言了，她就把自己的情况说了一遍，她说她是哪个村的人，又说，政府说话一定要言而有信。这话里有话，讨论组的组长问她能不能具体说说，白肤施也不客气，说，我虽然不是干部，但是，我一直把自己当干部干呢，也一直想要进步呢。旁边几个认识白肤施的乡亲说，对着呢么。白肤施又说，既然是自己人，那我们也要参与政府的事务，比如说，保育院那个地方吧，我就想去，我不仅能识字看书，能教得了娃娃，还能给娃娃看病呢。你们说是不是？她这一说，旁边的人也不敢贸然给她作证，只说，白肤施给我家猪娃看过病，又说，也常给我们念报纸呢。组长说，你说的情况，我们要形成材料上报，因为保育院不归咱县上管，但是，我们可以反映上去。

反映的材料是冯干部亲自撰写的，当然从他的角度来讲，更多的是出于对白肤施的同情。不久之后，材料就有了反馈，上级领导签字说可以考虑，具体到白肤施的事情，只写了可以作为后勤人员，支援保育院的建设。

刚过完年，马干部就拿着批示去找白肤施，白肤施就笑说，你来了准有大事！咋了，领导嫌我提意见了？马干部说，哪里啊，咱们是人民政府，又不是衙门。害怕群众提意见的地方，那是衙门。白肤施说，那是咋了？马干部说，你说，除了你，以后谁还能像你一样协助小冯干部教书看病呢？白肤施说，庄里的年轻人多了，都灵醒得很么。又说，咋了？同意了？马干部点了点头，把批示给了白肤施说，你准备一下，过了正月就去保育院报到。白肤施抱着那张批示，喜不自禁地哭了起来。马干部不解地问，你到底是想去还是不想去？白肤施也不掩饰地回道，我，我说我怎么最近老做好梦呢？我，我把铺盖卷都装好了！

# 保姆妈妈

鸦雀子在窗外的槐树上叽叽喳喳叫个不停，张家圪塔的风还是有些冷，从窗棂子里吹进来，呼呼作响。风里的讯息很快传了满庄满院，窑洞里就时不时走进来看望白肤施的人，眼神既羡慕又感慨，觉得这个女人总算把苦日子过尽了，盼到头了，熬熟了。

　　白肤施一边收拾行李，一边招呼客人，一直到下午，大伙儿才散去。丰林大和丰林妈说，都成了公家人，那土地咋办呢？以后就没土地了！娃娃以后也没土地了！你俩留一个，也能留点土地。白肤施一边收拾行李，一边笑着说，人长一张嘴，老天爷总得给个吃饭的地方，放心吧。公公婆婆又说，小芝麻还是不要带走的好，就在咱张家圪塔，我们养着你总放心么。小芝麻看着白肤施要走，哪里肯留下，坚决要和白肤施一起走。最后决定，先去城里找丰林，听听他怎么说。

　　走出张家圪塔，马干部一直把她送到了县政府。一路上，白肤施只顾想着蛋蛋和花花，想着两孩子知道她以后会待在他们身边，一定会高兴坏的。她并不知道眼前的路将是自己人生的另一条路，只是觉得同样的路也走出了不一样的心情和感觉。她第一次走进这沟槽的路，那是蒙着眼睛，她也没有心思去揣摩，一心只想着牛丰林；她第

150

一次走出这沟槽，是因为这路的一头是自己的男人，是自己的孩子，于是这路就成了牵挂，成了一条紧紧缠绕着她的绳索；这一次，她走出这条路，路的另一头不仅是县城，是延安城，更是不一样的人生。

从县政府出来后，冯干部和马干部一起将她送到延河边。她看着那延河水，突然觉得一阵莫名的激动。她觉得，能融化她黏稠心事的是这延河水，能带给她无数烦恼的也是这延河水，这是能让日子生根发芽的河水……马干部指着远处的官道说，白肤施同志，那就是革命的道路，以后你就是我们革命的同志了，大胆地向前走吧!

白肤施背着小芝麻，手里提着行李，马干部特意派了一名干部赶着驴帮她驮行李。白肤施朝着马干部指着的官道走上去，心里有些忐忑和激动。她很清楚，一个天尽头的丫头，一个张家圪塴的普通婆姨，能够迈着大步走在官道上，已经是非常了不起的大事情了。从此以后，她也会像马干部，还有那些城里的女干部一样，成为他们中的一员。她的手都是颤抖的，脚步也有些不听使唤，每走一步，似乎心都跟着要跳出来，又赶忙多走了几步才觉得定下了心。她回头时，看到远处的马干部和冯干部在微笑招手……

到鸦雀沟的时候，丰林没在，小朱科长说他下乡去了，又挽留她，白肤施说她哪里能留得住啊，她得去保育院，组织已经同意她去保育院工作了。小朱一听就高兴起来，眯着眼笑着说，嫂子，你真行啊。白肤施说，要不是你说那个进步的话，我还不知道能不能有今天呢，要谢谢你哩，你是我的恩人呢。小朱说，那得庆贺一下才好，你先别着急去，远着呢。白肤施问，不就是在柳林铺吗? 小朱笑着说，已经搬到别处去了，一会儿我给你说地址。白肤施焦急地说，你越这么说，我越不放心了呢，怎么就又搬了? 小朱说，柳林铺那边条件不错，可是不安全，暂时找了临时安置的住所，上级领导正在选新址，这不都是为了娃娃们的安全着想么。白肤施说，若是这样，我还得赶紧去，我为了这一天可没少进步。

她说着就要起身走，小朱科长也拦不住，就开了路条，答应牛丰林回来后告诉他。看着白肤施匆忙离去的背影，小朱也不好强留，她也能理解一位母亲的急切心理，反而觉得白肤施是幸福的。小朱正在那儿发呆呢，突然白肤施又折回来了，面露桃花地看着小朱。小朱问，咋了？白肤施还是有些不好意思，然后指了指她的脑袋，搞得小朱科长一下子摸不着头脑。白肤施也急了，不知道如何说，就问她，小朱科长，你说我是不是也革命了？小朱纳闷地回答说，当然革命了，你是我们的革命同志，没错呢！白肤施嘴巴翕动着，旁边的小芝麻倒是抢了一句说，我妈妈要你那个头发。小朱一下子明白了，摸了摸自己的头发，突然扑哧笑出来说，嫂子，你是要我这样的发型对吧？白肤施反而不好意思了，责怪小芝麻说，就你多嘴，这样多不礼貌。小朱说，我这手艺一般啊，你看得上不？白肤施赶忙说，看得上，看得上！

说着就坐下来，小朱帮她围了围裙，又问她，你这么剪了头发，一定更好看，牛丰林要是看到了，那漂亮得他都认不出来了。白肤施一脸甜蜜地说，我才不是给他看呢，我就是为了我自己，有了这个盖盖头，以后就算是革命了，你说呢？小朱一边帮她剪头发，一边说，嫂子，你可别后悔，这么长的辫子呢。白肤施说，革命这么大的事情，一条辫子算什么，嘿嘿嘿。

很快剪完了，小朱又把自己的胰子拿出来帮她洗了头发，白肤施说，真香，我怎么这么香呢？小朱在旁边笑着，白肤施这才明白是小朱的胰子发出的香味。小朱把胰子送给白肤施，白肤施怎么也不肯要，就分成两半拿了一半，还不好意思地说，希望我们以后的革命事业香香甜甜！

在小朱的眼里，白肤施不是普通的陕北女人。此时此刻，眼前的白肤施，能很贤惠地持家，也能很坚定地去革命；能很刚强地像个男人，也能很温柔地是个女人；能像个负责任的大人，也能很可爱地像个小孩；她哪怕是一棵草，也会是那棵最鲜艳的山丹丹……

从延安城顺着延河再往北走，不到七十里的地方，就到了安塞县。这安塞城也是延河流经的地方，延河流淌过县城，这县城也就成了白肤施喜欢的地方。县城不大，一眼便能望到头，这一头是县府，那一头再走几步便已到了头，可从县府的这一头反倒不好找那一头的保育院，要三岔五拐才能找得到，倒是隐蔽得很。道路在一个突然拐弯的尽头豁然开朗，保育院在眼前闪现出来。那沟槽很深，窑洞倒是像悬在半空一般，路也弯曲且陡峭，稍不小心就会滚下沟底。这对从小走山路的白肤施倒不是什么问题。走了一天，小芝麻早就累得睡着了，白肤施却一点都不觉得累，心里的劲头一直冒着，摁都摁不住，一直到了保育院，见到了刘院长，这才舒了口气。

白肤施一进院子，就看到刘院长迎出来，帮她解下背上的小芝麻，一边说，就等你呢，又担心你找不着地方。白肤施同志，以后可就要辛苦你了。白肤施喘了口气，又把温开水递给小芝麻说，不辛苦，不辛苦，天天盼星星盼月亮，就盼着这一天呢。我这也算执行革命任务，我给我们乡干部已经保证过了，一定要干好这份工作。又看刘院长瞅了一眼小芝麻，白肤施赶忙说，他吃得少，如果不方便，我就送回家，我参加革命，不能落下他。刘院长笑说，你这是说了见外的话，这儿都是孩子，不是正好一起嘛。白肤施拍着胸脯说，我保证坚决不影响革命的工作，更不影响其他孩子。刘院长又问，孩子叫啥？白肤施答说，叫牛延红。刘院长说那就送到乙班吧。白肤施说，那不成，这是革命原则，孩子是我的，我不能让他跟革命的娃娃抢吃抢喝。白肤施说得振振有词，反倒让刘院长不知道怎么劝说了。

白肤施的革命工作就在后勤科，负责院里的厨房采买及院子里的卫生工作。具体由后勤科的科长老黄分管。老黄科长看到白肤施背着个娃，心里就凉了半截。又见她笑着敬礼的样子，勉强应了一声说，你先把这厨房收拾一下，还有外面的卫生，教室里、宿舍里，每天都要打扫一遍。白肤施慌忙应了一声，看着老黄科长急匆匆离开。她给小芝麻用开水拌了干粮吃过后，就去寻蛋蛋和花花。此时，蛋蛋和花花已经睡着了，但她还是趴在窗户上瞅了半天。被经过的两个老师盘问，问清楚是刚从延安县招来的后勤工作人员，白肤施赶忙检讨说，只是想看看孩子，也就罢了。

老黄半夜回来，白肤施一个人抱着小芝麻还在地上蹲着。老黄没给她指住的地方，她不敢随便住，也睡不着，心里跟天上的星星一样明，一闪一闪就没停过。又觉得要吸取白天的教训才是，若是被当成了偷孩子的贼，那还得回县里去，这么想着自己不觉得笑了起来。

刚抿着嘴一笑，突然就看到老黄虎着脸站在她的面前，白肤施赶忙站起来。老黄说，你咋蹲这儿呢？又说，你俩人？白肤施点头。老黄又问，都会啥呢？白肤施说，啥都会呢。老黄说，啥都会，等于啥都不会。你这样，时间也不早了，你去把娃娃放左面第一个窑洞炕上，这得马上准备明天娃娃们的早餐了，你过去帮帮忙。白肤施应了一声，就赶忙跑过去帮厨。

低年级的孩子有牛奶，还有鸡蛋，不过量少；高年级的孩子有包子，还能见点油花花，清一色的稀饭，做得倒是很精细。两个厨师是当地农民夫妻，年龄不大，但是挺爱干净，倒不像老黄，看起来有些毛糙，锅碗瓢盆经常忘记自己丢哪儿了。小杨夫妻也是临时给老黄帮忙的，因为妻子快要临产了，所以白肤施就成了替代小杨婆姨的人选。

一顿寒暄之后，白肤施也不拘谨，直接干起来。干起活来大家就融为一个集体了，等老黄过来查看的时候，早餐已经准备得差不多了。老黄也没啥可说的，觉得这新来的婆姨手脚还挺利索，表面上却还是一副凶巴巴的样子，问白肤施，太快了，等孩子们起床，饭都凉了，晓得不？白肤施这才醒悟过来，说，那得热一热。老黄又说，看时间，要刚刚好，这大冬天孩子们吃个冷饭，那怎么行呢？白肤施还想说啥，旁边的小杨妻子拉了拉她。白肤施会意，就不再说话。老黄把白肤施批评了一顿后，又叮嘱她去准备午饭，一会儿再把院子和茅厕都收拾一下。看老黄离去，小杨夫妻说，他是领导，他说话，我们只听别说就是了。白肤施笑了笑说，他严格一点，我倒是觉得能做得更好了。又问小杨婆姨，几个月了？我可以帮忙接生呢……

太阳刚冒出头儿，打铃的声音就响起来了。白肤施迫不及待地抱着装满了孩子们早餐的大筛子，一边走一边喊，娃娃们，起来吃饭喽，热腾腾的牛奶还有稀饭，还有大包子呢。这一嗓子喊得猝不及防，几个保育员想出来阻止她都来不及了，赶忙拦住她说，你喊啥呢？这又不是大街道卖货摆摊呢。白肤施就说，这不喊孩子们听不着啊。保育员又说，你这样不利于保护孩子，万一有奸细怎么办？这事白肤施倒是没有想周全，正发愣着，花花已经扑到她跟前了，接着蛋蛋连衣服都没穿好，也跑了出来。白肤施哪里管顾得了那些保育员说什么，抱起孩子就亲，那亲热劲，惹得几个保育员都纳闷不已，又想起这是花花和蛋蛋的养母，对这个女人有些同情。

蛋蛋开始上课了，白肤施就找机会去窗棂子往里望，老师讲的内容，白肤施也能听个大概。讲到孔融让梨的故事，白肤施就不愿意听了，不由得走进去，她振振有词地说，娃娃们啊，这孔融啊，是最小的娃娃儿，不应该孔融让梨，而是应该哥哥们给弟弟让梨，对不对？蛋蛋高兴地第一个举手喊，对！白肤施又说，要是有外人，应该先让客人吃，对不对？大家跟着喊，对！教室里一下子活跃起来了，保育员没有想到白肤施这么说，对教室里的孩子们强调说，孔融让梨的故事是为了告诉大家，要懂得谦让。白肤施就说，谦让是对的，但是要分什么地点、什么具体情况，比如说我们打日本要不要谦让？对国民党反动派，要不要谦让？保育员听到白肤施这么说，立刻傻眼了，没有想到一个后勤卫生员居然能说出这番话来，也不由得鼓掌起来，白肤施反倒不好意思了，说，我，我也是报纸上看的，你们继续，继续……

牛奶比较珍贵，都是老黄每天从很远的地方挑回来的，具体在什么地方，老黄也不让问。白肤施就偷偷把剩余的牛奶藏起来，每天匀一点给花花，这样一来，花花每次喝的牛奶就比较多了。孩子们每天的生活和学习都严格按照教学和生活规划进行，规规矩矩。但是，白肤施来了，孩子们的学习和生活悄悄发生了改变。

下雪了，白肤施就把娃娃们都喊出来玩打雪仗，雪停了，她就偷偷拉着蛋蛋和其他孩子去滑冰。又说，滑冰也是运动，也是锻炼啊。只要太阳出来，她就抱着花花和其他尚小的孩子在院子里晒太阳。过了几天，又偷偷把面卷儿烧了，做成了零食，还把从张家圪垯拿来的干杏皮给娃娃们吃，谁表现好，奖励杏皮一个……白肤施这些行为一下子搞得保育院有点乱套了，保育员有意见，老黄也提出好多意见来。

意见最大最多的当然属老黄。老黄说，白肤施满脑子的封建思想，这样下去对保育院的教学和生活不利，如果可能，我们还是换人吧。刘院长耐心询问原因，老黄说，这婆姨邪门得很呀，二月二那天晚上你不在啊，她在院子里燃了一堆火，然后把娃娃们叫起来挨个跳火玩呢，还把一个孩子给烫伤了。刘院长有点诧异地问，还有这事？我怎么不知道？老黄说，这还不是最要命的，紧接着，她又把娃娃宿舍里的被褥啊，衣服啊，都拿出来烤，嘴里还念念有词，烧一烧，百病消，烧一烧，百病消……这还得了？这是典型的封建迷信啊！

老黄说得义愤填膺，旁边的刘院长笑起来说，她这是哪里学来的？老黄说，我也不知道，这婆姨怪得很呢，我批评她，她还不服气说，咱俩属相不合啊，我属鸡，你属狗，鸡飞狗跳啊。你说这是什么道理啊？这还是革命队伍吗？刘院长温柔地笑了笑说，她还是需要你们帮助进步呢，这个同志品行端正、老实可靠，底子清着，早就考察过了，用她我也比较放心。至于你说的这些问题，我想以后一定会有改变。又问，她工作怎么样？一问工作，老黄倒是说不出什么来。自从白肤施来了以后，不仅伙食花样儿多，而且厨房内外、院子内外都利利索索、干干净净，白肤施哪是卫生员啊，她就是保育院的老黄牛，而且这不是保育员们的看法，连小杨夫妻都这么给刘院长反映。老黄很清楚，工作上的事情白肤施挑不出啥毛病，顺口就说，还行。

刘院长找到白肤施问，你小名叫彩云对不对？白肤施说，对呢，你咋知道？刘院长说，你的事我还知道挺多的呢，知道你的老家在天尽头，知道你和牛丰林同志的浪漫爱情故事呢。白肤施一听就有些羞涩了，不好意思地说，我们那哪叫爱情呢，我们就是老天安排的呢。刘院长说，这不叫老天安排。如果当初牛丰林同志不参加革命，哪有你们之间的相遇呢？牛丰林同志为了革命抛头颅洒热血，那是因为他知道家里有你这个贤内助，他可以放心革命，你和牛丰林同志是革命的有功之臣啊。白肤施说，丰林常说，别以为为革命做了点贡献就觉得了不起。刘院长说，他真是这么说的？白肤施说，给我的信上写过很多次。刘院长说，我们能有这么好的老百姓支持，革命哪有不成功的道理呢？又问，自从你来保育院，我还没有找你谈过心呢，不知道能不能适应这里的生活和工作呢？当然，我对你是充分信任的，这点请你一定放心。白肤施说，院长，你想多了，革命能给我这么大的工作干，我当然高兴呢！别说卫生员，就是当牛做马都愿意呢。刘院长就笑说，革命没有高低贵贱，我相信，不久的将来，你也能和他们一样成为一名合格的保育员。白肤施说，我行吗？刘院长说，你是我看准的人，别让我失望！

白肤施被这么一夸，心里美滋滋的，大起胆儿来说，那我就放心了，我还害怕自己干不了，给娃娃们丢脸呢。你也晓得，蛋蛋最近不敢见我，于老师给我也说了，孩子慢慢知道面子了，让我得注意自己的言行呢。我就想，我从小就是他的妈妈呀，他怎么就觉得没面子了呢？这小子，人小鬼大了。刘院长说，孩子过段时间就会好起来呢，我看他和花花的身体也都好得很，比其他孩子的身体都好，这点也是你的功劳。白肤施赶忙说，不不不，我，我就是因为从小看着他俩长大，所以觉得跟他俩有感情呢。刘院长笑了笑说，我不是批评你，只要是爱孩子、肯学习、用情和用心和孩子们相处就好，这不正是我们办保育院的目的吗？于老师有经验，我相信她说的话，你试着对所有的孩子一视同仁，看看蛋蛋会不会理你。

白肤施终于恍然大悟，一把拉住刘院长的胳膊说，你看我说这小子人小鬼大吧？他怎么这么想呢？刘院长说，当然这么想呢，这是集体，你一旦过分对他好了，他就觉得自己跟别的孩子不一样了。他想告诉你，但是又怕你不高兴，于是就自个儿生气不理你了。白肤施说，对对对，他就是这么想的，我也是这么想的……这碎娃心思还这么重呢。哎呀，以后得把他看成大人了。刘院长说，彩云同志啊，还有一件事情我想跟你商量一下。白肤施使劲点点头。刘院长说，我知道你过去跟那个袁阴阳学了不少本事，但是呢，你一定要学会用科学的眼光看过去的事情。比如我听说，你曾经宣传给井水杀毒的事，得到了群众的普遍欢迎和好评，这就是科学。我给保育员们都说好了，允许你在空闲的时候去听课，只要你想学，没有你学不会的东西。白肤施得了这样的"特许"，从此以后还真谦虚起来，认真地去各个教室里听课。

在保育院工作时间长了，白肤施渐渐融入了这个集体中。为了孩子们的安全，保育院实行分组负责制。白肤施被分配到沈老师的组，组长是沈老师，另外还有于老师、老黄和小杨。

于老师不仅文化程度高，以前还是大家闺秀，脸上总是带着好奇，还带着成年人难得的孩子气。她来延安并不容易，据说走了很长的路，把一双大脚丫子差点走成小脚。于老师在国统区的时候和一名进步青年结婚，他们的孩子在来延安的路上病逝了，她是自愿来到保育院照顾孩子的。

沈老师是老革命，年龄比白肤施和于老师稍微大一点，说话做事很稳重，甚至有些沉闷，可面对孩子们的时候却是另一番颜色，好像孩子们是一抹阳光，把她的心就那么照亮了，除了孩子们，其他所有的事都无法让她有丝毫的心动。沈老师参加革命比较早，做事总是一板一眼，白肤施有点怕她，怕得不到她的认可，越是这样，她越觉得沈老师的目光里有一把尺子在打量着她，她就不自觉地自我打量。沈老师原则性比较强，说话不留情面，倒让白肤施觉得相处起来不累。

老黄跟别人又不同，老黄原来是国军的一名厨师，在进攻红军的时候被俘。西安事变后，他主动留在延安，开始在延安城里的小饭馆做厨师，后来饭菜做出了名气，大家都知道了延安城里的黄厨子。黄厨子有这做饭的好手艺，也赢得了红军的关注，后勤处开始觉得他从国军的部队过来，还是有些不放心。黄厨子后来在延安耳濡目染了革命的气息，言行举止就有了延安风气，而且他的手艺主要是陕菜，所以最后决定让他来保育院工作。黄厨子虽然心气高，但也知道自己境界低，就在保育院安下心来工作。

他对白肤施完全瞧不上眼，不就是个长得还算周正的农村婆姨吗？白肤施有心要跟他学艺，老黄表面谦虚，也哼哼唧唧地答应了，可就是不见他给白肤施教一招半式。白肤施觉得，这点上老黄跟其他人完全不同。沈老师是主动教她，怎么让孩子服从纪律，怎么教孩子吃喝拉撒。有一次教她的时候，沈老师哭了，蹲在一边像个委屈的孩子一样。她第一次见沈老师如此显山露水，不禁对她同情起来。沈老师说，她其实挺羡慕白肤施，起码有自己的孩子，白肤施这才明白，沈老师那是想起了自己的孩子。在长征的路上，沈老师刚生下孩子就不得不送给了老乡。丈夫牺牲后，沈老师后来嫁给了从长征过来的老同志，但是两人一直没有孩子。白肤施觉得她挺可怜，又不知道怎么安慰她，就说，这保育院的娃不都是你的娃娃吗？这一句话，沈老师听着受用了，很快平息了情绪，说，你说得对，他们都是我的孩子，我们都是他们的妈妈。从此以后，沈老师对白肤施的态度也不同了，觉得同样作为母亲，体会到了彼此的不易。

于老师更不用说了，她对白肤施毫无保留，有时候还会主动走过来帮助白肤施干活。白肤施偶尔会偷偷做点小吃，于老师喜欢得不得了。于老师唱歌跳舞样样都行，白肤施羡慕得很，两个人还挺谈得来。于老师说，白肤施说话特别有意思呢。对白肤施，于老师知无不言，从拼音开始教她，白肤施很快就掌握了识字的要领，不像过去，看着报纸还行，墙上的标语她就不认识了，凭的全是记性而不是方法。

白肤施有意接近老黄，老黄越是深藏不露，她心里就越想学。白肤施说，老黄老师，你这裤子都开衩了，我帮你补补？老黄说，开衩了好啊，凉快！白肤施说，老黄老师，要不，给娃娃们做顿酸菜？我跟小杨他们借了点，可好吃了。老黄说，小娃娃们不能给他们吃酸菜，他们那小肚肚，哪儿能经得起这种折腾呢？白肤施说，这怎么叫折腾呢？我听说，咱的粮食不多了呢。老黄说，唉，你个碎婆姨，不要瞎打听瞎传谣言，小心边保处的人抓了你！白肤施说，酸菜又不是有毒，我们从小就吃呢。老黄不想跟她争辩，岔开话题问，你这一天瞎跑啥呢？白肤施说，我去给于老师算了一下，这姑娘多漂亮啊，就是婚姻没动静。老黄就皱了皱眉头说，你这哪儿学来的歪门邪道？白肤施嘿嘿笑着说，我那师父，可有名了，是太上老君的马童，能掐会算，前一百年，后一百年，没他不知道的事。老黄又问，还活着不？白肤施想了想，看着老黄期盼的样子，说，不见了。老黄一脸好奇地问，咋不见了？白肤施就慢腾腾地说，谁也不知道他去哪儿了，据说是被太上老君给喊回去拉马去了。我要是不参加革命，我早就成气候了，只不过我掌柜不让我干这个。

白肤施说的掌柜就是指牛丰林，老黄听了一会儿，一脸的愁云，最后临走的时候问白肤施，那你啥时候给我算一下么。白肤施说，那不行，有纪律呢，再说了，我给我师父老袁发过誓了，命衰的人，千万不能开口。老黄说，你都不知道我的生辰八字，凭什么说我命衰？白肤施说，我要是知道那么多，我就成街上摆摊的瞎子算命先生了。见老黄有些半信半疑，白肤施说，你昨天出门遇到了一个熟人，这个熟人对你很重要，关系到你一直关心的问题，但是结果很不好，所以，你这段时间心情也不怎么好。老黄一听，服了，额头上有些微汗，赶忙止住白肤施的话说，那你得好好给我算算。白肤施说，你啥时候教我做饭的手艺呢？老黄说，你这婆姨精得很。白肤施说，我要是个普通的婆姨，我能到这要命的地方来吗？这保育院的娃娃是啥？哪个都是金蛋蛋宝蛋蛋，都是要命的亲蛋蛋呢，你好好想想。白肤施撂下一句话，不再求老黄了，反而把老黄的胃口吊在了半空，每次老黄见她都欲言又止的样子，白肤施就装作没有看到。

开会的时候，沈老师又提起小芝麻伙食的问题，沈老师认为，白肤施的孩子牛延红并不能在保育院的灶房吃饭，也不能和其他孩子一起学习，这是一个原则问题，关系到白肤施的去留。白肤施想解释，老黄反而声明说，小芝麻最近的餐费，白肤施同志已经交过了。沈老师又说，不是说她交餐费就可以吃饭，要是这样的话，谁交餐费谁吃饭，那还叫保育院吗？于老师还想说什么，刘院长马上截过话来说，小白孩子的事情，我向大家说明一下，因为考虑到白肤施同志的工作，来保育院的时候，我就特许她和孩子一起在保育院吃饭学习。沈老师又说，我们都能够理解白肤施同志的难处，但是，今年的情况显然不如去年了，我也很同情她，但是，原则问题关系到革命的根本问题，也希望白肤施同志能够理解，她也可以把孩子送到其他地方，或者……

沈老师这么说，白肤施早就想说话了，于是鼓起勇气低着头站起来，像犯了错误的孩子一样低声说，刘院长，还有各位老师，大家给我提意见，我其实心里不高兴，但是，我又觉得这些意见挺对，我的孩子我自己想办法，我孩子决不影响院里的孩子，我保证，可以不？刘院长看了看沈老师，沈老师又看了看老黄，老黄立刻笑了笑说，其实大家都在帮你，让你知道公是公，私是私，公私千万别混淆在一起嘛。白肤施立刻说，我不怪大家，我能做到，再说了我家小芝麻也吃不惯院里的饭菜，他非得吃酸菜不可。刘院长说，既然这样，那就按照大家的意见办吧。

白肤施想来想去，就和小杨和媳妇商量，在保育院旁边的小草峪村里找了一个带孩子的老太太。白天白肤施去保育院忙工作，晚上下班就来带小芝麻。把孩子托给姓苗的这家老太太后，白肤施终于踏实了。临走之时，小芝麻第一次哭得哇哇叫，可哭归哭，革命工作大于天，这是牛丰林告诉她的话，也是冯干部和马干部不断对她叮嘱过的话。

没过几天，牛丰林来了。牛丰林问白肤施，我儿子呢？白肤施说，丢了。牛丰林马上急了，吹胡子瞪眼要生气的样子。白肤施赶忙说，你就知道问你儿子，也不问问我是死是活呢。牛丰林就笑了说，我回来听小朱科长说你来过了，又把事情经过说了一遍，我就盘算，你现在也是革命的人，哪儿用得着我关心呢。白肤施强忍着眼泪说，那不一样么。而后扭了头，去跟沈老师请了假，低着头，也不理牛丰林，带着他去了苗老太家找小芝麻。小芝麻看到爸爸妈妈来了，还是有些委屈地哭了起来。牛丰林高兴地抱起小芝麻，满口里说，小芝麻长大了，长得太快了，咋跟个驴驹子一样蹿啊。白肤施就责怪他说脏话，牛丰林只好承认自己太高兴失口了。

看完小芝麻，牛丰林盯着白肤施的短帽盖盖头说，你这样我都快认不出来了。白肤施就有些幽怨地说，你心里成天想着城里的洋女人，哪儿认得乡里的土婆姨呢。

牛丰林知道她心里有怨气，就把给白肤施新买的衣服啊，鞋袜啊，一股脑儿塞到她的怀里，连内衣都买回来了。白肤施看见更生气了，说，你还真有二心了？牛丰林说，你想哪里去了？我这一年四季不着家，本来想去看你，结果又接到春耕的紧急检查任务，又是移民安置的事情，一点空都没腾出来，今天来也是瞅着工作的机会来看看你。白肤施说，那这些东西咋回事？你一个大老爷们，过去咋没想过买这些？又说，这也不是我这种婆姨能穿的啊。牛丰林说，都是小朱科长置办，我就掏了钱，都是她帮忙去买的呢。白肤施这才放心了，忙问，小朱科长最近怎么样？不料牛丰林说，她男人在前线牺牲了，这段时间心情刚缓过来，本来想来一起看你。又说，要给咱俩制造单独相处的机会呢。

听到牛丰林说的情况，白肤施吃惊地问，牺牲了？咋回事？牛丰林也挺难过，慢慢给她说，他开始是去山西抗日，虽然也挺艰苦，不过那边的老百姓对八路军都很好，因为八路军能打鬼子，真打鬼子。平型关大捷之后去了敌后，发展根据地的时候，遭遇鬼子扫荡，为了保护老百姓牺牲了。小朱科长也能想得开——抗日牺牲那是光荣哩，我也想去，可这腿，真是害人呢。白肤施一听，声音就软和下来了，说，我不准你去！我和娃娃还没跟你好好过日子呢！牛丰林说，想去也去不了，去抗日前线，那都是英雄呢。白肤施说，你也是英雄，大英雄呢。

牛丰林听到白肤施这么说他，心里不免有些高兴，不知道什么时候开始，他反倒希望得到自己女人的认可和肯定了。但是，这种感觉又不好意思向白肤施直说。又说起前段时间小芝麻的事情，牛丰林觉得，无论是沈老师还是白肤施，都做得对！公家是公家，个人是个人，公家比个人重要，个人不能沾公家的光。如果大家都想着沾公家的光，那公家也没光了，那我们革命也就失败了！白肤施听牛丰林这么一说，心里一下就敞亮了。牛丰林的话在她心里，那就像三拳两脚踢开了门，门外就亮堂得很。白肤施笑着说，你这么说，我明白了，你比我大，公家是男人，咱是女人，是这个道理不？牛丰林没想到她能想到这样的类比，但是，似乎道理也对，就点头说，大概是这个道理！

牛丰林走了，白肤施又像过去一样，好像压根没有发生过小芝麻的事情，还是笑呵呵、傻乎乎地冲着大家笑，像个小孩一样跟院里的娃娃们玩耍得忘乎所以，尤其是游戏时间，一会是老鹰抓小鸡啊，一会是跳方格啊。白肤施总是跟孩子们争得面红耳赤，大嗓门也总是压不住，一声叫一声喊，山沟沟里的鸡娃狗娃都叫个不停，那狼娃子也躲得远远了。

牛丰林走的时候，白肤施借了小杨夫妻的灶房给小朱科长做了一大堆好吃的带去，小朱科长并不缺吃，但是，她一定喜欢白肤施这份牵挂和安慰。她又把牛丰林从延安城带来的麻花啊，花生啊，藏起来，分成好多份，每天就给蛋蛋和花花塞一点，塞着塞着，这事就被老黄发现了。老黄看到她把一根麻花塞在蛋蛋的枕头底下，又把一颗冰糖藏在花花的衣兜里，老黄拿着这些证据，也不动声色，故意在沈老师的跟前炫耀，一边吃麻花，一边吃冰糖，还肆无忌惮地跟沈老师说，这个味道好啊。沈老师就问，这些东西哪儿来的啊？老黄说，我去宿舍里检查了一下卫生，就在胡小红和马向思的枕头和衣服里找出来了。沈老师马上说，这两个娃娃……又是这个白肤施！可是白肤施哪里来的这些东西呢？

沈老师又说，这事是你发现早，你应该早点报告。老黄说，我也不敢说啊，或许是这些娃娃自己从哪里找来的呢。沈老师说，那你带人去查一下，把事情经过查清楚。

老黄还真带着保卫科的人去查，就查到了苗老太太家里，找出了不少冰糖、花生和麻花之类的零食，这就人赃俱获了。老黄就在沈老师跟前邀功，沈老师说，这事你我先不要声张，得报告刘院长。又说，刘院长下午就回来了，必须搞清楚。老黄佯装说，这性质严重了，我也不会说话啊，你来说，你说了功劳算你的。沈老师说，这是纪律问题，什么性质严重不严重，查清楚就行了，你还想要什么功劳？老黄知道自己想歪了，赶紧说，我也不是这个意思，这些东西，娃娃们吃多了对身体不好，再说了，这东西哪儿来的呀？这山沟沟里，总不会进来特务吧？这一说，沈老师警惕起来了，要是真来特务，这事还真严重，自己也慌了起来，拿着证据就在刘院长门口等她回来。

风过小草峪

小草峪这个地方沟窄风急，但是，相比于柳林铺要隐蔽得多，也不易被人注意。可是，到了晚上，不仅猫头鹰叫得凄惨，而且在青黄不接的时候，狼嚎声不断，把这条沟叫得更窄了，把白肤施的心叫得更紧了。白肤施跟于老师还有另外几个组的老师，连梦里都踏实不起来。她虽然知道保卫科的人守护着娃娃，但是，她担心蛋蛋和花花，还有小芝麻，孩子们怎么度过长夜？睡不着的时候，她就去各个宿舍外面转悠，每个宿舍也都有老师轮流值班陪着孩子们，可她还是不放心，第二天就说，娃娃就该在娘的怀抱抱里嘛，这恨虎（指猫头鹰）和狼娃子把娃娃们的胆儿都吓破了，以后长大咋干大事嘛。

　　看到大家都忙乎手里的活，也没有人在乎她的话，白肤施又说，我最喜欢开会，为啥呢？开会的时候，大家伙儿就能聚在一块说话了，事情见面说，见面说话，那就是另外一番模样了。人嘛，都蹲在自己家炕头，各自猜想对方的想法，对方就很容易变成敌人，互相都变成狼和恨虎了。但是开会就不一样，大家聚一块，那就很容易变成朋友，变成姐妹嘛，就成一家人了嘛。

　　她盼着开会提意见呢，可今天开会气氛有点不一样，于老师眼睛里分明是欲言又止，原本一张灿烂的脸也变得有些错位了；老黄咳嗽

168

不断，好像喉咙上卡着刚熟的枣核儿；沈老师更是不看她，脸上充满了斗争前的势态，紧绷着。其他组的老师也都来了，可其他人并不知情，也都像平时一样互相点头招呼。刘院长问，谁先说？白肤施就把手举起来说，我有意见。刘校长说，有意见可以先提。白肤施说，我觉得，晚上应该多加派人手看护娃娃，这恨虎叫、狼娃子吼啊，大人都害怕，娃娃们肯定胆小不敢睡嘛。

白肤施的话还没有说完，沈老师就忍不住开口说，白老师，我们想问问你，这些东西是哪儿来的？沈老师说完，拿出一包冰糖，还有花生、麻花之类的零食。众人紧张地看着白肤施，连刘院长都有些担心地看着白肤施，她缓声笑了笑说，没关系，沈老师也是害怕孩子们吃这些零食不卫生。白肤施就有些羞涩和不好意思地说，这个啊，我不好意思说。沈老师很严厉地说，白肤施同志，这是很严肃很严重的问题，是你还是不是你？白肤施说，是呢，是我，就是我给蛋蛋和花花的，怕他们晚上饿肚子呢。那狼嚎狐子叫，还有恨虎也乱叫唤，他们哪儿能睡得着呀。沈老师，你不怕啊？沈老师说，我不怕，我们是无产阶级革命者，从不信鬼神！马向思以前就给我说过，什么神啊，鬼啊，还有毛野人啊，莫名其妙，敢情都是你教的？白肤施说，那是哄娃娃的话么。沈老师又问，你说说，这些零食到底咋回事？严肃点，这事非常严重！刘院长又说，你俩都别着急，这事啊说大不大，说小也不小，彩云同志啊，你也来这么长时间了，应该知道这件事的严重性，如果是特务渗透，那保卫科要立刻去查啊。白肤施一听赶忙说，别查别查，是我男人前两天送来的，他也是心疼娃么，就给带了点好吃的东西，我有私心，就悄悄没汇报，这事怪我，怪我。

听到这里，刘院长赶忙说，彩云同志，这些真是牛丰林同志送来的东西？白肤施说，除了他还能有谁呢？你要不信，派人去边区政府问问就行了。刘院长看着沈老师，沈老师看着老黄，老黄装作嗓子难受的样子，把自己的脑袋插到看不到脸的深处。

沈老师突然觉得自己有点小题大做了，但是，又觉得这事必须深挖下去才行，立刻说，我们肯定要查得清清楚楚，但是，有件事情我必须说清楚。我们发现，自从你来以后，蛋蛋和花花经常带头吃零食，什么杏皮子啊，酸枣啊，炒麻子仁啊，炒玉米仁啊，还有好多我都叫不出名字。院长，一到晚上，蛋蛋和花花就开始吃零食，其他孩子就只能可怜巴巴地看着，还有几次，旁边的孩子都哭了，这种心理伤害多大啊？白肤施同志作为工作人员，故意制造这种不公平的矛盾，在孩子们中间产生了非常不好的影响，带了很不好的头。我提议，鉴于她的这种行为造成的影响，必须将她调离保育院。

白肤施听到沈老师这么说，霍地站起来，大着嗓门喊道，我给我娃吃东西还错了？凭什么调我？我的意见你们还没采纳哩。沈老师，你为什么老是针对我？我哪儿惹你了？白肤施被批得怒上心头，不管不顾地吵了起来。旁边的人都惊诧地看着她，她说完，又咚的一声坐在地上哭了起来。

这一哭一闹，会议只能先停止了。其他人都离去了，白肤施还蹲在地上委屈地抽泣着。刘院长笑了笑，给她倒了杯水，说，彩云同志，这可不像你啊，怎么这就觉得委屈了？白肤施抹了把泪，毫不客气地说，他们都欺负我！刘院长说，唉，我可听说你在张家圪垯那条沟里，也算是白半仙呢，谁敢欺负你哩？刘院长一说，白肤施破涕为笑地站起来说，你都看到了，这不算欺负算什么？还要把我调走，我去哪儿啊？我哪里都不去，我生是保育院的人，死是保育院的鬼，谁也别想撵我走！刘院长说，你这还要跟我耍赖呢？要不要我给你们县委、县政府打声招呼，明天就把你接回去？白肤施知道刘院长也是吓唬她，但是这话里软硬都有了，她也只能服软说，院长姐，我的情况你都知道，那你还不相信我么？刘院长笑了笑说，相信呢，咋不相信？刚才，沈老师对你，既是提意见，也是帮助你成长。你的反应就有些过激了，搞得我这个院长也没法收场了。白肤施说，那是你偏向他们呢？刘院长说，搞偏向的不是我，是你呀，你好好想想吧。白肤施赶紧问，那我错哪儿了？刘院长说，厚此薄彼啊。你呀，是个好妈妈，蛋蛋和花花是你一手带大的孩子，你心里只有这两个孩子，对他们的关心甚至超过你的小芝麻，你说是不是？白肤施点点头。刘院长又耐心地说，这些话呢，本来上次我给你点过了，以为你会明白呢，没有想到啊，你这当妈妈当得太好了，还是忘记了。你知道？这院里所有的孩子都跟蛋蛋和花花一样苦啊，有些比他俩还要苦，都是苦命的孩子。他们的父母都是为了我们的革命牺牲了生命，或者是正在为革命流血流汗，与敌人拼命，他们是革命的种子呀，你应该像爱蛋蛋和花花一样爱所有的孩子，不能偏三向四，否则孩子们会感觉他们又被抛弃了，甚至对这个大家庭产生误解，一个阳光的童年就会有了乌云呀。

刘院长是第一次这么严厉地批评白肤施，白肤施听着，慢慢不说话了，低着头有些懊悔，可又不愿意当面承认错误。刘院长就说，你回去想想呗，想清楚了，我们再好好谈一谈。至于调离的事情，我还要征求大家的意见。刘院长这么说，白肤施只好沮丧地回了窑洞。

第二天，白肤施干活就好像没有了魂似的，于老师对她说的话和刘院长如出一辙，白肤施遇到沈老师，想主动上去说点什么，又觉得没有想好。第三天的时候，牛丰林来看她，白肤施也不理他，牛丰林只好笑着跟着她，走到沟底拐弯没人的地方，白肤施就哭了起来。牛丰林一瘸一拐好容易跟上来，看到白肤施哭起来了，猜度出几分来，就等着她哭完，蹲在旁边笑起来。

白肤施有点恼了，说，我哭你笑，你是专门跑来看我笑话的？牛丰林说，真要看你笑话，我跑这么大老远来干啥？又说，这点委屈就受不了了？革命还要流血牺牲，你这么麻糜不分，还敢跟刘院长闹？你也不打听一下刘院长这人，那是历经千难万险、受尽委屈和眼泪的革命战士呢，那是真正的中国妈妈啊。白肤施说，我可以流血牺牲，我就是不想受委屈。牛丰林笑了笑，拉住白肤施的手，看着远处下课后嬉闹的孩子们，感慨地说，要说委屈，我们还要看看人家刘院长……刘院长那也是大家闺秀啊，辛亥革命的时候，家破人亡成了孤儿，北伐的时候丈夫牺牲了；大革命的时候，丢了一个孩子，炮火炸死了一个孩子；反"围剿"的时候，又病死了一个孩子，然后就跟组织失去了联系。她一直寻找党中央，在来延安的路上仅有的孩子又病死了……她本是一位优秀的护士，她为革命付出了太多。但是，你看她，好像从来没有受过委屈一样，还是把所有的孩子都当作自己的儿女，为了筹建保育院，一个女人，自己去打窑洞，为孩子们想尽办法，筹集教学和生活的物资、粮食，还有学习、生活用品，为了保护娃娃们，在柳林铺的时候差点被狼吃掉……你说，如果刘院长真要哭，她要淌多少眼泪？可她敢哭吗？院里这么多的老师孩子，都只靠着她，都眼巴巴地等着她要吃要喝要长身体呢，她还是得笑着。只有笑着才能把生活撑下来呀。

172

白肤施听着牛丰林的话，反而哭得更厉害了，说，我也不是觉得委屈，我就是觉得他们欺负我。牛丰林又说，哪里是欺负你呀，那就是帮你成长呢，彩云，事情我都打听清楚了，你怕不是因为委屈吧？

白肤施知道牛丰林看出她的心思来了，就说，什么事情都瞒不过你！牛丰林说，咱有做得不好的地方，只要改正过来，刘院长和同志们都能谅解，毕竟你是喜欢娃娃们么。白肤施说，当然喜欢，这还用说。牛丰林说，你是怕刘院长不让你在这儿待了，那你就直接告诉她你的想法；而且，这保育院的孩子，那都是革命的希望啊，孩子们只要能在这山沟沟里扎下根了，那就等于革命也扎下根了，以后都会长成大树，都能成为栋梁之材，那咱的革命事业也就后继有人了。你说是不是？白肤施认真地点点头。牛丰林又说，革命的孩子都必须一视同仁，这样等于从小给他们灌输民主的思想，这样他们长大以后才能成为真正的国家主人，为这个国家做出更大更多的贡献。白肤施说，我也不懂你说的这个，我现在想，你和刘院长说的都对着呢，我就是害怕他们不要我了。牛丰林说，只要你对孩子们真诚，知道自己错了，以后能改正，大家一定还能接纳你。你听我的，一会儿回去呢，就给刘院长和其他同志们承认错误。白肤施说，那承认了错误，以后大家会不会看不起我了？牛丰林说，我向你保证，不会，承认错误说明你有勇气，能把自己打败，成为一个全新的自己，说明你也长大了么。白肤施说，你又哄我，我都当妈妈了，什么长大不长大的。牛丰林就拉住她说，你只是身体成熟了，但是心理也要成熟，也要长大成为像刘院长一样的大人，这才是长大。白肤施似懂非懂地点点头，而后笑得像春天里晌午的太阳。

白肤施听了牛丰林的话决定要承认错误后，心里就反复翻江倒海地闹腾，看刘院长的眼神也惶恐起来。有一天，刘院长故意叫住她说，彩云同志，你是不是有话对我讲？白肤施看着刘院长，感觉自己的勇气又被扑灭了，来来回回把自己折磨了好几天。有一天，保育院的老师们吃饭的时候，瞅着大家都在，白肤施决定这事必须得说了，如果不说，过不了自己心里这关口，以后怕是真得走人了。

粮食供应大都是针对孩子们。老师们的饭菜大都是孩子们吃剩的，然后又反复地蒸啊、熬呀，以免饭菜馊了吃坏肚子。这一点，刘院长也分得很清楚，老师们可以吃得差一点，但是绝对要保证孩子们能吃饱饭、吃好饭。大家都低着头准备扒拉小饭碗，白肤施就把大饭盆敲得呱呱响，嗓门也像那敲出来的声音一样响亮，她说，刘院长，还有各位老师，我现在决定自我批评了！

这话一出口，众人憋不住笑了起来。这一笑，气氛就有些怪异。于老师拉了拉白肤施说，要不下次开会的时候你再说嘛。白肤施说，那不行，重要的事情吃饭的时候说。沈老师说，我们都累了，吃完饭再说！白肤施说，我不说，我吃不进去饭。刘院长就说，既然这样，我们也听听彩云同志怎么说，大家欢迎！这一说，大家鼓掌，老黄就也跟着敲起小饭碗来。

白肤施说，首先，是我不太好，跟大家要泼皮，说明我还没成熟，说明还没到秋天。这一说，众人就笑开了，于老师慌忙帮她解释说，白肤施同志的意思是，她上次开会的时候，态度不好，希望大家能给她一个自我批评的机会。白肤施笑着说，我，我就是这个意思！

于老师这么一帮腔，大家也明白了。刘院长接着说，彩云，你这态度就挺好，我们接受你的自我批评。白肤施又说，我最招人恨的地方就是，把好吃的都给我自己娃娃了，没给别的娃娃，让别的娃娃也挺恨我，尤其零食，违反了纪律。这一说，大家又互相看着，有些摸不着头脑。

于老师赶忙拉住白肤施说，你别紧张。又转向其他人解释道，刘院长，白肤施同志的意思是，她已经认识到了自己的错误思想，对待院里的孩子有亲有疏，厚此薄彼，以后一定一视同仁。还有，沈老师和其他同志对她的批评，她虚心接受，已经从思想深处认识到了错误的根源，是自己长期以来个人主义的思想。

白肤施听着于老师的话，嘿嘿嘿地笑着，差点忘了自己还要继续往下说了，赶忙又学着沈老师的样子，板起脸说，我说的话，就跟男人说的话一样样的，说到做到，为了以后不犯错，我决定先自罚三天不吃饭。刘院长赶忙说，这咋行呢，不吃饭那是会出人命的。认识到错误就好，我们不兴体罚。白肤施赶忙解释说，我就去小杨他们家吃，我不吃公家的饭。刘院长看了看沈老师和其他人，笑了笑说，这也没有必要……白肤施挥动着饭盆抢着说，有必要！只有身体的饥饿能够拯救灵魂的饥饿。

刘院长和其他保育员都互相看了看，眼神里透露出吃惊来。刘院长忙说，你这是哪里来的道理呢？白肤施说，牲口都是这么管的，你要是饿它几天，它肯定乖了么。刘院长有点不高兴地说，我们都是人，怎么能当牲口一样约束呢？白肤施也不管她说什么，挥挥胳膊说，我惩罚我自己，我对我不满意，我要把我自己弄到自己满意为止。现在我同意我这么干了！我赞成我自己！

白肤施说完，拿着饭盆就走了，后面刘院长和于老师、沈老师等人互相不解地看了看，看着她可爱地一蹦一跳地走了，又爆发出一阵热烈的哄笑声和掌声。

春天一来，就把人浑身的精神劲儿吹开了，把人的快乐也释放出来了。白肤施的腿脚也像柳条一样舒展开来，满山满沟地奔跑着，忙碌着。她的脚步点到之处，那些脚印里就能长出肥茂的青草来；她的歌声所到之处，回声就能灿烂出一片桃花杏花梨花……

老黄觉得白肤施可怜，三天了，说是去小杨家吃饭，也没有见她去，就说，你也别跟自己过不去了，我这儿还专门给你留了两个馍，夹着咸菜，也香着呢，我就当没看见，你转过身吃你的就是了。白肤施说，那怎么行呢，你这是教我犯错误呢。我已经犯了一次错误，再犯一次那不是一错再错了？老黄说，你知我知，天知地知，你当我瞎就是了。白肤施说，我来这儿不容易，不能半途而废，你有这心思，赶紧找点蔬菜，给娃娃们改善伙食吧。

老黄有意识地看了一眼白肤施，试探地说，最近想看看我这运气怎么样。白肤施说，你老看运气干啥？你赌博去了？老黄赶忙说，没有，哪儿能呢，这延安城里，哪里还能找到赌博的地方呢。这两年，什么赌徒、娼妓、大烟鬼、乞丐都不见了，奇怪得很呢。白肤施说，那是好呢，还是不好呢？老黄说，肯定比西安那边好嘛，以前有好几个朋友，都是栽在了赌博上，先赌后抽，最后都倾家荡产、妻离子散了。白肤施说，那你怎么跑这儿来了？老黄说，我觉得这儿的长官对我好么，不磕打，不骂人，不抽嘴巴子。我一个厨子，哪儿都饿不着，要是回了西安，还不得又一顿抽打，说不准还得缺胳膊少腿。再说了，这八路军，别看穷，打仗不要命，他们都打不过！

白肤施看着老黄，盯着老黄笑了半天说，你今天说这几句，我倒是觉得你最近还是挺顺的！你看你，脸上舒展了不少，估计能躲过一劫。老黄笑了笑说，那就好，能躲过，那说明老天眷顾，说明有福气呢。白肤施说，自然有，要看你怎么享这个福，你这个人呢，容易走偏路，一定要厚道，不然，就是绝路。老黄赶忙把白馍递给了白肤施，白肤施怎么也不收，只说，你一定要想想办法，孩子们的蔬菜最近太少了，都赶不上营养了，于老师和沈老师都着急上火呢。

三天时间，白肤施就喝着水撑过来了，还真是一粒粮食都没有进肚，人差点就晕倒了。她说去小杨家吃饭，但是她也清楚小杨家的日子不好过，再者，她内心里是真想改过，真想把自己逼一下，没有约束，就不会有真正的成长。

桃花开的时候，白肤施的歌声也在山梁上响起来了：

> 桃花了你就红来，
>
> 杏花了你就白，
>
> 爬山越岭我寻你来呀，
>
> 啊格呀呀呔！
>
> 榆树树你就开花，
>
> 圪节节你就多，
>
> 你的心眼比俺多呀，
>
> 啊格呀呀呔！

唱完一曲还不尽兴，她望着蓝天，望着云彩，就好像望着她自己一样，云也长了，风也长了，草儿也多情起来了，就又唱：

> 想你哩，口唇皮皮想你哩。
>
> 实实对人难讲哩。
>
> 三哥哥，想你哩。
>
> 想你哩，想你哩。
>
> 头发梢梢想你哩。

红头绳绳难扎哩。

三哥哥，想你哩……

白肤施的歌声清脆，一下子唱得小草峪满沟槽都是这信天游的酸劲儿，直把老黄也唱得嘿嘿嘿笑个不停。于老师听着有趣，直叫好听；沈老师听不太懂陕北方言，就询问老黄，老黄也不忌讳，说，那唱的是寡妇想男人哩，想得不想吃不想喝睡不着么。沈老师就把孩子们赶回教室，脸上落了许多尴尬和不满。

孩子们吃不到菜，保育员老师们着急，刘院长也着急。陕北的气候干燥，昼夜温差大，不适宜种植蔬菜，大多数群众也就在秋天收了大白菜，然后储藏起来，或者腌制成酸菜，这是蔬菜的主要来源，另外就是土豆。新鲜的蔬菜过去一直靠从西安运输，可是，近些年延安和西安之间的交通往来逐渐变少，限制变成了封锁，基本的生活用品就变得紧缺起来。

得知保育院的情况，中央首长都十分关心，还有人送来了罐头等生活用品，可是要解决眼下的困难，这些仅仅是杯水车薪。后来，老黄通过朋友偷偷从西安运来一点蔬菜，没多久就吃完了。

不能让孩子们缺了营养，更不能让敌人的阴谋得逞！这是刘院长在会上的铿锵之声。

既然外面没法运进来，只能自己想办法。陕北的春天要比南方的春天来得迟一些，山梁山峁虽然多，但是常年干旱，四五月份了，才看到星星点点的绿植。但就是这点绿植，给白肤施点燃了希望的光。

从小草峪一出去，就能到半山坡上，山坡上的青蒿已经铺了一地，还有甜菊、苦菜。下了山坡，再往沟掌走一段路，或者往前走到县城旁的延河边，还有芨芨草、苜蓿和蒲公英。在这种困难的时候，延河就像流淌的乳汁，给予孩子们营养和生存的希望。这些野菜白肤施从小就认识，她把这些菜挖回来，然后焯水，这样就能把苦味去掉。槐树花和榆钱儿也紧跟其后，成了白肤施采摘的目标。这些花儿呀，草儿呀，也让刘院长和众多的保育员们看到了希望。白肤施有她自己的一套做法，野菜吃起来也不苦了，再加点佐料，既能称得上美味，也能给娃娃们吃饱肚子。

　　吃饭，就是最大的问题。原本愁眉苦脸、束手无策的刘院长也展开了笑容，带头吃起了野菜。沈老师也毫不犹豫地吃了起来，觉得还不错，而后才敢给娃娃们吃。虽然给孩子们吃的量不大，但是毕竟能解决眼前的蔬菜营养问题。沈老师又说，长征时期，大家也是这么过来的。刘院长说，只要挨过这段时间，据说有一批蔬菜从山西那边能够运输过来。大家听着，也就不说什么了。刘院长看沈老师也吃得挺好，就说，这白肤施还是有很多优点呢，这就是为什么要帮助本地群众、依靠本地群众的原因。沈老师虽然不说话，但是也听出刘院长这几句明显是夸奖白肤施了。这话传到了白肤施耳朵里，白肤施说，这是暗夸，我还要让她明夸呢，我本事多着呢。

　　白肤施为孩子们解决了这么大的问题，心里就有些小得意，动不动就说，我这抚养过孩子呢，你看我家小芝麻，那身体多棒啊。你们年轻，得听我的，别把孩子养得太精心了，否则娇惯出毛病更不好办了。春天的太阳好，她就及时把小一点的孩子抱出来晒太阳，于是，保育员们都跟着她学，每个人怀里抱着一个年龄小的孩子，都坐在保育院的院墙下面晒太阳。白肤施一边晒还一边哄着孩子玩，口里念念有词地半唱半说道：

　　　　捯对——扯锯，

扯倒舅舅家枣树。

舅舅打，妗子骂，

婆婆给两颗干枣枣，

哄也哄不下。

一气走到个兀儿圪，

拾得两条鸡腿巴。

咬也咬不下，啃也啃不下。

给婆婆修个陀螺儿把、陀螺儿把。

沈老师就问白肤施，你这是什么话？白肤施说，这是哄娃娃睡的话么。沈老师又问，这是哪里学来的话？白肤施就说，也不知道，瞎编的话，咋了？沈老师说，这话呢，听起来倒是没什么，可是仔细想想，这里面就有问题了。白肤施说，不就是两句顺口溜嘛，能有啥问题呢？沈老师就说，你看啊，这话明显是对同阶级的蔑视和不屑，你说是不是？白肤施一知半解地摇了摇头。沈老师说，咱不如改成这样：

倒对——扯锯。

扯倒了国民党的树，

官兵打，地主骂，

家丁给了两巴掌，

哭也哭不下，

一气走到个兀儿圪，

拾得两条鸡腿巴。

咬也咬不下，啃也啃不下。

给地主修个陀螺儿把、陀螺儿把。

白肤施笑着说，沈老师你怎么想到这里的呀？你改得太好了，你把这教教我呀。沈老师还是那张面板脸，也看不出高兴不高兴的样子，说，这不是教不教的问题，你得用心才是，学文化那不是为了摆设在脑子里下蛋呢。白肤施说，你这说法我听懂了，我也是没办法啊，也想把脑子里学来的字都搞得花花哨哨，打扮得漂漂亮亮，可它们不听我使唤嘛。

沈老师听白肤施这么说，突然就笑起来了，这一笑不要紧，把白肤施给吓了一跳，赶忙紧张地说，唉唉唉，于老师，于老师，不得了了，沈老师笑了！沈老师一听这话，立刻收敛了笑容说，以后，给娃娃唱歌说话都要过过脑子，娃娃们需要的不仅仅是粮食，更重要的是精神的食粮。

沈老师说完，转身就走了，留下白肤施和于老师，互相推了推对方，掩面又笑起来。罢了，白肤施问于老师，这沈老师说的精神食粮是啥东西？于老师说，就是思想，就是不能吃不能喝的文化。白肤施就说，我这也不是文化啊，我这是随口唱的曲曲么。于老师说，你这还真是文化。白肤施似懂非懂地噢了一声。

新的蔬菜还没有运回来，大家暂时都跟白肤施一样，每天一得空就去河边弯着腰，撅着屁股挖野菜；要么就去山上，个个像个猴子一样摘槐花，反倒多了很多乐趣。就在这时候，保育院的孩子突然出事了——

中午的时候，白肤施像一棵小槐树一样，头上插满槐花，胳肢窝里夹着槐树枝，背上还背着树枝，树枝上都长满了花儿。她正高兴地走进院子，老黄就跑出来，语气严厉而愤怒地叫住她，白肤施，你干的好事！白肤施说，当然是好事了，你看我今天在小草峪的后沟里，不偏不倚找到一棵大槐树，那树长得老高了，也没有让牲口侵害过。

你看看，这花刚开，有些还没有开，能存一些，我想给娃娃们存在罐子里，过段时间等它慢慢开了，还能吃呢。老黄不由分说，把她肩膀上的槐花狠狠地摔在院子里，槐花像一片片雪花一样落了一院子。白肤施气急了，骂道，你这死老汉，也不看看我多辛苦，翻了几架山，才把这些背回来，你给我揽起来！老黄也不理她，准备出门的时候，白肤施一把拽住他问，你干啥？赔我的槐花！老黄气道，都是你的槐花惹的麻烦事，你去看看，娃娃们都让你的这些花花草草给毒倒了！

白肤施不解，死死拽住老黄说，啥毒倒了？你骗谁呢？老黄说，你去看看！几个娃娃吃了你这东西，都送县卫生院去了，你，你这是毒药！你给我好好待着，等着坐禁闭吧你！白肤施吓坏了，赶忙松开老黄的手说，这不可能啊，我们都吃这个，牛也吃羊也吃，每年都吃呢，娃娃更不用说了。老黄说，你，你个疯婆子，咱这是养牛养羊吗？咱这娃娃那都是金宝蛋蛋，这下吃出毛病来了，我看你这婆姨是不想要脑袋了！你，哪里都别去，就在这儿给我等消息！

白肤施站在院子里，满身的槐花，慌乱中有些束手无策。愣怔了半天，把自己肩膀上落着的一朵槐花塞在自己的嘴里，喃喃地自语说，这味道香得很么，咋就成毒药了？

急匆匆过了厨房院子，正好遇到沈老师和于老师从沟底里跑上来。白肤施也不敢大声叫她们，直到她们走近了，这才压低声音询问，于老师，娃娃们咋样了？于老师看了一眼沈老师，表情复杂地说，病情还算平稳。白肤施问，是不是因为吃了我挖的野菜才成了这样？于老师想说什么，沈老师赶忙说，白肤施同志，你先不要给自己下结论，一会儿刘院长他们就从延安把医生请过来了，现在孩子病情还算平稳，你不要担心。白肤施一听，这几句也都是些囫囵话，她更难受了，就站在硷畔上哇地哭了起来。

白肤施哭了一会儿，又说要去县卫生院看看孩子。沈老师和于老师想拦住她，哪里能撵得上。这沟槽和土坡，沈老师和于老师，甚至保卫科的战士都走得趔趔趄趄，唯独白肤施和小杨夫妻他们本地人，每天脚上粘了黄土就跟铁片遇到了磁石一样，一点都不会摔倒，反而走得特别畅快，两个人转身回头的时候，白肤施已经跑到了沟底，急匆匆出了沟口。

县里的卫生院在一个闹市的拐角处，原来是中医馆，后来经过改造，里面倒是挺宽敞，窑洞之外套着窑洞，进进出出好几个院子。白肤施顺着人流，挨着门去探看，发现几个孩子就在卫生院最左边的窑洞里躺着。白肤施走进去，孩子们都巴着眼看着她。白肤施就把几个娃搂在怀里安慰，旁边的保育员看到是白肤施，虽然没有阻止她，但是表情都很复杂。白肤施心里已经明白了几分，就跟旁边的保育员说，我就是想孩子，来看看。保育员们却带着几分客气告诉她，这里有规定，孩子们都有专人管护。白肤施一下子觉得自己有些多余。

傍晚的时候，怀着几分懊悔和难以言说的复杂情绪，白肤施在安塞县的县城里转悠着，她把身上带的仅有的一点钱买了几个白吉馍送到病房去，正好刘院长也回来了。见到了刘院长，白肤施就觉得一股子委屈莫名地涌上来，可又觉得这么多人在，不太好发作。

刘院长问，彩云，你怎么跑这儿来了？还一身的汗水呢？

白肤施忍不住了，就哭了起来。

刘院长说，彩云，彩云，别哭啊，咋了？

白肤施扑通跪在刘院长的跟前，拉住刘院长的手说，刘院长，姐，我真的没有给娃娃们下毒啊，这真不是我干的，这些娃娃比我的娃娃都亲，我怎么会害他们呢？

刘院长这下明白白肤施的意思了，立刻拉住她问，谁说你下毒了？

白肤施一脸的茫然，又不好说老黄告诉她的话，憋得脸通红。

看到白肤施不说话，刘院长就笑了笑，拍了拍白肤施身上的土说，你想哪里去了，孩子们就是有点拉肚子，也可能最近晚上着凉了呢，你想多了，我刚问医生了呢，过几天就好了。

白肤施说，都怪我，怪我没小心。

刘院长拉住白肤施说，你先回去吧，保育院还有那么多孩子，院里几个老师怕是忙不过来。这儿有我们三个照顾，需要你的时候，我们就叫你。快回去吧，别胡思乱想了。

刘院长的几句话虽然轻描淡写，但是白肤施还是觉得自己哪儿做得不到位，这些孩子受的苦、得的病虽在他们自己身上，却疼在了白肤施的心里。这种疼让白肤施走起路来都如芒在背。孩子们突然拉肚子，按照老黄的说法，肯定是有人从中作梗，那么是谁想害孩子？保育院所有的保育员老师，那个个都是精挑细选、精心筛选、层层把关的可靠同志，不可能有问题。如果不是保育院的老师，哪又会是谁想对这些无辜的孩子下手呢？孩子们才多大，能妨碍着谁呢？

想到这些，白肤施突然害怕起来，她觉得，虽然这里看起来只是一个小小的保育院，但是，它的周围不仅有能听得到的狼叫声，更有听不到的狼叫声，那些凶狠的"野狼"正用那种凶恶的目光盯着这个小村庄的四周。这一想，她自己也害怕起来，于是急匆匆往回赶……

豆腐也是药

月亮已经悄悄挂在了半山坡，澄明的月光里淌出了许多不知名的鸟叫和狼嗥声。夜空中充斥着无数双眼睛，在不知名的山后，闪着恐怖的血腥的微光，好像随时要向人扑过来一般。天气渐渐暖和起来，那些风带着一丝暖意，也带着一丝莫名的凛冽。尤其到了这样的夜晚，那凛冽的风里，裹挟着饥饿的味道，似乎一下子要将你吞噬一般。山峦也把自己的身体藏了起来，树木也安静下来，树叶儿被风吹动，似乎也在酝酿着一场噩梦。白肤施连自己的呼吸都能够听到，每一步都好像踏在那些野兽的脚印里，院子里安静得只剩下鸟兽在沟槽的回荡声里，好像它们一直在跟随着她，追赶着她。她的心紧紧扭着，一口气跑回了保育院。

　　她喘着气，定了定神，感觉回到了自己的家一样，整个身子从漂浮的天上终于落了地。孩子们都已经睡着了，白肤施挨着窑洞把所有的孩子都看了一遍，如果有孩子梦魇了，她就跑进去拍一拍，或者拿杯水给孩子；或者稍大一点的孩子上了厕所，她把便盆都提到院子里清洗，她害怕吵醒孩子。值班的保育员看到是白肤施，也不说话，帮她一起清理。她总睡不着，不管是不是自己值夜班，她都不放心，每一个窑洞走一遍，每一个孩子都看一遍。等忙完这些走到院子的时候，看到沈老师一个人独坐在院子里的碾盘上。白肤施害怕石头太凉，就给她拿了一块小棉毯垫上。沈老师说，我睡不着，坐会儿。白肤施说，我也睡不着，那些得病的孩子还在卫生院呢。

白肤施一脸的担忧，沈老师笑了笑说，你不用担心，医院会有办法呢。白肤施又问，你怎么也睡不着了？沈老师说，我想了一下，可能我们误解你了。白肤施说，什么误解不误解，我也不懂，我就想那些娃娃，要是不吃饭，怎么把病扛过去呢？一个个身体都弱得很，我还想着最近从哪儿弄点肉，给他们补一补。沈老师看着白肤施，脸上的表情却是白肤施从来没有见过的，白肤施突然有点害怕，不敢说话了。

沈老师拉了拉白肤施，把她拉到小棉毯上，非常严肃认真地说，有人告诉我，孩子们这次得病，是你给娃娃们吃了不该吃的东西。白肤施立刻申辩说，我……我确实给他们吃了点。沈老师赶忙问她，吃了啥？白肤施嗫嚅着，一会儿鼓起勇气说，我给娃娃们吃了几个青杏子，真的很少，就是想让他们尝尝，匀下来，也就是每个娃吃几个。可是，其他孩子吃了也没事。沈老师说，对啊，其他孩子为什么吃了没事？白肤施纳闷地看着沈老师，沈老师笑了笑，白肤施不解地问，我是不是又要自我批评了？没事，自我就自我，只要娃娃们能好点，我再饿个十天八天都行。沈老师问，你要是饿坏生病了，娃娃们咋办？白肤施没说话，一边低着头抹眼泪，一边说，就算真是这样，等娃娃们好点再自我批评，我得等娃娃们的病好了，再把这事说清楚。

沈老师笑了笑，沉吟了一会儿，突然说，我想了一天，想明白了一件事情。白肤施好奇地问，啥事？沈老师说，这几个得病的娃娃啊，都是刚从外面送到咱保育院的孩子。我回想了一下，我们刚到延安的时候，也遇到过几次这样的情况，孩子们水土不服！白肤施听了

187

沈老师的话，立刻醒悟过来，狠狠地拍了拍身边的碾轱辘说，对啊！我怎么没有想到啊？我那蛋蛋和花花刚来的时候，也是这毛病。说话的声音有点大，拍碾轱辘的力气有点狠，把自己的手也拍疼了。窑洞里立刻有几个保育员探出头来，白肤施赶忙捂住自己的嘴巴，旁边的沈老师已经忍不住笑了。

白肤施看着沈老师笑，一时看呆了说，沈老师，你笑起来真俊！沈老师说，你这嘴巴也够甜呢，咱现在就去卫生院，把这个情况赶快告诉医生和刘院长。白肤施说，我以前也听我们卫生院的老周大夫讲，延安这水硬得很，不像他们西安啊、上海这些地方的水，都软和得很。还是你聪明，这外面的孩子刚来，肠胃都受不了。既然是这样的话，我倒是有些办法呢。沈老师顿了顿说，你有啥办法呢？卫生院都是专业的大医生呢。又说，要不这样，我和于老师去县卫生院报告这个情况，你想你的办法。白肤施说，行。

沈老师和于老师临走的时候，白肤施特意叮嘱他们，出了这个院子，就每人拿一根木棍，打狼！门口的警卫室旁边，早就立着几根白肤施准备好的打狼棍。白肤施也知道，真遇到了狼，这也起不了多大作用。只说，这是壮胆呢。两个人也照做，拿了棍子出了院子。

卫生院的医生告诉他们，这个情况他们已经知道了，是刘院长告诉他们的情况，可是，暂时也没有特别有效的办法，只能调理，用点中药之类解表的药物。两个老师听后，只能又沮丧地回了保育院。

白肤施出了保育院就直奔小杨两口子家里了，小杨的孩子刚出生，这半夜她还得给孩子喂奶。白肤施这会儿敲门，小杨两口子还有些意外，以为出了啥事。白肤施也不好说出口，就给小杨婆姨说一些喂养的经验和知识，说你半夜别喂这么多奶水。别让孩子这么早用枕头。又说，你看孩子呛奶了，后背稍微拍一拍。侧面睡好点。别在两个石狮子中间拉根绳子压着孩子。又说，两条小腿也别绑着，罗圈腿是病，不是你绑了就能预防它。小杨婆姨笑说，这是老辈人的办法，觉得用石狮子压着孩子，能镇得住邪，绑着小腿儿，走路正。白肤施笑说，那是迷信，千万别信这些。小杨婆姨照做了，孩子确实睡得舒服了。又说了一会儿话，白肤施就忍不住开口说，妹子，我就是想跟你借点黄豆。小杨婆姨说，家里还真没黄豆，庄子里也很少。白肤施说，少也得找出来。庄子里家家都喂狗呢，小杨婆姨担心白肤施一个人大半夜跑被狗咬了，便让小杨一起跟着，小杨人熟路也熟。可两个人在庄子里挨家挨户借了一宿，还是没有借到黄豆，并不是老百姓不肯借，而是这庄子的人觉得黄豆苦，产量低，所以主粮都是种谷子和糜子，即所谓"东山的糜子西山的谷"。

　　快天亮了，白肤施就遣了小杨回家，自己去看小芝麻。小芝麻听到白肤施来了，一翻一扑就从被窝坐了起来，眼睛还没睁开就说，妈妈，我醒来了，老早就醒来了，你别走。听到孩子这么说，白肤施一把搂住小芝麻说，妈妈不走，不走，说着也就泣不成声了。苗老婆说，你这一天够忙的，这又有半个多月没见娃娃了，也不想吗？白肤施赶忙说，想呢，天天想我的小芝麻呢。来，妈妈帮你擦擦脸，这又长高了呢。苗老婆说，他想你的时候，我们就在前沟对面的坡上瞭一眼，看你在那几个院子里忙着，小芝麻说要喊你，我说不能喊，要是喊了，那院子里就不准你妈妈再去了。这小人儿真懂事，从那以后，他就跟我每天站在前沟的山坡上，瞭着你啊，每天在院子里进进出出，看到天黑了，这才回去了。

　　白肤施听着苗老婆的话，又忍不住哭了出来，一边哭一边说，干妈，他要是再想我，你就带过来，也让我看上一眼。苗老婆说，不用，我知道你是公家人，说话做事不方便，小芝麻特别懂事，他嘴巴甜，可会说话了，可比我那孙子精得多了。白肤施转悲为喜地看着小芝麻。小芝麻说，妈妈，我就天天看着你，我能照顾自己，我不拖累妈妈，长大了，我也要革命呢。白肤施再次抱着小芝麻哭起来说，我的小芝麻，这些话都是谁告诉你的啊？小芝麻说，是我爸爸，我爸爸说，我们都要帮助妈妈，不能做妈妈进步的绊脚石。一句话又说得白肤施破涕为笑了，摸着儿子小小的肩膀说，真长大了。

白肤施用苗老婆的剪刀给儿子小芝麻理了头发，又洗了小脚丫子，高兴得小芝麻又舍不得离开妈妈了。他拉着白肤施的衣襟，生怕她立刻走了。苗老婆说，你怎么突然这么早就来了？白肤施说，院里出了点事，我也是顺路过来，一会儿得赶紧走了。苗老婆说，你好歹陪陪娃娃，吃了饭再走嘛。白肤施说，我要是迟一天，那边的孩子就多受一天的罪，这满庄子，怎么连颗黄豆都借不到呢？苗老婆说，你要黄豆干啥呢？白肤施说，干妈，我就是想治病嘛，给娃娃们治病。

听说是给娃娃们治病，苗老婆就毫不犹豫地去了粮囤里，不一会儿端出四升黄豆全给白肤施装了袋子。白肤施一看足够了，高兴说，算我买您的呢，等孩子他大下次来的时候，一定得把钱给您。苗老婆说，这是救命看病呢，我要你的钱干啥？再说了，那些公家的孩子我听说都金贵得很，吃几升黄豆算什么呢？

白肤施马不停蹄地背着黄豆又到了小杨家院子，他家院子里的磨盘小，她也能少费点力气。小杨婆姨还在坐月子帮不上忙，小杨帮她去安塞城里买卤水。她洗了磨盘，就一个人推着磨盘，推了几圈，苗老婆拉着一头驴来给她帮忙。

黄豆来不及事先泡水，她只能用热水掺进去磨。磨盘的石槽里乳白色的黄豆水源源不断地流出来，白肤施的心里也流淌着潺潺的希望。等到小杨把卤水买回来的时候，白肤施已经烧热了灶膛，正等着小杨的卤水。豆浆煮开的时候，卤水点了进去，豆腐很快就能出锅了。小杨的婆姨看着白肤施窑里窑外忙乎着，什么事情好像都在她心里、她手里，就说，彩云姐，我怎么觉得就没有你不会的事情呢？咋会有你这么心灵手巧的人呢？白肤施笑着说，我家可是在黄河边开骡马店呢。我从小看着伙计们做饭，哪有不会的道理。说着就给小杨婆姨尝了一碗新鲜豆腐，小声说，下奶呢，吃吧。又说，就这一碗呢，其他的要给娃娃们吃呢。小杨婆姨就高兴得不得了，说，这两年收成不好，都好久没吃这么香的豆腐了。

　　说话间，白肤施已经挑了水桶，两个水桶里装满了豆腐。她不停脚，一口气就担到了县卫生院。医生和刘院长都不在，白肤施也不说看病的事情，对旁边看护的保育员说，这是给住院的娃娃们送饭呢。两个保育员看到是豆腐，没说什么，他们很长时间没吃豆腐了。又问，咋没有别的饭呢？白肤施说，这豆腐也算补呢，补补肚子。

　　到下午的时候，还是豆腐，两顿豆腐吃过了，肚子基本好了。等到下午刘院长回来的时候，孩子们已经活蹦乱跳起来了。一打听才知道这白肤施用了土方子。连卫生院的医生也有些不好意思了，连忙说，这倒是好办法呢，土方子最见效果，只是有时候灵，有时候不灵，这次是真灵。白肤施说，我也是死马当活马医呢。医生一脸的尴尬，刘院长笑着慌忙解释说，她的意思是，自己也是试一试，人民的智慧是无穷的。又对白肤施说，你会的还真不少呢。白肤施说，土郎中，土方子，跟你们医院的科学疗法没法比。刘院长又回头批评白肤施说，你还谦虚得真是时候！

第二天一早，白肤施高高兴兴地用扁担挑着水桶往回走，水桶里坐着两个较小的孩子；刘院长背着一个大一点的孩子，一手拖着另一个孩子；两个保育员拉着另外两个孩子，一路唱着歌儿，像凯旋的战士一样回了保育院。

这是春天的后半程，漫山遍野已经开满了争相怒放的野花，延河边，柳条已泛了黄、抽了绿，天空里毛茸茸地飞着絮儿，引逗着人不由得去追赶，去迈开脚步向前跑。但是，这一切又是多么珍贵和短暂。陕北的春天，就是一个纵身向上的动作，倏忽之间，一跃就到了夏天，那么坚决，毫无过度和纠缠，令人反复留恋。

从县城的卫生院回来以后，白肤施就觉得天突然热了。开会的时候，大家说了什么她都热得记不起来了，脑门儿嗡嗡响。刘院长冲着白肤施说了什么，话语传到白肤施耳中已经模糊得很了，白肤施只听到最后她高兴地说……让我代表孩子们向白肤施同志表示感谢！众人的鼓掌声一下子像千斤重担压过来，她想站起来，却怎么都站不稳。她努力笑了笑，还是想挣扎着站起来，说点什么，哪怕是给大家唱首歌也行啊，可是就是站不起来，眼前一下子就黑了过去。

白肤施晕倒后，旁边的沈老师和于老师赶忙抱住她，唤了一会儿，又喂了些水，她才缓过劲儿来。沈老师对刘院长说，她没事，就是饿的累的，快三天了，还没吃没喝呢。刘院长说，也是急火攻心呢，把那牛奶喝点，缓得快一点。于老师把牛奶拿过来就要给她喝，白肤施推开她，说，水！于老师只好拿了水给她，她灌了两口，精神就立刻好起来了。她埋怨地看着于老师说，那是娃娃们的金奶，就算死也不能喝！我这身子骨，好得很，也用不着那些。又站起来拍了拍自己的胸脯对刘院长说，哎呀，刚才太瞌睡了，打了一下盹，就把您给惊着了。你看我现在好好的，怎么都走了？娃娃们呢？

白肤施强挤出微笑看着几个人，刘院长、沈老师和于老师都神情暗淡，默默地低下头抹眼泪，谁也不回答她的问题。白肤施又嬉笑着说，那我去值班了，娃娃们肯定想我了呢。刘院长说，你先等等，我给你放两天假，先去休息吧。白肤施说，休息啥呢，这娃娃们都跟庄稼一样，趁着现在正使劲地长，精心一点，就能长得更好了。听她这么一说，刘院长也不由得笑了笑，眼睛里还满含着泪水。

白肤施看到刘院长的样子，反倒安慰她说，我真没事，你们也都累了这么几天了，这下都放心了，我也放心了。说完，就直接出了门。

刘院长再也忍不住自己的泪水，背过身去，不停地抹着眼泪。

过了春天，粮食不再像青黄时期那么紧张了。从山西的抗日前线及北方的一些渠道，能够运输一些粮食和少量的蔬菜到延安。边区的首长和干部们都舍不得吃，把稍微精细的粮食和蔬菜都送到了保育院，保育院的孩子们就有了相对充足的物质保障。

自从做完豆腐以后，白肤施身体就时好时差，总是断断续续地头晕昏厥。老黄干脆给她放了假，让她去苗老婆家休养。她自己也觉得这样下去，怕是要连累大家，只能听命。沈老师和于老师，还有刘院长都来看过她，可是病情不见好，有时候感冒，有时候拉肚子，整个人精神也垮掉了大半。刘院长看着心疼，特意找县卫生院的医生来给她看病，开过几服中药，仍是不见好。

小芝麻每天看着她的样子，丝毫不敢离开她左右。多日不见好，苗老婆也担心，就捎话给牛丰林，说你婆姨不行了。陕北方言所说的

"不行了"，那就是大事，意思是不济了，快要死了！

牛丰林听了这话，火急火燎地跑到小草峪。一进门，看到婆姨面黄肌瘦，确实一副萎靡神态，丝毫不见她过去的风风火火、喜形于色的精气神。牛丰林心疼自己的婆姨，不明白这两个月不见，怎么就成这副模样了？不免心酸落泪。白肤施看着男人来了，还提着十多个她爱吃的干炉和果馅，反倒笑得像一个大果馅。她这一笑，比窗户上的阳光还要灿烂，好像病也被驱散得无影无踪了。

牛丰林看她还嬉笑的样子，心里难受，嘴上埋怨她说，你还笑哩？干妈捎话，我以为你……白肤施问，我梦见自己死了，我这病怕是邪病，得送送鬼呢！牛丰林说，你再瞎说，我这就走了！白肤施又说，行，我不说这个，我死了你高兴不？你看，你再找一个洋婆姨。就找那些个又白又漂亮，有文化有知识的女学生才好，也不用像我这么拖累你了。牛丰林生她的气，觉得她净说伤人的话，就不言语了，背过身去，擦了擦眼畔。白肤施又笑说，咋了？说中你的心事了？牛丰林说，病了，也不消停，说句话，就跟捅刀子一样，我是那种人吗？白肤施就问他，那你是什么样的人？我都快不认识你了。牛丰林说，我是什么样的人你不清楚吗？倒是你，我快认不出来了。

这儿正说着气话，小芝麻就跑进来，看着那些果馅馋得不得了。白肤施赶忙装起来，又犹豫了一下说，只许吃半个哦，小芝麻懂事地点了点头。牛丰林说，我这是给你的病号饭，你拿哪儿去呢？白肤施又好像是个没病的人一样，翻身就坐起来了。小芝麻却说，花花妹妹病了呢，刚才路过保育院的时候，她正哭呢。这一说，白肤施就坐不住了，捋了捋头发就要出门，牛丰林拉住她，不准她出门。牛丰林说，你这还病着呢，孩子们都有大夫呢，不用担心。白肤施说，我没病。牛丰林说，你看你的脸色，太难看了，连点血色都没有，你要是有个三长两短，我和小芝麻……白肤施说，我真没病，我那是想你呢。牛丰林反倒不好意思了说，都多大人了呢。白肤施反过来哄他说，你看，我看见你了，什么都好了，你就放心吧。这一说，牛丰林也不好再拦着她了。

这点路虽然不长，可对白肤施来说，脚步却越走越沉，确实有些乏，到了保育院已经满身是汗了。她喘着粗气支撑到保育院，院子里的几个孩子正哭得厉害，听声音甚是可怜。小孩子多，一个带头哭，其他孩子就传染了一般跟着哭闹起来。一下子满院子、满沟槽都是孩子们的哭嚷声，这声音越大，白肤施的脚步越快，催得她不敢停歇。进了院子，几个孩子还在哭。一问才知道，这几天天气突然变化了，孩子们都不同程度地咳嗽，整夜整夜地咳嗽，孩子们休息不好，所以晚上也是你哭他叫，闹腾个不停。因为病来得急，又怕传染了，就先用些小剂量的消炎药。这几天了，似乎还真传染了不少，还有些孩子带有一些发烧的症状。

花花听到白肤施的声音，第一个跑出来，扑进白肤施的怀里。她年龄小，努着小嘴，一脸的委屈，不停地叫着，妈妈，妈妈，我不打针，我不打针！这一声声的哭，就把白肤施的心给撕碎了一样。她一边应着，一边安抚孩子说，乖娃娃，妈妈的乖花花，我们不打针，以后都不打针了！又赶紧把怀里的果馅分给孩子们吃，倒是暂时把其他孩子的哭声给止住了。

花花则不行，一直钻在白肤施的怀里，怎么也不肯离开。白肤施也不肯把她放下来，从小就这么哄着，嘴里念叨，娃娃不乖哦，难活呢。又说，她要是不难活，早就跑出去耍了嘛，也是母女连心呢。后来，沈老师和于老师她们也听懂了陕北方言，所谓的"难活"就是生病了。花花的眼神迷离，贴在白肤施的怀里浑身都是软的，又加上发烧，只觉得白肤施的怀里安全和暖和。

白肤施抱着花花坐在太阳底下，一边安慰她一边说，咱那张家圪垯的杏子，这时候应该也快黄了吧。阳处的杏子花开得早，黄得也早。地主张广德说，他家那叫端午杏，到了端午肯定熟。咱那几棵杏树可不行呢，又小又苦，还结得少，熟得迟。还是张广德家的杏树好，半个山峁，全是他家的杏树，你还没来的时候，张广德可凶了，到这个杏子快熟的时候，就故意把狗拴在地畔子上的路口，谁也不敢去摘杏子。那杏子最后黄了，熟了，掉了，他都不肯给人吃。等再晚点，他就让长工拿根长树枝敲打，杏子落了一地，就把人馋得直咽口水。长工把落在地上的杏子捡起来，晒干了，那杏皮子到了冬天还可以吃呢。杏仁也不放过呢，他就卖到城里的药铺……

白肤施回忆着过去的生活，像是给花花说，又像是给自己说一样，继续说，这都快到打木瓜的时候了，木瓜长得远得长得高啊，跟云彩那么远那么高，都在山崖畔子上挂着。你和蛋蛋，还有小芝麻弟弟都喜欢吃，那木瓜仁儿正嫩着呢，吃起来清脆又爽口。虽然那仁儿少点，可是每一粒籽儿都香到了肚子里。有一年，我就用绳子把小芝麻绑起来，吊着他，把他下放到山崖半空摘木瓜。最险的一次，那绳子突然就脱了，幸好木瓜枝儿把小芝麻给挂住了。我害怕极了，赶紧在山里喊人，你和蛋蛋也跟着我喊，刚好，山那头有个拦羊的老汉，跑了三座山两条沟过来，才把小芝麻弟弟救上来，想起来真是后怕呢。等木瓜熟了，山里能吃的东西也就多了起来，马茹子呀，蛇莓子啊，桑树啊，你们三个每天肚子都是圆的，是不是啊……

花花听着白肤施说话，虽然不一定记起来什么了，但是，她能感受到白肤施那亲切的声音和温暖的呓语，从白肤施嘴里出来的语言和气息，似乎都是小花花的良药。到了晚上，白肤施自己也难受得要睡着了，但是依然不松手地抱着孩子，一松手，孩子立刻就惊醒了，她只能一直撑着。

第二天，白肤施看着孩子们的病还不见好，就借了苗老婆家里的驴，急匆匆地回了一趟张家圪塄。公婆就好奇说，咋一个人回来了？娃呢？白肤施笑说，都好着呢，放心啊。也没顾得上多说话，把城里买的麻花给公婆放下，就在庄里审来审去没见停。过了个夜，又一刻没来得及喘气，第三天下午赶着驴就回了安塞小草峪。

这一路，憋着一口气，攒着一股劲，回到保育院，就直奔厨房。她把米汤熬好，再把桑皮和蜂蜜都放了进去。桑皮到处都能找到，蜂蜜才是她回张家圪塄的主要原因。这东西比较稀少，她知道公婆在家里藏着一些，索性都拿来了。公婆晓得了孩子们得了病，哪有不给的道理。只是他俩没有见到小芝麻，觉得有些失望。白肤施安慰他俩说，过段时间就把小芝麻送回来，也跟你们一块待一段时间。又问，怎么脸色这么难看呢，是不是有啥病了呢？白肤施坚决说，不是自己病了，路远呢，这不是累得吗，娃娃病了，不敢停歇。

赶着天黑，两大锅蜂蜜桑皮米汤就熬好了，虽然孩子们都不怎么爱喝米汤，但是，因为闻起来这米汤的味道与以前不同，蛋蛋和几个比较大点的孩子决定先尝尝，给其他孩子们做示范。蛋蛋喝完了一口就说，妈，这不是米汤啊，怎么这么甜呢？一句话说得白肤施就有了主意，对着其他的孩子们喊道，娃娃们，这不是米汤，是神仙汤，甜得很呢。白肤施的嗓门大啊，一嗓子过去，孩子们都听得清楚，一下子就来了兴趣，一个个端着小饭碗，咕噜咕噜地喝起来，一口气把米汤喝完了，还有要喝的孩子，把锅底剩的几颗稠米粒都瓜分了个底朝天。

连着喝了两三顿以后，孩子们的咳嗽声明显少了，到了第二天下午吃饭的时候，一个个早早等候在那儿，叫喊着要喝神仙汤。可蜂蜜没了，桑皮有点苦，喝完以后就不愿意再喝了。白肤施没有办法，只好和老黄商量，放点冰糖和红枣，应付着又喝了两天，孩子们基本全好了。

白肤施治得了孩子们的病，却治不了自己的病。等娃娃们的咳嗽病治好以后，她基本就下不了炕了，身体特别虚弱，粒米不进，气若游丝。苗老婆在白肤施的指导下，给她拔了几次火罐，效果开始还好，但是，渐渐就不起效了。

于老师就把花花和蛋蛋带到苗老婆家里来看她，也把好吃的东西都送过来，可她还是半昏半醒，有时候就糊里糊涂地说着不着调的话。苗老婆年龄大了，也听不太懂，小芝麻就在旁边一直应和着。白肤施说，妈妈可是黄河岸边天尽头人，每天都能听到黄河的打浪声。我妈和我大是黄河岸边开骡马店的掌柜，他们人好得很，每个住店的人，都夸我妈的饭做得好。不过我大爱银钱，我当年跟丰林结婚的时候，我大说，出嫁女子赔钱呢，十几年的女子白养活了。我说，你不让我跟丰林，我就黄河畔子跳下去，让你人财两空！我大怕我寻短见，就说，那得让那倒霉后生给我写个条，画个押，他欠着老丈人彩礼呢！丰林没有写，他那时候要死要活啊，身上全是枪伤啊，找来的大夫都不敢给他看病。我妈就托人去山西那边找了个洋大夫偷偷过来。一看吓了一跳，伤口都烂了，洋大夫就把自己带的药留下说，他也不会看了，药给你们留下，是死是活，看这后生的运气了。可没过几天，还药还真顶用了，这药厉害得很呢。病好了，那白条也让他发现了。丰林就笑了，他还真能笑得出来说，你胆子也够大了，我啥都不晓得，你就把我卖了？我就发火了，要把那白条撕了。他一把夺过去，揣在怀里说，这事你定了，就等于是我定了，你放心，十天半月给你回个话。

这么断断续续说了几遍，苗老婆终于听明白了说，你是惦记着那白条呢。于是，苗老婆捎话给牛丰林。没几天，牛丰林还真把老丈人和丈母娘接到了延安城，又辗转到了安塞小草峪。见了母亲，白肤施的精神劲头就不一样了，一边笑着，一边眼泪就下来了，牛丰林拉住白肤施的手说，彩云，我把彩礼给了咱大咱妈了，你放心吧。又看了一眼白掌柜和丈母娘，责怪她说，就这事你给我说一声不就行了，咋还憋出病来了？白肤施不应他，她妈开口就骂说，死彩云，你咋还惦记这事，只要你和丰林好着，我们还要啥彩礼呢？这都啥时候的事情了，你要是恨你大你妈，你也不用这么老远把我们请过来嘛。白肤施说，我就是想你哩吗。一句话，她妈也绷不住了，抱住白肤施哭得跟泪人一样。实话说，这女子从天尽头出嫁到川口乡的张家圪崂，五六年时间，没再回娘家见一面，哪有不想的道理。

白肤施盯着母亲流泪，却笑出声来说，妈，你看我都有这么多娃娃了，蛋蛋、花花，还有小芝麻，你们还不叫外婆呢？三个娃，一人喊了一声，那叫声清脆，把人喊得心疼。一直在旁边蹲着不说话的彩云大犹犹豫豫地站起来，吃惊地看着几个外孙，脸上舒展开来说，没赔钱。白肤施说，你外爷。三个娃娃听话地又叫了一声外爷，这外爷的见面礼就来了，给娃娃们一人兜里塞了几个铜板。白掌柜一边满脸堆笑，一边恨恨地说，走得急，还以为彩云跳黄河了。

哭一气，笑一气，说一气，骂一气，白肤施的精神头就彻底恢复了。她妈说，非得住两天再走。牛丰林还有任务，不敢多待，当天就回了延安。临走的时候，小芝麻问他，那我妈这病是啥病？牛丰林说，你妈也没病呢，你妈妈也想妈妈了。小芝麻又问，娶我妈时，你咋那么多钱呢？牛丰林说，我哪有呢，都是你外公自己的钱，我把情况说了，你外公就去山西的铺子里支了银号的钱，怕你妈有个三长两短，你不懂，好好看着你妈就行了。

娘俩几年未见，自然有说不完的话，当妈的出门的时候，就把身上带着的钱全留给了白肤施，让她好好看病。临走，她妈迟疑了半天，最后才吞吞吐吐地问，你现在是公家人了，那以后殁了，埋哪儿啊？白肤施笑着说，丰林埋哪儿，我就埋哪儿。她妈又问，我听说，公家人都在公墓呢，哪儿能埋一块呢。白肤施扑哧笑了笑说，你们也该学习学习呢，公家人和老百姓一样呢，活着跟老百姓在一起，死了也跟老百姓一起，你们别担心。

走到硷畔上，白肤施将自己做的一个羊毛坎肩给了父亲。这羊毛坎肩是彩云在家里的时候已经做好了的，本想让人捎给自己的父亲，没有想到这个时候才交到父亲手里。他父亲停住脚仰天叹了口气，无奈地笑了笑说，赔了。

白肤施大和妈走了以后，她的病也莫名其妙地好了起来。她大走的时候，把一个包裹给白肤施留了下来，白肤施知道那是数额不小的彩礼。她很清楚，她大应该是把半辈子能拿出来的积蓄都留下来了。她紧紧地抓着钱袋，一边笑着一边流着泪。

晚上，蛋蛋过来陪着她，蛋蛋心思稠，看着白肤施生病，心里难

200

受睡不着。白肤施摸着孩子头，爱怜地说，妈妈的病已经好多了，放心吧。母子俩坐在硷畔上，看着月亮少了一半。白肤施就说，你看呢，月亮少了那么多呢。蛋蛋说，那是地球挡住了太阳的光，月亮并没有少，只是我们看不清。白肤施就笑着说，蛋蛋长大了呢，都懂天上的事情了。又说，不该总叫蛋蛋，该叫你马向思了，要不然同学都笑话你呢。蛋蛋说，妈，还是"蛋蛋"好听，这个名字是你给我取的，别人若是叫我马向思，我觉得自己还是个孤儿，没爹没妈。要是叫我蛋蛋，我觉得还有一个妈妈。

白肤施一听，突然觉得眼睛一酸，这蛋蛋不仅长大了，还懂事了，就搂着孩子，笑着说，那蛋蛋长大了要做什么呢？蛋蛋说，我要是长大了，我就在妈妈身边，帮妈妈干活。白肤施就笑说，你又骗我，哄妈妈高兴是不是？蛋蛋知道白肤施看出他的心思来了，不好意思地低下了头。白肤施说，不过，你这一哄，妈妈挺高兴呢，你自己有主意了吧？蛋蛋只好老实地说，我长大了想去当兵，想去杀鬼子，把日本鬼子赶出中国去！白肤施这次真诚地笑了起来说，这才像我的蛋蛋娃！嘿嘿嘿，我娃从小就革命了，不能像妈妈，这个年龄才想起革命，想赶上革命的脚步，老半天都没赶上。蛋蛋就安慰她说，妈，你已经革命了，你也不比那些老师差，你在我心里，比谁都革命，是最好的妈妈！白肤施一听高兴了，大声笑了起来说，我呀，就爱听你这么说，虽然不一定是真话，但是，妈妈高兴。蛋蛋说，我发誓，我说的都是真话。白肤施说，好好，妈妈今天真高兴，以后要多夸妈妈呢，好不好？蛋蛋认真地点头。

第二天，白肤施起了个大早，特意梳洗打扮了一番，那病好像就没有得过一样，人也精神了，急匆匆地跑到刘院长办公室，把那一包银圆交给了刘院长。刘院长看着白肤施拿出这么多钱，奇怪地询问，彩云同志，这怎么回事？白肤施笑着说，你放心，这些钱来路正得很，我大我妈专门从黄河岸边的天尽头送来的！刘院长就问，为啥送你银圆？白肤施有些不好意思了。刘院长说，你要不说清楚，我可要把这些钱交给边保处了。白肤施赶忙扯住袋子说，别，别，我大我妈那也是做生意的呢，这些钱本来是丰林给他们的彩礼。刘院长说，彩礼咋到这儿了？白肤施说，这彩礼当时我大要了个天价，我就想办法让丰林给他打了个白条条，丰林哪有那么多钱啊，所以就一直拖着。

原来，牛丰林当初拿不出娶白肤施的彩礼，就给老丈人打了白条。这么多年过去后，白肤施一直惦记着这事。于是借着生病，捎话给父母，让他们来一趟延安，来了之后，假意说起彩礼的事情，白掌柜心疼女儿，只好声称收到了彩礼，撕了白条。又看到女儿病得要死要活，还是心疼女儿，反倒把身上所有的钱都给了白肤施。牛丰林不但没有还上一分钱，还赚得了一笔钱。

刘院长听明白后无奈地笑了笑说，绕这么大弯儿，也够费心呢，你要知道，老人的钱也来得不容易呢。白肤施说，那谁让他当初跟丰林要那么多彩礼呢。刘院长说，还挺记仇啊。既然来路正着呢，你说说，你要钱干吗？为什么又给我放这儿呢？白肤施看着刘院长说，是这样，我前两个月就听丰林说，咱保育院要重新找地方呢。因为没啥钱，现在就打了几孔土窑洞。听丰林说就是缺点钱，不然，很快就能安置好了。我想，有了这些钱，给娃娃们多买几斤棉花，多置办点被褥，总能用得着。所以，我就有了这个主意。

刘院长看着那钱袋子，心里有股说不出的滋味，半天不说话。白肤施说，院长姐，你放心，这事我妈其实已经知道了，表面上我大在家里是掌柜，其实我妈才是大掌柜。她点头了，那就是同意给我了。要不，就算她给革命做贡献，行不行？

刘院长抬起头，红着眼圈看着白肤施说，彩云同志，你怎么不跟我说一声就……白肤施拉住刘院长的手问，那我这事干得到底对不对？院长，我也就是想让娃娃们住个好点儿的地方。你看，咱这小草峪是个老沟槽，离延安县城远，在这偏沟旮旯里，虽然坏人找不着，可狼娃子那么多，天天山上叫啊。现在有保卫科的人，暂时没出啥乱子，可娃娃们天天夜里吓得不敢睡觉，咱也天天提心吊胆呢。我听说李家洼那边，地方宽敞，还眼亮得很，离延安县城也近。要是把保育院建在那地方，咱那些家长想来看娃娃了，不是更方便了嘛，这不是挺好的事情吗？刘院长叹了口气说，对，这是好事，可我们不能白拿你的钱啊。白肤施说，你要这么说就见外了，什么你们我们，我也是这里的人，革命的娃娃，也是我的娃娃嘛，咋还说成白拿了？白肤施这么说，刘院长突然立正，郑重地向白肤施敬了一个军礼，道，白肤施同志，我代表筹建处还有所有的娃娃，谢谢你！白肤施也吓了一跳，赶忙笨拙地回敬了一个军礼说，我就等着咱早点搬到新的地方去，让娃娃们也高兴高兴。

临走的时候，刘院长好像想起了什么，又说，我得让财务给你写个借条。白肤施赶忙神秘地说，不用不用，我掌柜丰林说了，这个坚决不行，而且，这事也不能让其他同志知道！就当没有发生过这个事情。白肤施这么说，刘院长更不知道该说什么了，正迟疑着，白肤施突然走过来悄悄地问刘院长，院长姐，我这算不算已经革命了？我怕我再犯了错误，就干不成了。

刘院长听到这话，突然心里一阵难受，止不住地流着泪。白肤施看她哭了起来说，姐，咋了？要是难为情，那就当我没有问，我不是因为钱的事情才问你这事，我早就想问了，只是不敢开口。刘院长拉过白肤施的手说，彩云，你早就革命了，你要还是普通的群众，那我也不敢把你招进来啊。你听姐说，只要你努力进步，孩子们在哪里，你就永远在哪里！这样放心了吧？白肤施努力地点点头，高兴地笑着说，行，太放心了！

妈妈的抉择

夏天的日子长，小草峪村里的公鸡一打鸣，天就亮了。白肤施好像早就等不到天亮的样子，把小芝麻打扮得干干净净，告别了苗老婆。苗老婆就把零食给娃娃塞了一口袋，红枣啊干馍片啊，她舍不得孩子走，毕竟两个人相处了这么长时间。苗老婆面和心善，这些日子，也把小芝麻当作自己的亲孙子一样待着。白肤施把费用结了，又给苗老婆扯了一块布，量身做了身衣服，情义也都在这贴身的面子上了。老太太高兴，觉得比自己的亲人还亲，小芝麻也高兴，告诉奶奶，他还会回来看她。苗老婆垫着小脚，站在硷畔上，模糊着泪眼一直目送他们去了保育院。

　　保卫科的战士带着头，后面是刘院长和沈老师，于老师和其他保育员在中间，白肤施和老黄等人押后，队伍整齐地向李家洼方向出发了。新的保育院窑洞已经修好了，听说住的地方宽裕，院子宽敞，还有大操场呢。最主要的是，那里离延安城很近，也就是说，很多孩子离父母也近了，所以孩子们和保育员们早就盼着搬到新地方了。队伍开始离开安塞的时候，还有一些沉闷，这里虽然苦一些，但是毕竟是个窝儿，这里的老百姓都像保护自己的亲人一样保护着他们。这两年时间里，没有一位村里的老百姓把保育院的情况告诉外人，个个守口如瓶。

出了沟口，到了川道就开阔了，眼亮了，人的心情也舒畅了很多，一展眼似乎延安就在眼前。白肤施看着沉闷的队伍，自己不由得先开始唱歌了，她一开口又是酸曲：

哥哥你走西口，小妹妹我实在难留，手拉着哥哥的手，送哥送到大门口。

哥哥你出村口，小妹妹我有句话儿留，走路走那大路的口，人马多来解忧愁。

紧紧地拉着哥哥的袖，汪汪的泪水肚里流，只恨妹妹我不能跟你一起走，只盼哥哥你早回家门口。

哥哥你走西口，小妹妹我苦在心头，这一走要去多少时候，盼你也要白了头。

紧紧地拉住哥哥的袖，汪汪的泪水肚里流，虽有千言万语难叫你回头，只盼哥哥你早回家门口。

白肤施这一嗓子倒是把大家的心情唱活了，老黄打趣她说，你哥在延安城呢，走啥西口呢！走丢了咋办呢？沈老师说，白肤施同志，你这歌不革命，以后不准唱！影响孩子的身心健康呢。白肤施也不恼说，我也不知唱啥，要不你开个头，娃娃们走起路来也不难熬。

沈老师就带头开口唱，稍微有点跑调，于老师捂着嘴没敢笑出声来，孩子们就跟着她唱《三大纪律八项注意》。唱完了这首歌，队伍的士气就被点燃了，歌声儿顺着延河水一直流淌着，把那粼粼水光唱得欢欣起来，跳跃起来，生动起来……紧接着，于老师带着大孩子们唱起了院歌：

我们离开了爸爸，我们离开了妈妈，

我们失去了土地，我们失去了老家。

我们的敌人是日本帝国主义和它的军阀，

我们要打倒它！打倒它！

打倒它才可以回老家，

打倒它才可以看见爸爸妈妈，

打倒它才可以建立新中华。

我们不依赖爸爸，我们不依赖妈妈，

我们自己求新学问，我们创造了新的家，

我们的好朋友来自日本帝国主义的炮火下，

我们要团结他，团结他！

团结他才可以回到老家，

团结他才可以看见爸爸妈妈，

团结他才可以建立新中华。

　　白肤施听着孩子们唱完了，就大声说，这首歌好嘛，以后我也要学会哩。又说，就是记不住词儿，这大半年了，我都没听清楚唱的啥，于老师，你要给我教呢。于老师也大声回应她说，没麻达。于老师的一句陕北话又引得孩子们和老师们一阵哄笑。紧接着，年龄小的孩子们也唱起了另一首歌：

拍拍手，唱唱歌，我们生活真快乐，

吃得饱，穿得好，唱歌游戏笑呵呵，

等到长大了，一同去上学，读书识字懂得多，

打倒日本救中国！啦啦啦啦啦啦……

拍拍手，唱唱歌，我们生活真快乐，

不想爹，不想妈，兄弟姐妹是一家，

等到长大了，做个革命家，我们力量大又大，

建立一个新中华！啦啦啦啦啦啦……

歌声在山沟里回荡着，山沟里的小草也摇晃着小脑袋，野花儿也竞相开放了，那向阳的花朵儿，灿烂着，芬芳着。明媚的阳光温暖着每个孩子的笑脸和歌声，于是，歌声也变成了阳光的模样，互相照耀着，把孩子们送向更光明的大道上，连每个影子都晃动着，努力生长起来……

大点的孩子被安排在最前或者最后，中间是小一点的孩子，白肤施背着花花，手里还拉着小芝麻，每个保育员都背着一个较小的孩子。蛋蛋在最前，一脸的严肃和警惕，和那些八路军战士一样威武。出了安塞城，跨过延河，就开始顺着延河平坦的河岸走了，一路欢歌笑语洒在淙淙流淌的延河水中，延河水也欢快起来，追着孩子们的倒影，相互嬉戏着，相互牵引着，如影随形般一起奔向前方。孩子们就像是延河边长大的小草儿、小树苗，根儿、枝儿、叶儿都随了流水，流淌出童年和少年的幸福来。

从小草峪到李家洼，路途并不遥远，但是孩子们多，走起来就相对吃力一些。刚过了晌午时分，眼看就到了河庄坪，天空突然阴沉起来。陕北的六月天就像小孩子的脸，说变就变了。还没来得及看清乌云在哪里，雷声已滚滚传来。听这声音，本以为乌云还在大山的后面，该是很远，可一低头，大雨已经落到了头顶。

沿着河岸行走的孩子们有些惊慌失措，白肤施更焦急了，抬头看了看天，脸上露出惊惧来，大声喊着，赶快让大家转移，河边不安全！老黄还有些不在意地说，有保卫科的战士呢，慌个屁呢？你少管闲事！是不是又打卦算天气去了？白肤施也顾不得理会老黄。

她一口气跑到队伍的前头，把情况告诉刘院长说，这河水说涨就涨了，必须赶快撤离到高处，可千万不敢在河边走了。刘院长迟疑了一下，看了看天，天上的阴云还没有飘到这里，哪有她说的那么严重。刘院长有些犹豫，旁边保卫科的战士赶忙跑来说，这雨不大，我看也不必紧张，我们马上就到了。白肤施焦灼地说，你们看，咱这儿是薄云，那后面是黑云，我盘算这延河上游肯定下大雨了，下了雨，洪水就下来了。"前半晌云，后半晌雨。"老祖宗说的这个话肯定没错，我都闻到那下雨的泥腥味了。

　　白肤施一说，旁边的几个老师也觉得她大惊小怪了。沈老师也笑她说，你这鼻子够灵啊，要摒弃教条主义和经验主义！刘院长想了想问，那我们撤哪儿去？白肤施说，那边是官道，再往上撤一里路，咱等等，等洪水过去了就能走了。后面的老黄跟上来，气冲冲地数落白肤施，我说你还真是上知天文下知地理了？你别吓唬大家，从这条河再走十来里路，就到李家洼了，我就不信，这十来里路就有洪水了？白肤施也不管他说什么，抓住刘院长，焦急地喊着，刘院长，院长姐，你一定要听我的，咱就当带娃娃们上去歇个脚，这总可以吧？刘院长也不犹豫了说，彩云同志说得对，咱赶路累了，去河岸上面，立刻都上去，休息！

　　这一百多人的孩子队伍，再加上近百人的战士和保育员，很快在雨中撤离到了高处。高处能看得清楚，他们撤离到山岗的杜梨树边，很清楚地看到洪水已经从不远处汹涌而来了！一眨眼工夫，河槽里已经泥沙涌动，灌满了整个河槽。刘院长扶住杜梨树，不禁叫道，好险！旁边的白肤施正忙着，她把自己带的衣服披在孩子们的头上挡雨。刘院长不知道说什么好，眼前的这个农村妇女应该还没有意识

210

到，自己救了这两百多人！

雨停了，太阳迫不及待地挤出稀薄的云彩，众人一个个被淋成了落汤鸡，但是，谁也不说一句话，谁也不敢看白肤施。大家默默地走到官道上，又按照原来的队形，继续前进。谁也没有想到，看起来温柔、舒缓、瘦弱、涓小的延河水，居然也有激烈、刚毅、磅礴、愤怒的一面。队伍不再走延河河槽的近路，而是从官道大路前行。赶到天黑之前，全部队伍顺利赶到了李家洼的保育院新址。

刘院长和沈老师等人盘点人数和物资，一点都没有少。晚上，刘院长就喊来白肤施，说起白天躲雨的事情，夸赞道，彩云同志，你可救了所有的人啊。白肤施憨笑着说，你们还不了解陕北这六七月份，雷雨天气呢，一响雷，就得离开河道。又说，我看了一下，咱这李家洼的地方好啊，风水好啊！一句话反倒把刘院长逗乐了，刘院长说，以后不许再说这种话，赶紧让孩子们休息。对了，这几个月的工资可别忘了领取。白肤施说，我不好意思领了，都是照顾娃娃，还咋领工资呢？刘院长说，你现在是公家人，不领工资吃啥穿啥呢？这是命令，领了工资才是革命，按照规矩办事！白肤施只好说，是！

领了工资，白肤施却不知道该怎么办。半年多时间没有领工资，白肤施拿着钱，有些不知所措，晚点时候，丰林也来了。丰林说，早上听说你们要搬过来，还想着今天下雨，不知道孩子们怎么样？白肤施说，到底担心孩子还是担心我呢？丰林说，都担心呢，咋又问这个？白肤施说，你是嫌我烦了呢？牛丰林说，哪有烦你？这下离得近了，咱也算夫妻团聚了，我高兴呢。又说，明天得找个老乡，把小芝麻寄养过去，也好给公家工作。

白肤施想了想又问，我领了工资，这可咋办？牛丰林问她，什么怎么办？我不是也领工资吗？白肤施说，这半年多了，我一直说不要的，我就是过来招呼娃娃呢，咋还给钱呢，这公家也是见外得很。牛丰林说，这不是见外，这是组织对你的信任和爱护，你要学会珍惜和感恩呢。至于钱怎么办，你自己做主。白肤施说，我要是自己能做主，还问你干什么？你是我男人，这么大的事情，我咋做主呢？牛丰林就笑，白肤施说，你别光顾傻笑，到底怎么办？又说，你自己早就有主意了，我也只能给你参谋一下……彩云，我们边区可是早就实行男女平等了，所以，个人的财产也是平等自主，你想干什么，我也没有权力干涉。白肤施说，那问你等于白问了？牛丰林无奈地说，你说一说，你是怎么打算，我也好做这个参谋对不？

白肤施又想了想说，我是这么想的，给咱爸妈捎一份，咱俩在外，不能不尽孝心。牛丰林说，行，你继续说吧。又说，给蛋蛋、花花和小芝麻，还有你各置办一件衣服，这都夏天了，你们不能老是穿着冬衣。牛丰林嘿嘿嘿笑着说，这也行，那剩下的怎么办？白肤施说，剩下的我想，还是入了灶房的账务，给了老黄，给娃娃们都改善改善伙食。小草峪可让孩子们受了苦了，我听说，这几天还要来一大群孩子，那都是一张张的嘴，都得吃饭呢。以后啊，我的工资虽然少，可积少成多，每个月都入一点，总能改变一点，你说行不？牛丰林说，你说的我同意，那就按你想的去做吧。

白肤施按照计划把工资匀成三份，剩的那一份就交给老黄。老黄吃惊地说，你咋有钱了？出去给人算命去了？白肤施说，真没有，没有啊。这个前几天刚去财务那边领的工资。老黄说，你不是不要工资吗？白肤施不好意思地说，院长姐说了，领了工资才算革命，才是公家人。老黄笑了笑说，你刚来的时候，已经交了不少钱呢。这公家刚宽裕点才给你发工资呢，你也不用老担心公家的事，不是你该担心的。你现在把这么多的钱都交我这儿，万一以后有啥事急用咋办？白肤施说革命不革命，跟有钱没钱，有什么关系呢？反正我一有钱了就给你一份，你就都收下，多买点菜啊肉啊，娃娃嘴上也能多点油水。

老黄很敬佩地看着白肤施，只好接过钱点了点，笑了笑说，领的也不多嘛，回头我给你记在账本上去。白肤施好像做错了什么一样，羞赧地说，我给老人捐了一点，又给男人、娃娃补贴了一点，就剩这么多了。老黄哦了一声说，无论多少，我都给你记上，不会忘的。白肤施赶忙说，别记，也别告诉院长姐，我心里记着数呢。老黄不敢相信地问，真记着？白肤施说，真记着，不过又忘了，反正你拿着给娃们买好吃的就行，管那么多干啥？更不要告诉别人。你们不是都说我厚此薄彼嘛，我把钱都放在大灶上，灶房的饭，大家都吃了，那就等于我没有厚此薄彼，对不对？老黄想了想说，你说得也对，放心，我不会告诉别人。

白肤施决定把小芝麻送到李家洼村里的亲戚家。这个村子不小，挨着河畔的敞摊里住着三四十户人家，倚着山坡还有十多户人家。牛丰林就蹲在路边等她，白肤施抱着睡得迷迷糊糊的小芝麻跑来，看牛丰林正探着头，两人一起终于打听到丰林的姑家。之前丰林已经跟他姑说明了情况，姑姑、姑夫都挺乐意。她临走的时候，孩子还在熟睡，但是出门的一刹那，孩子突然叫了声"妈妈"。这一声，就把白肤施的心叫疼了一下，丰林还在屋子里，白肤施等在门口。丰林给他姑放了些钱，交待了一些话，她都没有听清楚，脑子里突然乱得很，觉得自己有些狠心，不由得心疼起孩子来。

丰林安抚好一切出门，看到白肤施一个人正蹲在路边哭鼻子。牛丰林询问了半天，她都摇头，就是止不住泪水地哭。哭了很久，看到丰林还蹲在她的旁边就说，丰林，你快回去吧，明天还要上班哩，别耽误事。牛丰林说，我不放心你，你是咋了？你看，自从上次得病以后，你就干啥都不如以前麻利了。白肤施吭哧了半天没敢说，牛丰林又问，你是不是舍不得孩子了？白肤施说，我不敢说吗。牛丰林就耐心地拉住她的手说，这世上还有你不敢说的事？难成这样？白肤施鼓起勇气说，那我说了你别怪我。牛丰林说，你是我婆姨嘛，我能怪你啥？白肤施说，我就是看着我娃可怜嘛，他压根没睡着，怕我担心他呢，我看清楚了呢，他醒着呢。

白肤施说着依偎在牛丰林的肩膀上，不由得又抹了一阵眼泪。牛丰林说，娃娃皮实得很，明天起来，啥都忘了，这也说明咱小芝麻长大了呢，咱再坚持几年，这些娃娃一个个都长大了，你还怕啥？白肤施说，我也这么想着哩，可是想着想着，又想别的去了。牛丰林说，你还想啥呢？白肤施说，我想，我这是图啥呢？我把我自己的娃扔在别人家，图死拿命地去当这个公家人，心甘情愿地去当保姆，我这是图啥呢？白肤施一口气说完，而后又委屈地低声饮泣。

牛丰林望着满是星子的夜空，月亮已经落下去了，而星子闪烁得更加耀眼。久久地，他突然问白肤施，彩云，过去你是啥？白肤施愣了愣低下了头。牛丰林继续说，过去，你只是普通的干部家属，是普通的群众，你可以不管这些孩子的死活，因为这些跟你没有一点关系，对不对？白肤施点了点头。牛丰林又说，如果你现在还是群众，你也没有必要管这些孩子，这些事情跟你没有关系，但是，现在你是公家人了，你是我们队伍里的一员了。你的工作首先是一种责任和义务，这是党和政府交给你的一项光荣而艰巨的任务，你必须完成，而且要完成得漂漂亮亮，这不是图啥，这是你应该做的事情。

白肤施听到牛丰林这么说，点了点头说，丰林，我就是累了，我这下就能听懂你说的这些话了。过去，你说这些，我就听不懂，我知道你说得有道理，我错了。牛丰林看她思想已经转过弯了，又继续说，这是好事啊，说明你进步得很快。过去，你还是一个群众的时候，我给你讲这么深的道理，你总是嫌我烦，对不对？白肤施点点头。牛丰林又说，再讲第二点，话说回来，你要感谢蛋蛋和花花，是他们把你引上了革命的道路，让你向着光明的路上走去。去往光明的路自然是很难走的路，因为你的目光向着太阳，孩子们在成长，你也在成长。你永远不会在意脚底下的磕磕绊绊，就算摔了再多的跟头，头破血流，那都是自己心甘情愿走的路！是不是？白肤施说，对的，丰林，你这么一说，我就更明白了。牛丰林摇了摇头说，你还是不明白啊，我现在讲第三点，既然是革命队伍中的一员，你就要懂一个道理，那就是要无私地奉献，把自己全心全意交给组织。白肤施有些懵懂地看着牛丰林说，可我已经交给你了啊。牛丰林说，这是两码事情，而且，咱俩的目标也是一致的，我们所有人的目标都是一致的，懂了吗？我们现在是为了大家，为了革命的前途和命运，我们的小家吃点亏，受点委屈，那又算什么？等我们的大家好了，国家好了，我们的后代，我们的小芝麻，我们的孙子都会过上幸福的生活，这个大目标，你一定要心里有数哩。

牛丰林这么一说，白肤施虽然听得不是特别明白，但是，她相信男人说得肯定是对的。她听到牛丰林不再说话了，就问，那咱这个大家、国家啥时候能好呢？牛丰林说，我也给你说不清楚。但是，我知道，快了，等这些娃娃都长大了，成人了，国家就一定会好了。白肤施这下听明白了说，可这娃娃越来越多了，一茬接着一茬呢。牛丰林说，这你不用担心，娃娃越多，说明咱的队伍越强大了，那国家的事情很快就成功了！白肤施听着男人的话，终于明白了，脸上露出了难得的微笑，好像内心的阴云一下子被牛丰林给驱散了，那心情也亮堂了。

两个人一边憧憬着，一边起身沿着星子洒下的微光向前走。白肤施把牛丰林送出沟口，已经能看到兰家坪了。牛丰林又要把她送回去，白肤施坚持说不要送，她已经想明白了，一个人再走走就彻底想通了，牛丰林只好作罢。看着白肤施的背影，心里第一次对白肤施有些不放心，说不出的不踏实。他知道白肤施心里的结，他已经尽力了，心里的结往往需要自己去解，谁也帮不了谁。

第二天一大早，天麻麻亮，白肤施就一口气跑上了半山梁子。她看着太阳从群山之中缓缓升起，她觉得那太阳首先是从黄河岸边的天尽头升起来，然后走到了延安城的山梁上，远远地望着她，冲她微笑，向她问好，甚至口音里还带着那黄河天尽头的浓重乡音。她的心胸就开阔了，就被阳光照了进来，敞亮了，每个角落都塞满了新鲜的露水。

她的目光扫过李家洼的院子，这个地方离延安城不远，似乎还能听到远处隐隐传来的各种嘹亮的歌声、起床的军号声、士兵的操练声。清晨薄雾笼罩着山峦，她觉得自己的心也像那山峦一样，听着歌声，起伏着，激荡着……而这院子就是她能够落定和安放之所。

一声声清脆的起床钟声响起，划破了这清晨的宁静。从山峁上可以清晰地看到，这个新址就在李家洼的大路边上，依山傍水，延河在这个位置拐了一个小小的弯儿。能够每天看到流淌的延河，对她来

216

说，心里就有莫名的踏实感，好像那条河能流进她的心里，给了她说不清的勇气。沟口正好是一个面朝东方的垭口，隐蔽性极好，出行也方便，再走不远的路，就是杨家湾和兰家坪了。这里的窑洞足够几百个孩子居住，操场宽阔，操场上摆放着低年级孩子使用的滑梯、木马，还有小型篮球架等。挨着操场的西北面，两排窑洞依山而建，足有四十多孔。一早就能听到保育员们训练的声音，稍大一点的孩子们已经开始跑步训练了，哨声和叫操声此起彼伏。一系列正规的教育方式，让白肤施熟悉又陌生。

在白肤施的眼里，孩子都是驾着太阳光飞奔的人，他们起来了，生命的味道就浓烈了。

下了这道坡坡，听到老黄在灶房里叫喊，大清早也不见彩云的人影儿，正忙呢，她倒跑了！语气里甚是埋怨。又说，昨天听说她掌柜来了呢，是不是睡过头了？白肤施就把门摔得哗啦啦响，老黄不用看，就知道白肤施已经回来了，转过身来，嘿嘿嘿笑了两声说，一大早不见你，你看这么多人了，娃也多了，赶快先把早饭给应付过去了，把那些黄瓜洗了，这可是大首长那边特意送过来的稀罕东西！

吃过了早饭，老黄和白肤施都参加了来李家洼后的第一次会议。

这会议的时间比较长，参加会议的人数也多了，保育院又新来了十几个老师，孩子们也增加到了二百多人。刘院长高兴，大家也跟着高兴，人多热闹了。刘院长看着白肤施一直不说话，就问，怎么了？要不给大家伙儿说几句？白肤施赶紧摇头。

接下来就是安排工作，白肤施意外被安排在了卫生科。会后，她赶紧找刘院长，刘院长一大堆事，焦头烂额的，顾不上跟她说话，等她忙完了，已经快到晌午了。刘院长有些歉意地说，光顾着欢迎新同志、新孩子了，就把老同志冷落了呢。白肤施说，哪里有的事，我就是觉得自己不适合去新岗位。刘院长说，你那县里的冯干部可是我的同学呢，我听说你是她的学生，去新岗位肯定没有问题。中央医院就在咱旁边，现在也成规模了，个个都是专业的医生护士，这个学习的机会很难得。再说了，在小草峪，你的表现大家都有目共睹，给孩子们退烧，还有做豆腐的事情，我可放心你呢，你虽是土医生，可也是真专家！这些事情我都给首长们汇报过了。

这么一说，白肤施就又活泛起来了，不好意思地说，你咋把这些事情给首长们汇报啊？太丢人了，我这一身的毛病还没有改正过来了，那要让首长们笑话呢。刘院长说，首长指示，像白肤施这样的土专家、土医生，我们一定要用起来，鼓励她勇敢地到革命队伍来，我们还要向她学习！

白肤施睁大眼睛看着刘院长，有点不敢相信地问，首长们真是这么说的？刘院长说，我这哪敢骗你呢？都是首长原话。对了，最后，还有一位首长说，要虚心向这里的老百姓学习，他们是我们真正的靠山。白肤施扑哧笑出来说，我这样的，还能当靠山？刘院长没有笑，郑重地拉住白肤施的手说，彩云妹子，这两年，我们吃苦受累，真正看出你就是能干这行的人。把你放在卫生科，多余的时间也能过来帮忙，你两面都不耽误。最主要的是，你可以跟中央医院的专业医生、护士学习，这也是对你的信任啊。白肤施赶忙说，院长姐，你让我干啥……不，组织让我干啥，我就干啥，我连饭都不挑，更不会挑活了。可我都瞧过了，中央医院那都是真正的医生，我也就会一些小偏方，而且也是有时候灵验，有时候不灵验。我也不是跟组织提要求，我就是想，要不这样，院长姐，你让我还在后勤继续干着，我心

218

情也舒畅。只要有需要我的地方，别说卫生科了，就算是保卫科让我去，我也去！我就是想跟娃娃们在一搭里。听着白肤施的话，刘院长想了想说，行，那我尊重你的意见。唉，我可知道，保教处还真要过你哩。白肤施一听，说，我知道自己几斤几两！白肤施这么说，刘院长也不好再说什么，看着她高高兴兴地离去，不由得欣慰地笑了。

孩子们到了李家洼，连喝水都不用去河边了。院子里就地打了一口水井，井水足够孩子们洗漱和吃喝。而且，这里离河槽比较近，就算不够用，也可以很快地取水，不像在小草峪，每天她都得和老黄去河里担水，再加上保卫科的战士，每天每人必须得挑四五趟才够用。其他保育员不是本地人，很难学会斜坡担水，更不用说直上直下的竖坡了。有了水井，等于厨房的工作量减少了一大半，再加上刘院长又给老黄找了一个女人帮厨，这女人是李家洼村里的一个军属。

老黄说，她男人东征回来后，一直瘫痪在家，久治不愈就去世了。前段时间，区长就跟刘院长商量，把她送到保育院帮厨。女人叫院香，长得高大，身上有长期干农活的朴实劲，背上甩着大辫子，脸大耳大眼大眉大，唯有声音细小的像一只猫。她的胳膊、腿都被晒得黝黑，脸上也全是劳动人民的朴实黑。院香干起活儿来不含糊，利索又精细，倒很是惹人喜欢。

每到开灶吃饭的时候，院香站在灶房口，孩子就喊，黑妈妈，黑妈妈，多给我一点！院香巧然一笑，不恼也不争辩。自从院香来了以后，白肤施就变成了白妈妈。一个灶房里，有个白妈妈，有个黑妈妈，倒也是相映成趣。院香的勤快让白肤施慢慢地产生了一种莫名的错觉，她甚至觉得自己在这里，有时候有一点多余。

自从来到李家洼，白肤施的心里就有了很多疑虑，这些疑虑牛丰林帮她开解了一部分，尤其是领工资这事，她暂时算是接受了。她原来觉得，她帮公家带娃娃，那是理所应当的事，而且也是自己最愿意做的事，可公家给她发工资，她一方面觉得公家太过客气，没有把她当自己人，感到失望。另一方面，看到院香的勤快，觉得她俩在抢同一份工作，这是她极为不愿面对的尴尬境地，她甚至怀疑，院香的到来，是不是因为保育院的人认为她不够胜任这个工作。盘算了很久，她觉得，可能是她身上的缺点还没有彻底改正的缘故吧。

孩子们多了，也需要更多的呵护和爱。白肤施就把精力多用在了保教工作上，也帮老师上课，上的大多数是她熟悉的课，比如说劳动课。春天，她拉着孩子们到山坡上去认识各种野草和野菜，什么胖娃娃草啊，蒲公英啊，灰灰菜啊，还有车前草、苜蓿、艾草等等。那些山里的花花草草孩子们大都认识了，所有的庄稼还有树木也都要认识一遍。经常是带着孩子们从山里回来，大半天过去了，后面的课就耽误了。新来的保教科陈科长就有些不高兴了，认为白肤施这样很容易暴露保育院的位置。从安全考虑，规定以后不准再带孩子们出去，还对白肤施一顿批评，白肤施也没有反驳，承诺以后不再带孩子们出山。

老师们越来越多，都是些有知识有文化懂专业的保教员，白肤施觉得自己越来越相形见绌，好像也越来越没法融入这个集体了。有时候，自己站在这些年轻的保教员当中，都有些自卑。从刚到李家洼开始，她就有了退意，她想离开保育院的另一个原因就是儿子小芝麻，她觉得对不起儿子，她想既然孩子们都安抚好了，她是不是该回到张家圪塄安心带小芝麻？这种矛盾的心情已经有一段时间了。牛丰林曾说，这种想法就是自私，要舍小家顾大家。她内心还是妥协承认了，她还是冲不破这种自私，她左手托着小芝麻，右手托着保育院的孩子，手心手背都是肉疙瘩，都一样亲。她能看得出来，这些来保育院的保教员老师，他们的境界都很高，看到他们的面孔，看到他们教孩子，她自然地就矮了几分。他们都没有退路，都是抛家舍业，不远千万里，翻山越岭，甚至冒着生命危险来到延安抚养孩子，相比之下，她只不过是爱孩子，只不过是帮着公家带了两个孩子而已……

傍晚，白肤施把晒干的艾草点燃，小山沟沟里满是艾草的香气，这样可以有效地驱蚊。蛋蛋和花花深深地嗅着，对值班的保育员说这是妈妈的味道。趴在门口一看，见他们的妈妈果然在院子里坐着，正看着两个小家伙呢。白肤施找院长给两个孩子请了假，然后拉着他俩，去把小芝麻一起带出来玩。三个孩子离开张家圪垯还是第一次单独在一起，他们兴奋地手拉手一直走到延河边。白肤施把一颗小香瓜洗净了，分给三个孩子。孩子们吃完了，她又拿出桑葚、半熟的西红柿，还有煮好的青豌豆，好像那包裹里有他们永远享用不完的童年。

吃饱了，蛋蛋先打了个嗝，花花和小芝麻就笑他，蛋蛋就挠妹妹和弟弟，打打闹闹起来，马上又像以前一样，亲似一家人了。三个孩子不经常在一起，眼神里都是想念。

听着淙淙流淌的延河水，看着初开的月儿孩童般的面庞，白肤施真想把这幸福永远地留在这河边、这夜里，她多想永远就这样和孩子们在一起，多想就这样一直带着他们三个孩子，回过神，又不免为自己幼稚的想法而傻笑。

静谧的月色中，延河水流淌成一首歌，这歌谣里深深记载着他们母子一路的辛酸与快乐，他们在延河边哭，在延河边笑，在延河边把日子拉长，把岁月熬出了星星，熬出了月亮……

还是蛋蛋懂事一点，似乎看出了白肤施的心事，就试探地问她，妈妈，我不喜欢新来的那些老师，还是喜欢原来的老师。白肤施就说，不管是原来的还是新来的，都是老师，都比我厉害，你们要好好学习呢。花花抢着说，我只要妈妈老师！小芝麻把一颗桑葚塞到她嘴里，嘿嘿嘿地冲她笑。可花花还要说，我还要小芝麻弟弟跟我们一起！白肤施说，花花，小芝麻要跟着我去别的地方上课呢，以后……白肤施的话还没有说完，蛋蛋立刻警觉起来说，我们哪儿都不让你去，你去哪儿，我们就去哪儿，我们长大了！花花就应和着蛋蛋的话说，哥哥说得对！我们哪儿都不让你去！

白肤施就把蛋蛋和花花搂在怀里，轻声说，傻孩子，就是因为你们长大了，妈妈才觉得自己要离开啊。只有妈妈离开了，你们才能长得更快呀。花花第一个大声喊道，我不要！蛋蛋也跟着说，妈妈，只要你在保育院，我们都听你的话，我们好好学习，给你争气，绝不再调皮捣蛋了。

蛋蛋的话让白肤施有些不忍心，不知道再说什么，沉默了一会儿，蛋蛋推了推白肤施，白肤施摸着蛋蛋的头，很乐观地笑了笑说，妈妈只有这点能耐呢，等妈妈学到了更多的东西，说不定还会回来呢。蛋蛋和花花的心情一下子就低落下来了。小芝麻看看哥哥和姐姐，又看看白肤施，见白肤施的脸上挂着泪珠，吓坏了说，妈妈，你就跟哥哥和姐姐，我不上学了。白肤施也拉过小芝麻，一起抱在怀里，喃喃地说道，你们别忘了妈妈，妈妈永远跟你们在一起，一直等你们长大！

夏日清晨，老黄去城里采买还没有回来，院香正在另一个窑洞里蒸馒头。白肤施把灶房里里外外都打扫得一干二净，又整理好了行李，里面还有那条已经褪了色的红围巾。围巾是小朱科长当初送给她

222

的礼物呢，她时时刻刻带在身上。她犹豫了一下，抬起腿来，觉着自己再不走，就没有办法离开了。

她走进院子，放慢脚步向硷畔上走去，生怕自己的脚步声触碰了孩子们清晨的美梦。远远地就能听到公鸡的叫声了，慵懒而令她震颤，她不得不加快了脚步，刚到大门口的时候，突然起床钟声清脆地响起来。她转过身，本想回望一下这个孩子们的新乐园，但是，起床的钟声并没有停止，一直敲打着。孩子们一涌而出，还有刘院长带着保育员们，都穿着整齐地站在她的身后。

她不得不站定了，怔怔地看着孩子们，看着刘院长笑吟吟地走过来。

刘院长依然一脸清爽的笑容，像是被清晨露水沐浴过，这笑容把她的心思一下子搅乱了。刘院长说，彩云同志，你这是要干吗呢？白肤施有些慌乱地抓紧自己的包裹。刘院长伸手将包裹抢过去，这倒让白肤施有些意外和吃惊。

刘院长一边抢过包裹一边说，就算走，也该给孩子们打声招呼，这不声不响的样子，跟做贼一样。是你做贼了，还是我们做贼了？刘院长一说一笑，一怨一怒，反倒把白肤施镇住了。白肤施赶忙撒了一个很笨拙的谎说，我就是出去一下，想回个家，咋还把所有的娃娃都惊动了？我这能去哪儿呢？刘院长责怪地说，去哪儿？我这不是问你呢？走，先跟我回窑洞。

走了几步，刘院长又说，你看孩子们大清早起来，就是盼着给你过生日呢，你走了，他们该多失望啊。白肤施说，过生日？我的生日？白肤施赶忙说，不不不，你们是不是搞错了呢？刘院长说，哪儿搞错了？你来我们保育院的时候，登记的不就是七月吗？白肤施说，哎呀，你可不敢给我过生日，我这生日，不能说，晦气得很！

什么叫晦气得很？谁过生日还晦气呢？刘院长惊诧地看着她。白肤施说，院长姐，这话我只给你一个人说，我的生日不是今天，我是真的给你撒了谎呢。刘院长说，那你说说，到底咋回事？白肤施说，这事怪我妈，她偏偏把我生在了四月嘛，四月猴子满山溜，不吉利，犯月呢！我家丰林都不晓得呢，要是让他知道我犯月，我还能嫁给他吗？白肤施这么一说，刘院长突然哈哈笑起来，说，你还信这个？白肤施说，我，我不信，我妈信。刘院长说，你妈妈也不在这儿，丰林也不在这儿。再说了，丰林信的是马克思列宁主义，他才不信这个，反而是你自己，把自己搞得神神秘秘。这个我要批评你，迷信的事情千万信不得，我听说你在村里，还把袁阴阳给打倒了，咋到自己身上就执迷不悟了？

这么一说，白肤施也没有了主意。刘院长就说，猴子满山溜，那不就是你吗？挺形象。行，那我答应你保密，不说出来，以后咱就按这一天给你过生日，这总可以了吧？白肤施不敢说了。刘院长说，老师和孩子们都在外面等着给你过生日呢，你总不能辜负了大家的一片好意吧？白肤施扯着自己的衣角说，我啥也没有干，娃娃、老师们这么对我，我受不起啊。刘院长说，大家的情谊，我也管不着了，无论如何，过了这个生日，你要干啥，明着给我说，你什么决定我们都尊重你，这样可以吧？白肤施只好默默点头答应了。

刘院长拉着白肤施再次走出院子。院子里，孩子们排成了整齐的队伍，沈老师和于老师等人都笑眯眯地看着她。刘院长大声说，娃娃们，今天可是你们白妈妈的生日。我前几天就嘱咐老黄，要给我们的白妈妈过一个终生难忘的生日！好了，我们现在进行第一项内容，大家一起给白妈妈唱一首歌!

刘院长说完,孩子们在老师的带领下,一起给白肤施唱了一首旋律欢快的歌——《顽皮的延河水》:

延河水呀歌唱吧!

你应该唱一只美好的歌,

去慰劳那

种着军粮的肃穆的群山呀。

…………

延河水呀奔流吧!

你应该愉快地奔流,

去灌溉那

种瓜种豆的肥沃的田园呀。

…………

白肤施听着孩子们稚气的声音,手里的围巾也掉了,眼泪悄悄地流了下来,孩子们一边唱一边跟着她流泪。白肤施亲切地拉住孩子们,捧着他们的脸蛋,挨个给他们擦眼泪。歌声完毕,白肤施彻底绷不住了,蹲在地上痛痛快快哭了起来,蛋蛋和花花一起搂住她,给她擦眼泪。

刘院长看着这情景,也感动地抹了把眼泪,然后继续春风般笑着说,好了,孩子们,第二项内容是,给你们的白妈妈送生日礼物。刘院长说完,蛋蛋带头,孩子们都拿出了自己独一无二的生日礼物。有的拿着自己写的祝福的纸片,还有的拿着白肤施教给他们做的手工剪纸,有的是用狗尾巴草编织的小猴子,有的是用树叶编织成的帽子……所有东西都一股脑儿地送给了白肤施。花花和其他小一点的孩子，就冲着白肤施的脸蛋亲了一口……白肤施抱着一大堆孩子们送的礼物，眼畔还挂着泪珠，不住地说，娃娃们，妈妈谢谢你们，妈妈谢谢你们呢……

刘院长看着白肤施高兴的样子说，第三项，也是最重要的一项，我们请白妈妈给我们讲几句，大家说好不好？孩子们都高兴地叫起来，好！

歌声里妈妈

白肤施抱着孩子们送给她的一大堆礼物，有些愧色地站起来。她看着孩子们眼巴巴地望着她，突然抹了一把眼泪说，娃娃们，跟你们说实话吧，白妈妈，就在刚才想一走了之呢。

　　她刚说出来，孩子们就哭了起来，大声说，白妈妈别走，别走！

　　白肤施笑了笑说，白妈妈就是喜欢孩子，刚开始呢，觉得舍不得我的蛋蛋和花花，我怕蛋蛋和花花在这保育院里吃苦受罪嘛，所以狠命地学习进步，终于来到了保育院。我也可努力啊，天天做梦都想着进步学习，可直到现在，我还是觉得自己的缺点太多了。我怕耽误了娃娃们，就想让娃娃们好好学习，长大成才，将来都成为国家的顶梁柱嘛。你们可千万别像白妈妈一样，就会烧火做饭，洗衣下蛋！长大了一定要像刘院长，像沈老师、于老师，还有小朱科长啊、冯干部、马干部，要做这样的人，才算没有白白地活一世嘛。

　　说到这里，白肤施看着几位老师，笑了笑继续说，我呀，来了以后，开始发现，慢慢地，所有的娃娃都跟蛋蛋和花花一样，都成我的娃了，我就更舍不得走了！但是，我怕我有一天成了咱院里的累赘，我怕我的缺点给娃娃们传到了身上，带到长大以后……我就觉得对不起你们。

刘院长看她说得有些激动，赶忙说，彩云同志，咱这保育院都是你的娃娃，这院子，那也是你的心血，也是你白肤施的院子，你能说走就走？只要这门儿开着，你必须得给咱看着娃娃！

刘院长这一说，白肤施不禁笑了出来，说，我，我也没有说我要走……我努力克服，我要战胜我自己，跟我自己斗争！我这辈子都不走啦！娃娃们，别傻站着了，都吃饭，开饭时间到了呢，我不能耽误你们嘛。刘院长说，既然你说了，那大家都一起吃饭，今天的饭是炸油糕！孩子们一听，高兴得欢呼起来，立刻涌到了灶房门口。

刘院长拉过白肤施说，今天可是你自己当着大家的面说了，以后再不许说走就走，这保育院就是你的家！这里有你的一部分，你也是这里的一部分，谁也离不开谁！白肤施说，那我这辈子就赖这儿了！刘院长说，对，必须赖这儿，接受自己改造自己，自己和自己斗争……来来来，咱入乡随俗，陕北人过生日，那必须吃油糕呢，来一块，彩云同志，生日快乐！

院子里也传来蛋蛋和其他孩子的祝福声，白妈妈，生日快乐！

白肤施一边吃着油糕，一边流着泪不住地说，就这一次哦，我这老底都让你翻出来了，像吃大户呢，也不知道省着点……又笑着说，院长姐，我妈也没有这么正式地给我过生日呢，我这又欠你这么大个人情呢。刘院长说，情谊哪有欠不欠的？你对孩子们的情谊，是不是也要我来还呢？快吃快吃，别说了，热着呢，眼泪擦了，像个啥嘛。我喜欢的可不是你现在这个样子，你该是什么样子，还是什么样子，我们谁都舍不得你走！

听刘院长说这话，白肤施把满心满眼的欢喜和着泪水和一碗饸饹，一股脑儿全咽了进去。

树叶泛黄的时节，山坡上散发着浓重的草香，白肤施每天都要去山坡上走一圈。保育院的具体事情都有专业的老师，她在心里给自己划定界限，教学的事情尽量不管也不看。嘴上这么说，遇到事情，又不由得去管。比如，孩子们考试了，白肤施就很同情学习成绩较差的孩子，拿着卷子说，这卷子的分数有很大问题嘛，虽然孩子的数学题错了，可孩子生活利索，应该给加十分。又说孩子体育好啊，你看，蹦蹦跳跳翻杠子、滚跟头、举石锁子，样样都行啊，还得再加十分！这么一说，老师们都觉得有道理，就不好再拿标准给孩子评分了，保教科长和沈老师就重新制定每个月的成绩评分标准，把体育和劳动等作为项目一一列入对应的评分体系，这样也增强了孩子的自信心……

白肤施一高兴了还是会唱歌，不过，唱陕北民歌的内容也不一样了，于老师把鲁艺那边的学生和老师改编的陕北民歌都找来给白肤施，白肤施不识谱，就说，你唱一遍，我听一下就能听个大概。于老师就唱：

正月里闹元宵，金匾绣开了，金匾绣咱毛主席，领导的主意高；

一绣毛主席，人民的好福气，您一心爱我们，我们拥护您！

二月里刮春风，金匾绣得红，金匾上绣的是，边区陕甘宁；

二绣陕甘宁，世事多太平，军和民大团结，大家一条心。

…………

歌儿还没唱完，白肤施就听得了大概，站起来说，这歌儿好听啊，你得教我。于老师耐心地把歌词给她说了两三遍，白肤施就能唱个大概了。鲁艺那儿一个月总有好几首歌创作出来，白肤施跟着于老师跑一趟，就全记在心里了。白肤施学会了这些歌，那必须得给孩子们都教会了，孩子们当然喜欢唱歌了，跟着白肤施唱，那味道也就完全不一样了，她就干脆也兼职了音乐老师，还慢慢地跟着于老师把谱儿都学会了。于老师知道白肤施对唱歌有兴趣呢，一唱歌，她就把心里的烦恼都唱没了。孩子们也愿意跟着白肤施唱歌，她活泼泼地一开口，那气氛立刻被带了起来，孩子们心里都乐开了花。

白肤施说，这些歌儿，没有一首是咱孩子们的歌，要不你编一个？于老师说，我哪儿行呢？白肤施说，咋不行？别人行，你也行。我都行，我没事的时候，也把自己心里想的词儿填进去呢。于老师得了白肤施的启示，还真有了想法，说，既然编，那得给孩子们编好，我不行，还有其他老师呢。白肤施说，对啊，以后无论是什么东西，我们都得多想想办法，靠自己！

下了课，大孩子们喜欢跟着男老师列队训练，大多数孩子都盼着早点扛着枪去前线。小一点的孩子玩游戏，再小一点的孩子只能玩玩具。篮球比较少，不过秋千啊、滑梯啊就比较吸引小孩子们。像花花他们这么小的孩子，每天几乎争的就是一个木马，而且是唯一的木马，那小木马被打扮成军马的样子，孩子们骑上去威风凛凛。想骑木马的孩子们一下课就去木马旁排队，排着排着，就上课了，没有骑到的孩子就放声大哭起来。这事经常发生。

白肤施看着那木马，左右琢磨，也没看出来有啥特别的，可孩子们就是喜欢，每天晚上休息之前，那木马还不能闲着，得轮流放在宿舍门口看门才行。

白肤施拍了拍那木马的脑袋，有些不屑，说，不就是个木疙瘩嘛。白肤施就请沈老师把木马的尺寸和形状画下来，揣上草图，带着小芝麻，说走就走，回了张家圪垯。

这次回来，公婆都高兴。看着小芝麻长高了不少，寻常问短，把家里藏着的好吃的东西都拿给小芝麻。也正是瓜熟蒂落的季节，满山沟都是能把肚子塞满的好东西。点一堆火焰，烤土豆和玉米的香气就弥漫在院子上空，一家老小的笑声回荡在整个村庄。停了一天，白肤施先去寻了冯干部，冯干部看到白肤施回来，稀罕得不得了，口口声声地说白肤施是他学校的第一个毕业生。又询问小芝麻的情况，也劝说白肤施把小芝麻留在村里，也可以尽早上课学习。白肤施说，她自己也能教得了，再说了，孩子跟前没有娘，那一辈子就没有底气和自信嘛。

冯干部询问起这次回来的缘由，白肤施就说起找木匠做木马的情况。白肤施详细一说，冯干部就犯愁了，说，这事也只有窦木匠能行，可这个窦木匠是个顽固不化的刺头儿，也不是谁的活儿都接，比张广德还难对付。白肤施笑说，他一个木匠，乡里乡亲，我就不信他能比地主张广德还难打交道。又跟公婆商量，想用坡底的几棵柳树做木马，公婆开始舍不得，口口声声地说要攒着这树，等孙子长大了给孙子做结婚的家具呢。白肤施说是给孩子们的学校做教学工具，好说歹说，老两口也就勉强答应了。

冯干部跟窦木匠沟通做木马的事情，窦木匠也没有说不会做的话，就是不理，把草图扔了，说，最近收庄稼，胳膊都抬不起来，冯干部碰了一鼻子灰。白肤施已经打听过这窦木匠，知道他的脾性，外人无论是谁，都很难做工作。临去之前，就带了两坛子酒。白肤施说，干大啊，我是丰林家婆姨嘛。窦木匠说，我又没聋，你那么大声，认得你哩。白肤施就笑说，干大啊，我就想给边区的保育院做些新鲜玩意儿，满道川也没个好木匠，打听到就你行啊。窦木匠说，丰林那碎怂不要命啊，当初答应当我徒弟哩，你不晓得吗？说得好好的，就跑了，革命去了嘛。白肤施说，他啥时候都是你徒弟。窦木匠说，碎怂临走的时候也是这么说的呢，你咋不让他去做。白肤施说，丰林说，他怕见了你，你上火哩，就把酒给你拿来呢。窦木匠说，真是丰林让你来的？白肤施说，不是他让我来，我咋敢自己来呢？窦木匠说，既然是这碎怂说的事情，那就去打木料。白肤施又问，几棵树？窦木匠说三棵就可以，就你家坡底下的三棵柳树就行。

窦木匠一答应，公婆就喊了老大老二都来帮忙，把柳树砍倒了。窦木匠说得把木头晒几天才行。白肤施就为难地说，时间紧，娃娃们都等着呢。窦木匠说，木头都湿着呢。白肤施就又买了两坛酒说，娃娃们用着用着就干了嘛。窦木匠喝了两口酒说，唉，神仙也出不了酒的够嘛！把湿木头用柳梢点燃了烤，这样才能使用。也就三四天的工夫，窦木匠把木马儿做好了，一排六个，又用了油漆，看起来跟保育院的木马一模一样了。晒了几天，就让牛家老二推着架子车，一股脑儿全送到了李家洼。

加上原来的木马，保育院院子里整整齐齐摆放了七个活灵活现的木马，孩子们再也不用你争我抢地排队骑木马了。白肤施还让窦木匠把零碎的木料做了一大堆的毛猴（陀螺），大小不一，每个毛猴的面儿上都有红五星。整整两大筐子毛猴，孩子们眼馋得不得了。白肤施说，这可不能给你们玩，这是奖品，每个月谁表现好，我就奖励一个。

到了冬天，保育院的孩子就发现李家洼的娃娃们玩起了铁环，一到下课的时候，也不训练了，就趴在沟口的矮墙上看着院子外的娃娃们玩。白肤施看到小芝麻也和那些孩子们一起玩滚铁环，看了半天问小芝麻，你们哪来的铁环？小芝麻跑得直喘气，指着一个跑得最欢实、玩铁环最好的孩子说，他的，那是刘铁匠的小子。白肤施说，就这么个铁圈圈，有啥好玩的嘛！但她还是去找了刘铁匠。李家洼的刘铁匠说，你得有铁丝才行嘛。又问，这铁丝哪儿找啊？刘铁匠说，延安城里有呢。白肤施想了想说，这世上只要有，咱总会有办法弄来哩。

去延安城里走了一圈，也没看到能用得着的铁丝，就看着路边有个老乡，拿着一块日本飞机扔下来的炸弹碎片卖呢，一问价钱还挺便宜，就买回来了，请刘铁匠打个铁环，刘铁匠犯难了说，这是钢啊，费火得很！白肤施说，费火就多烧几天，你是铁匠，你有办法，要不你把你小子的铁环给娃娃们耍！他整天在保育院门口炫耀，里面的娃娃咋能不眼红呢？

刘铁匠就烧那块弹片，烧了好几天才熔化了，好容易把铁环给做成了，就是太沉，一滚，飞了，再一滚，倒了。白肤施觉得挫败，娃娃们觉得沮丧，就又找刘铁匠。刘铁匠说，给你打这铁环，我费了六七筐子的石炭，我还得跟你好好算账呢，你还寻我算账？白肤施说，没做成，你还有理了？刘铁匠说，铁是铁，钢是钢，男人是男人，女人是女人，那不一样啊！白肤施还真不懂这个，就说，那咋办？刘铁匠说，还得去找铁丝。

白肤施犯难，城里哪有铁丝呢，再说了，即使有铁丝的地方也有人专门把守看管呢，说明那铁丝要紧得很。正烦恼着，老黄就提示她说，你男人又好久不见了，他在城里不是挺好使吗？白肤施说，他一个当兵的人，跟个农民也没两样，好使个啥？又一琢磨老黄的话，觉得还是有几分道理，不如去试一试。

她一口气就冲到了南关，等着牛丰林下班回来。牛丰林一问要铁丝呢，就说，我这儿哪里给你找铁丝？稀缺得很，现在国统区的人想把咱饿死呢，一根针都不让进来，但凡有点铁家伙，咱都送到农具厂和兵工厂，加紧做了农具，为的是让逃荒的难民开荒种地有工具嘛，现在咱就缺这东西呢。白肤施说，娃娃们日思夜想，哪怕弄个几尺也行啊。牛丰林说，真没有！

白肤施看着牛丰林一肚子火，就说，你也别恼，我自己想办法，别动不动就上火，我不跟你要了。又低声怨道，刘院长都说了，娃娃们的事情那是天大的事情嘛。牛丰林说，你也不想想，现在是什么时候嘛。白肤施说，我也不晓得啥时候，反正，娃娃们要的，我就一定给他们弄到。说完直直地出了门，也不管牛丰林生气不生气。

牛丰林看着白肤施走了，就有些后悔，觉得该先把婆姨哄哄，吃了饭再让她走也不迟。最近一段时间，丰林确实因为安排难民的事情，头大得厉害。他腿脚不灵便，跑前跑后总是不得力，他是生自己的气。他觉得自己的腿不争气，刚好遇到了白肤施的事，一股脑儿就把火撒在白肤施的身上。他正懊悔着，扒拉了几口便饭，就听到小朱科长带着边保处的人在外面说话，一会儿听着声音还挺大，他跑出去一听，才听清楚。

边保处怀疑最近有敌人混入边区搞破坏，所以，挨着窑洞检查呢。小朱科长说，最近也报告了几起破坏事件，虽然都是小事，但是不能掉以轻心，你们不如顺藤摸瓜，抓出这些破坏分子，也让老百姓心安呢。边保处的人就应了一声，急急忙忙离开了。牛丰林有些疑惑地走出去，就多问了一句，怎么了？小朱科长说，咱政府这边的电话线被人抽走了。我担心敌人搞破坏，就报告给边保处了。牛丰林一听是电话线，心里直叫苦，哪里顾得上给小朱科长解释，一把将碗塞给小朱科长，一个趔趄差点摔倒在大门口，歪歪斜斜地跑了出去。

白肤施得了一捆电话线，高高兴兴地从南关往北关走。那脸上洋溢的满足劲，就像已经看到了孩子们玩得起兴的情景，自个儿想着就高兴得笑起来。出了北关，从大砭沟刚要跳过河去兰家坪，边保处的人就骑着马撵了上来。几个穿制服的人站在那儿，拦住白肤施质问她，老乡，这铁丝是从哪里来的？白肤施也不畏惧说，就是从南关的边区政府那儿。又问，你晓不晓得这可是破坏公物呢？白肤施说，这真不知道，我就看这些铁丝挂在窑洞上头，又难看，又碍眼，就拉下来了，一扯它们就下来了。边保处的人问清楚了，就把白肤施带回城里。白肤施也不吵不闹，说，娃娃们还等着用这铁丝做铁环呢，你们别耽误我时间。边保处的人说，铁丝是公物，可不能随便拿，你犯了多大的事不知道吗？白肤施说，我真不知道！

到了边保处又是笔录又是审问，牛丰林已经赶来了，又气又恨又臊，又觉得跟婆姨较劲没有用。白肤施自然也没当回事，就问牛丰林，你说没有铁丝，我可找着了呢。牛丰林咽了口唾沫，把委屈全咽了进去说，你本事大嘛，你把天也能戳开窟窿了，这点铁丝算什么？白肤施嘿嘿嘿笑着说，是不是闯祸了？牛丰林说，哎呀，我就谁都不服，我就服你！转头问边保处的人，这算是偷盗还是破坏？旁边边保处的人说，严格来，应该是搞破坏，比偷盗还严重。白肤施说，我肯定不是偷盗嘛，我就是看这些铁丝不顺眼嘛，我带回去娃娃们能用呢。牛丰林大声呵斥，你还说？

白肤施听到牛丰林突然这么生气，一下子也被吓着了。牛丰林气得不得了，倒是忘了该怎么办了。旁边边保处的人说，这是你婆姨？

牛丰林说，哎呀，这哪儿是婆姨嘛，哎呀，这是仇家嘛，祖宗嘛。一句话把白肤施倒是逗乐了，扑哧笑了出来，笑得牛丰林差点哭出来说，你还笑哩？我要是边保处的人，先把你一枪崩掉了！又问，我这婆姨也不懂这些东西干啥用嘛。白肤施说，懂懂懂，咋就不懂了？做铁环用啊。边保处的人也有些无奈地笑了笑说，同志，要不这样，你跟边区那边报案的人商量一下，把事情说清楚了就领人回去吧。要不然去保育院，让他们领导来，大概把事情交代一下，如果只是个人行为……对方话没有说完，白肤施赶忙说，这事跟保育院没有关系，这事是我自己干的！牛丰林说，祖宗啊，你先悄悄的，别说话啊！白肤施只好不再说话了。

晚一点，小朱科长就跟着牛丰林再次赶到边保处，把事情原委说了个清楚，并写了保证书，才领了白肤施回来。白肤施看到惊动了小朱科长，这才知道这事情搞大了。最主要是觉得把小朱科长牵累进来，自己理亏得很。轻重她还是分得很清楚。牛丰林也说得明白，如果不是小朱科长，今天这事，怕是要以敌特破坏的罪名被抓了坐牢！白肤施一听，蹲路边开始哭了说，妹子，我这事做得不光彩啊，他们要是抓我，让我坐牢杀头都行，可我不愿意让你低头给人说好话嘛。丰林这个铁疙瘩，他怎么又把你给扯进来了？小朱科长赶紧说，这事不怪丰林，是我当时不知道情况，就报了边保处。到了边保处必须把事情说清楚了，要不我去说，要不你们刘院长去说，刘院长也不了解情况，把她拉扯过来，也只能让她去赔礼道歉说明情况啊。

白肤施这下听明白了，惭愧地说，不管咋样，这事怪我嘛，我想这东西也不值啥钱，明晃晃地挂那儿也没人管。而且，娃娃们都等着呢，我就算坐牢杀头，那也是我一个人的事情，跟其他人没有关系。

没有想到把你们都牵扯进来，想得简单了，想得简单了！牛丰林气道，你为了娃娃我们都能理解嘛，但是，也不能娃娃要啥你都要给，娃娃要个太阳月亮，要个星星，你也去摘？你这哪是教育娃娃，那是溺爱，把这些娃都害了！

牛丰林说完，突然好像想起了什么，用手指狠狠地指了指白肤施说，还有……我听说，你还跑回去把老柳树给打了？白肤施说，嗯。牛丰林说，那窦木匠当初一心要我当他徒弟，那是想把他的傻女子给我当媳妇呢，我就是不要，工钱都没要就跑了！白肤施一听，来了劲说，哎哟，你还有这么一段啊？我怎么一点不知道？他就说你是他徒弟，我就顺坡子赶驴，拿了两坛子酒，才把木马儿和毛猴做好。你说你闭着眼睛找我，我也闭着眼睛跟你，你咋还跟我不是一心呢？牛丰林说，我咋就不跟你一心了？白肤施说，那你这种风流的往事，我咋一点都不知道？牛丰林被白肤施说得满脸通红，旁边的小朱科长就笑得咯咯响，然后拉住白肤施的手说，嫂子，我算是明白了，你是为了这些娃娃们，干什么都豁出去了，我不但不能怪你，我还得感谢你呢。

白肤施和牛丰林都不说话了，意外地看着小朱科长。小朱科长说，这些娃娃是啥？那是革命的火种啊。他们一茬又一茬长大了，我们的革命才有希望，你这是给他们浇水施肥。你是不是就怕自己呵护得不够，所以多浇一点水，也不由自主地多施一点肥？作为一个母亲，你是把他们都看作自己的亲女儿、亲儿子呢，对不对？白肤施听着小朱科长的话，点了点头，也不由自主抹了抹眼泪。小朱科长说，所以，我不但不怪你，还得感谢你。只是，这件事情你该提前跟我说，说不准，我能帮你解决呢。白肤施说，真的啊？小朱科长说，你先歇一天，明天我带你去一个地方。

　　南关街上，虽然已经快入冬了，但是路上还有行人匆匆赶路。小饭馆子已经打烊了，牛丰林带着白肤施在路边的摊儿上，简单买了油饼吃。白肤施生气说，我不饿！牛丰林反而多买了两个油饼，说，咋能不饿呢，跑一天了呢。白肤施气还未消，狠狠抓起油饼，使劲咬了几口说，香呢！都多久没吃这么香的油饼了。牛丰林说，今天要不是小朱科长，你这会儿该吃牢饭了。

　　白肤施更不客气了，一边吃一边笑着说，小朱科长对我可真好。又说，她男人牺牲了，她一个多可怜啊。牛丰林说，是啊，组织上也替她考虑了呢，给她介绍了一位长征过来的老干部，两个人还挺情投意合，都快结婚了。白肤施立刻高兴地说，这是好事，喝喜酒的时候我得参加呢，吃八碗呢。牛丰林说，吃啥吃呢？革命婚姻一切从简，一起吃个羊杂碎就一搭过日子了，你想那么多。白肤施说，好歹她也是大干部呢。牛丰林说，比她更大的干部也是这样，现在边区正困难呢。毛主席都说，要自力更生，艰苦奋斗，老百姓都没吃没穿呢，咱哪儿能铺张？白肤施说，这样啊，怪不得刘院长说，现在是非常时期，娃娃们的粮食也都是首长们省吃俭用从牙缝里抠出来的呢。

　　两个人一边说一边向鸦雀沟走去。牛丰林说，以后的日子会越来越难，延安城里的人越来越多，要养活这么多人不容易呢……我跟你商量个事。白肤施咽了一口油饼说，啥事呢？牛丰林说，我想换个工作岗位。白肤施说，这儿不是挺好吗？坐在办公室里，雨淋不着，太阳也晒不着，你的腿……牛丰林说，就是因为这个原因，我觉得自己也不适合这个工作，我想还是去一线工作，哪怕是掏大粪都行。白肤施赶快劝说他，丰林，你是不是受啥委屈了？牛丰林说，不干活才是委屈，我是个瘸子没错，但是我不能给组织增加负担，现在正在精兵简政，我就觉得自己是负担，像我这种岗位应该让那些更年轻更有知识的人去干，才能把我们党的事业干得更出色，更有希望！所以，我自己提出，让我去一线工作，只要能摸得着枪就行！

白肤施从来没有听到过牛丰林说工作上的事，久久地看着他，然后把自己的油饼掰了一半给他说，丰林，要是做事做得不开心，咱就去别的地方，走哪里都是给组织干工作嘛。牛丰林听白肤施这么一说，突然有点想笑，说，彩云，你这话怎么让我觉得怪怪的。白肤施说，是我觉得你的话怪，从来没有给我说过这么多工作上的话，虽然我也不是太懂，但是，我觉得你决定的事情是对的。我跟你一样，前半年的时候，我觉得自己在保育院已经多余了，我想带着小芝麻回家，保育院新来的那些老师，个个都有文化有知识，都对娃娃们特别上心，我一下子觉得只有自己是吃闲饭的人，就真想回去。可刘院长觉得，我已经是这保育院的一部分了，少不了我啊。我也觉得，这保育院有我的一部分，就是心里的一部分呢，所以就留下来了。

牛丰林笑了笑说，彩云，很多事情，你比我想得开，这点我应该向你学习。白肤施说，你一个大老爷们，有啥想不开呢，就算所有的人嫌弃你，我也不嫌弃你，我男人也是战斗英雄呢。牛丰林说，唉，你可不敢瞎说，战斗英雄可不能老挂在嘴上，再说，我的事情那都是过去的事情了，你可别告诉别人。白肤施说，要我不说也可以，除非……牛丰林说，除非啥？这事你还提条件？白肤施笑了笑说，除非你……

白肤施有些不好意思地伸出手来不走了。牛丰林转过身来，看着白肤施的样子，好像比白肤施更不好意思地拉了她一把。白肤施一个跟跄差点摔倒，半痴半怨地说，你这是把我真当贼了？拉疼我了！

睡到半夜的时候，白肤施突然把牛丰林叫起来问他，丰林，你跟组织是怎么说的呢？牛丰林迷迷糊糊地说，什么怎么说的？白肤施说，就是你想换个工作岗位，怎么说的？牛丰林说，不是昨天晚上给你已经说过了嘛，精兵简政，我愿意成为第一个精兵简政的对象，服从组织安排。白肤施说，你说得不够诚心，组织不一定考虑这个情况，毕竟你是有功劳的人嘛。牛丰林说，那我该怎么说？白肤施霍地坐起来说，你应该说，你去保育院比较合适！牛丰林也霍地站起来说，我？我一个老爷们去保育院哄娃娃？白肤施说，不是让你哄娃娃，你还能干更多更好的事情呢。牛丰林不解，白肤施就悄悄在他耳边说了几句，牛丰林似乎心动了。

第二天，白肤施高高兴兴地跟着小朱科长走了。一路上，两个人有说不完的话，白肤施还把自己学来的新歌唱给小朱科长听，唱到高兴处，就拉着小朱科长一起唱，一口气就走到温家沟的农具厂。这个农具厂的吴厂长、赵占魁等人都是她很熟的朋友。说起想给保育院的娃娃们做个铁环，那赵占魁二话不说，从一堆废铁堆里抽出几根铁丝来，说，这个还不简单，大的小的，粗的细的，咱都做几个，别让咱的革命娃娃们受苦，得让娃娃们天天高高兴兴的才好嘛。这话从老赵的嘴里说出来，那味儿都带着热火的味道。时间不长，十多个铁环就做成了，白肤施看了爱不释手，连声夸赞。谢过这位汉子后，白肤施搂着铁环赶紧走，走到兰家坪，又和小朱科长要分道扬镳了。白肤施把牛丰林昨天买的油饼塞给小朱科长说，我马上就到了，你还得走一段路呢，路上把这个吃了，别饿着肚子呢。说完话，扭头就跑了，她是担心小朱科长又跟她客气推让。

回到保育院，娃娃们看到白肤施背着一大捆铁环，高兴地都围着白肤施转。整个冬天，一到下课的时候，满院子都是滚铁环的声音。

　　冬天的延河特别安静，如睡着了一般做着梦。雪就是河水开出的晶莹灿烂的花。它们藏在星星里，藏在树梢里，一大早太阳一闪，两岸显出更绚烂的雾凇景象。一时如仙境一般，分不清身在何处，放眼望去，那延河里的冰一天天凝结，越来越宽，从脚下延伸到了宝塔山，延伸到天边……延河边结冰的时候，就成了孩子们的乐园。毛猴也派上了用场，白肤施又把铁环改造成冰车，每隔一段时间，白肤施就把孩子们拉到李家洼下面的冰滩上，进行滑冰车比赛。孩子们一个个劲头十足，脸蛋儿红扑扑地争着闹着，获得胜利的孩子就会得到一个毛猴。

　　眼看就要过年了，保卫科不知道什么时候已经换防了，白肤施意外地看到牛丰林真来了。他带着保卫科的战士正在出操训练，见到白肤施就不住地冲她笑，白肤施赶忙躲开。到了晚上，她悄悄地去找牛丰林，一问才知道，牛丰林的申请被组织批下来了，就来保育院上班，职级是副排长。牛丰林脸上泛着红光，穿着八路军军装，更显得英气威武。白肤施觉得男人天生就是当兵的料啊，那整个人都精神起来了，就像当初认识他的时候，还是那么朝气蓬勃。只是走起路来越加跛了。声音倒是洪亮干脆，震得山崖上直掉土渣子。白肤施听着心里暖，觉得男人在身边，那声音一出口，心里特别壮胆。白肤施说，我也不懂，你这算是降职了？牛丰林说，哪有职不职啊，只要让我干上扛枪的事情，就算是普通的战士都行。再说了，离你和小芝麻也近了，我仔细想过了，就算是支持你的工作嘛。

　　白肤施白了他一眼说，你这说的，好像我欠你一个大人情一样，你是自己皮痒痒，不穿军装心里不踏实嘛。一句话说到牛丰林的心上了，牛丰林就嘿嘿嘿笑着说，就算让我去上前线，我也高兴呢。又问，那你和小朱科长怎么说的呢？别让她觉得你对她有情绪了呢。牛丰林就笑她说，你现在进步挺快，思想也跟得上了。你放心，小朱科长的工作我已经做好了，我们俩一块虽然时间长了，但是听到我来这保育院，她也觉得适合我。她认为保育院的工作非常重要，我又是老同志，她也放心；再者，我又是本地人，对本地的民风民俗、地形地理都很熟悉，更利于工作。

白肤施想了想说，以后咱俩都在这儿工作了，我就怕别人说闲话呢。牛丰林说，那会说啥闲话呢？我一个老共产党员，原则还是有呢，绝不带歪风邪气。我虽然是个残疾人，可这十几个兵还带得了。白肤施说，我不是说你，我是说群众怕是有意见呢。牛丰林说，革命队伍里，讲风格的时候讲风格，讲原则的时候讲原则嘛。白肤施说，我不是这个意思……想了一会儿就问，你来这儿，还有谁知道呢？牛丰林说，这保育院也没有几个人认识我啊，好像就刘院长对我有印象。

听到这儿，白肤施就乐了，说，不如这样，我们俩约法三章，第一呢，咱俩平时必须是同志，不能暴露婆姨和汉的身份呢。牛丰林说，咱这又不是地下工作者……行，这倒也利于工作。白肤施又说，你看，我一说你就明白了。过去要是你这么说，我就不明白，说明我进步比你快了。牛丰林说，还真是。那第二条呢？白肤施想了想说，第二条，你不能影响我们保育院的工作，尤其是不能影响我的工作，不能干涉！牛丰林说，这个我当然可以保证。白肤施又说，第三条比较重要，你不准主动来找我。牛丰林说，这条是什么意思？白肤施说，你若是主动来找我，别人会误会呢。牛丰林咧咧嘴笑了说，行，就按你这三条来吧。又问起小芝麻的事情，就说，小芝麻明年也到上小学的年龄了，咱俩在这工作，娃上小学不方便，必须得送到张家圪塄了。白肤施虽然不舍，但是眼下工作忙，保育院已经有二百多个孩子了，革命工作大于天，舍小家顾大家，送回老家也是最好的办法。得空牛丰林便将小芝麻送了回去。

白肤施主动把牛丰林的事情告诉刘院长，刘院长对白肤施的做法倒是挺欣赏，也答应不会告诉其他人她和牛丰林的关系，这样更利于以后的工作。蛋蛋认识牛丰林，只能提前告诉他。蛋蛋已经是大孩子了，自然知道怎么保密。

农历新年的时候，保育院精心组织了一场文艺演出，还特意邀请了首长们前来观看。孩子们都拿出自己精心准备的文艺节目来展示，体育方面有篮球比赛，有滚铁环比赛。音乐方面，大家还搞了一个大合唱，主要是保育员一起唱，唱的是《东方红》。这首歌那时候才刚刚改编流传开来，唱得大家热血沸腾，首长们连连鼓掌。花花和他们班的小朋友还有个特别的节目，就是由保育院的老师自编自导自演的节目《丢手绢》。这首歌曲是于老师请教鲍老师等人后，自己创作的歌曲，歌曲贯穿着孩子们的游戏活动，由花花带头唱歌，其他孩子跟着合唱，歌声跟着游戏的节奏反复响起，既活泼欢快，又扣人心弦：

丢，丢，丢手绢，

轻轻地放在小朋友的后面，

大家不要告诉他，

快点快点捉住他，

快点快点捉住他，

快点快点捉住他……

歌曲简单易懂易学，白肤施看着在舞台中央唱歌的花花，突然意识到花花也一瞬间长大了，一边抹泪一边鼓掌，差点把自己的手掌都拍麻了。

还有几首于老师和其他老师一起作词编曲的歌儿，灵感都来自孩子们平时生活中的情景，比如《摇篮曲》。花花用她清脆的嗓子独唱道：

春季里，百花香，鲜花朵朵谁不爱。

鲜花我们爱，更爱小乖乖。

小乖乖，快长大！小乖乖，快长大！

学习一身好本事，赛过你的爹，赛过你的娘。

爹爹妈妈打日本，

要你来建设新中华。

孩子们一心想演出新意，把白肤施教给他们的剪纸技艺都用上了，有人剪了八路军杀敌的场景，有人剪了首长们的头像，还有人剪了刘院长、白肤施、沈老师等人的样子，题材非常广泛，首长们看得热泪盈眶。

最后一个节目是热烈的腰鼓，那鼓声一响，娃娃们在冬天的阳光下生龙活虎地跳跃起来，就像是即将破土的小树苗儿，那生动和热烈的步调将在场所有人带入一种热火朝天的氛围中。

新年的第一件喜事，也是白肤施意想不到的事情——她被评为模范保育员，还去了一趟南关街的小礼堂领了奖状，那种成就感比任何一个丰收年都让她喜悦。

飞来的羊肉

过了新年，粮食供应再次紧张起来。不仅蔬菜很少，连基本的食物供应都捉襟见肘。大生产期间，机关主要分为三类：第一类是必要的经费足量供应；第二类供给所需经费的一半，另一半由机关生产解决；第三类是政府供给必要经费的三分之一，其余三分之二由机关生产解决。保育院和医院等属于第一类，虽然规定足量供应，但是整体的供给不足。刘院长不得不未雨绸缪，她和大家商议，孩子们的食物开始实行定量分配。随着院里的孩子不断增加，保育院的老师和管理人员的伙食都减半了。

上一节课，孩子们马上就饿了，虽然嘴上不说，但是，那小眼神里全是在寻找能吃的东西。蛋蛋有一次冲着白肤施说，妈妈，要是天上的云彩能掉下来，吃两口，多好啊。白肤施就笑他说，我就想吧，什么时候这一年四季地里都能长出庄稼，那也行呢。

每次一进灶房，白肤施就听到老黄的埋怨声，他说，哎呀，这就算是皇帝的御厨，没米下锅也不行啊。白肤施觉得这话刺耳，问他还有没有渠道买粮食？老黄说，你这啥意思啊？白肤施说，这样下去可不行，刘院长愁得天天在外面化缘呢。首长们的伙食也减了，省下来的粮食都送保育院了。这样下去可不行嘛，得想想办法，你办法多嘛。老黄说，什么叫我办法多？你不就是想说，我给国民党当过厨子嘛。白肤施赶忙解释说，老黄，你别恼，一个大老爷们一句话就戳恼了？这儿谁把你当国民党了？我们把你都当老师傅呢，院香，你说是不是？

院香话不多，想着给白肤施解围，就说，彩云姐说得对着呢，对着呢！老黄就说，对个啥？！你不是能掐会算嘛，来来来，你算算，咱这难关能过去不？白肤施说，不用算，这点困难就想难住咱边区的人？那不是跟小娃娃一样天真嘛。我可听说了，咱的部队和那些移民都要去南泥湾呢，那儿地多得很，到处都能种出粮食来。现在只是暂时的困难，你要是能帮娃娃们渡过去，你就算立功了。

老黄想着白肤施的话，不再说什么了，但是白肤施能看出来，他是听进去了。过了许久，老黄又问，那你得给我算算，我要是出去找粮食，能回来不？白肤施想了想说，这几天都是好日子，想回来自然能回来。老黄一听白肤施这么说，犹豫了一下说，既然你这么说，那我去试一试，你和院香要给我作保，不要出了啥事你俩躲开了跟没事人一样。白肤施还没说什么，院香就抢着说，能行能行，不就是出去一趟嘛，能有啥事？

老黄向刘院长申请去西安买粮食，刘院长开始并没同意，又想到老黄在西安还有亲人，就同意了。临走的时候，嘱咐他路上要小心，边区的大门永远向他敞开。老黄信誓旦旦地说，边区才是自己的家，所有的人都是自己的恩人。刘院长笑了笑说，你也别这么说，这几年在保育院，你受了不少苦，为娃娃们也受了不少委屈，我和孩子心里都记着呢。

老黄走后，白肤施总有些忐忑，不知道自己是不是出了一个馊主意。她就试探院香说，老黄最近挺高兴吗？院香一愣，说，他，他不是一直那样吗？白肤施盯着院香，说，他有啥好事没告诉我？院香犹豫了一下说，他能有啥好事呢？唉，彩云姐，中午吃啥呢？白肤施立刻说，你别跟我打岔，问你呢！

院香看白肤施脸色变了，赶忙说，姐，我说了，你别笑话我。白肤施说，说！院香说，老黄他，他不规矩嘛，捎我呢！白肤施看了看院香，院香低着头红着脸。白肤施拉过院香。院香小心地看着白肤施嗫嚅着说，他还问我，愿不愿意嫁给他？白肤施松了口气，院香反抓住白肤施的手，紧张地说，彩云姐，我该怎么办？白肤施说，院香，你才刚来这儿不久，老黄的事情，如果你自己也有这个心思，可以缓一缓，毕竟现在要把眼前的困难渡过去。这种事，迟一迟也不是坏事。我想这事，如果刘院长给你们说合，也能说得通。院香赶忙说，姐，姐，这事先千万别告诉刘院长和其他人，我还不想让大家知道。白肤施说，你放心吧，我不会告诉他们。

过了半个多月，老黄回来了，两手空空蹲在大门口。白肤施第一个发现他，就问，粮食呢？老黄低着头说，没买到，到处都是查人查粮食的岗哨，太严实，我等了几天，一个熟人都没碰到，就没敢贸然买粮食回来。白肤施盯着老黄的眼睛，看出他确实已经尽力了，只好作罢。

过了几天，趁着院香不在，老黄就说，院长也没怪我，就询问了一下一路上的情况，还是你这算得准啊，我能回来。白肤施说，我是这么说的吗？老黄说，是这么说的呢。白肤施又问，家里还好吧？老黄只是敷衍了一句，说，都好着呢，亲戚都不让我再回延安，可我搁不下这群娃娃。白肤施笑说，还有啥亲戚呢，不是都死的死，散的散了吗？老黄说，左右还有些邻居，亲戚也都比较远了。

过了一会儿又问，彩云啊，你得再给我算算。白肤施说，你这又要算啥呢？你还没教我做菜呢。老黄说，你看，现在咱就这么点菜，咋教你呢？老黄气呼呼地把地上的几根干葱扔过来，见白肤施不理他，老黄语气又软和下来，说，行行行，这么着，今后每个星期，我允许你有两天时间在我的厨房，我教你做面，咱陕西面多，就这一条学会了，以后在延安城开个面馆，那也够你温饱一辈子了。白肤施笑了笑说，能行，你要算啥？老黄说，算个婚姻！

白肤施装作很吃惊的样子，说，你？你就别逗我了，你多大了？老黄说，不到五十岁嘛，刚本命年呢。白肤施说，本命年？那你就别折腾这事了，几月的生日？老黄一说生辰，白肤施想了想说，五年之内，不要想这事，不然你有血光之灾。白肤施一说，老黄吓得脸色都白了，赶忙问白肤施，能不能破解啊？白肤施说，破啥呢？这儿破了，那儿就着火，你只要别动这心思，五年以后，后半辈子要啥有啥。你这人这辈子，就看这个坎能不能过去。如果能过去，享福了；过不去的话，也就这点寿命。

白肤施说得很严厉，老黄脸色难看起来，白肤施赶忙又补充说，你上次问我的事情，我最近又算了算。老黄赶忙问，怎么样？白肤施说，你要是听了我刚才说的话，两三年之内，就有消息了。老黄即刻就来了精神，说，那就好，那就好……白肤施又问，你是要找人吧？老黄说，是，我女儿，找不着了，这都几年了。这几年，我遇人就打听，当初就是听别人说在延安见过她，所以我才留了下来，也可能已经死了。白肤施想了想说，没死呢，活得好好的呢，等你下次见了，估计得要抱孙子呢，所以就告诉你，五年之内，不要动婚姻的心思，要不然影响你女子的运气呢。老黄叹了口气，点了点头。

春风瘦，青草薄，满目黄土羊跑青。

靠着大家的团结和节衣缩食，孩子们坚持了两个多月，这时才逐渐看到了山坡上星星点点的绿草。

白肤施抽了空就去山坡上开荒，她起了头之后，刘院长和沈老师、于老师等人也开始动手在荒山上劳动。保卫科自然也不落后，把每天的训练变成了开荒种地。孩子们也学着老师的样子，自发跑上山，要在这干瘪的荒山上，垦出一片天地来……保育院两边的荒山峁上，都被大家开垦成了田地，再把豆谷的种子埋了进去，隔三岔五，白肤施和牛丰林等人又把大粪担上山，这个看似封闭的地方，散发着蓬勃的生命力。

既然必须开荒种地了，刘院长就正式组织所有的保育员和孩子们都定期去劳动。开始几天，大家还图个新鲜劲，过了几天，老黄和几个保育员就有了意见。他找了个机会，在陈科长和沈老师跟前说，那白肤施呀，把这保育院就当她的家了，四周都开了荒，还让咱和娃娃们都去劳动干活，咱大人无所谓啊，娃娃们那多金贵啊，那一个个将来都是革命的官。当大官的娃娃儿，怎么能天天把他们赶在这种鸟不拉屎的地方干活种地呢？沈老师通过上次小草峪的事情后，对老黄还是有警惕。但是陈科长不同，老黄这么一说，反而说到了陈科长的心坎上了。陈科长就说，老黄你这认识还挺高嘛。老黄说，刘院长天天对咱思想教育呢，我这往心里听，往大脑袋里记着呢。我这浑身上下每一块肉、每一根骨头都是革命的。

陈科长就把这话原样儿说给刘院长听，又说，边区有规定，咱的娃娃不用开荒种地啊，足量供应呢……这天天有劳动课，影响娃娃的课程不说，万一有个奸细，咱这不就暴露了，咱这保育院可是大后方的大后方啊！那是心脏啊，咱要是出点事……刘院长说，这利害关系我自然清楚，但是，你这话我怎么听着这么耳熟呢？陈科长说，这也是很多同志的心声啊，您得重视，不要总被个别同志的意见左右。刘院长说，白肤施同志也只是想把孩子们拉出去锻炼锻炼。再说，什么当官不当官的，孩子们起码要知道粮食从哪里来！人是怎么活下来的，老百姓是怎么种庄稼的，这事我支持她！至于你说的很多保育员的心声，我也尊重大家的意见。这么着吧，不必大家伙儿一起干活劳动，分班、分批、分时间去劳动，所有人必须参加劳动，也包括我自己。这是大家一起面临的困难，必须要让孩子们知道大人的难处，知道要一起共渡难关才行！我已经向首长表态了。

刘院长带头开荒种地，别人自然也不好再说什么了。可把老黄恨得牙痒痒，又说不出口，只好不断地在旁人跟前嘟囔着，要是我关中，那大平原，一抬腿那都是好地啊，那粮食，随便撒一把就能长出白花花的面粉啊……

慢慢地，孩子们也习惯了这种定量供应的饮食生活，虽然孩子们习惯了，可白肤施看着心疼。四月四日的儿童节，孩子们的剪纸主题都是粮食，唱歌也有气无力了，连跳舞打腰鼓的精气神都减了几分。白肤施就偷偷和牛丰林商量，该给娃娃们增加点营养才是。牛丰林笑了笑说，我也是这么想的，就是得等几天，你跟我回一趟张家圪垯。

当年白肤施为了让蛋蛋和花花吃上羊奶，养了头奶羊。两个孩子走了以后，她也没有舍得卖，还特地买了山羊一起养着。她和小芝麻离开张家圪垯的时候，就让公公放着羊，没想到几年时间，原来几只羊已经繁殖到十几只了。上次回去以后，公公就说了，这羊不能动，要一直养着呢。我得给我小芝麻攒着，长大以后这群羊卖了，能给他娶个媳妇。白肤施就笑说，那得多大一群呢，小芝麻小呢，你要是嫌累就卖了，年纪大了，哪儿能追得上羊呢？公公也笑说，再追个十年八年肯定没问题，时间长了，就不好说了。

看到两个人回来，小芝麻高兴坏了。一会儿又哭了起来说，他也要去李家洼呢，他要跟爸爸妈妈在一搭里！牛丰林随口答应了，白肤施只好说，以后，我们走哪里，你就跟哪里，但是，必须要听话呢。小芝麻懂事，当即答应了。公公说，这小子天天盼着你们回来呢，也不去上课，他想去就去吧。听到爷爷也同意了，小芝麻高兴极了。

说起羊的事情，牛丰林直接说，那边的娃娃吃饭也紧张呢，得给他们增加一下营养呢。公公一听就知道这羊保不住了，说，迟两个月不行？牛丰林说，不行，娃娃们身体不能饿出毛病来！白肤施赶紧说，大，要是您舍不得，我们去街上买两只也行，这么长时间了，您跟这羊也处出感情来了呢。杀牲口，谁都难过了。公公没说话，脸上舒展起来，觉得白肤施的话能受听点。婆婆赶忙劝说，这么多只羊，杀几只没啥，你看县政府的人多好啊，要不是政府，咱现在能有这么多土地吗？有这么多羊？那丰林和彩云看的娃娃，都是公家的娃娃。你大的意思是，清明过了不杀羊，羊才刚见青草呢……公公打断婆婆的话，说，要你说！算了，反正也是你们的羊，只要有个好用处就行。一边说一边就从水瓮底下抽出一把生锈的刀来递给牛丰林说，杀羯子（指被骟的公羊），别杀母羊就行！

公公把剩余的羊赶到山里，头也不回地走了，白肤施看着他的背影，心里着实有些难受。羊杀完了，俩人带着小芝麻，一直出了川道。在川口的县政府大道上遇到了冯干部，互相高兴地问候，得知是去送羊肉，才知道保育院的娃娃们粮食紧张的情况。冯干部和刘院长是老同学，就说，回去告诉刘院长一声，我把这个情况汇报给县府，一起想想办法。

牛丰林赶着驴把羊肉驮到李家洼，白肤施又把小芝麻安顿在他姑家。她已经打听好了，兰家坪那边有家小学，虽然有点远，但是让牛丰林每天接送小芝麻上下学即可。返回保育院的时候，院香正和老黄剁羊肉。老黄说，你这陕北干山疙瘩，荒的要啥没啥，只有这一样，羊肉好嘛。牛丰林说，我也不晓得，说是机关那边送来的，也不晓得是哪里的羊肉。老黄肯定地说，陕北羊肉肥瘦匀称，不如宁夏和内蒙古的羊肉，肥多瘦少，说它好，是因为做出来的肉香。肥多也不一定是好事。牛丰林就在一边点头应着说，晚上就能给娃娃们吃上了吧？老黄说，差不多，这东西费火嘛。

到了晚上，刘院长回来看到有羊肉，赶忙询问，得知是机关那边送来的，也没多想，赶紧吩咐老黄给娃娃们把这营养加上去。刘院长回来的时候，还带来一位年轻的姑娘小陶。小陶也是来保育院工作的，人很谦虚和蔼。院香背地里对白肤施说，人都这么多了，还增加保育员，又多了一张嘴。白肤施说，这不是先从机关开始精兵简政嘛。院香就问，啥是精兵简政？白肤施说，我也只是知道个大概，就是把机关里的人减少，把当官的减少。院香又问，那减去的人去哪儿啊？白肤施说，去部队，去前线，去农村，去需要的地方啊。

院香还想问，白肤施倒是不好意思多说了，只说，以后知道了就告诉你。院香就说，彩云姐，你比老黄知道的还多。白肤施说，我也就是知道个皮毛，以后呢，你就别光顾着在厨房里干活，也要多跟陈科长、沈老师、于老师他们学习，也要学着识字看报纸呢。院香听着白肤施的话，认真地点了点头说，姐，我就听你的话。

没过几天，刘院长就把小陶老师交给白肤施，交代她说，小陶还不是咱的正式老师，以前没有教过书。这次是自愿来到咱保育院，想来学习学习呢，尤其是想要跟你学习呢，你就带着她吧。白肤施说，我一个农村婆姨，咋能带得了她啊？她是机关来的干部，都跟小朱科长一样的能人呢。小陶就说，彩云姐，我知道你，小朱科长跟我也是好朋友呢。

一听小朱科长，白肤施就露出一脸的甜蜜，觉得她们都是一类人，哪还有不答应的道理？但是，小陶跟小朱科长又完全不同，小朱呢，做事考虑得多，考虑得周全，小陶做事说话不隔肚皮，也不端着，还真像个妹妹一样。小陶整天跟在白肤施的身后，白肤施去给老黄帮厨，小陶也跟着来帮厨，从早上开始，每一样菜，每一碗粥，每一杯奶，小陶都认真学怎么做。

开始上课了，白肤施挨着班给孩子们上劳动课，小陶就跟小学生一样跟着学。到了中午，白肤施担着一担粪上山，小陶担不动啊，又没掌握窍门，差点摔下山崖，白肤施扔了粪担跑过来抓住她，说，哎呀，你何必跟我受这苦呢？小陶就说，彩云姐，我得先跟你上这劳动课堂呢。来的时候，小朱姐也说了，过了这个关口，才能算真正的老师。白肤施说，你们文化人就是道道多么……呀，你看，这才几天，手都磨出泡了。白肤施心疼她的手，把她拉起来，在旁边的草丛里找了半天，揪出几根老一点的艾叶草揉碎了，给她敷上，说，唉，机关的干部也太不容易了，我们老百姓呢，也就受点外苦，你们就不一样了，脑子和身体都受苦，内外都不好受呢。小陶笑着说，这不算啥，这叫锻炼，只有锻炼了才能刚强呢。前线的战士们还在打仗呢，咱这点苦，没什么大不了。

下午，小陶就坐在白肤施的课堂上，听她讲课，白肤施给娃娃们上剪纸课。小陶也跟着，拿着剪刀剪出了红五星，红五星里还有毛主席像。小陶手巧，白肤施觉得她若是当老师，那一定是一个不错的老师。这个班上完了，又去另一个班教唱歌啊，《东方红》之类的新歌唱完了，白肤施还把自己编的歌唱了几句，若学生们觉得好听呢，她也给大家教。小陶也仔细听，觉得歌词还很不错。

白肤施唱道：

> 小娃娃，顶呱呱，
>
> 做事勤劳又听话。
>
> 不骂人，不吵架，
>
> 好孩子，人人夸，
>
> 模范儿童就是他，
>
> 身上戴朵大红花，
>
> 身上戴朵大红花。

大一点孩子，她就教唱：

> 高楼万丈平地起，盘龙卧虎高山顶，
>
> 边区的太阳红又红，咱们的领袖毛泽东；
>
> 天上三光日月星，地上五谷万物生，
>
> 来了咱们的毛主席，毛主席是咱的大救星……

孩子们唱完了，学会了，又要学新歌，白肤施也自己现场编几句唱起来道：

> 山丹丹开花背洼洼红，
>
> 老百姓拥护八路军。

公鸡一叫天大明，

八路军来了大翻身。

长枪短枪马拐子枪，

八路军前方打胜仗。

军爱民来民拥军，

跟着咱毛主席向前进……

白肤施唱着，孩子们跟着学，一堂课很快就上完了，孩子们还意犹未尽，围着白肤施不走，白肤施就把炒的玉米豆儿，还有晒干的杏皮之类的小零食分发给那些唱得好的孩子。到了晚间，白肤施挨着打扫教室和宿舍卫生，一直忙乎到很晚，又挨个查看每个孩子的被褥有没有破烂，衣服袜子有没有撕破的。若有破烂的地方，立刻就缝补起来，一边还教孩子自己学着缝衣服。晚上休息从来没有准头，有时候半夜起来，再去看一圈孩子们。若有乳儿班和婴儿班的孩子哭闹，她就去帮助哄。保育员不仅仅是老师，更多是孩子们的妈妈。

一整天下来，别说白肤施自己，就是小陶跟着也累得腰酸背疼。过了一段时间，牛丰林又背来两只羊。牛丰林每次都说羊是机关那边送来的，送的多了，刘院长就有些疑惑了。她让小陶去打听一下，到底是哪个机关送来的羊，难道这机关还养着羊呢？起码也让娃娃们礼貌性地去感谢一下。小陶询问牛丰林，牛丰林说，对方穿着咱的军装，也不知道是哪个机关。小陶没办法，就去自己熟悉的机关里询问，都说没有送过羊肉的事情。白肤施说你别打听了，就当羊肉是天上掉下来的呗。小陶扑哧笑出来说，那我就告诉刘院长了，就说彩云姐说了，这羊肉是天上掉下来的呢。

没几天，冯干部带着人，用毛驴拉来不少粮食。县里每年的粮食生产任务也很重，但是，不管咋样都不能缺了孩子们的这一口。冯干部把毛驴身上的粮食卸下来以后，跟刘院长打了声招呼就走了。刘院长看着县里的同志从嘴里、牙缝里抠出来的这些粮食，说不出的感动。

坚持过了端午节，牛丰林说，咱大说了，就剩几只母羊，不能再杀了！白肤施说，这是最后一次。你看咱坡上的庄稼都长出来了，有了雨水，庄稼就能长出好成色。牛丰林听了白肤施的话，就把杀好的两只羊再次背到保育院门口。早就等候在不远处的白肤施赶忙帮他把羊扛在肩膀上，两个人冒着大雨刚准备往院里走时，突然看到刘院长和老黄、陈科长、沈老师、于老师等人站在雨中等着他们。白肤施有些慌乱地喊着说，院长姐，你们咋站这儿？快回去啊，下这么大雨呢！牛丰林也嘿嘿嘿地笑着，肩膀上的羊肉还滴着血水。白肤施冲着刘院长憨厚地笑着说，快回去，回去，别淋湿着凉了。但是，所有的人都没有动，目光中是雨水，是感激，是泪水……

雨停之后，刘院长专门开了会说，咱不能再吃白肤施家的羊了，咱以后一辈子都要记得，这么困难的时候，老百姓把母羊都杀了，想着给咱的娃娃增加营养呢！咱要让咱的娃娃永远记得，这个恩情永远不能忘记！

会后，刘院长就埋怨白肤施和牛丰林说，你俩这事做得让我措手不及，咱有三大纪律八项注意，你这是让我故意违反纪律呢！以后要注意沟通，这种事情坚决不能再发生，及时汇报！当然，首先是我自己的问题，我管理上的失误。牛丰林说，这是我们自发的行为，跟你们没关系。再说了，羊也是我们自己的羊，你问她。白肤施说，那三大纪律八项注意也是针对群众的嘛，我俩不是群众，是自己干部，所以不算违反纪律。又说，羊当初是两三只嘛，后来谁知道它们自己成了十几只，只能怪他们自己生羔羔太快了。再说了，我是给我自己的娃娃吃了，又不是给别人吃了，更不算违反纪律嘛。

白肤施这么一说，刘院长还真不知道该再说什么，就把自己的工资拿出来，交给白肤施说，我，我能拿出来的就这么多了，欠你太多了，我也不知道该给你多少钱了，这是一点心意，你回去买点东西，给两位老人。白肤施坚决不收，笑着说，这哪儿行呢？我和丰林每个月还拿院里的工资呢，咋能要你的钱？看到白肤施不收，刘院长也急了说，牛丰林，这是命令！牛丰林看到刘院长这么坚决，执拗不过说，也行，这事就过去了，以后不准再提了。刘院长郑重地点点头。

转眼间就进入了夏末，瓜果儿望着云，慢慢就长大了，孩子们望着云，也慢慢长大了。自从知道羊肉的来路后，大家也都知道了牛丰林就是白肤施的丈夫，但是，两个人还是保持着一定的距离。工作期间，即使相遇也是相视一笑，各自忙碌。

夏末是陕北最闷热的时候。保育院的门口，越过官道不到一百米就是延河。延河在这里拐了一个小小的弯道，弯道处就形成一个小水潭儿。延河河岸两旁都是泥土，河底的河床只有少量细沙和石子打底，不是特别牢固，人踩进去，水没沾多少，泥裹了一身，更不要说游泳了。在延河里想选一个能游泳的地方并不容易，偏偏这个小水潭下面的河床是整块石头，经年累月冲刷后，就形成了天然的游泳池。大家发现了这个绝好的地方，都抢着想给这儿起个有趣的名字。白肤施说，叫桃花潭。于老师说，叫华清池。最后还是听了沈老师的主意，就叫土耳其温泉。去年冬天的时候，白肤施带着孩子们在这里举行滑冰比赛，打毛猴，欢声笑语不断；到了夏天，这土耳其温泉就成了孩子们的天然澡堂了，因为有上次洪水的经验，每次孩子们戏水洗澡的时候，总要有保育员在远处的山梁子上望着风，以防发生意外。再加上是雨季，孩子们也是分批洗澡游泳，其他孩子就在岸上等着。

这岸上的热闹劲比水里的热闹劲还大。前面洗过澡的孩子不愿意离开这小水潭，尤其是那些小一点的孩子，怎么也不愿意出水，哭叫声，嬉笑声，把李家洼的天就闹翻了。从青黄不接的时候开始，孩子和老师们的心情都阴郁着，这潭好水就这样洗去了孩子和老师们的忧愁。

你要说游泳能手，那当然得数沈老师和于老师了，两位都是南方来的姑娘，天生就有几分水性，也就是游泳的天性。看到水就像鱼儿一样，噌地一下就钻了进去，老半天你以为她们溺水了，谁承想，两人已经钻到了河对岸，正向孩子们招手呢。

沈老师擅长的是蝶泳，整个人在水里活脱脱就像一只蹁跹飞舞的蝴蝶，那水花都跟着她起舞。白肤施说沈老师在水里那就不是沈老师，那是仙女，天上有仙女，水里也有仙女。又说，沈老师那是龙王的女儿。说得沈老师都不好意思了。于老师就不同了，于老师擅长跳水和自由泳，跳水的时候，就像一片树叶，轻盈而柔美。白肤施从来没有看到过跳水能跳出这么多花样的，甚至空中还来个空翻，这高度这技术无人能及了。

于老师跳水是保留节目，白肤施也只见过两次。于老师平时给孩子们就教自由泳，自由泳不像蝶泳那么有难度，她的学员就比较多。因为白肤施的提议，孩子们每个月、每个季度、每年的游泳分数都计入总分，到了年底把这些分数相加，就是每年的总成绩了，再根据分数分出甲乙丙丁等级。孩子们玩得高兴，学得也高兴。

游泳是每个孩子都必须要学会的生存技能，就像每个孩子都必须认识庄稼，会使用劳动工具，会叠被洗衣，会缝缝补补，会生火做饭，会独立完成一幅艺术作品一样。

跳水太危险，所以于老师只教一点简单的跳水动作就可以把孩子们的情绪调动起来。于老师的自由泳，也跟她的歌声一样，一唱三叹，在水里都充满了抒情的味道。

白肤施哪个都想学，一个夏天，虽然也就学了点皮毛，但是起码克服了对水的恐惧心理。她羡慕于老师，更羡慕沈老师，这一个夏天，大家每天都沉浸在这种快乐中。

院香也不会游泳，但是她比白肤施学得快一些，很快就能自由泳了。小陶则很执拗，坚持要跟沈老师学会蝶泳。学了一个月，虽然进步很慢，但她依然不放弃。刘院长很少来，即使偶尔来一两次，也是远远地看着大家，脸上的笑容把天上的云彩都感染得浮动起来了。

一般游泳时间在午休之后。为了给其他女保育员更多的时间，白肤施就站在远处的山梁上望风，主要是担心洪水突然的侵袭。天公作美，今年的夏天洪水来得很少，天色一旦有变化，她就赶紧向沟底的人发信号。

老黄等男同志只能选择晚上去洗澡。

这一天，本来天气很好，沈老师和于老师带着孩子们正在水潭里玩得起兴，山梁上的白肤施编了个草帽戴着，远远地看着孩子们高兴的样子，喜不自禁。她在树下坐着笑着，正看得入神，突然听到一阵隆隆声。声音如雷滚一般传来，白肤施一惊，慌忙站起来，向西北方向望去，可西北方向一片晴朗，哪有乌云？往河里望去，也不见有洪水的身影，白肤施一扫眼，就看到东南方向的延安城里，已经被一片尘土包围。天上飞来的不是乌云，而是几架飞机。飞机一边呼啸飞行，一边把炸弹扔在这黄土沟槽里。于是，纵横交错的沟槽里，黄尘泛起，翻滚着，瞬间就笼罩了整个延安城，而后直奔这边而来。

在张家圪崂和小草峪的时候，白肤施也遇到过类似的情况，但是，那个时候，孩子们都相对隐蔽，飞机盘旋半天就飞走了。偶尔也能看到不远处被炸弹轰炸的情景，孩子们虽然害怕，但是，所处的位置相对都比较安全。这一次不同，孩子们都在河滩里，天上的飞机越来越多，黑压压轰鸣声一片，声音越来越沉重，白肤施吓得喊不出声来，着急半天，眼泪都急了出来，才终于喊出声来。

娃娃们！飞机！飞机啊——

白肤施的喊声并没有惊动河滩快乐的娃娃们，倒是牛丰林警觉，听到轰炸声和飞机的声音，几步跑到官道上观察。站在官道上，已经能够清楚看到飞机向这边飞来的景象。牛丰林也看到了白肤施在山梁上大喊，但她的声音很快就被轰鸣声掩盖了。牛丰林也顾不得白肤施，立刻吹响了哨子，一瘸一拐组织战士集合。当一个班的战士迅速冲到河边时，飞机已经近在头顶了。前面的飞机飞过去之后，小水潭四周的孩子们都知道了危险，不顾一切地向官道上跑。保卫科的战士们把水里的孩子往岸边有掩体的地方拉。

炸弹就在不远处的延河里炸响，一瞬间，小水潭被炸成一锅粥，哭叫声和呐喊声此起彼伏，有的保育员老师拉着小孩子，有的背着更小的孩子，不顾一切地冲上了岸。

还没有等大家全跑到岸边和官道，又一轮飞机飞了过来。白肤施再次大喊起来，牛丰林也同时大喊，卧倒！

大一点的孩子学着战士们的样子，卧倒在石头旁边，来不及奔跑的孩子，被几个战士拉到小水潭旁边的大石头下面。蛋蛋和几个大一点孩子奋力帮着老师，把冲到官道的孩子们，一个个迅速转移到了保育院的大门里。只剩下几位老师和幼小的孩子还在大石头下面躲避。

刚刚还荡漾着快乐的水潭里已经有三四枚炸弹炸响，显然，日军的"蝗虫机"已经发现了这群孩子。飞机来回盘旋轰炸，大石头岌岌可危，若是继续隐藏，很有可能大家伙儿一起被大石头压在这里永远出不来。牛丰林看着飞机来回盘旋，瞅了个空档，大声喊，转移！

话音刚落，他平时有些拖拉着的腿似乎恢复健康了一般，一跨步跳下坡，动作敏捷，快如闪电，很快抱着一个孩子冲出了大石头。后面的战士和保育员拖着、背着、抱着孩子们也跟着冲了出来。刚冲到官道的时候，他看到白肤施的脚底已经软了，从山坡上直接滚下来，幸好被一棵树挡住了。

牛丰林大声喊，别跑！就在那儿趴着！牛丰林的喊叫声连同他的动作，白肤施听得一清二楚，也看得一清二楚。她刹住脚，晕头转向中，望见孩子们大部分已经回了保育院。只要回到保育院，孩子们也就安全了。那小窄沟，飞机很难发现。即使投弹，也很难命中。她缓慢爬动着，一顺势，正好抱住了旁边的一棵树。

刚定了神，就听到飞机又飞回来了，从东南方向过来的飞机已经完成了第一轮轰炸，没有想到先头的飞机又绕到了西面，从西面飞过来。白肤施用尽全力呐喊，但是已经迟了。炸弹就在牛丰林等人迎面的方向炸响了，冲在最前面的牛丰林奋力将自己背上的孩子反手压在身下，而后临空扑倒。保育院的四周顿时被一片烟雾和尘土掩盖，孩子们已经吓得不敢哭叫了……

尘土还没有完全落定，"蝗虫机"已经飞走了。持久的寂静像是在一瞬间凝固了空气，凝固了时间。

尘土中，一声孩子的哭声打破了沉寂，刘院长和保育员们从大门口冲出来，白肤施也从山坡上冲下来，等大家都冲到跟前的时候，所有人都从尘土中慢慢地站了起来。大多数孩子这才想起了哭，哭声中，白肤施仔细地寻找和辨认着，就在离大门口不远的地方，一大片鲜血浸红了黄土，刘院长和白肤施都冲了过去，拨开尘土，露出牛丰林已经被炸得满是鲜血的脸，而他身下的孩子也发出了一阵惊惧的哭声……

度过寒冬

保卫科的战士和群众一起将受伤的孩子，还有奄奄一息的牛丰林抬到旁边的中央医院。

　　沈老师和于老师等人清点了孩子，一个都没有少，除了五六个孩子受了轻伤，其他孩子全部安全。刘院长站在中央医院的院子当中，听着沈老师汇报，满脸的愁容。白肤施蹲在医院院子的角落里，等着窑洞手术室里的丰林。她浑身颤抖着，手上还沾着丰林的血，她看着那血，觉得丰林肯定疼得很，但是做手术的窑洞里，丰林一声都不敢吭，硬忍着那疼痛。

　　她抬起头，看到刘院长正看着她，于老师走过来搂住了她。白肤施看着手上的血说，丰林咋不叫一声呢？丰林咋不疼呢？他流了那么多的血啊，肯定疼得很。刘院长和其他老师都没有办法回答她。他们低下头来，谁也不说一句话，于老师一边流泪一边安慰白肤施说，丰林大哥肯定没事，他还在抢救。

　　抢救了一个多小时，医生和护士就从窑洞里走了出来。医生们摇了摇头，刘院长看着他们的表情，已经懂了八九分。她转过身，看到还蹲在地上的白肤施说，彩云，你可以进去了。白肤施不顾一切冲进窑洞，刘院长对旁边的人说，就让他们待一块儿，说说话吧。

白肤施冲进去的时候，没有怎么看清牛丰林，自己先一个趔趄差点摔倒。她怔了怔，整理了一下自己的情绪，轻声唤了唤"丰林"，牛丰林没有应她。她这才适应了屋子里的光。她看到牛丰林安静地躺在床上，脸上还带着僵直的微笑，轻微地咳嗽了一声，而后长长地低声叫了声"彩云"。白肤施慌忙走过去，抓住牛丰林的手。

牛丰林的手冰凉，她握着他的手，使劲搓了几下，又捂在自己的怀里。她说，冷不？丰林，是不是冷？哪儿疼呢？疼不疼啊？木板床上的牛丰林使劲摇了摇头，咳出了血。白肤施拿了毛巾赶忙给他擦血，就听到牛丰林说，别，别害怕，别担心！白肤施一边滴眼泪，一边把丰林脸上擦得干干净净。丰林又问，娃娃们，都好着不？白肤施说，好着，好着呢，一个没少！牛丰林听到白肤施的话，欣慰地笑了笑说，这是咱的金蛋蛋啊。白肤施说，对，都是咱的金蛋蛋，咱要命的金蛋蛋呢！放心，只是一点伤，娃娃的皮外伤，好得快。牛丰林咧咧嘴笑了。

斑驳的落日余光稀疏地遗漏在这昏暗的窑洞里，牛丰林的身下已经被血洇湿了一大片，他突然紧紧地握住白肤施的手，呻吟着说，彩云……白肤施说，我在呢，丰林，怎么了？牛丰林说，我看见天尽头了。白肤施抬起头，望了望窗外，窗外似乎是一阵骡马的铃声在响着，那清脆的铜铃声，还有吆喝声，回荡在黄河两岸，那一声声的赶牲灵的人，唱着信天游，从黄河岸边的悬崖窄路上盘旋而来，歌声似乎也荡漾着飘了过来……

白肤施笑了笑，抱着丰林的头，抚摸着他的头发，看着窗外说，丰林，当初你也是这个样子，在我家的骡马店后面，草料窑里躺着呢。牛丰林的眼睛眯成了一条缝，嘴角傻傻地咧着。白肤施说，那么多赶牲灵的后生，我就一眼看上个你，那么远的路啊，我听着歌声，我就能识出你的影儿。丰林啊，你那时候干瘦干瘦，不起眼，别人还欺负你呢，你还敢跟人打架。我就想，你一个瘦后生，哪儿来的力气跟人打架呢。你打完架了，不喝酒，别人笑话你；你不赌博，别人也笑话你。后来逞英雄呢，就喝酒，喝了酒的你反而话多了，又跟人成了朋友，把自己喝成了二百五，吐得店里到处都是。你和那些赶脚的人不一样啊，你看书，你把书里的事都讲给赶牲灵住店的人。我大我妈说，可别学那个光嘴溜的后生，看他平时不说话，说起大话来要人命呢。口口声声那都是世界啊、中国啊，那世界啊和中国啊跟你一个臭赶牲口的有啥关系呢？

我大我妈越是这样说，我越是觉得你和别人不一样啊。我想，这些赶牲灵的人里，你是唯一识字的人吧？我又想，能喜欢个识字的人多好啊，我这辈子是没这命了，我就能数得了羊。你能识字，那不是挺好的事嘛。你都不知道，那个时候，我心里就装了你。还有一次啊，你就给我讲那些书上的事，我一句都没有听懂，我只顾看你了，你有些臊地问，听懂没？我说，我没听懂，但是，我看懂了，你想把你知道的事情和道理讲给我。你说，对啊，就是这个意思，那你真懂我的意思了？我就说，真懂了。你说，你要是真懂了，你给我说说啊。我就问你，你心里，有没有个叫彩云的人？你就臊了，合了书，不理我了。我就大声问，到底有没有？你背对着我说，有！

从那次以后，我就天天站在天尽头的官道上等你，盼你，想你。那天尽头的黄河宽啊，我就想，你要是还不回来，我就跨过黄河去山西寻你。我又想，或许你走了其他道，已经回了延安县，我就把浑浊的黄河等清了，流淌的黄河等冰了。可还是不见你来。我见着你们延安县的脚夫，我就打听啊，我问他们，见到丰林没？他们开始说，丰林啊？当红匪去了。我就心里骂你呢，好好的人，干吗要当红匪啊？是不是有啥想不开啊？可你也没告诉我啊。你心里要是真有我，该给我说一声，我想，你是不是把彩云就忘记了？可我听得真真的啊，你说你心里有彩云呢。后来，那些脚夫说，你打仗死了呢。我就坐在黄河岸上哭啊，我一边哭一边骂啊，牛丰林这个短命鬼啊，我还没跟你好，你就死了啊，你扔下我，我咋办呢？

我大我妈看我整天魂不守舍，怕我一个人想不开，打发了长工，让我去放羊。我在黄河畔子上放羊，就遇到了你。丰林啊，老天爷把你送回来，肯定是有道理啊，我就把你背回骡马店……

天色渐渐暗淡了下来，窗外已经是一片昏暗，夏日的暖风吹进来，像是吹进一片美好的回忆。白肤施嘴角微微颤动着，她捂着的牛丰林的手越来越凉，她反而镇定了说，丰林啊，你别怕啊，那么难的路，那么窄的道，咱都走过来了。你放心，彩云这辈子还没跟你过日子过够呢，你就是彩云的天啊，彩云什么时候都陪着你。

牛丰林挣扎着一口气，说，……小芝麻，是咱的娃！白肤施破涕为笑，说，小芝麻当然是咱的娃啊，你放心，小芝麻以后要像你一样，长大去当兵，去扛枪，去革命。白肤施说着，看到牛丰林欣慰地流下了眼泪。白肤施轻轻地为他擦了擦眼泪。继续说，我们的小芝麻多像你啊，咱妈说了，你小时候也这样，闷着声，可心里啥事都明白得很。

白肤施抹了把眼泪又说，你就那么活了，活了就要把彩云扔在了骡马店。你还记得不？你临走的时候，给我大我妈磕了头说，彩云救了我的命啊，我给你们磕个头。我大说，不用了，你走吧。你说，我要娶彩云呢。我妈吓得不敢说话，我大说，你想得美呢，吃干捞净，哪有这买卖呢！你说，婚姻自由呢，彩云这婆姨，我就娶定了。我怕你和我大争吵，我就给我大说，大，丰林人好，我，我就跟他了。我大生气说，他好，那你现在就跟他走！我妈赶紧说，这是人生大事，你让你家大人来说嘛。你说，这事是我的大事，所以我一个人就能做主哩。我大说，那不行，你可以自由，我女子是根清苗正的庄户人家！我们把你救了，你不能恩将仇报哩，啥人品嘛！我说，我就跟丰林哥了，你要是不让我去，我就跳黄河！我大也恼了说，跳去，跳去，你跳了，我耳根清净。我妈赶紧说，你俩现在也别逼着你大，这婚姻大事呢，不能说引走了就引走，你俩心思我们大人明白了，犟在这儿不是逼我们老两口跳黄河吗？

我妈心疼我呢，就偷偷说，让你姨夫来说这个亲。你姨夫是脚夫里的掌柜啊，他还真就来了，跟我大就把这事说定了。我大其实就是觉得面子下不来，他在这儿当掌柜，什么世面没见过？所以，他也不过分为难，说好了的彩礼，也就是一张白条，他就想要个面子，有个台阶。你姨夫懂人情世故，你姨夫是个好人呢，他靠一张嘴，就把我大给说通了，我大同意这门亲事，唯一的要求就是要彩礼呢。那就想了个打白条的办法，走了过场。可惜呢，你姨夫在东征的时候死了。

你说，咱俩这辈子啊，没有白活，都经历了这么多事。现在想想，真是要命啊，我一个农村女人，还有一天能断文识字呢，能放开脚去县城，还在县城里做事情。这要是放在过去，梦都不敢梦啊。要不是这辈子遇到你，遇到那么多的好人，我还是天尽头的一个傻婆娘啊，哪有机会去当这个干部呢？这一辈子也算值了，见了那么多的好人，热热闹闹得走到今天。只是冷落了你，等娃娃长大了，我就只陪你。你要是不嫌我烦，咱就还回张家圪崂，你干不了农活，有我呢，我养活着你，把你养得白白胖胖，你就整天教咱小芝麻识字就行。

夜幕已经降临了，白肤施把衣服盖在牛丰林的身上，牛丰林努力说，穿军装！白肤施赶紧应了一句，出门就去喊他的战友去找牛丰林的军装。几个人帮着他，把军装整齐地穿在牛丰林的身上，牛丰林微笑着，最后看了一眼白肤施说，……胜利……回……唱！

白肤施听懂了，她流着泪说，对，胜利了，我们都胜利了，我们回家。我唱，我就唱当初在天尽头等你的时候那些歌。牛丰林听了白肤施的话，半合着眼睛，用尽最后的力气点了点头。

白肤施就唱起了那些曾经在他们生命里闪着光的民歌：

走头头的那个骡子呦，三盏盏的那个灯，

啊呀带上了那个铃儿呦，哇哇得的那个声。

白脖子的那个哈巴呦，朝南得的那个咬，

啊呀赶牲灵的那个人儿呦，过呀来了。

你若是我的哥哥呦，你招一招的那个手，

啊呀你不是我那哥哥呦，走你的那个路。

唱完了一曲，白肤施还觉得不够，就说，丰林啊，你可听好了啊，当初彩云等你编了一肚子的歌，想起来哪儿，就唱到哪儿，你可不准笑话我。说完就开始低声地唱：

一有云彩就刮风，尘世上灭不了人想人。

刮起东风水流西，提起枕头想起你。

风刮电杆电丝丝摇，心里想哥哥没有一阵阵好。

手扳小磨磨黑豆，想哥哥想在心里头。

大红果子墙上吊，想哥哥想得好心跳。

金盏盏开花渗金金黄，想哥哥想得好天长。

白天想哥哥大门上站，到夜晚想哥哥胡盘算。

头枕胳膊腕腕面迫墙，人家睡觉我盘肠。

脚蹬住炕拦头顶墙，翻一翻身子好夜长。

刮起一阵大风点起一盏灯，忘了哥哥的脸脸忘不了心。

…………

白肤施唱了一宿，还是没有把牛丰林的命唱回来。当初在骡马店的时候，她也是这么唱着打发那种提心吊胆的焦灼日子，唱着唱着丰林最后就醒来了。可她今晚唱了整整一夜，也没能唤回丰林的一口气。

刘院长和众人帮着白肤施把牛丰林埋在了张家圪塴的山上，众人离开后，白肤施带着蛋蛋、花花和小芝麻一起给牛丰林磕了个头。白肤施没有眼泪了，她把眼泪早就交给了四季，交给了所有的孩子。她望着群山，对三个孩子说，要记得，这里埋着你们的爸爸，记住路，以后别走错了！白肤施也不敢哭，她努力表现得更坚强，这样才能让公婆安心一些。临走的时候，白肤施主动把小芝麻留下来，只要孩子在，两位老人或许还能度过这段难熬的日子。

刘院长回到保育院对白肤施说，牛丰林是真正的革命者，是为了保护咱的娃娃牺牲的，他用自己的生命保护了革命希望的种子生根发芽，这是伟大献身精神，是革命的大爱精神。上级和组织都很关心你和孩子，希望你不要太过悲伤，以后，我们都是你的家人，小芝麻也是我们的孩子，让小芝麻回保育院上学吧？白肤施说，小芝麻和爷爷奶奶在一起更好，丰林说了，他不能在咱保育院，我得听他的，他就这一个要求。

刘院长无奈，只好由了她。过了二十多天，已经立秋了，日本的"蝗虫机"又来过一次，那嗡嗡隆隆的声音中，白肤施好像被惊醒了一般，冲出院子，奔跑在官道上，很多人想拉住她，却怎么也拉不住。炸弹落下的地方，黄土像一个巨大的旋涡，她冲进那巨大的旋涡里寻找牛丰林，一边冲进黄尘之中，一边大喊牛丰林的名字，丰林，丰林，快躲开啊，快躲开！丰林，你在哪儿呢？那被炸弹卷起的巨大黄土，直冲云霄，覆盖了半个山梁山路，久久地罩在半空中不愿意落下去。

飞机过后很久，一阵微弱的秋风吹过，黄土散去落定，人们看到白肤施还在那尘土中寻找着牛丰林，她用手刨啊刨，她的手都抓得稀烂，满手都是鲜血，可就是找不到丰林的影子，她着急地说，丰林啊，丰林，你埋哪儿了？你动一动啊，我找不到你了啊。说着就坐在尘土中大哭起来。众人赶来去拉她，哄她，她哽咽一会儿，又大声哭了一会儿，整个人就像裹了一层泥，只有脸上两行泪，她抓起一把黄土，恨天似的扬起来，而后继续低头哽咽。一直哽咽了一个秋天。

刘院长看到白肤施的精神状态不好，就找她谈了一次说，彩云，我们也心疼你呢，你和丰林感情深，我们也能理解，你有什么打算和想法，你就告诉我，别不好意思憋在心里。白肤施没有说话。刘院长又说，要不，你先回去休息，工作我给你永远留着，什么时候想回来了再回来。白肤施迟疑了一会儿说，我哪里也不去，这里就是我的家，我不能丢下他一个人。我在这里工作还能想起他，我要是离开这儿，我怕我忘了他。您不用担心我，丰林没了，我就是丰林，我啥都能干。刘院长听她这么说，也不再劝她。

李家洼的山坡上，她和牛丰林一起开荒种出的庄稼已经茂密得看不到了边，谷穗瓜果挂满了山坡。有一天晚上，她去地里看庄稼，听到月夜中，牛丰林在地里喊她的名字，她知道自己是幻听了，但是，听着听着就笑了说，丰林，你放心吧，我会好好照顾这些娃娃，我要把咱的娃娃都养大，一茬又一茬，等他们都长大了，成人了，娃娃越来越多，咱的国家就好了。到时候我就来陪你，你放心，我答应你的事情一定做到！

一眨眼天凉了，公婆找人捎话说，小芝麻病了。白肤施慌忙请了假回张家圪塄照顾小芝麻。等病好点了，小芝麻怎么也不肯再待在张家圪塄。公婆就劝说白肤施带上孩子，这样也省得各种牵挂和盘算。公公说，丰林那是公家人，给公家卖命，命没了，那是光荣。婆婆说你以后该干啥干啥，别牵挂着我们。白肤施含着眼泪，依依不舍地告别了公婆。

刚把小芝麻安顿在老姑家，小陶就来找她说，彩云姐，我来跟你告别。白肤施说，咋这段时间不见你，你这是要走？你要去哪里啊？自从他大死了以后，我过得恍恍惚惚，也没有关心你，是不是我哪里怠慢你了？还是咱保育院哪儿对你不好了？小陶拉住白肤施的手说，彩云姐，你想哪里去了？一直没有告诉过你，我来这儿也是带着任务呢。向你们，尤其向你学了这么多东西，我已经向上级请示了，要在杨家湾办个学校，办个老百姓自己的学校。

白肤施听着小陶的话吃惊地说，你一个女娃，你咋还去办学校呢？小陶说，刘院长不也是女娃吗？她也比我们大不了几岁，上级领导也是看到咱这周围的很多娃娃没有上学的地方，就把我派来了。这儿路又不远，就在对面的杨家湾，过了杜家沟就是，离你们也近。学校已经选址了，孩子们报名还挺多，你就放心吧，我想把小芝麻也带走，就看你舍不舍得？白肤施就笑说，老百姓的孩子，当然就得上老百姓的学堂，你带走，我自然最放心，这样，咱俩以后还正好能续上关系呢。小陶说，彩云姐，谢谢你，这半年时间，你教给我这么多东西，我都不知道该说什么好。

白肤施拉住小陶说，你看你说的什么话呢，我啥都不会，生怕把你教偏了。又说，你这么大的事情，我也不知道该送你啥。又想起了什么，把自己的一双新鞋拿给小陶说，我看你的脚跟我一样大，这是我自己做的，你要是不嫌弃，一定要穿着。小陶一直穿着一双旧草鞋，白肤施心疼，早做好了，还没来得及给她。白肤施说，你不是要办老百姓的学校嘛，那就得穿上老百姓的鞋，走老百姓的路。小陶一听，欣然接受了，临走又说，彩云姐，你一直说自己啥都不会，可我从你身上学到了最重要的东西，那就是要像妈妈一样当好一个老师，爱每一个孩子！

小陶一走，白肤施就像身上又少了什么东西一样，空落得很。这日子自从牛丰林走后，突然之间变得特别长。她晚上盼着天明，天明又盼着早点天黑，日子总是难熬得很。后来，一得空，她就走五六里路，过去帮小陶给孩子们上上课，反倒两全其美，尤其是心里就没那么空落了。

秋天，保育院的娃娃和老师们的劳动课，从开荒种地变成了收割庄稼，孩子们高兴极了，他们第一次看到粮食生长——从庄稼小幼苗变成了谷子，最后又变成了小米的全部过程。他们激动地冲进金色的庄稼林里大声呐喊着，呼唤着。他们好像从庄稼的身上看到了自己，看到了未来，他们眼里的未来，应该像这庄稼一样，每天都金黄金黄的，还发着光吧。他们的脚步欢快，他们的喊叫声都充满了热情、热望，还有那无法抑制的激荡。一瞬间，土地对于他们来说，瞬间神圣起来了。他们在这丰腴的土地上，被高高地捧起来，像是一个个成熟的种子在跳跃着，歌唱着……

自从牛丰林牺牲后，白肤施还是第一次露出笑容来，孩子们欢快的歌声和热情感染了她，把她带回了现实的庄稼地里。她也顾不得自己内心的悲伤，全力以赴地把谷穗背到保育院的大院子里，打场、收谷、入仓，每一道工序都做得非常认真。粮食太多了，短时间也收不完，又担心如果下雨，粮食浸泡在地里，一年的工夫就白费了。保卫科的战士和李家洼的村民也来帮大家收割庄稼。半个月时间，保育院的粮食都收回来了，刘院长特意腾出两孔窑洞，专门存放这些珍贵的粮食。

刚秋收完毕，院里要推选模范保育员和劳动模范，白肤施又一次戴上了大红花，成了边区的劳动模范。她在延安城里参加了几次劳动模范的大会，还遇到了小朱科长。小朱科长看到白肤施还是那么乐观，也放心了许多，只是觉得白肤施的脸上多了一层岁月的清霜，不免又劝说她要坚强。又说，丰林当初其实也是不放心你，所以主动申请去保育院的保卫科，虽然是降职了，但是，他特别高兴。看白肤施脸上有些宽慰的神色，补充说，我还没有见过他那么高兴，嫂子，你和小芝麻有什么困难，一定记得找我。白肤施说，我们没什么困难，什么困难都能克服呢，倒是你，得空了也来说说话，嫂子永远是你的家人。一句话让小朱科长感动不已。

白肤施带着大红花在保育院的大会上还是那么乐观地微笑，刘院长讲了很多，尤其讲到白肤施和牛丰林的故事，自己都讲哭了，可白肤施没有哭。白肤施说，人嘛，活着就跟庄稼一样，都要慢慢生长呢，春天要生长，夏天也要生长。秋天了，庄稼自己死了，可是把粮食留下来了！我们的娃娃们也一样，一定要努力生长，快快生长啊，长大了成为大英雄；如果成不了大英雄也不要难过，起码活得像庄稼，要给这世界留下点好东西来！这话说得随意，可是大家伙儿听得感动，就这么几句，大家都鼓起掌来了。

因为这些粮食，保育院的孩子们这一年的冬天过得非常充裕，再没有饥饿的事情发生。入冬后，另一件事情又摆在了大家的面前——

陕北冬天天气比较冷，有时候零下二十多度。在小草峪的时候，孩子少，窑洞少，木炭石炭都有供应，再不济，还可以去山上抓几把柴火。一般情况下，老黄都是让保卫科的人在不值班的情况下，去山上砍柴，平时存一两个月的柴火。但是，到了李家洼以后，孩子多了，四十多孔窑洞，每个窑洞到了冬天都需要取暖，柴火只勉强够灶房的用度。秋天的时候，刘院长就跟边区政府申请石炭，可石炭运输困难，加上产量少，供应紧张，分配到保育院的并不多。

陕北的山峁上，本来树木就少，战士们每天能找到的柴火有限。天刚开始冷，就有孩子出现了冻疮，白肤施和保育员们加快纺线，尽量给孩子们多加棉衣和棉鞋。这个时候还不到入九时节，如果不解决取暖问题，恐怕孩子们又会生病，甚至会冻出更严重的问题来。刘院长着急，白肤施也着急，去找小朱科长，小朱科长也很无奈地解释说，供应的木炭怕是很难再像往年那样充足了，因为国民党的经济封锁，外面的物资根本无法进来。倒是听说县里有些地方，挖出了石炭，不如去打听试一试。

白肤施一路打听，得知延安城外东北处的姚店子朱家沟有石炭。她赶忙回张家圪塄，把家里的骡子赶上，一刻不停地去姚店子买石炭。跑到朱家沟，一看傻眼了，眼前就一个小煤窑，挖煤的工人也不多，后面排队等着石炭的人还不少，听人说这个小煤窑产量很低，而且都是严格供应。大多数都是供应到了各个工厂，什么农具厂、造纸厂、兵工厂等。有人说，想要石炭，也可以到瓦窑堡，但是路很远。瓦窑堡的石炭还要供应给各个医院，什么中央医院、边区总医院，还要供给鲁艺、军政大学等。挖炭的地点也是严格管理，县里派了一个排的民兵轮流下井，即使这样，依然不能满足需求。旁边的干部就议论，等到明年就好了，富川那边也在挖煤窑，可以缓解煤炭供应紧张的问题。今年是等不上了，都指望着这一口煤窑呢。白肤施越听越着急，打听到这口小煤窑是县里派来的排长老高管着呢，老高正蹲在泥坡上抽旱烟，那味道呛得人无法近前。旁边的人小声地说，老高脾气不好，爱上火，千万别惹。

白肤施仔细端详了那老汉，其实也没有别人说的那么老，只是脸上和身上因为挖炭，搞得脏兮兮的。他一脸的络腮胡子，瞅起人来瞪着圆溜溜的大花眼，让人有点发怵。再仔细看，发现老高右胳膊是残缺的，只有左胳膊完整，他用左手不断地磕着那旱烟锅子，旱烟锅看起来很油腻，挺有年代的样子。

白肤施走过去，笑眯眯地看着老高，老高躲开白肤施的目光，不理她。白肤施凑过去说，高排长，我看咱这儿人挺多的嘛……这回挖出来的石炭能不能先给我？你看我有票呢。老高连头都没有抬，继续磕了磕旱烟锅，又装了一撮旱烟。白肤施又说，我是保育院派来的，我们那儿都是些娃娃，都是宝贝疙瘩，这冬天可不能冻着。我给你说啊，咱这些娃娃金贵得很，毛主席都要把自己嘴里的一口饭省着给娃娃们吃哩，你看能不能先让我拉一些回去，别把这些娃娃们给冻坏了。

老高猛地吸了几口旱烟，声音就洪亮得很，说，毛主席来了，咱也得按规矩办事！那延安城里大家伙儿都受冻呢，我这没日没夜地往出挖呢，你催我做甚？白肤施赶忙压低嗓门说，我不是催你，我是说，能不能先让我拉点应急嘛，你看你这人咋还恼了？老高说，凭甚要给你先拉呢？你长得俊？那也不成，规矩就是规矩！你要不按规矩办，那我还挖个屁？我挖的石炭，也挖的是规矩！到那边排队去！白肤施被一顿教训，急得脸红耳赤，对眼前这个人既同情可怜，又有些愤恨。白肤施沮丧地拉着骡子走出朱家沟，又有些不甘心，这么回去，娃娃们咋办？她就坐在石头上，盘算怎么能买到这石炭。

天黑了，白肤施若回保育院，有点路途遥远，接着等待，又不知道要等到什么时候，索性又返回到朱家沟。朱家沟的村民为等候拉炭的干部们，准备了简单的休息室，也能应付一宿。白肤施安顿下来，又走到炭窑口。此时排队的人大部分已经离开了，从炭窑里爬出来的民兵，一个个像是被黑烟熏烤过一般，只从两只扑闪的眼睛，才能大概分辨出是个人。

她听到老高在那儿讲话说，你们觉得累嘛，可多少人等着咱的炭要过冬哩。娃娃、大人都冻得哭老子叫娘呢，县委县政府把肉送来了，酒送来了。啥东西好，先紧着咱吃咱喝咱穿，咱得对得起上级领导嘛！我就一句话嘛，就算把命送到炭窑里，也要保证供应，谁偷懒明天就给我滚回去！听到了没？众多民兵喊着说，是！老高说，都吃饭，吃完了休息，让三班今天晚上干！就有人说，我们不休息，再干到半夜，三班昨天干了一天一夜呢。老高说，能行，既然你们要求主动干，那就干上半夜，就一点，我要产量了，要是没产量，等于嚎了半天生不下个娃娃，那等于白嚎了！民兵们一边笑，一边说，高排长，你放心，保证给你生个大胖小子，婆姨都不用了。老高骂道，现在就是要娃不要婆姨的时候了，都少给我想美事！

民兵散场了，老高一转身，看到白肤施站在他身后，吓了一跳，说，你咋神出鬼没的，走路也没个声？白肤施说，你这天天跟鬼打交道，还怕我？我的意思是，你这天天下炭窑，危险得很！黑麻咕咚的，不就是天天跟鬼打交道吗？老高突然笑了起来说，你这倒说得对着呢。白肤施问，听你这口音，瓦窑堡人？老高说，哦，瓦窑堡人，干革命之前，就爬炭窑呢，胳膊打没了，所以，这革命干不了，政府就把我派到这儿管这炭窑呢。白肤施笑了笑说，老革命呢嘛，这挖炭不也是干革命嘛，哎呀，这胳膊咋回事？

老高本来不怎么想让人提这事，只是见了白肤施，他反而来了兴致说，别提了，一九三六年春东征的时候，我们连执行任务，被敌人团围在山西的山沟沟里，用那火炮轰炸。那山西的地势跟咱差不多啊，躲都没有躲的地方。我们正被打得没处藏身的时候，一颗炸弹就在我们中间飞过来，不偏不倚地落在我面前，幸好我们牛连长把我压倒，我才捡回一条小命来。战斗结束后，我的胳膊就找不着了，我们连长的腿也被炸瘸了。你说我们连长要不是为了我，他的腿能瘸吗？我过后就悔得很，他还有婆姨、娃娃呢，瘸着个腿，以后可咋生活呢，是我害了他啊。

白肤施没有想到这老高还有这么复杂的背景，但是，很快她就想到了什么，很同情地看着老高说，你别后悔，你们连长是不是叫牛丰林？老高突然看着白肤施说，你咋晓得呢？白肤施说，我就是他婆姨！

老高突然站起来，仔细端详着白肤施，表情浓烈得半天都化不开，而后有些不敢相信地说，你？这事咋这么巧呢？嫂子，我牛连长现在咋样了？我来这儿管炭窑的时候，就是他介绍我去县委县政府呢。哎呀，连长是我的恩人呢，嫂子，你咋不早说呢？白肤施暗淡地说，他已经牺牲了，今年夏末的时候，就是为了掩护保育院的娃娃，被日本飞机给炸死了。

老高一听，刚刚高兴劲头一下子消失了，沮丧着脸，突然蹲在地上哭了起来。一个大男人蹲在地上哭，这让白肤施一时不知如何是好。看他哭了一会儿，白肤施安慰他说，老高，丰林在的时候，为了我和那些娃娃，从机关自愿调到保育院，就是为了保护那些娃娃们。这些娃娃可不是普通的娃娃，都是革命的后代，咱不能让他们在这困难的时候受寒受冻，你说是不是？

老高抹了把眼泪，站起来，看着白肤施，又看了看那炭窑口说，嫂子，这挖出来的炭，我真没法给你，咱这儿的炭都是定人定量地计划供应。你就说你要多少？白肤施说，我也不知道该要多少，反正要保证娃娃们度过今年冬天哩，大概有二百多个娃娃，还有上百个老师，四十来口窑洞呢。老高说，那还真不少，靠你这一头骡子，那也不行啊。白肤施问，那怎么办呢？老高说，你别担心，我这儿给你想办法，这挖上来的炭你不能拉，炭窑里的炭，你随便挖，就怕你不敢干这活儿。白肤施很干脆地说，你放心，我啥苦都能受得下，我今天晚上就下去。老高说，你先别急，你一个人下去那也不成，我跟你一块下去挖，挖出来了，我再帮你寻个架子车，你这骡子驮不了多少炭，能行不？白肤施说，能行！

当晚，白肤施就跟着老高和三班的民兵一起下了炭窑。朱家沟的炭窑浅，窑口用大箩筐把人吊下去，上面用绳子牵着。把白肤施吊下去的时候，她就觉得有些生惧，这黑麻咕咚伸手不见五指的地洞里，掉下去还得爬一会儿，才能看到石炭层。把煤油灯给点着后，虽然敞亮了一些，可是挖炭的工具也都是些很原始的工具，无非是铁镐子和铁锹之类。挨着几个挖炭的口子，老高就把最边一个口子指给白肤施，又教她怎么使用铁镐子。老高虽然只有一只胳膊，但是，还可以帮她捡炭。白肤施一直挖到第二天早上，两个人才从炭窑里出来，他们把挖上来的炭装在架子车上，白肤施简单洗了一下，赶着骡子就匆匆走了。

到了保育院，赶忙把炭卸下来，整整齐齐地放在柴炭房里。老黄一看白肤施滚得跟黑炭一样，又拉回来了这么多炭，就问她，怎么搞得？还自己去挖炭了？白肤施反问他，咱一个冬天还得多少炭？老黄说，得把这半个窑洞搞满了才行。白肤施也不多说什么，赶着骡子又去了朱家沟。

老高再次跟着她下了炭窑，只说，嫂子，你什么时候要炭，我什么时候跟着你下炭窑！白肤施就笑，把一个随身带的玉米面馍递给他。一直挖了将近两个月，才把保育院的那孔窑洞给装满了。最后一趟的时候，白肤施就想跟老高告个别，白肤施说，娃娃们的炭够用了，今年这冬天，娃娃们能暖和了，都是你的功劳呢。老高就说，炭都是你挖的，我啥都没帮你。白肤施又说，我得替娃娃们谢谢你。说完，就从兜里拿出两包纸烟，说，也不知道该怎么谢你，这是我的一点心意，让你跟着我受了这两个月的苦，实在过意不去了。老高说，这是哪里的话，牛连长是我的救命恩人，我做什么都是理所应当的。白肤施也不再多说什么，转身离去，老高拿着那纸烟闻了闻，意犹未尽地笑了笑。

回家的时候，突然下起了大雪。风雪中，白肤施赶着老骡子艰难地在泥泞的路上前行，过了姚店子，又走了十里路。刚到李家渠，老骡子喘着粗气突然倒地，白肤施吓坏了，慌忙跑过去，老骡子只有出冷气的劲儿，哪里还有站起来的力气，白肤施怎么推它、拉它、赶它、呼唤它，都无济于事，老骡子已经断了气，像这冬天的草木一样结束了它的使命，而它的目光还在望着前方，它的身体紧绷着，四个干瘦的蹄子依然做着向前奔走的姿态，丝毫没有一点懈怠。

寒风中，白肤施抚摸着这头老骡子，她多么希望老骡子是安详离去的，但是她更知道，老骡子身后有一架子车的石炭，它不能停歇，更不敢停歇。她坐在风雪中，久久地垂着泪，就想着，这人和骡马一样啊，一个个都是受了一辈子的苦，力尽身干啊。她悲伤地看着老骡子在风雪中躺着，觉得它该多冷啊。若是这么丢下它，不免有人会捡了便宜吃它的肉。于是就擦干眼泪，把它拉到路边的大树下，捡了些石头和着泥土，简单地埋葬了它。她回头看着那老骡子的坟堆儿，突然就想到了自己，但也不敢再多想，继续埋头赶路。

雪越下越大，她拉起缰绳，扛起车辕，一步步艰难地在泥泞中向延安城方向走去。

回到保育院已经半夜了，大多数孩子已经休息。刘院长询问她老骡子怎么没有回来，她突然哽咽着说不出话来，她不知道她在哭骡子还是哭自己，最后又勉强笑了笑说，就是个牲口，没什么。刘院长看她难过，又亲自去灶房给她做了一份拌汤。她简单吃了几口热乎乎的拌汤，看着刘院长说，花花也该上小学了。刘院长点了点头，知道她心里难过，又说，蛋蛋昨天已经送到中学了，都是好娃娃，谢谢你，彩云同志。白肤施又笑说，娃儿们都长大了，好苗不愁长。

这一年冬天特别冷，保育院窑洞里却很暖和，炕头上总是热乎乎的，孩子们的脸蛋也总是红扑扑的。

无论再怎么晚，白肤施总是要步行几里路，过延河，穿杜家沟，走到杨家湾住宿。小陶虽然年龄小，可现在做起事来面面俱到，有时，白肤施在她的跟前反倒像个孩子。小陶简单又毫无忧愁，跟她在一起，白肤施自己似乎也年轻了不少。

有一天晚上，小陶说，彩云姐，你不如调我这儿好了，我这儿孩子少，你也能少操点心，你看你一天多累啊。白肤施笑了笑说，我晓得你心疼姐呢，你这儿是正规学校，要的都是老师，我最多只算是个半拉子保育员，跟正儿八经的老师还差着距离呢。我没啥文化，也就适合干那些保育工作，习惯了呢。小陶说，这些年学了不少呢，你过来，我把校长让给你吧。白肤施说，那就更不成了，这学校，还得是你这样有水平的人干嘛，我要是去干，那还不得成了水帘洞了？两个人就不由得笑起来，小陶又说，那你真要干一辈子？白肤施说，那可不？保育院现在离不开我，我要是走了，娃娃们吃喝拉撒睡那一套全乱了，我哪儿能放得下心呢？

说着说着自己也笑了起来，又拉住小陶说，你看，我现在都把它当家了，再别提离开不离开的话了。小陶说，你是舍不得娃娃，我这儿也是娃娃嘛，小芝麻你能舍得？白肤施说，小芝麻迟早也有长大的一天，可保育院的娃娃啊，那得一茬又一茬。小陶说，姐，我也不挖你这人才了，跟你说个事，你可别怪我多事。

小陶说完，从窑洞的柜子里拿出一条肉来，递给白肤施。白肤施慌忙躲开说，你这哪儿来的？小陶说，有人给你送来的，你不高兴？白肤施说，谁能给我送这个啊？小芝麻爷爷奶奶过来了？小陶说，不是，你再猜。白肤施说，我猜不着，你也真是，也不问清楚，就把肉留下来了。小陶说，我就晓得你要怪我，所以，压根没敢动它，等你来了，我问清楚了，才知道怎么处理呢。白肤施问，你都不清楚，咋还收下了？小陶说，我不收啊，那人就说，来看一眼小芝麻，我就去忙别的了，等我回来，他把肉放我窗台上，人就走了，我去哪儿找人呢？白肤施问，什么样的人？小陶转述那人的话，说你晓得呢。白肤施说，我咋晓得呢？

小陶认真地看了看白肤施，白肤施瞪了她一眼，有些不高兴地说，这事怪你，你拿了就算是送你了，我才不吃。小陶就笑说，彩云姐，你跟我还装呢？白肤施还真想不起谁能给她送一条条子肉，摸不着头绪笑骂说，你这是诈唬你姐这老实人呢。小陶说，你老实不老实，我晓得呢，但是，这男人，肯定是个老实人，也不会说话呢，就一句话"她晓得呢！"哦，对了，这人好像只有一条胳膊。

白肤施恍然明白过来，笑了笑说，是老高。小陶赶紧问，老高是谁？白肤施说，是丰林的一个战友，给娃娃们挖炭的事情，都是他帮忙呢，他怎么把肉送到这儿来了？小陶诡秘地笑了笑说，他当过兵呢，要是对你用心，什么事情打听不出来呢？白肤施又骂她，想什么呢？老高不是那样的人！小陶又调皮地追问，他是个什么样的人？白肤施说，你忙了一天，不累啊？小陶只好说，累了呢，我想想明天怎么吃这个肉呢。唉，可说好了啊，这点肉你不准再带到保育院了，还不够孩子们塞牙缝呢，老高同志既然送到这儿来，那可不单单是送给你，那是送给小芝麻的礼物，你拿着这一条肉回去，老黄和院香不一定传出什么闲话呢，再说了，我也得过过油不是？白肤施笑了笑说，好，好，这次答应你了。

老黄最近情绪有些不稳定，动不动摔盆掼碗地生气。白肤施就问

287

院香是怎么回事。院香摇头说，我也不晓得。这儿正问着，老黄就把白肤施单独叫到一边说，彩云啊，你这算来算去，好像不灵验啊。白肤施问他，什么不灵验？老黄说，哪儿都觉得不灵验！你说，我能找到丢失的东西，可现在还没找到。你说的话，我都听着呢，咋还没找到呢？白肤施笑说，你不能把这事当赌博啊，得有耐心。老黄说，这啥时候是个头吗？白肤施说，人绝不要跟天赌气。老黄说，这兵荒马乱的日月，我还不知道自己能活几天，彩云，你得帮帮哥哩，你肯定有办法呢。白肤施说，我说了，只有这一条道，你在这儿乖乖待着，那就是给下一代人积累福报呢，而且这是一个很长的过程，我也就今天给你说这话，丰林早都不让我再给人算命呢，就给你破例了。

老黄失望地点点头说，我说实话吧，前几天我遇到一个老乡，他说他在西安街上遇到过我女儿，可就是一闪眼，没说上话，就不见了。白肤施说，那这是好事啊，你担心什么？你想想，这年月，孩子能活着，那就是好消息啊。你在这儿好好干活，指不定以后还能给她一个安稳的家呢。

白肤施这么说，老黄的情绪又平静下来，幽幽地说，我要是在西安，说不准能找到她呢。白肤施说，你晓得她活着，她也一定知道你活着，所以，不要再祈求更多的东西了。这世上，哪有十全十美的事情，就算见了面，在一起，又能如何呢？以后啊，咱的娃娃长大了，都会孝敬你呢。老黄听着白肤施的话，倒是受用了，嘿嘿嘿笑着说，你这话我倒是爱听呢。突然想起什么，把旁边已经做好的一碗馄饨递给她说，送到刘院长那儿。

白肤施知道这馄饨是给那小男孩准备的晚饭，虽然是小男孩，可还是扎着小辫子，有点像女孩。白肤施也不敢多问，等饭凉得差不多了，才递给这个叫沪生的小男孩。刘院长进了门，看着白肤施给沪生喂饭，沪生竟然把那馄饨吃完了，就笑说，这娃还是第一次把这一碗饭吃完。又说，沪生，这是你白妈妈呢，怎么不打声招呼呢？沪生低着头不说话，拿着一件绣着荷花的枕巾闻了又闻。

白肤施觉得沪生奇怪，其他保育员也同样觉得孩子奇怪。院里有纪律，该问的问，不该问的坚决不能问。保育院里的孩子，他们的父母是谁，大家都不知道，包括花花的父母也同样是保密的，这个纪律大家都严格遵守。也因为这个纪律，老师们对保育院所有的孩子都一视同仁，保育院根据孩子的数量，重点分配，每个保育员分头包管几个孩子，严格实行保育员负责制，这个制度也是有效地保护孩子的制度。沪生来保育院已经有两三个月了，一直是刘院长亲自带着，他像个小尾巴一样，整天跟着刘院长。刘院长十分重视这个孩子，反而引起大家的注意，她自己工作太忙，这两三个月里，沪生也未曾融入保育院的集体中。

白肤施只是觉得孩子一直抱着一块荷花枕巾，感到有些好奇，就关心地问他，沪生怎么老抱着这枕巾呢？刘院长似乎有难言之隐，拉着白肤施走出窑洞说，孩子有点不舒服……白肤施说，那能不能让我瞧瞧？刘院长摇了摇头，指着自己的头说，可能这儿受了点刺激。白肤施愣了愣，再没敢多问。

过了几天，沪生就被沈老师带走了，也就是说，沪生归属于沈老师管理，而沪生的饮食起居都还是按照当初刘院长带他的时候一样，每天都是小灶饭。睡觉的时候，沈老师也带着小沪生，虽然说不是那么显眼了，可孩子们依然觉得他奇怪。小沪生自己也很内向，不愿意和孩子们一起上课，更不愿意和孩子们一起玩。每天下课，都一个人坐在院子的最边缘，抱着那荷花枕巾闻了又闻，目光也十分空洞，很少能看出他到底是高兴还是悲伤。

白肤施能看出来，沈老师对沪生也是束手无策，到后来，沈老师就单独和沪生住一个宿舍的窑洞，每次吃饭，也都是她一个人来灶房。沈老师看着白肤施和老黄两个给沪生做好饭，端到沪生跟前，看着他吃完了才罢。因为这种特殊的待遇，白肤施和其他老师更不敢多接触沪生，他依然是保育院里特殊的孩子。

新年前，老高又送来了黄米馍馍和油馍，还有各种年茶饭。他每次都是把东西放在小陶老师的窗台上，而后就离开了。来来回回这几个月，白肤施倒是一次都没有见到过老高，但是老高的关心让白肤施还是有一些忐忑，见不着人，她也没法跟老高说清楚。

最让她欣慰的是，蛋蛋上了中学以后，身体也长高了，远远一看就像秋天里突然长高的向日葵一样，细高细高地在那儿挺立着。蛋蛋一有空就回来看她，像个小大人一样关心她，白肤施的心里跟黏糊着一堆蜂蜜一样甜。这孩子喜欢运动，总是待不住，衣服总是破。她就把一大部分的花销都用在了蛋蛋的衣服上，隔一个季就得换一身新衣服。见了蛋蛋忍不住嘱咐他，你可别疯跑了，我得攒着钱给你娶婆姨呢。蛋蛋就安慰她说，妈，我这以后还得去部队呢，用不着那么多衣服，缝一缝就行了，干吗要一直做新衣服呢？白肤施就怪他，新衣服，那是让你长个儿呢，你看穿了新衣服，个头又长高了不是？

花花是个鬼机灵，也会心疼白肤施。她把父母给她的梳子啊，红头绳啊，小零食啊都拿给白肤施，白肤施拉炭的时候，花花就天天等候在保育院门口。要是白肤施迟回来一点，孩子就哭，也不回去，无论天气再怎么冷，都要等到白肤施回来。有时候就藏着水果，等白肤施不高兴的时候，偷偷塞在她的枕头下面，白肤施就悄悄对花花说，还是女儿心疼妈妈，知道妈妈最喜欢谁吗？当然是我家花花了。上了小学，融入了集体，孩子也慢慢长大了，有一天，还特意给她拿了一块香胰子说，是给妈妈洗脸用的。白肤施哪里舍得用这个，每天早上都第一个先给花花洗脸用，而后才给其他女孩子用。

小芝麻到了杨家湾的学校以后，反倒话多起来了，不像小时候一样，总是闷声闷气。小陶也把他当作自己的孩子一样处处关心，让孩子也自信多了。看到小芝麻一下子长大了，白肤施有些惭愧，自己陪伴他的时间并不多。但毕竟小芝麻皮实一些，跟村里的孩子在一起很是自由快乐。

白肤施每天早上起来得都很早，她要花费半个多小时从杨家湾走到保育院。新年刚过不久，院里就给大家放了个短期的寒假，所以，孩子们起来得也比较晚。她每天一早都要去各个窑洞里查看一番，这天到了第二排的时候，特意看了沈老师的窑洞。沈老师这个人平时起来得也很早，每天早上她来查窑洞的时候，沈老师也已经起来了，可今天却不见沈老师，她心里稍微有点担心。

她去灶房的时候，发现早饭还没有做，就催促老黄也该起来了。老黄就在窑洞里闷声闷气地吼着说，放假了，迟一点也没事嘛！白肤施就应和他说，孩子们放假了，咱还得起来，快点，别耽误了。老黄应了一声，也不见他的动静。她又转到沈老师的窑洞外，叫了一声沈老师，沈老师没有应她，她闻到窑洞里有烟冒出来的味道，就更不放心了。她又敲门，还是没有动静，她推了推门，推不开。最后她有些慌了，用力踢开门，一头扎进窑洞里，发现窑洞里全是烟雾。

白肤施慌乱地寻找，大声叫：沈老师！沪生——

苦涩之夏

从保育院出来，右转走到李家洼的村口，几分钟的路程就到了中央医院。平时，孩子们有个头疼脑热的，马上就能在中央医院就诊，所以原来保育院的卫生科也被划入中央医院，这样既节约了卫生资源，孩子们看病也更加方便。

　　白肤施背着沈老师，于老师背着沪生，很快就到了医院。经过抢救，医生告诉于老师，两人都没事，只是轻度的一氧化碳中毒。

　　一会儿，刘院长和保卫科的人赶过来，询问了大概的病情，沈老师只说，晚上添了点石炭，早上就怎么都醒不来，也幸亏白肤施同志及时发现，要不然我们俩可都要……沈老师说着，旁边的沪生就哭了起来，原来他找不到自己的荷花枕巾了。白肤施赶忙过去哄他说，沪生别哭，我现在就回去给你找去。

　　白肤施和于老师离开后，刘院长带着疑惑，又仔细询问了沈老师关于昨天晚上的细节。白肤施和于老师走回去，看到孩子们已经起床吃早餐了，院香正招呼着孩子们，一个个按照顺序打饭。白肤施让于老师先去吃饭，她去找荷花枕巾。走进沈老师的窑洞里，灶火塘里的石炭还没有熄灭，石炭未曾燃尽的浓烈烟雾还在悠悠地往外冒。

　　陕北窑洞的灶膛非常有讲究，灶膛的火要经过土炕，土炕下面的火路一般要分成三股，这样可以保证整个土炕的温度均衡。这三股火路在炕下再聚集在头灶，头灶是土炕和烟囱的连接处，就像整个取暖系统的开关一样。若是春夏的时候，灶火不利索，就要拿一把瓢柴放在头灶点燃，这样就起到了吸引灶膛火的作用，这大概是空气流动的原理吧。白肤施特意查看了头灶，头灶是闭合的，里面也空空如也，她打开的一瞬间，黑烟灰突然扑了她满脸。

带着疑惑，她又爬到半山坡的烟囱上去查看，烟囱比较多，她得仔细辨认哪一个才是沈老师窑洞的烟囱。不用费力，她很快就找到了，其中一个烟囱上面盖着大石板，揭开石板，烟囱里面塞满了干草，把烟囱堵得严严实实，她挖了很长时间才把那些杂草清理出来。显然是有人故意堵了这烟囱，为确定烟囱是沈老师的，她把一块石块扔下去，而后又去沈老师窑洞的头灶里找，果然就在沈老师的窑洞头灶里找到了那块石头。确定无疑，这是一次蓄意的谋害行为。

到了晚间，沪生已经回来了，而沈老师还在住院。医生说，孩子的免疫力稍微好点，好得也快，而沈老师一直头疼，身子发软，只能继续在医院住着。众人离开后，白肤施赶忙把窑洞烟囱被堵的事情汇报给刘院长，刘院长虽然有心理准备，但还是很吃惊。她站在窑洞的桌子后，久久地说不出一句话来。白肤施赶忙劝她说，院长姐，这次沈老师和沪生有惊无险，我是担心以后……不怕贼偷就怕贼惦记，既然这娃娃已经被惦记上了，那咱以后可要把娃娃保护好哩。

刘院长转过身来，表情异常严肃，看着白肤施说，这件事情，你先不要对任何人讲。沈老师本来就身体不好，经过这次一折腾，她恐怕已经不适合继续带沪生了。我想还是请示一下上级，看能不能把沪生转移到更安全的地方。白肤施想了想说，院长姐，我能说两句吗？

我是这么想的，现在坏人已经盯上了沪生，沪生去哪儿也不如咱这里安全，您说呢？刘院长说，你继续说。白肤施说，与其这么把孩子推出去，不如把他放开。刘院长惊异地说，放开？白肤施胸有成竹地说，从这次出事的情况看，敌人对沪生虽然有加害的心，可是并没有什么好办法，也就是说，敌人也在找空子，并不敢明目张胆地对沪生怎么样。这样的话，我们只要把沪生融入孩子们中间，敌人下手的机会就会更少。刘院长想了想说，你的这个办法倒是挺好，但是，我必须请示上级，必须保证沪生不能有任何问题。白肤施立刻说，这个任务交给我吧。刘院长迟疑着说，交给你，我倒是最放心，可是，我也要保证你的安全，你不要着急，这事我请示完毕答复你。

过了两天，刘院长又找白肤施，告诉她上级同意了她的意见，不仅要保证沪生的安全，还要保证白肤施和其他孩子的安全！

白肤施接了任务后，把小芝麻和花花都接到了自己的窑洞里住，这样的话可以让沪生很快融入孩子们中间。沪生对两个孩子并不喜欢，也不反感，只是沉默地看着两个孩子。无论孩子们怎么主动跟他交流，他也不说话。到了下午，白肤施端来热水，把沪生的头发洗干净，沪生倒是不反感，也不抗拒。洗完头，白肤施就说，男孩子怎么打扮得像个女孩子呢？你也是个男子汉，必须得给我把头发剪了！

白肤施要给他理发，沪生不同意，窝在窑洞炕头上抱着头不肯出来。白肤施就强行拉他，他不干，拗不过就哭。白肤施气得不行就说，这是剪头发，又不是剪头，你哭个啥呢？我今儿啥都不干了，如果这头发剪不掉，我就一直跟你耗着！这两个人就这么耗着，到了晚上，沪生困得睡着了，第二天迷迷糊糊醒来，长头发没了，就剩齐茬茬的短发，还没哭出来，白肤施就严厉地说，不准哭，一天最多哭一次，哭过了，下次就没了。

沪生还真不哭了，就是不肯出门见人。花花和小芝麻看着沪生头发剪了，都凑过来看他，小芝麻摸了摸自己的头发，又摸了摸沪生的头发，乐不可支，可沪生自己却羞红了脸。小芝麻比沪生大一点，可沪生的个头却跟小芝麻一样高，花花立刻拉起沪生的手说，弟弟，我们出去玩好吗？沪生习惯性地摇了摇头。

白肤施看着三个孩子，马上宣布了一个消息说，从现在开始，这个新来的娃娃就是我的娃了，我得给他取个好听的名字，叫啥呢？小芝麻说，就叫小黑豆好听。花花说，不行，弟弟长得多白啊，就叫小豆腐。沪生听着两个孩子的话，都摇头。白肤施想了想就说，你还有个哥，叫蛋蛋，你叫羔羔吗？沪生还是摇头，白肤施说，那不叫那个糕，那是吃的东西，咱叫羊羔羔的羔羔，你看你，头发卷卷的，白白的，跟咱的羊羔羔一样样的，能成不？沪生终于点了点低着的头，白肤施就高兴了说，既然这样，他以后就是你们的羔羔弟弟了。花花和小芝麻都高兴地冲着沪生喊羔羔，直把沪生喊得应了才罢休。

过了清明节，白肤施就开始准备农具，把所有的农具都擦得锃亮。孩子们和保育员已经逐渐习惯了劳动，幼稚班和小学部轮流干活，各自还划分了责任区。白肤施负责保障，把种子和粪分发给大家，而后检查各部各班的任务完成情况。她发现今年大家比去年更快地把庄稼种在了地里。留着空，她带着羔羔和保卫科的人开垦了几十亩山地，后山上大部分是他们开垦出来的荒地。

白肤施干活的时候，羔羔就跟在她的身后一直看着，白肤施也不让他歇着，时不时喊，羔羔，把绳子给我递过来！羔羔把水给我拿过来！这样一来二去，羔羔逐渐和白肤施亲近了，但是依然保持着一种特别的习惯。羔羔每天睡觉前，要洗脚，要洗脸，要把自己的衣服叠得整整齐齐，然后才睡觉。吃饭的时候，羔羔要把筷子藏起来，然后自己洗净了，自己一个人用。白肤施说，你这么爱干净，倒是好事，应该把身上的衣服也洗干净了。羔羔摇头不肯，白肤施就趁着晚上，把衣服给他洗了，换上另外的粗布衣服，羔羔不穿，反而很生气，把衣服都撕破了。白肤施看满地的布片，也很生气，说，好好的衣服你撕碎了，你穿什么？羔羔就裹着被子蹲在炕头上，也不出门。白肤施只好把新衣服缝好了，继续给他穿，他还是不穿。原来穿的那身衣服里面都有了虱子，白肤施就把旧衣服煮了，而后又藏了起来。羔羔找不到自己原来的衣服，只好委屈地穿上了白肤施给的粗布衣服，说，白肤施，你真坏！这话白肤施听得明白了，嘿嘿嘿地笑着说，我比你看到的还坏呢，明天起来就给我上课去！羔羔反驳说，我就不去！

第二天清早，白肤施把花花和羔羔叫起来时，别的孩子已经开始打饭吃饭了。白肤施就说，今天是第一次，明天开始，如果再迟到，就不许吃饭！羔羔努着嘴。花花说，妈妈，我明天肯定能起来。白肤施瞅了羔羔一眼，羔羔仰着头不理她。

白肤施这么管理沪生，引得刘院长有些担心，刘院长就把白肤施叫到办公室，有些忧虑地说，彩云，你这是要把沪生当普通的学生看啊，我的意思是，我们的主要任务是保护孩子啊。白肤施就嘿嘿嘿地笑着说，院长姐，你放心，保护孩子的办法很多，把他改造成普通的孩子，放在学生当中，敌人就很难下手了。再说了，孩子嘛，千万别养成了特例，一旦他自己知道自己是特例，那以后他就不会保护自己了。孩子还要长大，长大了，最重要的是自己保护自己，不是吗？刘院长知道白肤施说得对，可还是不放心，又叮嘱刚刚出院的沈老师要特别注意一下沪生，千万别再出岔子了。

下了课，白肤施就看到羔羔一个人坐在操场上，不肯和其他同学一起玩，询问老师，得知羔羔的成绩都非常优秀，尤其是数学，已经达到高年级的水平了，就是性格有点孤僻。白肤施问，啥叫孤僻？老师说，就是不合群。白肤施明白了说，那是因为其他孩子孤僻，他好着呢！一群羊里，最不合群的肯定是最好的头羊。这娃看着就聪明得很，像我家蛋蛋，以后肯定有出息。

午休的时候，白肤施就问他，羔羔同学，你为什么不和其他同学玩呢？羔羔就说，报告白肤施同志，我，我嫌脏。白肤施纳闷说，哪儿脏了？唉？这院子，这都干净得很，哪儿脏了？你小子给我找事是不是？羔羔也不听她说什么，就拉过花花的手给白肤施看。白肤施发现花花的手上满是泥土，就白了羔羔一眼说，那怎么办？羔羔说，我要她洗手。白肤施就问，洗了手，你就愿意跟他玩？羔羔点了点头。从此以后，白肤施的身上就多了一把水壶，水壶里总是装满了温水，见着孩子就要求他们洗手，这事她真做得到。见了羔羔的同学，她就说，你们也要跟着羔羔学习呢，他爱干净，爱干净才不生病，以后每天下课，都来洗手，谁都不能给我落下了！

白肤施这一嗓子喊出来，就让孩子们形成了每天洗手不少于五次的习惯。跟了一个多月时间，沪生上学的习惯形成了，偶尔也会在课堂上回答问题，有时候也会跟着孩子们一起玩耍，与白肤施之间的交流也多了起来。

下午放学以后，孩子们都回到了窑洞，羔羔就喊，大嗓门同志，我的荷花枕巾呢？白肤施就问，我怎么成大嗓门同志了？羔羔歪着脑袋说，你给我起外号，凭什么我不能给你起外号？白肤施说，那是小名，也不叫小名，那叫革命之后的名字，革命的名，你问问，咱这院子里每个孩子都有呢！白肤施解释，羔羔也不示弱说，我早就革命了，我还打过鬼子呢，比你参加革命还早，我是老革命！白肤施说，唉，你才多大的人，凭什么说比我参加革命还早？羔羔说，我三岁就参加革命了，你呢？

一句话把白肤施引得真算起了账，白肤施想了想，那才三四年啊，我已经参加革命五六年了。羔羔说，你算得不对，你三岁参加革命了吗？白肤施想了想说，没有啊。羔羔说，那不就得了嘛，我比你早！你得听我的！白肤施好像被绕进去了，想了半天才明白过来说，你个碎人人，还吓唬我呢？枕巾给你洗了，外面晾着呢。羔羔就生气了，说，以后不准你洗！以后不准动我的东西！白肤施说，什么你的我的？你的都是我的！我的都是公家的！你这碎人人，还跟我讲这个！我告诉你啊，以后不准把那枕巾嗅来嗅去，跟个没吃饱的小狗似的。这一说，羔羔就恼了，出了门把未干的湿枕巾收回来，抱在怀里继续闻着，白肤施也无可奈何。

过了几天，蛋蛋回来看白肤施了，白肤施高兴得不得了，问长问短关心蛋蛋。羔羔就在旁边翻白眼，又抱着枕巾闻来闻去，蛋蛋看着奇怪，问她咋回事。白肤施说，这孩子从来了以后，一直这样。羔羔就不吃饭了，白肤施喊他，他说，大嗓门同志，你那么多儿子，饿死我一个也不少什么，反正你也不喜欢我。白肤施就笑了说，我怎么听着这么酸呢？又说，蛋蛋是我大儿子，你是我小儿子，哪个都不能少！还有，这院里的孩子，那都我的孩子，你别小心思那么多。羔羔就恨恨地说，我只有一个妈妈，你也别想太多！

晚间，看着羔羔还是不睡觉，一个人坐在炕角，抱着那荷花枕巾眨巴着眼睛。蛋蛋看他的样子，就像一只被围堵的小兔子，有些无助和可怜，就主动过去劝说羔羔睡觉。蛋蛋的南方话并不算标准，他记忆里的南方已经很遥远了，但是，这句话让羔羔很快回了他一句，蛋蛋生涩地又回了一句，两个孩子不由自主地互相笑了笑。小芝麻和花花都睡了，蛋蛋就把羔羔带出窑洞，在大门口坐下来。羔羔听着蛋蛋生涩的方言，很高兴与他说话，两个孩子一直聊到了大半夜，白肤施一直在不远处听着，可是一句话都听不懂。

第二天蛋蛋临走的时候告诉白肤施，羔羔之所以老是闻那个荷花枕巾，是因为那是他妈妈留给他唯一的东西，他的妈妈是八路军。鬼子扫荡的时候，他妈妈为了保护村民，掩护群众撤离，被鬼子枪杀了，他亲眼看到妈妈牺牲的过程，自己最后被另一位八路军叔叔救了出来。他觉得那枕巾上有妈妈的味道，他闻一闻就不那么想妈妈了。

白肤施听到这里，突然掩面哭了起来。一会儿平静了说，是我自己太粗心了，没有关心到羔羔，他也是个可怜娃娃。他跟我犟嘴，可我觉得他犟得可爱，心思也细。我觉得啊，小时候我对付你和花花那是绰绰有余，可羔羔这孩子，有点难对付，我不知道从哪儿下手好，他就跟小大人一样，我带着带着，就被这碎人人带跑了。蛋蛋说，妈妈，他不管多聪明，那也是个娃娃，我倒是觉得你俩还真像，就是性格特别像。白肤施听蛋蛋这么一说，就扑哧笑了出来，说，那你这么说我也放心了，养儿哪有不像娘的？蛋蛋说，妈妈，你别担心，他有时候就是跟你故意捣乱呢，他是个好孩子。白肤施说，我知道他是好孩子，你别担心了，快去上学吧。蛋蛋走了，白肤施一想到蛋蛋说的

301

话，不免心里暖乎乎的。

大生产进入了高潮阶段，白肤施和保育院的娃娃、老师们不仅开了荒种了地，而且还养了一大批牲畜。白肤施把保育院操场后面的小沟用镢头盘出来，围成了一个大牛圈，牛啊，猪啊，养了不少，还有一大群鸡。到了夏天，鸡仔已经基本长大了，不到端午时节，鸡仔就开始下蛋了，孩子们的早餐里又多了一份鸡蛋。那鸡越养越多，搞得满院子都是鸡粪。老黄气得不得了，天天挥舞着菜刀要杀鸡，可孩子们不同意，鸡已经成了他们平时玩耍的伙伴了。

有一次，刘院长就在大会上公开说，我们不仅得养牲口，还要扩大规模呢，咱不能"等靠要"，不能天天只会张嘴巴！一睁眼锅里有饭，碗里有汤，那怎么行？咱要让娃娃们从小知道怎么生存，咱也能自给自足！大生产运动普遍开展，大家也很快面对形势，迅速投入了生产劳动中，连沈老师和于老师也开始习惯了吃酸菜。每位老师宿舍的门口都摆放着农具，一手农具一手教具，便成了一种流行的装备。

白肤施把羔羔带到山上劳动的时候，羔羔就喜欢李家洼村民的羊羔儿，漫山地追着羊羔儿跑。白肤施也不问，故意冷落他，羔羔就自己跟白肤施说，我以前也有一只小羊羔，鬼子扫荡的时候，小羊羔走丢了，最后被鬼子发现就杀了。白肤施就顺势问他，那你要不要再养一只？羔羔点头，白肤施就说，那你以后得听我的话哦。羔羔又点头。白肤施说，那你每天得给花花和小芝麻教数学呢，每天讲一道题，可以吧？羔羔还真答应了。

若是单买一只羊羔，总觉得不划算，就又想到了张家圪塄的公婆，想到那一群羊应该又生了不少羊羔了，瞅了时间就往张家圪塄跑。

公公见了小芝麻稀罕得不得了，搂着自己的孙子就是不放手。白肤施又把在延安城里买来的点心啊，果馅啊，还有一块布匹都给了两位老人，也算是尽一份孝心。婆婆看着白肤施消瘦了许多，就分外担心她，多劝说了她几句，说，不如回来休养两年也好，公家的事情，总是干不完呀。白肤施说，那也总得有人去干，不干的话，前面的功夫都白费了呢。再说，我觉得跟娃娃们在一块，自己就把难过的事情很快忘记了，也不去多想了，一想，反倒觉得活着更难受。婆婆觉得她说得也有道理，安慰她说，别总累着，啥时候想回来，这里啥时候都是你的家！白肤施知道这句话的分量，心里满怀感激。

　　两位老人看着地上站着的另一个孩子，也不像蛋蛋，很疑惑。白肤施赶忙解释说，这个娃就是想要养个小羊羔，咱家的羊，有没有生下羊羔了？公公眉开眼笑地说，年初都生了。还怪得很，去年就剩这几只母羊，个个都下了羊羔羔呢。说着话的时候，小芝麻和羔羔已经跑到了院子里的羊圈中，正满羊圈里逮羊羔呢。

　　白肤施和公婆站在院子里，看着两个孩子抓羊羔，满脸的喜悦。大家给羔羔选了一只小羊羔，让他抱着。要走时，白肤施有些依依不舍，觉得公婆年龄大了，得有个人照顾，就说，大，妈，等小芝麻稍微大点了，我就回来伺候孝敬您二老。以后，我就是你们的女儿了！公婆听白肤施这么说，不由得泪眼婆娑，送别时，久久地站在硷畔上，就像那老杜梨树一样，永远地守候着家园。

　　到县府的时候，白肤施又转到冯干部办公室，特意拜托他，希望能多关照一下两位老人，又叮嘱说，家里但凡有什么事情，一定要捎话给她。两个老人都年龄大了，其他儿子都有自己的生活，又没有女儿关心，着实可怜得很。冯干部就说，老人是丰林的家属，乡干部有责任照顾呢。白肤施听他这么说，内心感激不已。

羔羔得了这个羊羔，就像变了一个孩子似的，连睡觉的时候都要搂着小羊羔。他不仅和小芝麻、花花成了朋友，还和班里的其他孩子也逐渐有了交流。因为学习成绩优异，时不时还把奖状捧回来了。白肤施那个高兴劲，好像原来的她又回来了。生活的灿烂远比这阳光还要让人更值得期待。

又是一年夏天，孩子们再次跑到河岸下面的水潭里游泳，白肤施除了洗澡，再也没有去游泳。每到孩子们去游泳的时候，她就想起牛丰林在那河岸上对她使劲地摇胳膊，冲她喊着，飞机来了！飞机来了！别跑，趴下！白肤施想起他着急的样子就笑了，笑得眼泪蒙眬了山梁山峁，蒙眬了所有的夏季。夏季的雷雨天很多，雷雨一来，羔羔就再也不去游泳了，他可是保育院的游泳冠军。那天，保育院组织大家游泳时，他把头杵在河边的泥里，抱着头，怎么也不肯走。

于老师把羔羔背回来的时候，羔羔满脸通红，胳膊抱着头，怎么也不肯把头抬起来。白肤施询问怎么回事，于老师猜想，可能是孩子害怕闪电打雷。到了晚上，雷声又响起，羔羔从梦中惊醒，抱着他的荷花枕巾，蒙住自己的头，低声地哭起来。虽然白肤施赶忙起来抱住了他，但一直等雷声停止了，他才拉下了自己的枕巾，怎么也不肯睡。白肤施就继续抱着他，一边安慰一边低声地唱起歌来：

这达山连山，水儿深又宽，

太阳在这达最温暖，

太阳在这达最温暖。

边区人人笑，共产党一来到，

这达世事样样好，

这达世事样样好。

共产党出主张，大家来商量，

人民代表坐满堂，

人民代表坐满堂……

唱着唱着，羔羔就听明白了，问她，大嗓门同志，你唱这歌，是哪儿学来的呀？白肤施说，我自己编的歌，好不好听？羔羔说，好听是好听，可这是真事吗？白肤施说，每一件每一句那都是真事啊，你大嗓门老师啊，就是因为被选为乡议员才来到的保育院。在这保育院，我年年都是劳模，每年都参加劳模大会呢，还见过毛主席呢。羔羔说，真事？白肤施说，我骗你一个小孩子做什么？羔羔一听，就羡慕说，我觉得，你还真行。白肤施就说，那是，我还见过林伯渠林主席。说完就给他继续唱：

劳模林主席，开会在一起，

政府为人民谋利益，

政府为人民谋利益。

有啥就说啥，这样进步大，

把事办好为大家，

把事办好为大家。

唱着唱着，羔羔就睡着了，总算度过了一个雷雨交加的夜晚。

第二天，白肤施就找刘院长，把羔羔的表现报告给她，刘院长表情凝重地思索片刻，一会儿才缓缓地说，彩云同志，你知道吗？这是因为羔羔以为这雷声是日军的飞机。他在白区的时候，因为经常躲避空袭，所以造成了严重的心理阴影，再加上在游击区也有日军的飞机不断轰炸，就让他对有点像空袭的雷电产生恐惧。白肤施就问，那这阴影一直这么下去，会怎么样？刘院长想了想说，这也没啥好办法，只能等着孩子慢慢长大，消除这种阴影，也许一辈子都没法消除。白肤施就说，这怎么行呢，他一个男孩子，一直这么下去，长大也这么胆小，怕是不太好，得把这病根给拔除了。刘院长赶紧阻止说，唉，彩云同志，你老毛病又犯了？白肤施憨厚地笑了笑说，院长姐，你放心，我跟那些迷信的事情早就彻底划清界限了，我这辈子都不会再弄那些事了，我在丰林的坟头上发过誓！刘院长说，那就好，那就好，孩子的事，你也别着急，这事得慢慢来。白肤施说，我的意思是，我想想别的法子。

过了半个月，又是雷雨天，白肤施就把小羊赶在院子里，想拉着羔羔去外面找小羊羔，让他面对这些自然现象。但是，羔羔又哭又叫，坚决不肯出门，白肤施只好作罢，又把湿淋淋的小羊抱了回来。

白肤施还是不肯气馁。有一天晚上，门外突然一阵雷声涌动，羔羔再次惊醒，恐惧地看着窗外，而后又躲在角落里。白肤施就抱住羔羔，把他抱到窗台跟前，然后轻轻地戳开窗花纸，让羔羔看。羔羔开始不敢看，当他听到外面小芝麻和众人的叫声时，才尝试透过窗户纸往外看了一眼：外面并没有雨，只是一阵擂鼓的声音。

羔羔纳闷地看着白肤施，白肤施一脸的神秘，看起来像是一个魔术师，然后拉着羔羔走出窑洞。院子里，于老师和小芝麻正起劲地擂鼓，羔羔明白了什么，面对众人又有些不好意思地看了看白肤施。小芝麻把鼓槌递给羔羔，羔羔鼓足了勇气，轻轻地敲击了一下那面大鼓，鼓声传出一阵沉闷的响声，白肤施和于老师等人热烈地为羔羔的进步鼓起掌来。

自那日以后，白肤施一有空就带着羔羔去擂鼓，那鼓声就逐渐变得响亮起来，激越起来，节奏也逐渐欢快了起来，直到电闪雷鸣，那鼓声还没有停止。在一阵雷声后，大雨飘落，羔羔一个人站在保育院的院子里。他挥动着鼓槌，那些曾经在脑海中折磨着他的飞机轰鸣声，逐渐变成了消散的雨滴，变成手中落下的鼓点，鼓点和雨滴交织共舞，最后汇聚成脸上的汗珠和泪珠，地上的泥土，还有流淌的河水……

白肤施把羔羔拉回窑洞，羔羔的脸上和身上全湿了。白肤施赶紧给他擦干了，羔羔坚定地说，我不怕了，不怕了，飞机再也炸不到我了！大嗓门，我再也不怕了！白肤施擦着他的脸，不由地捧起他的脸说，羔羔，我们都相信你，你最勇敢！什么飞机啊，大炮啊，都滚得远远的！羔羔用力点头。

一有空，白肤施就把羔羔带到山里，教他怎么爬树，树上有杏子，有鸟窝，羔羔把鸟窝里的喜鹊蛋翻腾了一遍又放回去。他们在山坡上烧土豆吃，又把悬崖上的马茹子摘到口袋里，带回去给小芝麻和花花吃。白肤施把羔羔带到最高的悬崖处，望着黄昏日落，扯住一把夕阳，让他喊出声来。羔羔鼓起勇气，久久地向着那远方的天空喊着：妈妈——

羔羔的脸被晒黑了，像一颗即将成熟的杜梨果，快活地在操场上摇摆着自己的童年。白肤施不断地教他和同龄的孩子交朋友，他慢慢地融入了保育院的集体生活。他的学习成绩非常好，在班里总是佼佼者，每到晚上，他就如约地去教花花和小芝麻学数学。夏天，他还帮助小芝麻和村里的孩子学会了游泳。他的手很巧，冬天，他会把自己学会的剪纸，非常耐心地教给其他孩子。他最突出的是画画的天赋，马兰纸在他的手里，就像一块肥沃的土地，他能在纸上画出各种白肤施听都没有听过的花朵。

白肤施每次提起羔羔都特别自豪，觉得羔羔就是她的骄傲。她逢人便说，他可是我们保育院的画家呢，不仅会画花草，而且会画人像，画的人跟真人一模一样。白肤施把羔羔画的画，一幅幅都攒起来，得空就交给于老师，请于老师指点。于老师就说，要是羔羔再大一点，那就可以直接去鲁迅艺术学院上学了。一提起羔羔，白肤施的脸上就有说不出的骄傲和得意。每逢见到刘院长，白肤施就说，我们羔羔压根没有病，有病的是我自己呢，自从羔羔跟了我呀，我自己的病就好了！

这一天，白肤施又把羔羔画的画交给刘院长，刘院长说孩子确实有天赋呢，你看把你画得跟仙女一样。白肤施笑说，我一个寡妇老婆姨，怎么画也画不成仙女啊。刘院长说，你才二十岁刚出头，咋就说老呢？白肤施说，怎么就不老了？已经是被收割过一茬庄稼的女人，不老才怪呢。刘院长就说，我们边区是男女平等，丰林已经牺牲三年了，你也应该为自己考虑了呢。白肤施笑说，我是我，别人是别人。刘院长就赶忙说，那么说，你有心上人了？这是好事啊，我们也很担心，怕你总是陷在与丰林的感情里走不出来，如果真是这样的话，那我也不用费力帮你到处找革命伴侣了。白肤施赶忙说，不不不，我不是这个意思。院长姐，我也知道你为了我好，丰林这一走，把我的心也带走了。我的意思是，我还有很多事情要做呢，你看，这一群娃娃呢，我哪有心思想别的，我是一定要养活小芝麻的爷爷奶奶一辈子呢。

刘院长听她这么说，只好不再继续说了。突然又记起什么来，说，今年的劳模还得你来当，我都考虑好了……白肤施赶忙截住她的话说，院长姐，我不能再当了，已经当了好几年了。我觉得还得让别人也当一下劳模，总让我当，对其他人也不公平是不是？刘院长就说，那你提议，谁来当？这事还得投票决定呢，你若弃权，起码推荐一个人出来不是？白肤施就说，我自己身边的，沈老师和于老师都特别优秀啊，我们不单单要宣传劳动模范，还要是专业模范。刘院长就笑说，彩云同志又进步了。

转眼间，蛋蛋和小芝麻都长高了，眉宇间还真有几分相似，看起来像两个亲兄弟。两个孩子白天互相惦记着，到了晚间，就开始争斗。白肤施也不劝架，就让他俩互相争着，哪怕是打架，她也在旁边笑呵呵地看着，手里不住地纳着鞋底。打完了架，羔羔不哭，小芝麻也不闹，两个人谁也不理谁。羔羔就说，大嗓门，你管不管你儿子？小芝麻也在旁边喊冤说，白肤施同志，你不能总是护着他，连花花都看不下去了！白肤施说，我谁都不偏不向，你俩打，打不出毛病来，要是有本事，长大了跟小日本打，那才是能耐！羔羔就说，他是你亲儿子，我不是！

白肤施一愣，看着小芝麻，小芝麻没有反驳，反而是羔羔生气了，狠狠地把枕巾掼在炕边。白肤施说，谁说他是我亲儿子？羔羔蒙着脸说，本来就是！白肤施又说，他俩叫我妈，我当然是亲妈了。白肤施故意气羔羔，羔羔更生气了，用力蹬了一脚被子说，反正除了我，你是他们所有人的妈妈！白肤施说，对啊，就你例外，我把你当亲儿子，你没把我当亲妈妈。羔羔说，我当了！白肤施说，我没看到！也没听到！花花就在旁边提醒说，妈妈，羔羔都哭了。

白肤施看他真伤心了，就劝他说，我从第一天见你，就把你当自己孩子了，刚才是哄你玩呢，你咋这么容易上当了呢？羔羔说，真的？白肤施说，我啥时候哄过人啊？看着羔羔擦干眼泪了，白肤施就忍不住笑起来，惹得三个孩子也都笑了起来。这时候，听到门口那只长大了的羊叫了一声，羔羔有些担心地说，我差点忘了，晚上还没有给羊添草呢！白肤施和小芝麻争着说，我去，你别去。羔羔故意生气地说，你俩是故意气我？白肤施就笑了笑说，那你就一个人去，快去快回！羔羔应了一声，就出了门。

黑夜寂静，窗外还有一丝凉飕飕的冷风吹进来，让这窑洞也显得孤寂。

过了很长时间了，还是不见羔羔回来。白肤施突然明白了什么，赶忙跳下炕，趴在门口叫了几声羔羔，依然听不到羔羔的回应。

白肤施冲出窑洞，看到羔羔的那只羊拴在保育院的大门口旁，孩子却不见了。白肤施怅然地望了一眼空荡荡的院子，突然感到一阵恐惧，不免吓出一身冷汗！

芝麻如星

夜，深得让人找不着自己的脚；路，浅得藏头露尾，时隐时现。

羔羔——羔羔——

在黑黢黢的山路上，白肤施的叫喊声也跟跄着，长一声短一声，没有一点方向，就在伸手不见五指的黑夜里悬浮着，怎么也着不了地，更没有一点回应。她的心慌得就像脚下的步子，一阵儿高一阵儿低一阵错乱，怎么也找不到方向。她喘着气抬起头，天上没有月亮，星星也被云遮雾罩着，她好像被什么东西死死地压着，喘不过气，也走不快路。但是，这种慌乱慢慢就变成焦急，变成无助的眼泪，走一路也洒了一路……

小芝麻机灵，跑得比她还快，三两步就冲到了白肤施的前面，一边跑一边喊，妈，妈，好像前面山峁上有个人影影！白肤施喘着气说，那就赶紧去那个山峁峁，他咋一个人跑山上去了？小芝麻眼尖，已经看清楚了，说，妈，好像不是一个人，是两个人！白肤施也顾不得那么多，说，快追，只要不是狼就行……

临走的时候，白肤施在院子里的叫喊声引来了保卫科的人。她把情况三两句汇报清楚，便赶去找人。小芝麻也跟来了，他担心妈妈，非要跟着妈妈一起去寻羔羔。白肤施去追羔羔，保卫科的人赶紧给刘院长汇报情况。刘院长立刻意识到事情的严重性，马上纠集保卫科和所有保育员，分成三路，立刻寻找羔羔。一路由刘院长带队向南，一路由沈老师带队向北，还有一路由于老师带着，越过延河向对面的东山去追。

白肤施和小芝麻在低处的时候，山峁上的人是两个，等母子俩追到山峁上的时候，前面走着的变成了一个人。那奔跑的姿态有些熟悉，但是，怎么又成了一个人了呢？小芝麻就说，羔羔肯定是被那人背着，所以，那人也跑不快！妈，要不你歇一歇，我去追。白肤施说，你瞎说，你一个人咋行，我，我去追！她这么喊着儿子小芝麻，可脚步却总比小芝麻慢了许多，跌跌撞撞又从山峁追到了山底。两人一直追到了另一个山坡上，小芝麻两步冲过去，拼命抓住正要爬坡的黑乎乎的人影。那人由于重心不稳，从山坡上滚了下来，连续翻滚着，小芝麻拼命抓，抓住了羔羔的衣服，可定睛一看，羔羔已经被绑得严严实实，嘴巴里还塞着那块荷花枕巾。羔羔看着小芝麻不住地摇头，小芝麻刚要去拉他嘴里的枕巾，突然一支枪抵在了他的脑后。

白肤施也跟了上来，奋力要去扑倒那个高大的身影，但是无济于事，枪口紧接着对准她，她慌忙挡住对方的枪口，守护在两个孩子的前面，急着喊，这是我的娃，你要干啥？

白肤施正面对着对方的枪口，两只胳膊展开，牢牢地护住身后的孩子。拿着手枪的人这时拉下脸上蒙着的笼布面纱，盯着白肤施。白肤施仔细辨认了半天，终于看清了，吃惊道，老黄？老黄一脸的麻木，看不清他细微的表情。白肤施赶忙说，老黄，你这是干啥吗？你把娃娃这半夜背到这儿，你看把我们都吓坏了！唉，你哪儿来的枪？快放下！

老黄不说话，用力踢了白肤施一脚，白肤施不防，一个踉跄倒在旁边的酸枣丛里，被酸枣枝扎得大叫道，老黄，你疯了？老黄接着抓住小芝麻，一把提起来，像扔口袋一样扔到白肤施的旁边。白肤施拨开酸枣枝，脸和胳膊被划得到处是血。她拉住小芝麻，看到老黄又抓住羔羔要走，白肤施哪里肯放他，不顾一切地冲到羔羔身边，死死地抱住羔羔不肯让他们离去。后面翻身起来的小芝麻拼命冲过去，想把老黄绊倒，老黄岿然不动，反而飞起一脚，再次将小芝麻踢下山坡。小芝麻在山坡上滚了几下，落到了沟底，白肤施大喊，小芝麻，小芝麻——

　　小芝麻远远地翻身起来喊着，妈，我没事！又奋力想向山坡爬。

　　老黄推开白肤施，想要再次抓住羔羔，白肤施紧紧地搂住羔羔，老黄没办法，用枪指着白肤施狠狠地说，彩云，你识相点，我今天必须把他带走，看在咱俩这几年在一起工作的份上，我现在可以放了你！滚！要不然我一枪打死你！白肤施哪里肯松手，这次终于看清了老黄的脸，也不再惧怕了，说，老黄，你咋能这么做呢？老黄，你看，我们娘仁也不是你的对手，我也救不出这娃，但是，是死是活，我们仁必须得在一块，你要杀要剐随你，要是死，也把我们娘仁埋一处。

　　老黄狞笑了一声，而后不慌不忙地问，你真想死？白肤施立刻说，不想死。老黄说，那你就给我早点滚开！白肤施说，不滚，我娃在哪里，我就在哪里！老黄就取笑她说，你就当个保育员，他就成你娃了？你这当娘还当上瘾了？白肤施，你要挡着我的路，那我就只能成全你了。老黄说着，很熟练地将刚刚爬上坡来的小芝麻一把拽到自己身前，然后用枪抵着小芝麻的脑袋问白肤施，你走不走？老子仁至义尽了，是你自己不识趣！

白肤施看到老黄要对小芝麻动真格了，赶忙说，老黄，我不是不走，我是不能走。你一个大老爷们，对我们婆姨娃娃下手，传出去也让人笑话哩。老黄也不管她说什么，持枪的手用劲顶了顶小芝麻的太阳穴说，你自己说，命重要，还是脸面重要？白肤施也不慌不忙地说，当然，脸面重要，没了脸面活着跟死了有什么区别？老黄说，行，你行。你要死是不是？白肤施说，我落到你手里，是死是活，还不是你翘翘手指头的事吗？老黄，咱回去吧，回去了，由我保你，我跟院长说说，不管多大的事情，咱坐下来商量商量，早点回头啊。老黄笑道，都这个时候了，你让我回头？商量？我无路可走了，我今天必须把这娃娃带走！白肤施问他，你带走他有啥用？他就是个娃娃嘛，你能带他去哪里？老黄说，不用你管！白肤施就问，那上次堵烟洞口的事情，也是你干的？老黄说，对，老子干的，没把他闷死，老子算是失手了！白肤施说，你咋这么毒呢？老黄说，少废话，放开！

白肤施看到老黄是铁了心要带走羔羔，心里也着急，可着急没有用，她喘了口气，趁老黄不注意，一把把小芝麻拉到自己跟前，说，老黄，既然已经走到这个地步了，我也劝不了你了，这样吧，你要走，我也拦不住你，还把我们娘俩的命搭上了，不划算。你一个人带着这娃，你也走不出去啊，你晓得这山后面有多少山？这山上又有多少条路？你晓得哪条路是去延安，哪条路是去西安？你不是本地人，说不准走了半天，最后又绕回来了，那不是功夫都白费了吗？老黄说，你别绕我！白肤施说，我真不是绕你，老黄，陕北这山连着山，沟连着沟，与其瞎撞，不如把我们都带上。白天咱藏起来，天黑了我带你走出去，万一遇到个人，我带着娃，咱也好有个借口蒙混过关，用不了三天，我保证你走出去，你看行不？老黄想了想，看着这无边无际的黑暗和黑暗中数不清的山峦，突然说，好，白肤施，你别给我要花样，否则咱一起完蛋，走！

走到天亮的时候，白肤施看着不远处有个破窑洞，就说，看样子这里离村子不远，不如在这里休息，到了晚上再走。趁老黄在高处查看，白肤施赶紧把羔羔嘴里的枕巾拉下来，给他喂了几口水。老黄下来看到她喂水，只问她，这是到哪儿了？白肤施说，我盘算着，也就是甘泉境内，你看这周围的树多林大，肯定错不了。又说，老黄，我刚给羔羔说了，他不喊也不叫，别让他嘴里塞着枕巾了，娃娃难受得很。你放心，我们就算喊，谁也听不到，娃娃都听我的话，我看着心疼呢。老黄没说话，算是默许了。白肤施赶忙把枕巾塞给羔羔，羔羔明白了她的意思，乖乖地躲在白肤施的身后。

老黄也喝了几口水，有些忧愁地说，这林子今天白天就得过去，要不然，咱来不及了。白肤施说，你看这前面的村子里有烟呢，肯定住着人哩，万一让人看见了咋办？老黄说，看见？看见就说咱是逃荒的人，你是我婆姨！白肤施立刻说，我才不当你婆姨，你这还想美事了？老黄脸色立刻变了，准备掏枪，白肤施赶忙说，能行能行，你这还摁住牛头喝水呢……也不照照镜子，就能骗一下院香，你这么做，院香怎么办？那是个好婆姨！白肤施这么说，老黄立刻忧愁起来，说，是个好婆姨，唉，怪我这命不好，没有福气！白肤施说，院香可是真心实意看上你了，你一个黄土埋到脖子的老汉子，有这么一个婆姨愿意跟你，你说你还胡造怪啥呢？要我说，咱还是回去吧，你这辈子不能辜负了院香！

这话突然像戳到了老黄的痛处一样，他立刻站起来，气愤地挥舞着胳膊说，老子愿意这样吗？老子也是被逼的，他们拿我女儿威胁我，我能不听他们的话吗？白肤施立刻问，他们是谁？你说了这半天，跟猜谜一样！老黄刚想说什么，又立刻收住要说出口的话，只说，少废话，走！白肤施看他生气，反倒不怕了，说，老黄，你以后嘴巴干净点，这还有娃娃哩，说脏话对娃娃影响不好！

　　四个人路过村子的时候，就有村民问，你们这是从哪里来啊？要到哪里去啊？白肤施说，我们是安塞人，我家这老不死的得了重病，带上娃娃去西安投奔亲戚看病。村民又问，你这咋不走大道呢，山路难走得很。白肤施就说，官道费劲得很呢，这山道还近，小时候走过，这时候不晓得走得对也不对？村民就跟她打趣说，对着呢，哎呀，这齐整整的一对小子，这老汉子好福气啊。白肤施也笑说，有没有福气要看他自己的命哩，我算了一下，这老不死的这次有去无回！老黄被白肤施和村民一阵打趣，脸色青一阵白一阵，虎着脸踢了白肤施一脚，村民看见，跟着笑说，你这老汉开不得玩笑，还恼了，你们还是快走吧。

　　白肤施嘴上得了便宜，心里也觉出几分舒坦。她心情也爽快了，直冲冲向着那山林走去。

　　这里山势已经被森林的树木掩盖，秋末的山景是一种巨大的诱惑，人的心情也随着这巨浪般的秋景，被卷入纷繁复杂的色彩中。深入森林，此时的山路不再像没有树木的山路那般好走了，而是被杂草和丛生的荆棘覆盖着，走着走着，路就看不到了，只能返回来，重新寻找路口……这样，到了晚上已经无法继续前进。

　　一路上，干粮得省着吃，现在只能采摘野果充饥，白肤施倒无所谓，可是两个孩子饿得受不了。白肤施就求老黄把褡裢里的炒面拿出来，老黄很不情愿。白肤施说，孩子饿死了，你也没法交代不是？又说，出了这老森林，有了村庄，咱还可以买点粮食。老黄这才把干粮分发给他们。

入夜，狼噪叫，鸟鸣咽，奇怪的声音从四周不断传来，令人恐惧和迷惑，那影影绰绰的微光里，潜藏着的危险，时刻刺探着老黄紧绷的神经。

老黄心里就没了底，询问白肤施，这还有狼？白肤施看了他一眼，就说，狼？多的是呢，还有豹子呢，一口能吃下三头狼！人还没有看清楚，那豹子把人脑袋就吃掉了！老黄有些发怵，反问她，你到底走没走过这条路？白肤施为了拖延时间，有意撒谎，言语闪烁地说，很久以前走过……只能记个大概，咋找不着了呢……

老黄听她这么说，有些无奈和气愤，又拿她没办法，说，那只能白天走了？白肤施看到老黄也没啥主意，就建议说，老黄，咱这走了一路，都没有休息，饿着肚子喝西北风两天了，咱俩无所谓，还有两个娃娃呢。

老黄也不搭理她的话，继续往前走。刚走过几个山峁，越过丛林，眼前闪现几孔破旧的窑洞。那窑洞像是很久没有住人，院子里破败一片，杂草丛生，若不是断壁残垣，根本看不出那里曾经住过人家。老黄几步跳进院子去查看，惊动了一窝兔子。白肤施刚要喊他，别去抓野兔，那老黄倒是身形矫健，几步上前去追蹿出草丛的兔子，不见了人影。白肤施看着小芝麻和羔羔，又左右看了看地形，刚要找个地方逃走，老黄已经提着两只兔子站在她的面前了。她吓了一跳，挤出一点笑容掩饰了过去。

厨子老黄任何时候都不失好手艺，没多久，野兔烤熟了，香喷喷的味道弥漫在这树林间。四个人这几天时间，算是第一次吃了顿饱饭。白肤施也不断地夸老黄的手艺好，可老黄就是不搭腔。

老黄吃饱了，就开始打盹，白肤施不住地询问他，到底为啥要走这不归路嘛？我不是都给你算过了，再坚持三四年，你的苦日子就熬到头了。老黄也疲惫了，感慨地说，有人绑架了我的女儿。白肤施说，你女儿是啥金贵身子，还有人绑架？老黄就说，我女儿倒不是啥金贵身子，可你手里这娃金贵得很，有人高价买他的小命！白肤施再问什么，老黄就怎么都不说了。

白肤施看他不愿意再说了，就又说，架一堆火取暖也好，万一来了狼，咱还不得都喂了它？那这么香的兔子就白吃了。见老黄瞌睡得打盹，白肤施在破窑洞的院子找了些干柴，点起火来。破窑洞里烟雾缭绕，老黄被呛得受不了，蹲在门口的拐角处，这样既可以避风，也可以把这三个人看守住。

天色暗淡下来，老黄的鼾声越来越大，甚至盖过了窗外的风声。白肤施却怎么也睡不着，两个孩子都在他的怀里，一个在左，一个在右，谁都没有睡着，他们用清澈的眼睛看着白肤施。白肤施探了探身子，转身打了一个噤声的手势，两个孩子立刻明白了什么，悄悄地望向门口。

门口的老黄听到了远处传来的枪声，突然惊醒过来，快速跑到院子中央，分辨着枪声传来的方向。枪声只是警示，窑洞四周已经被包围了，从火把的数量来看，至少有一个连。老黄赶忙撤回窑洞，用枪指着白肤施大骂道，咋回事？白肤施也听着外面的声音，笑了笑说，老黄，这公家娃娃丢了，那是大事，你想一想，咱能逃得出去吗？老黄，我跟你说了多少次，咱跑不了，你就是不听。老黄说，是你告诉我，你熟悉这里的山路，现在又跟我说这个，你是想死呢吧？说着，立刻将枪栓拉上。白肤施不敢跟他硬来，就说，老黄，咱现在要走也不是，只能投降嘛，你放心，到时候咱被抓了，我就说，这事是我干的，跟你没关系。老黄说，你骗小孩呢？走！白肤施说，去哪儿啊？外面都是拿枪的人，咱走不了了。老黄狰狞地说，你也给我听清楚，我要是带不走活人，这娃的人头我也要带回去！

那天保育院向几个方向追逐的人，第二天一早陆续返了回来，只有刘院长带的人，一直追到甘泉县。刘院长一路南下打听，却没有发现白肤施和孩子们的任何踪迹，好在边保处也将消息迅速传到各县协助调查，刘院长刚要返回延安县，就有甘泉县的老百姓报告，有四个可疑的人经过村庄钻进了森林，还把白肤施遗落在村子里的红围巾上交了。刘院长一看红围巾，马上认出来，这不就是白肤施经常围在脖子里的围巾吗？小朱送她的这条围巾，她从来不离身，冬天她围在脖子里取暖，夏天她用围巾背孩子，或者在围巾里面裹点野果给孩子们，围巾反倒像个小包儿一样。

刘院长认出那红围巾，带着县边保处的战士迅速赶到那个村庄。打听清楚老黄和白肤施等人的行踪后，迅速深入山林中，到了晚间在追赶无果的情形下，意外看到了深山之中升起的烟雾。刘院长按照烟雾的指引，终于找到了老黄和白肤施他们。

破烂的窑洞门口已经听到了人声躁动，老黄坐立不安地看着窑洞口外。刘院长和边保处的战士将院子团团围住。

刘院长焦急地喊，老黄，我们知道你在里面，放下武器，不要伤害孩子，我们可以给你留一条活路！老黄也冲着门口大喊，老子走到今天就没有想活着，娃娃都在我这儿，谁要是再敢走近一步，我就杀一个，老子说到做到！外面的刘院长又喊，老黄，你有什么要求，尽管提出来，我们想办法帮你解决。

老黄想了想，冲着外面大声叫嚷，这里有三个人，我要带走一个，另外两个留给你们！老黄一叫完，外面边保处的人不说话了，似乎在商量着什么。白肤施也喊了一声，别听他的！我们不换！

老黄听到白肤施这么说，冲着白肤施的身后就开了一枪。枪声将两个孩子吓得瑟缩在白肤施的怀里，白肤施也吓得脸色煞白。老黄狰狞着说，听到了没？你们是不是想试一试厨子的枪法？

枪声引来院子外刘院长等人极大的警惕。白肤施看着老黄失去理智的慌乱眼神，那目光如兽一般闪着凶光。如果同意老黄的要求，那么她这一路等于白费了功夫，老黄的目的是羔羔，显然他是要拿着羔羔去西安交换自己的女儿。作为刘院长来说，老黄提出这个要求，只能暂且答应下来，从而再等下一步老黄的行动了。

果不其然，一会儿就从窑洞外传出刘院长的喊声，老黄，我可以答应你的要求！老黄听到外面的人应答，从窗口向外看了看，外面的火把将院子照得透亮，老黄看到众人已经让出一条道来。他露出得意的狞笑，对着白肤施喊道，出去！带着你的娃走出去！

白肤施迟疑着，她看了一眼小芝麻，又看了一眼羔羔，两个孩子都一般大，在光线暗淡的窑洞里，很难分清两个人，唯一的区别就是羔羔的头上裹着那块荷花枕巾。白肤施拉起小芝麻，又想去拉羔羔，被老黄狠狠地扯开，而后用力推到门口，白肤施赶忙抓住小芝麻的手，拨开窑洞的破门板。她站在那儿，看着院子里的刘院长和许多边保处的同志，他们正巴望着她，而她犹豫了。

白肤施看着刘院长，没有说一句话，但是，刘院长似乎已经从白肤施的目光中读出了她想说的话。白肤施与刘院长的距离并不远，刘院长看到白肤施已经走出了门，慌忙冲过去，白肤施将拉在手里的孩子顺势一推，孩子一个跟跄跌进刘院长的怀里，刘院长抱住孩子，定睛一看，却是羔羔。不知何时，白肤施趁黑，悄然把那荷花枕巾裹在了小芝麻的头上。

与此同时，站在门口的白肤施不走了，她微笑着转过身，微笑看着老黄，微笑着说，老黄，你何必做得这么绝呢？现在后悔还来得及！老黄说，白肤施，老子今天是给你面子，把你留这儿，回去告诉院香，等着我，要是死不了，我就回去娶她！老黄此时还未发现窑洞里头上裹着荷花枕巾的孩子是小芝麻，他紧紧抓住孩子，对着白肤施凶狠地骂道，滚出去！找死呐！

刘院长大喊，彩云，别进去，别进去！

窑洞里的小芝麻也害怕极了，高声叫喊，妈妈，我怕！

老黄看到白肤施再次返回窑洞，听着窑洞里孩子浓重的陕北口音，突然意识到了什么……

拉开孩子头上裹着的荷花枕巾，顿时明白了。他突然大声嘶叫着，白肤施，好，你要死，这是你找死！那我们就一起死，一起死！

白肤施也不管老黄说什么，冲过去死死地抱住他的腿，老黄动弹不得，情急之下，冲着白肤施就开了一枪。老黄怀里的小芝麻吓了一跳，大声叫了一声：妈妈——

这一枪并没有让白肤施松手，外面边保处的战士听到了枪声，也看清了门口发生的事情，立刻大声喊着，老黄，你干什么？老黄一急摔倒在地，白肤施的手还是没有松开，老黄大喊，松开手，不然老子杀了这小的！白肤施说什么也不松手，死命地抱住老黄，用尽全力喊着，小芝麻，小芝麻，跑！

小芝麻挣脱不了老黄，突然灵机一动，用力狠狠咬了一口老黄的胳膊。老黄全身心关注着外面边保战士的动静，又被白肤施拖着，突然被小芝麻一咬，短暂的松手后疯了一般向跑出门的孩子开了枪！

边保处的人已经接近了窗口，一阵枪声响起，白肤施只看到老黄倒在她的旁边，扭曲的七窍喷出血来，那血雾迷蒙了她的眼睛，她缓缓地闭上了眼睛。

…………

血色的夕阳下，她腆着大肚子，走到了芝麻地。芝麻地里一片晒干的芝麻秆儿，一个个脆生生地响，她担心下雨浸泡了芝麻秆儿，也担心这地里的庄稼会被鸟吃掉。她已经很难弯腰了，可不弯腰不成，收割庄稼就是得腰一次次弯成大山的样子，像是对着这神圣的大地进行一次又一次的礼拜，完成一次又一次圣洁的仪式。

这傍晚的天色倒是好看，就像她日渐成熟的脸庞，她每一次看到日出日落，内心都有不同的感动。日出是对上天的敬畏，日落是对大地的抚慰。她慢慢地似乎也融进了这种大地的抚慰中，她的内心像庄稼一样充满了喜悦和满足。

她收割庄稼的时候能听到一种特殊的声音，她觉得有声音在和她对话，那是风的问候。她很快收完了所有的芝麻，扎了捆，准备起身回家。刚把麻绳挽好，蹲在地上要站起来的一刹那，她就看到不远处有东西在跳动。她松了背庄稼的绳子，起身走到庄稼畔上。她看到一只被套圈套住的兔子，那兔子白得像一团雪球，她觉得如果把它逮回去，还能给丰林补补身子。她解开了套圈，这是农村常用的套野兔的工具，兔子在她的怀里挣扎着，她的孩子也在她的肚子里挣扎了几下。她蹲下来，把兔子放了，那小兔子一眨眼就钻进了草丛里。

她四处望了一眼，不知道该如何喊那兔子，就喊了一声：小芝麻——

她冲进草丛里，四处寻找，就是找不到那只兔子。她使劲地跑，又想不通为什么要追那只兔子？她觉得自己还有很多话要对兔子讲，可是一句话还来不及说，兔子就跑掉了。

于是她一直追，追着追着，觉得自己的大肚子就没有了，小芝麻呢？她有些焦急，冲到了山头，又跑下了山梁，她不知道她追的是小芝麻还是那只兔子，一直追到了悬崖边上。她看到那悬崖边上蹲着一个孩子，她放慢脚步，悄悄走到悬崖边上，拍了拍那孩子的肩膀，孩子转过身来，竟然是小芝麻。白肤施好奇地叫了一声他的名字，又问道，小芝麻，你怎么蹲在这儿呢？你怎么不叫妈妈呢？小芝麻看着白肤施，刚要说什么，突然一阵狂风刮来，白肤施伸手想要抓住小芝麻，可小芝麻瞬间就跌下了山崖。她焦急呐喊，一只手离抓住小芝麻只差那么一点点了，就是抓不到他。小芝麻掉下山崖的一刹那，她的耳边传出一声又一声的叫声：

妈妈，妈妈——妈妈——

白肤施一惊，睁开了眼睛，突然觉得有点冷，转过头，看到蛋蛋和花花坐在她的跟前，窑洞里十分亮堂，阳光从窗外照进来，把那些白色的床单和被褥都照得格外白，就像自己躺在雪堆里。她就想，刚刚还是秋天的景象，怎么就成冬天了呢？就问，蛋蛋啊，下雪了吗？蛋蛋和花花看到她醒来，好像吓了一跳，立刻起身围在她的眼前，"妈妈，妈妈"地唤个不停，一会儿又大声叫医生，白肤施的身边陡然围了很多不认识的人。

她看到羔羔已经趴在自己的床上睡着了。她摸了摸孩子的头，孩子敏感地醒来了，眨巴着眼睛看着她，眼神里是无限的期待。

　　那天是刘院长和边保处的战士赶夜将白肤施抬回了延安，送到中央医院的。抢救之后，人还是昏睡不醒。刘院长说，无论用什么办法，无论什么样的代价，都必须将白肤施救活了！我要她活着！

　　整个秋天，白肤施就这样一直昏睡着，人活着，可就是醒不来。刘院长向上级请示，将她先转到了白求恩医院，又转到总医院，辗转了很多次，又回到了中央医院，白肤施依然没有醒来。

　　冬日，白肤施昏迷了近三个月。蛋蛋和花花隔三岔五就来看她，羔羔每天入睡前，都跑到中央医院的病房，趴在白肤施的病床前跟她说话。边区很多人都知道了白肤施的故事，中央首长也得知了这个情况，派一位姓马的外国医生来为白肤施看病，并托付了一句话说，一定要把用生命守护孩子的白肤施同志救活了！

　　马医生的艺术高超，他先后来病房三次为她看病，但最终还是放弃了。子弹从后脑射入白肤施的胸腔，伤及脊髓和肺部等多处，他有些束手无策。临走的时候，他推荐了一位延安县里的中医，或许这位中医能够看好她的病。马医生说的中医就是老周，刘院长马不停蹄地去请老周来，她也听说过这位中医的大名。

　　老周听说是自己的学生白肤施受了伤，比刘院长跑得还快。他说，他要把她救活了才行，他还要吃彩云做的凉粉呢！老周诊了两个多小时，最后决定用针灸。没有想到，不到半个月时间，针灸就有了奇效，白肤施醒来了……

　　白肤施清醒以后，谁问她话，她都不再应答。蛋蛋、花花和羔羔无论怎么跟她说话，她都像听不到一样，一直愣神。老周听了白肤施受伤的全过程，对刘院长说，我了解她，她是自己不想活了啊。等她能下床行走了，刘院长就想办法让白肤施回到张家圪垮去，但是，她不同意，自己走出保育院去找小陶了。

她在小陶的屋子里找了小芝麻的衣服，一件一件地整理好后，却不知道该去哪里。过了几天，她就说要回家，小陶以为她想回张家圪垮，没有想到她却回了天尽头。

生在七月

她孤身一人回到天尽头的时候，正是农历即将新年的日子。她妈正忙着准备年茶饭，看到院子里站着一个人，吓了一跳问，彩云吗？仔细看了一眼，便惊喜地喊，她大，彩云回来了！

　　骡马店已经不开了，黄河岸边整日炮火连天，老两口年龄大了，哪里敢搭着命做生意，只经营着几亩边区政府分的土地。她妈看女儿回来一副失魂落魄的样子，不免询问她。

　　她妈问，丰林呢？

　　白肤施说，没了。

　　她妈问，小芝麻呢？

　　白肤施说，没了。

　　她大和她妈对视一眼，就再也不敢询问了。他们担心彩云出事，每天偷偷跟在她身后。白肤施在家待了几天，晚上总是睡不着觉，白天瞌睡了，又是做梦，梦得千奇百怪，身心恍惚。正月十五那天，本是陕北最热闹的一天，她却无动于衷。那天晚上又睡不着，她就起身走到了黄河与延河交汇的天尽头。黄河水呜咽着，在冬天的夜晚像是一头睡着的雄狮，她坐着唱民歌，把自己心里记着的民歌唱了一遍，又把那太阳从叠嶂的山峦后唱了出来……

唱了一宿，哭了一宿。她突然就跪在黄河与延河交汇的岸边，对着太阳大声叫喊，丰林啊，我把咱的娃娃丢了！丰林啊，我对不起你呢！我没脸见你了——我没脸死啊——

　　这声音是那么悲怆，令人心肺俱裂，就像那延河边永远也化不开的冰，解不开的结，流不完的水，过不完的苦日子……

　　她大和她妈怕她寻了短见，依然每天蹲在她身后不远处。看她难过的时候，她妈就赶忙跑过去，搂住她说，彩云啊，你想开点啊，你走了，我和你大咋办呢？时间慢慢地伸展着，她逐渐把自己的心事说了出来。他大就说，人吃黄土万万年，黄土吃人一扑闪。人这一辈子啊，谁能怨得着谁呢？丰林是为了救娃娃呢，丰林是烈士，你和丰林般配着呢，只是缘分浅了些。当初你俩在一起，大其实放心着呢。话说回来，人和人，爱死爱活一辈子，那一辈子能多长，谁也说不准啊。一年也许是一辈子，一百年也许也是一辈子，大见过的世面多，听大一句话，只要两个人相好过，那就行了！人和人，爱也罢，恨也罢，迟早都走这一步路呢。他妈说，小芝麻呀，我们上次去的时候，该把他带回来才对。又说，娃娃是你心头肉呢，放谁身上不疼呢？你是公家人，保育院的娃，再怎么喜欢，那也是公家的娃，现在算是还给公家了，公家对得起你，你也得对得起公家呢。她大说，你妈说得对着呢，公家人为了老百姓，一茬又一茬地往山西打鬼子，打了一年又一年，死了一茬又一茬，大心里知道呢，那公家比谁都心疼呢，谁的娃不是娃呢？是不是这个大道理？你想想，你一个女人家，公家也救过丰林的命，还在延安县救过你的命，要是遇到过去旧社会，你早就没命了呢。这次满延安城为你找大夫，为了让你活命，连首长的医生都请来了，这是为啥？你想想呢。

白肤施点点头，泪眼婆娑。

过了二月二，白肤施一早起来，梳洗了一番后说，大，妈，我想明白了呢。她妈纳闷说，啥想明白了？白肤施低着头说，有一次，我问院长姐，你丢了那么多孩子，你想他们吗？院长姐说，想。她告诉过我一句话，我原来想不明白，现在想明白了。她妈说，什么话？白肤施说，院长姐说，有情无情大情小情，都是辩证关系。她妈不明白问，这是什么话？白肤施说，辩证法。

白肤施把家里收拾了个遍，里里外外洗干净，收拾利索了，背着包就要走。她大她妈舍不得，又怕她心里难受，她大赶着毛驴，一直把她送到延安县。她大说，彩云，多为自己宽宽心，有啥事，你就回家里来，娘家才是家。白肤施说，大，你和我妈把自己照顾好，我是公家人了，你们不用担心，我想娃娃们呢，我心里放不下那些娃娃。她大也不多说什么，赶着毛驴就返回去了。

白肤施回来了！白妈妈回来了！

孩子们好奇而兴奋，每个人都跑来看望她，花花哭得最惨，她长大了，却抱着白肤施不肯放手说，妈妈，妈妈，你再也不准走了，他们都说你死了。白肤施也一脸的泪水说，妈妈好好的呢，妈妈永远不死！白肤施走到墙角，默默地抱起羔羔，沉默了许久，而后擦干羔羔脸上的泪水，问，你想妈妈没？羔羔含着泪点点头。白肤施的脸上也挂着泪水，亲昵地摸了摸他的小脑袋。

刘院长和沈老师等人看着白肤施，每个人脸上都带着说不出的难过，白肤施反而冲着他们微笑，那种乐观而忘却一切的微笑。

白肤施去看小芝麻的时候，已经是春暖花开的季节了。小芝麻的小坟头在张家圪崂牛丰林的坟墓旁边，小坟堆上已经开起了打碗碗花，开得那么鲜艳，就像是小芝麻咯咯的笑声一样，惹得山坡一大片花儿都开放了。白肤施就把旁边的新土都小心地培在那些花花的根部，希望它们能够开得更加鲜艳和长久。

小陶和刘院长就在旁边抹泪，小陶说，小芝麻是最听话的孩子，他就像我自己的孩子一样，我还没有好好爱他……刘院长这才谈起那天晚上的事情，询问白肤施说，彩云，我们本来和老黄谈好了，他可以带着孩子走，这样的话，我们还有时间和机会救出沪生啊！你怎么那么傻，为什么还要跟他纠缠呢？这也给老黄空出了时间。你给沪生和小芝麻换了那个枕巾，老黄开始没发现，在慌乱中错把小芝麻当羔羔。当他得知你欺骗了他，他就疯了啊！

白肤施说，我就想一心救出羔羔啊，只要先把羔羔救出去，剩下我和小芝麻，对老黄来说，他倒不至于对我俩怎么样，毕竟我们相处那么长时间呢。我一路上一直劝说他呢，他看到手里只有我们娘俩，肯定会投降呢。刘院长默默点着头，拉住她的手噙着的眼泪再也控制不住地往下流。

白肤施很久都没有说话，默默地走出坟地，而后回头依依不舍地看着坡上父子俩的坟，目光中含着痛彻心扉的不舍。

她已经不忍再去看公婆了，她绕着山峦在张家圪塄的四周走了一圈，然后离开了这个牵肠挂肚的村庄。她的脚步好像在丈量着一种回忆，而后站住了，微笑着，挂着泪珠看着刘院长和小陶说，老黄是被逼急了，就算死，也会要了羔羔的命，他已经被敌人利用了。他睡着的时候，我把小芝麻和羔羔的衣服偷偷换了过来，天黑，他也分不清谁是谁了。又说，我走到门口的时候，我也心疼孩子，我的亲骨肉，我怎么能不爱不疼呢？我想抓住老黄，也想救了小芝麻，小芝麻临死的时候，用小手抓住我的腿，说，妈妈，疼！我晓得小芝麻其实是知道为什么给他换衣服，但是，他都没有怨我，可我怨我自己，没能把两个孩子都救出来……

白肤施说完就蹲在山路旁边哭了起来，哭得忘乎所以，哭得瘫软在地。小陶跑过去，赶忙抱住她，害怕她伤心过度。最后刘院长说，彩云，我们对老黄防范得不够，他是在买菜的时候，被敌人盯上了，敌人在西安找到他的女儿，威胁他去绑架沪生。知道他们为什么绑架沪生吗？因为沪生的父亲是晋察冀有名的抗日将领。敌人想方设法渗透和威胁我方抗日指挥员，在无法打开突破口的时候，特务却意外盯上了老黄。我们查过老黄的物品，他应该是一年前就被敌人收买了，一直伺机动手，如果不是你保护孩子，老黄恐怕早就得手了。这次能挖出这个特务，你为抗日立了功。还有小芝麻，为了保护沪生，他付出了幼小的生命，我真的要感谢你们。白肤施摇了摇头说，我，没做好，我对不起丰林。刘院长说，我晓得，你和丰林就这一个孩子，他们父子都是我们的恩人，是功臣！我们永远不会忘记他们。白肤施长长地舒了口气说，院长姐，我刚来的时候，您告诉我，要用生命，不惜一切代价保护好这些娃娃们，所以我都听你的。刘院长点点头，拉住白肤施说，彩云，你放心，这些娃娃，都是你的娃娃，永远都是你的娃娃！

细细的雨丝滋润着黄土地的山梁，微风吹起春天暖湿的嫩芽。白肤施的伤还没有痊愈，从延安一路到李家洼的黄土路上，她走得跌跌撞撞，幸好刘院长和小陶两个人扶着她。她路上只说，我家没了，只有这一个安身的地方。刘院长说，咱回家，家就在前面呢，娃娃们都等着你呢。

他们走到李家洼的山沟口，见保育院大门敞开着。三个人刚一进门，孩子们都整整齐齐地站在院子里，微风细雨中，一个个站着。看着白肤施、刘院长等人进来，孩子们迎着雨全都冲过来，拉住白肤施，大声地叫着，妈妈！妈妈——

白肤施有些不知所措了，看着孩子们一个个都被雨淋透了，头上、脸上、身上都是雨水。她冲过去，搂住哭啼的羔羔。她就又心疼得不得了说，娃娃们，都淋湿了，这么大的雨快回家啊，别着凉了！孩子们谁都不说一句话，空气里是静静的呜咽和细雨的呢喃。

伤病好了以后，白肤施就开始在灶房里忙碌了，她的厨艺虽然没有老黄那么高超，但是，孩子都很喜欢。这些年，她偷偷在老黄那里学来了不少厨艺，也算派上了用场。每道菜，每一顿饭，她都认真去做，孩子们和保育院的老师都觉得她做的比老黄做的好吃。孩子们吃得越多，她越开心，她觉得，多吃饭菜就是对她工作的肯定和奖赏。羔羔一下课，就跟在她的身后，像个小尾巴一样，默不作声地看着她。

有一天，院香神秘地说，彩云姐，院里来了好多人，都说是调你去政府那边工作呢，你什么时候走？白肤施没有说话。又说，请你去开会呢，让你上台呢，你怎么不去呢？白肤施就说，我哪里都不去，我什么也不想说，过去的事情，我不想再翻腾了，心里难受。院香又说，那以后咋办？白肤施说，刘院长说，让我当后勤科科长，我就当了，娃娃要吃饭哩，请个好厨师不容易。你看，娃娃长大走了，又有小娃来了，大娃娃和小娃娃的饭不一样，来个厨子能做得好吗？能给娃娃们耐心做饭吗？我就是喜欢这些娃娃们，相处一段时间，我就不由得把他们当自己的娃娃了。我舍不得他们哭，听到他们哭，我就心里难受得很，他们没大没妈在跟前，眼巴巴看着你呢。你说像我这样的寡妇婆姨，能去哪儿呢？你走出一步，都觉得娃娃们在后面眼巴巴盼着呢。你看着娃娃们一天天长大了，会笑了，会说了，会走路了，会心疼你了，你觉得这世上还有啥比这更值得呢？白肤施这么说，院香也死心塌地了，跟着她每天在厨房忙碌，在院子里忙碌，在各个窑洞里跟孩子们一起笑，一起把苦日子熬成了幸福的日子。

保育院的山坡山梁上，到处都是老师孩子们开垦出来的荒地。荒地在大家的抚育下，逐渐都就变成了良田。挨着最沟掌的地方，因为能积水，相对潮湿，白肤施又开垦出了菜地。菜地里能吃的蔬菜也多了，西红柿、黄瓜、小白菜、大白菜、萝卜、红薯等等。挨着菜地下面就有了整齐的猪圈、鸡圈，还有两头老黄牛。喂养黄牛的任务就交给了羔羔，羔羔把这件"革命任务"做得非常认真，尽职尽责。两头黄牛也成了羔羔的忠实伙伴。黄牛的用处最大，一到春天，它俩得上山耕地。大一点的孩子们几乎都学会了扶犁耕地，小一点的那也必须都知道怎么制作肥料，分辨哪是杂草哪是庄稼，有空必须去锄地。

制作肥料是比较脏累的活儿，白肤施不愿意让孩子们干，一般赶着天亮的时候，肥料已经被背到了地畔。但孩子们也心疼白肤施，哪一样都要学一学。刘院长总是担心她的身体，又给后勤科增加了人手。白肤施就说，多一个人那就会多一份工资，农忙的时候，她来想办法。果然到农忙的时候，她就喊了李家洼的村民帮助孩子们收割庄稼，种地的时候，村民们也可以借保育院的牛去耕地，这叫变工。

保育院杀猪的时候，她也会把猪肉分一些给村民们，村民们谁家有婚丧嫁娶的事情，她就去给村民帮忙。这样相处下来倒是有很多好处，比如说，保育院南面的山坡上要再修窑洞，这些窑洞是为了解决孩子们上小学房屋困难的问题，李家洼的村民就来帮工，一帮工就意味着不要公钱。村民们说，都是公家的事情，要啥钱呢？再说了修的是学堂嘛，自古以来，修庙修学堂都不要工钱嘛。

这一个冬天下来，小学的窑洞也修好了。虽然不要工钱，可饭还得管着，竣工那天白肤施还炸了油糕，给新小学的落成庆祝了一番。孩子们最喜欢热闹，像过节一样，组织了合唱比赛，还扭秧歌。这一扭不要紧，孩子们的秧歌被边区政府的领导看上了。上级就指示说，今年过年，孩子们得去给大家伙儿都扭一扭。正月里，沈老师和于老师带着保育院秧歌队挨着各个单位去演出，演出回来还赚了一大笔费用。孩子们就用这笔费用给白肤施缝了一件棉袄，白肤施高兴得不得了，天天穿着花棉袄，四五月份了还舍不得脱去，逢人就说，这是我娃给我做的呢，穿着就像要出嫁的新媳妇啊！

白肤施一有空，就去看看小陶老师。小陶老师也结婚了，有了自己的小孩子。白肤施就按照陕北坐月子的风俗去照顾她。白肤施说，我是娘家人呢，我来了照顾你，就相当于你回娘家了。小陶要下地做饭，白肤施哪里肯，摁住她不让她乱跑，小陶一直在暖炕上躺了一个月，度过了坐月子的时光。白肤施帮她做饭，也帮她看看孩子，两个人成了最亲密的姐妹。

快过年的时候，小陶说，前几天，老高又来了，还有二斤猪肉呢，这人还是那样，这两三年了，从来没有间断过，一直送你好吃好喝的，真是实诚人。白肤施没说话，她晓得小陶想说什么，只是笑着，脸上却掠过一丝悲伤。又说，老高好像也调到河庄坪乡了，前几天跟我说了。

自从上次拉过石炭后，白肤施还一直没有再见过老高，老高好像刻意躲着白肤施。在白肤施心里，老高就像影子一样，她不知道什么时候老高就来过了。清明节前的时候，老高把香纸放在窗台上，白肤施到小陶家的时候才看到，她明白他是想祭奠丰林。端午节的时候，又把粽子送过来。就这样逢年过节，老高总是惦记着她，给她准备各样节礼，就像影子不离不弃地跟着她。

阳历年的七月一日，是白肤施的生日，这可是刘院长当初送给她的生日，这件事情，老高也不知道从哪里晓得了。那天过来刚把油糕和挂面放在窗台上，要转身走时，听到白肤施说，老高，你进来坐吧。老高吓了一跳，转过身，看到白肤施正笑吟吟地从屋子里走出来看着他。老高笑了笑说，我就是路过，顺便给你捎点东西。白肤施看了看窗台上的油糕和挂面，也笑而不语。老高说，嫂子，以后想吃啥，你尽管言传，我现在方便得很，调河庄坪乡了。挖了几年炭，教了不少徒弟，去年病了一场，组织就考虑让我去做群众工作，也挺好。白肤施说，是挺好，年龄也不小了。老高说，我比丰林小一岁。白肤施说，我正想跟你说个事呢，也不晓得你什么想法？老高有些不好意思地说，嫂子，你有啥事尽管说，我都听你的。白肤施说，你要是有时间了，来一趟保育院。老高也不知道啥事，也就应了说，明天我就有时间呢。

第二天，老高提着一大袋子夏洋芋来了。这夏洋芋成熟得早，挑地不说，还得精心抚育才有收获。这么多洋芋，白肤施就觉得礼重了，责怪老高说，这是哪里来的这么多夏洋芋？这可得多少钱呢？老高说，是我们自己种的，乡府那边我付过钱了，你们尽管吃。这都七月份了，老吃生了芽的旧洋芋不好。老高笑着，院香就走进来，瞧着洋芋新鲜，也是高兴得不得了说，得做一顿洋芋擦擦给娃娃们。白肤施说，院香，这是我家丰林的战友，老高同志，我那年冬天拉炭，就是他帮忙。他是个好人，现在是咱乡府的干部了。院香说，哎呀，我听彩云姐说起过你，怎么调过来了？老高淡淡笑了笑，没说话。白肤施给她解释，工作需要嘛。又给老高介绍说，这是院香同志，我们保育院的后勤副主任。院香很热情地想跟老高握手，但是，老高并没有伸手，只是神情暗淡地坐在旁边，再没有说一句话。

老高临走的时候，白肤施就把丰林的一双鞋送给他说，当初给丰林的鞋，我看你俩脚差不多大小，你要是不嫌弃就穿了，我也没啥能给你的。老高反而高兴了说，丰林跟我的脚确实大小一样，在部队的时候就经常换着穿。说起丰林，两个人沉默了一会儿。白肤施乘机说，老高兄弟，你觉得院香怎么样？她的情况，你也该了解吧？老高点点头说，嫂子，以后你就不要再费心了，我老高心里有人了呢。白肤施一听，一下子有些尴尬地说，我还以为你嫌弃院香呢，既然心里有了人，那怪我。又走了一段，白肤施说，老高，我得给孩子们准备晚饭去了，就送你到这里吧。老高看着白肤施转身走了，就问她，你也不问问我心里有谁？白肤施没有说话，脚步急匆匆地慌乱离去，还差一点摔倒。

院香倒是对老高挺满意，可就是觉得老高这个人不好相处。院香说，你看这人吧，我也知道他少了一条胳膊，可我刚一下就忘记了，伸手跟他握，他倒是恼了，一句话也不再说了，你说以后过日子，这样怎么行呢？白肤施就笑她说，那是你跟他不熟，要是熟了，他也挺能说话，他也不是恼你，是恼我呢。院香就问，为啥恼你？白肤施说，他怪我给他介绍对象没有提前说。院香笑了笑说，这倒真是个怪人，这延安城的姑娘，稀缺得很，他还挑三拣四。

院香欲言又止，但是她心里又藏不住事，干脆又说，彩云姐，你也别两面费心了，其实，我也有心上人了。白肤施听她这么说，反倒欣慰了说，那你也不告诉我一声，是哪儿的好后生？院香说，就是那边医院的医生，但是，我大不同意，说是外地人，不可靠，谁知道什么时候就拍屁股走了。白肤施问，那你是怎么打算呢？院香说，我也不晓得呢。白肤施想了想说，我去跟刘院长说一声，你去医院那边学护士，这样的话，不管他走哪里，也撂不下你！院香这一高兴，抱住白肤施说，姐，要是你去说，这事肯定成！

没过多久，这事还真成了。院香高高兴兴地去中央医院学护士，两个人不久就举行了简单的婚礼。白肤施把半个月的工资都随给院香了，只说她以后能用得着，也算两个人姐妹一场的情义。

白肤施算是院香的媒人，参加院香的婚礼的时候，白肤施也喝了一点喜酒，头脑就有些迷迷糊糊，准备去小陶那里，又觉得有些累。她又想起山上的豌豆该是成熟的季节了。豌豆蔓儿可以喂牛喂猪，还可以喂羔羔的那只羊。豌豆儿一煮就可以直接吃了，有时候她会放点盐进去，那味道可不比一顿炒肉差！

这么想着，赶着晚上就刚好把豌豆背回来。刚进了保育院的大门，就看到院子里灯火通明，大人孩子都扭着秧歌，举着火把，把整个院子都掀翻了天，每个人的脸上都洋溢着无比兴奋的笑容，连老高和乡府的几个干部都来了。刘院长跑过来，兴奋地拉住白肤施的手说，彩云，快扭秧歌啊，多高兴的事情，今天大家都高兴个够，我屋子里还有酒呢，咱所有的老师今天都要一醉方休！

白肤施还有些发愣，不解地看着刘院长和老高，老高一把扯过她的手，把她拉进秧歌队伍说，日本鬼子投降了！

白肤施好像没有听明白一样问，甚，甚香了？老高说，我们胜利了，我们把日本鬼子打败了，日本鬼子投降了！

白肤施终于听明白了，一把扔掉背上的豌豆，一下子兴奋劲儿就上来，拉着老高冲进了热烈的秧歌队伍中。

悄悄长大

我们的粮食，是老百姓供给的，

我们就应当加倍努力，

服从纪律用功学习，

准备去打倒日本帝国主义，

我们是边区的小朋友，

我们是抗日的后备军。

今天我们在战斗中学习，

明天为祖国出力。

为了自由，为了解放，我们要努力！努力！

加紧锻炼，勤奋学习……

一路上，花花一直在反复地唱着这首每天必唱的歌曲，一起走的还有四个孩子，都跟她一般大小。他们沿着延河的河岸，从李家洼一直走到兰家坪，又从兰家坪不知不觉走到了杜甫川。

杜甫川是延安西南的一条河川，连接着南面的柳林铺和万花乡的河道。据记载，安史之乱时，杜甫怀抱治世梦想，得知唐太子李亨在灵武即位时，便颠沛流离一路向北，骑着毛驴追随至此，并在此逗留一宿。后来这里因范仲淹题写杜甫川而得名。

走到杜甫川的花花突然不走了，犹豫地站在那里，回望着不远处的南门坡，听着远处传来的歌声——抗战胜利后一个月，大家都沉浸在胜利的欢乐和喜悦中，街道上到处是秧歌队的鼓乐声，九月的延河水浸润在歌声和胜利的芬芳中。宝塔山下的延河水，蜿蜒曲折，历经千山万水，穿山越岭，都汇聚到宝塔山的脚下，即使历经岁月的沧桑，依然清澈而纯净。诚如这些在延河岸边长大的孩子们，即使有着战火纷争的童年岁月，但是，内心依然阳光而淳朴，因为他们是在延河水的滋养下长大的。

花花拉住白肤施说，妈妈，我想去看看弟弟。白肤施一愣，看着花花，迟疑了一下说，有些远了，等你长大了再去吧。花花没能去小芝麻的坟头上看看，显得很难过，这孩子一路上都怀着心事。白肤施说，弟弟也想着你呢，想看到你早日成为大科学家。花花这才笑了笑，点点头。

花花的父母还在前线，这几年，只回来过一次，所以在花花的心里，父母的形象还停留在北关山坡上那个漆黑的小院子里。丰林和小芝麻相继离开后，花花生怕白肤施想不开，几乎日夜不离左右。初夏的时候，花花的父母也回到了延安开大会，考虑到孩子已经结束了中学的课程，于是，就和白肤施商议花花该去哪里。白肤施说，我也不懂，听孩子的意见吧。花花想离白妈妈近一些，最终花花的母亲说，她也仔细了解了孩子的情况，就选定去延安大学的自然科学院预科班。清澈的延河水流淌着岁月的记忆，斑驳着美好的少年倒影，花花站在河边，扎着乌黑的辫子，穿着土灰色的军装，英姿飒爽。母女俩站在宝塔山下，花花看着两条河汇聚在山脚，又流向远方。她故意问白肤施说，妈妈，你晓得这两条河为啥在这儿就汇聚在一起了呢？

白肤施笑说，那不是天生就流在一起了吗？花花稚气地说，不对，因为这里有宝塔山，有延河水，因为这里有妈妈，所以，它们都汇聚到了一起。白肤施说，我明白了，因为延安是妈妈。花花说，对，因为这儿有妈妈，所有的河水最后都要流向妈妈，流向延河的妈妈，流向黄河的妈妈，流向大海的妈妈……白肤施觉得花花懂得多，确实长大了。花花浅浅一笑，白肤施的心里就跟这秋天一样，意外开放出晚熟的花朵，心里有说不出的爱怜。花花里里外外的穿戴，都是白肤施一手操办的，虽然其他孩子也都由她全部操办，但是，她对花花格外心细入微，连袜子的线头都要修整得特别齐整。

花花长大了，是一件不知不觉的事情，又是一件让她不得不面对、不得不心疼的事情。她第一次见到花花的时候，她还是襁褓中的婴儿。花花与别的孩子不一样，特别善解人意，总是比别的孩子要懂事多一些。白肤施的心里，花花是最贴心的女儿。她总是想起在保育院工作时，她去灶房忙碌的时候，花花下课了也不去玩，就趴在门口看着她；她去山上劳动的时候，花花总是在大门口等着她，一直等到她回来。她看到花花，就觉得心也开阔了，太阳也出来了。

白肤施没有想到，小芝麻牺牲后，花花成了第一个离开她的孩子。从杜甫川折回来，又从王家坪对面的河畔走上去，就到了文化沟，白肤施一边走一边就打趣说，这科学家原来也是要种地呢。这一句话就打破了母女俩之间悲伤的气氛，花花说，妈妈，种地也是要讲究科学啊，这样种出来的庄稼才能产出更多的粮食。白肤施又释然了，说，这样啊，我娃懂得可真多。

在自然科学院报到完，白肤施把孩子们都一个个安顿好了，又把宿舍打扫了一遍，连厕所在哪个位置都摸得清清楚楚了，这才舒了口气，说，我也该回去了。花花依依不舍，拉着她的手不放。白肤施说，我要是有时间了，还能过来看你呢，你可得在这儿好好学习呢。花花点点头，已经哭得泣不成声了，说，妈妈，我不想离开您呢，就想一辈子在您身边，我不放心。白肤施又说，妈妈是大人啊，不用花花担心。花花不是长大了吗？以后能帮妈妈种出更好的庄稼，妈妈可等着你呢。花花就扑进白肤施的怀里说，我不想长大了，我后悔了……白肤施紧紧抱着花花说，傻孩子，哪有不想长大的娃娃呢。

花花眼泪多，也长情，白肤施就害怕自己心软了，走不了。刚走出自然科学院的大门，就连走带跑地奔出文化沟，走到河畔的时候，又有些后悔。她站在兰家坪的延河边，独自一个人哭了一会儿，洗了把脸，才慢慢地往回走。一路上又想起花花从小被送到张家圪崂时，哭得那个委屈，现在被送到自然科学院，孩子心里应该是一样的难舍难离的劲儿吧，母女连心，她难受得止不住眼泪。

白肤施没有想到的是，花花上学后不到两个月时间，学校就搬走了。白肤施送花花上学的这次离别，竟然成了母女俩的永别。因为命令来得突然，学校实行军事化管理，花花没有时间去跟白肤施道别，花花离开延安的那一刻，冲着延河撕心裂肺地叫了一声声妈妈……白肤施得知自然科学院已经搬离了延安，心乱如麻。不久后，刘院长给她捎来一封从晋察冀边区转来的信，信是花花通过好几个人转手才到她手里的。她把花花的信看了无数遍，时刻珍藏在怀里，她知道，孩子去了晋察冀，就会遇到自己的亲生父母，她会慢慢融入真正母亲的怀抱里。不一样的是，她的身上全是延河的印记，白肤施相信，她会带着这些印记，健康快乐勇敢，会幸福一生……

每天早上，白肤施照例在孩子们上课的歌声里出发，迎着太阳爬上山坡，从山坡上听着保育院一排排窑洞里传出孩子们稚嫩的歌声：

共产党是我们的妈妈，

保育小学是我们的家，

生活在革命的大家庭，

我们大伙儿在一起，在一起。

打篮球拉二胡，攀杠子下象棋，

学习有进步，玩耍得快乐，

保小是我们自己的家。

哥哥帮助小弟弟，

姐姐帮助小妹妹，

咱们吃得白又胖，

咱们乐得笑哈哈。

歌声里，白肤施就把秋天的最后一背庄稼背了回来。院子里，她和孩子们一起在丰收的谷垛里捉迷藏，在操场上打比赛，在粮食堆的旁边举行赛歌会和赛诗会。他们把粮食一天天收进粮仓，把快乐释放，把喜悦交给湛蓝的天空，也把期望早早地埋在收割过的土地里。

蛋蛋最近回来得勤了，孩子长得比白肤施足足高出一个头。在这个世界上，蛋蛋就像庄稼依靠土地一样依赖着她，她也总是像看着自己的庄稼一样，目光慈爱地看着蛋蛋。蛋蛋像个大人一样关心白肤施，他知道白肤施心里难过，尤其是小芝麻牺牲后，她整个人都单薄起来了，像这秋天飘零的树叶，随风摆动，随风飘零，却怎么也落不到地上。

有好几天，蛋蛋一直照顾陪伴着她，白肤施就有些疑惑地问他，你放假了？保育院还没放啊。蛋蛋说，没放，学校就是，就是让我实践活动呢，我就回来了。白肤施就说，实践活动你得找个农民家里住着，一起吃住，一起劳动才行。蛋蛋就说，我这跟你一起，就是实践劳动啊。白肤施就笑了，知道蛋蛋也是心疼她呢，也不再管他，跟着干活，就当一个帮手。

农忙完了，白肤施又给蛋蛋添置了棉衣棉裤。蛋蛋就说，想回去看看爷爷奶奶呢。蛋蛋这么说，该是想小芝麻了，白肤施迟疑了一下，但还是答应了。公婆因为蛋蛋回家特别高兴，蛋蛋就一声声爷爷奶奶地叫，两位老人也难得地笑出了好天气。

住了三天，蛋蛋就跟着爷爷奶奶收割了三天庄稼，这倒比在保育院收割庄稼还要劳累。保育院还有村里的乡亲帮忙，这儿大家都忙着收割各自的庄稼。老两口虽然种得不多，可每种庄稼都种了一点，连土地的犄角旮旯都不放过。他们每天收一点，软糜子硬糜子、黄谷子白谷子、黄高粱红高粱、油麻子老麻子。

白肤施和蛋蛋就满山跑，到处找这些种下去的庄稼地，虽然找到了也没多少收成，有些只能当种子第二年再种。公公说，只要不断了这种子，明年有了好点的地，还能继续种。有些没能长出来的庄稼，公公就说，那是它们自己的命嘛。白肤施明白了公公说的话，就笑说，只要是地好了，哪里有亏了庄稼的道理。公公也就明白了白肤施的心迹。两个人的话和心思都透亮了，心照不宣了。

慌慌乱乱地收割完毕，白肤施带着蛋蛋去了坟地。今年雨水多，这坟头就被冲得有些平了，也分不清哪里是牛丰林，哪里是小芝麻了。白肤施说，既然这样，那就不用再找了，到了明年清明，我们在这里栽棵树，那不是挺好吗？蛋蛋终于忍不住说，我怕是等不到明年了，妈妈，组织派我和其他的同学去东北。白肤施愣了愣，终于明白了这孩子这段时间为什么老不去学校了。她看着远山，看了很久很久。这个消息对白肤施来说，又是一次巨大的冲击和震动。

回来的路上，白肤施问他什么时候走。蛋蛋说，来这里之前接到消息，就明天。白肤施不说话了，表情很严肃。蛋蛋知道白肤施不高兴了，就说，那我不去了，花花也走了，您一个人我不放心，我就在延安陪着您。白肤施就说，这是组织的决定，我们必须服从，我原来最担心的是花花，她一走，倒让我也放心了。你是男孩子，怎么能想去就去，不想去就不去呢？只是，你该早点告诉我，我也好有个准备，你的新棉衣还没有做，换洗的内衣、新鞋新袜，这些都没有准备……你们这些娃娃，总不能就这么说走就走了嘛。蛋蛋说，妈妈，我除了您，没有什么可担心和想带走的，只有这里是我的家，您是我的妈妈，我走到哪里都不会忘记您，不会忘记这里永远有一个家。

蛋蛋眼神中流露出的不舍和留恋让白肤施又想起了他刚来张家圪塄时的样子。白肤施怕他太难过，赶忙拉住他的胳膊，笑着说，你还知道自己有家？蛋蛋说，我回来就是想看看丰林大和小芝麻弟弟，我是个孤儿，是你们给我了这个家，让我重新有了亲人，有了成长中的温暖，生命里有了温度！妈妈，我什么都不带走了，我就是想跟您一起看看我在这里长大过的每一天。

听着孩子这么说，白肤施心里也暖洋洋的。一路上，母子俩一起回忆起小时候的事情，说一阵笑一阵，倒是暂且忘记了别离的难过。蛋蛋最后说，妈妈，你才二十多岁呢，还是年轻的妈妈，我有句话不知道该不该说。白肤施说，你想说啥？我多大也是你妈。蛋蛋说，我不是这个意思，我是说，老高同志对你挺好，而且人也可靠，我都替你打听过了，他一直等着你呢。白肤施笑说，心思还多得很，大人的事你别操心，没空理他！

回到宿舍，白肤施连夜给蛋蛋准备了两套棉衣，又准备了内衣和鞋袜，总算把自己能够想到的都做完了。又想着他这一走，也不知道什么时候才能回来。旁边的羔羔问他，你做这么多，哥哥能拿得了吗？沉得很。白肤施笑说，看着多，又不重。羔羔说，那我的呢？白肤施说，啥时候都少不了我家羔羔的啊。又问羔羔东北在哪儿，羔羔摇头。打听了一圈回来，听说东北那边冷，这个季节长途跋涉，也不知道那边的虎狼多不多……这么忧思了一宿，也没有合眼。

一早上，不见蛋蛋来道别，白肤施知道他走得急，赶忙去追，追到川口岔的时候，才撵上队伍。蛋蛋看到白肤施追上来，着急得直哭说，妈，你怎么跑来了？白肤施埋怨他说，你还知道我是你妈？还以为你会回来把衣服拿上了，结果左等右等不见你来。蛋蛋说，部队说走就走，容不得耽搁。白肤施也不管他说什么，一股脑儿先把衣服给他背上了说，听说那边冷得很，多带几件衣服。蛋蛋说，妈，都发着衣服呢，用不着啊。白肤施说，咋就用不着了？冷的时候就知道用得着了！

又突然想起了什么，说，还有个重要的事呢！你不记得了，这是你刚送来的时候，带着的唯一的东西。白肤施说着把襁褓交给蛋蛋，又把褡裢给他说，里面是炒面和煮鸡蛋，路上饿了吃，谁知道什么时候走到那边呢。蛋蛋拿着那襁褓笑了笑说，妈，这么多东西呢？白肤施又想起了什么说，娃，你叫马向思，记得啊，永远向着马克思，这话是你丰林大告诉我的！你得记住了，不管走到哪里，都要永远忠于党忠于国家，成为国家的栋梁之材。马向思听着白肤施的叮嘱，不住地点头，最后跪在黄土坡上给白肤施磕了头说，妈妈，你得等我回来，等我成了栋梁之材回来还要孝敬您呢。白肤施赶忙拉他起来说，唉，妈等着你呢，快走，快走，一定别落在后面了！

前面的队伍已经过了拐峁，白肤施就默默地跟在后面，从拐峁的山梁上又望着马向思和部队渐渐向东远去。她久久地伫立在山梁上，叫也不是，唤也不是，只是迎着风流着眼泪。蛋蛋这一走，那么多年的时光就溜走了，时间就像是在她的心口子上划了一道道伤痕，虽然快乐，却有些隐隐地痛。她就想通了，过去的事情无论多么快活，都不能够多思量。那川道里的车马来回碾压着，那路扬起的灰尘慢慢就把不快活的事情慢慢掩盖了。

回到保育院的时候，看到羔羔在等她。羔羔好像读懂了妈妈的心事，拉着她的手说，哥哥和姐姐们都走了，我陪着你。白肤施笑说，你也会长大呢。羔羔说，我决定了，我不长大了，长大了，你就难过。白肤施说，我哪里难过了？我高兴得很呢，娃娃们都能给组织做事了，这是好事！羔羔说，你还说你不难过？你看你，眼睛都哭肿了。羔羔又说，你也别擦了，越擦越难看。白肤施说，我难看吗？羔羔说，哭的时候肯定难看。白肤施问，那我什么时候好看一点？羔羔说，通常情况下都好看。白肤施扑哧笑了出来，说，老师表扬你了？怎么今天嘴这么甜？羔羔说，妈妈，要是我走了，你是不是也会担心我？白肤施问他，你要去哪里？哪里都不准去！你得一直跟着我，直到……羔羔赶紧问，直到什么？

白肤施犹豫了一下，有些无奈地笑了笑说，直到你大回来，他会来接你。羔羔认真地看着白肤施，有些失望和愤懑，很快不说话了。白肤施不知道哪儿说错了话，拉住羔羔说，你和蛋蛋哥哥不一样，蛋蛋哥哥从小就没有爸妈。羔羔立刻甩开她的胳膊大声说，他没有爸妈，所以你们都爱他！白肤施还想说什么，羔羔已经哭着离去了。

白肤施以为羔羔只是一时情绪不好，可是到了晚饭的时候，还是没有见他吃饭。去教室望了一眼，他一个人还在学习。白肤施就把一个馒头放在他的课桌上，羔羔也不理她，继续写着字。

沈老师告诉白肤施，羔羔的父亲前几天回来了，想把他带走，但是他怎么也不肯走。白肤施这才知道，羔羔的父亲已经回延安了，可他为什么不肯走？沈老师说，我也不清楚，孩子一直说，他有妈妈。后来，刘院长就把小芝麻的事情告诉了他的父亲，他就没有坚持带走孩子。白肤施听到这里，心里不禁有些难过。她后来一直在教室外面等羔羔，等他做完了功课，拉着他回了宿舍，把凉了的馒头烤热了，另外加了两个烤土豆，羔羔这才高兴了起来，吃得也很香的样子。

白肤施说，还真恼了啊？羔羔说，没啊，好男不跟女斗。白肤施说，那你跟谁斗呢？羔羔说，我跟我的作业斗！白肤施笑说，你是担心我呢吧？其实，你要想和你大去，你就去，我还有这么多娃娃呢。

羔羔又不说话了，狠狠地把铅笔咬了一下。白肤施又说，我心里呢，一天装的孩子多呢，你说，兔娃、狗娃、虎娃、猫娃他们都是我的孩子啊。我哪一个都得挂在心里，你们几个呢，跟我的时间多，我当然看着你们几个一样亲呢。你说说，你的鞋是不是我给你做的啊？你的袜子是不是我缝的啊？以后，我可不管了啊，你也该自己做了，要不然让别的娃娃笑话你呢。白肤施看到羔羔要哭的样子，又赶忙说，你别哭啊，你要是哭，我这都算白说了，你和花花、蛋蛋……还有小芝麻，都是我的亲亲的亲娃，你说那种话，我也难受呢。羔羔说，我就是怕你难受，我才不走。白肤施抬起头看着羔羔说，你这憨娃娃，我再怎么亲……算了，既然不想走，那就留在我身边，谁让我是你妈妈呢？羔羔犹豫了半天嗫喏着说，妈妈，我不想走，主要是我想……白肤施说，想啥呢？你这小脑瓜总跟别人不一样，你想的，我还真猜不着。羔羔鼓起勇气说，我就是想让你把我当成小芝麻，我就是想当你的小芝麻，以后就是你儿子，这一辈子都孝顺你！保护你！

羔羔这么一说，白肤施终于忍不住，抱住羔羔大声哭了起来，也不知道是悲伤还是高兴。最后，她捧着羔羔的脸，憨娃娃，咱娘俩都把小芝麻忘了，永远不要再想起他了，让他安静地走吧！你永远不要再想起他，也不用想着变成他，你就是你，你就是我的小羊羔羔，好吗？羔羔也跟着哭了起来，点头答应。

一大清早羔羔爬起来，眨巴着眼睛告诉白肤施说，妈妈，我梦到了好多人……

白肤施随口问，都有谁呢？羔羔就给她数，说，有外婆外公，不过他们都被日本飞机炸没了……还有爸爸骑着马，在前线打仗，还有好多八路军叔叔，还有我妈妈受伤了，流了好多血……

白肤施看孩子想和自己说心里话，就安慰他，羔羔，没事，咱现在没有鬼子了，也没有飞机，你别怕，有我呢。羔羔又说，我还梦到了，我们几个孩子从山西坐船渡过黄河，要来延安呢，黄河水好大好大，那条船摇晃得厉害，我特别害怕……我还梦到花花姐姐、蛋蛋哥哥……还梦到了小芝麻。

这个时候，白肤施不说话了，羔羔知道自己也该停止了，可还是不由自主地说，我真想和小芝麻弟弟一起去玩，可是他不带着我，我们俩又打了一架。妈妈，我弟弟是不是不喜欢我？听到这里，白肤施似乎明白了羔羔的意思，赶忙抱住羔羔安慰他说，羔羔娃，你别瞎想了，小芝麻最喜欢的就是你。小芝麻告诉过我，他说你最聪明了，你给他和花花教了很多数学题，他们都不会，只有你会。还说，你会外国人的话，可聪明了，他最羡慕你了。羔羔听着白肤施这么说，自己先哭了起来说，妈妈，可我对不起弟弟，我就想去陪弟弟，我去教他数学、英语，还有好多好多知识……

白肤施一边流着眼泪，一边笑着劝他说，羔羔啊，小芝麻给我也托梦了，我也梦到他了呢。羔羔赶忙问她，弟弟说啥了？白肤施说，小芝麻说，羔羔哥哥最聪明了，一定要他陪着妈妈。他还嘱咐我，一定要你把那个小羊羔照顾好。我说，小羊羔已经长成大羊了，现在，咱都有五只羊了，再过几年就会有更多的羊呢。羔羔问她，那弟弟还说啥了？白肤施又说，弟弟还说，哥哥以后一定能成为非常了不起的人，要你啊，永远不要忘了他，他和爸爸在一起，好着呢。羔羔听到白肤施这么说，终于放心了，忽闪着眼睛说，我一定好好努力，等我长大了，一定要让弟弟看到，我是妈妈最好的孩子！白肤施点点头说，对啊，小芝麻也是这么说的呢。

冬天的月亮有些坚硬，洒下的月光把土地都冰封了。陕北的雪随即跟着覆盖了大地，也把疾病和阴霾全部掩盖得严严实实，让它们在大地的怀抱里接受生与死的轮回和希望。

白肤施的第一镢头掘下去，大地就展开了它无比宽容的胸膛，把种子和雪一起接纳，最终还给孩子们一个热烈的春天。李家洼的山峁上，白肤施的花布衫摇晃着，就把这山上的青草给摇醒了。

老高也不闲着，每天都过来帮白肤施干活，白肤施就跟他开玩笑说，你还是别来了，你来了，种出来的庄稼都是秕子。老高也不恼，埋着头一边干活一边说，种得多了，总能种出点眉目呢。白肤施看他执拗，又说，老高，我晓得你的心思，你也不小了，找个婆姨好好过日子吧。我这有天没日子，怕是你等不上呢。老高停下手里的活，吸了半天旱烟说，跟谁过日子都没味道，我能等呢。这话就不能再往下说了，多一句少一句，都显得多余。

一晃又是一个冬天了，可边区的日子已经与往日不同了。

沈老师去了第二保育院当院长，她有责任心，走到哪里都能把事业做红火。于老师已经去鲁迅艺术学院一年多时间了，毕业的时候，还跟白肤施告了别。小陶校长回了机关，她带出了一批本地的老师，原来的学校也有了新校长。自从小陶校长走了以后，白肤施再也没有去过杨家湾，她有时候站在李家洼的山梁上，远远地望着杨家湾，望了好久。有时，杨家湾的学校里传出一阵阵孩子们唱歌的声音，她就觉得小芝麻的声音也在那些声音里面，不由得一次次张望，一次次都任泪水模糊了视线。

年前，就传来胡宗南要攻打延安的消息，孩子们在保卫科的带领下，一直进行军事演练，一天都没有停歇。又听院香说，所有的人都要撤离，去哪里不得而知。孩子们这么多，若是要打仗，磕磕碰碰在所难免，哪个孩子她都在心里牵挂着，若是撤离，孩子们这么小，又得吃苦头，白肤施心里有些担忧。在李家洼这么长时间了，这里是最安全最可靠的地方，除了日本人的飞机，再没有什么事能让孩子们感到战争的威胁。可是上级的命令一直没有来，反倒让她很提心吊胆，她觉得应该提早准备才是，但又不知道该怎么准备。

新年的时候，白肤施精心给孩子们准备油馍，又点燃了一堆篝火。按照风俗，大家跳火消灾过年、放鞭炮、贴对联，哪一样都不少。但看得出大家也都没有什么心思过年，除夕那晚，保育院里有些沉闷，白肤施就跟着羔羔打快板，唱起了歌：

隆咕隆咚一隆咚，

今年春节热哄哄。

旧社会世界属大人，

延安天地属儿童。

隆咕隆咚一隆咚，

拜年会上乐融融。

敬祝父辈放宽心，

小孩儿能做大事情。

隆咕隆咚一隆咚，

儿童乐园无老翁。

互教互学手牵手，

老翁个个变儿童。

隆咕隆咚一隆咚，

学做合一多用功。

拿起镰刀和斧头，

创造世界早大同。

白肤施和羔羔唱得热烈，孩子们好玩的天性就释放出来了，在院子里，大家自发地扭秧歌、唱歌，暂时忘却了战争的临近。歌声在李家洼的山梁间回荡着，快乐飞舞着，孩子们的秧歌和欢呼声不断地传来，可谁也没有想到，这可能是他们在延安最后的一个春节了。

命令很快就传达下来，保育院的孩子由骑兵连护送，向北出发！

白肤施和孩子们接到命令都哭了，谁都不愿意离开，但是，这是命令，谁都不能违抗。大孩子们提出，临走之前要去看看宝塔山！刘院长认真地和骑兵连、乡府的护送队商议，决定满足孩子们的这个请求。

是夜，孩子们在白肤施和其他老师的带领下，一路走到丁泉砭，站在延河岸上。月光和星光洒落下来，宝塔山下铺满了金色的河水，那流淌着的河水，闪着慈爱的光，像是大地的眼睛。他们整齐地排成一个长队，在月光的掩映下，直直地像一棵棵热烈生长的树苗。面对宝塔山，每个孩子都满含热泪，他们认真地仰望，在内心中呢喃，最后郑重地敬了一个礼。那是振翅离巢、绕树三匝的不舍与别情。他们手拉着手，久久不愿离去，一顾三回首，群山渐渐变成了母亲的模样，延河水融入月光和星光中，照亮了他们前行的路，那是母亲的眼泪，那是母亲最后的养分，给他们前行的勇气和信心……宝塔巍巍，延河潺潺，见证了一代少年儿童成长的苦难和泪水，也承载了一个特殊历史时期的温暖。他们的目光中全是爱和不舍，他们遥望对面的宝塔山，看着这层峦起伏的山丘，看着这永不停流的延河水，低声吟唱着：

> 夕阳照耀着山头的塔影，
>
> 月色映照着河边的流萤，
>
> 春风吹遍了平坦的原野，
>
> 群山结成了坚固的围屏。
>
> 啊！延安……
>
> 你这庄严雄伟的古城，
>
> 到处传遍了抗战的歌声。
>
> 啊！延安……

除了粮食和必要的生活物资，其他的东西全部留在了李家洼。能交由老乡保存的，都交给老乡；无法保存的，原封不动地放在了保育院藏起来。白肤施和孩子们的想法一样，我们一定还会回来！

虽然一个月前已经有所准备了，可白肤施还是没有收拾利索，不是她不想收拾，而是她觉得什么都该带走，又觉得什么都不该带走。还是刘院长做了思想工作，告诉她，要做好最坏的打算，这一走，恐怕很难再回来了，让她做好心理准备。毛主席说，我们要以一个延安换取全中国！白肤施就说，既然能换取全中国，那咱们还是能回来的嘛。刘院长看她确实不想走的样子，只好再劝说她，白肤施同志，我和你一样，与这里的一山一水都有了感情，我也不想离开，不想离开这里的老乡，可是，为了孩子们，咱必须走！过不了多久，咱还能回来，这话我答应你！白肤施听到刘院长这么说，终于笑了笑，说，我晓得，我信你！

骑兵连前后护卫，荷枪实弹，随时保护着孩子们的安全。孩子们一个个都学着战士们的样子，走得端端正正，气势昂扬。羔羔说，我长大了也要当骑兵！他这么说，其他孩子也争着说长大要当骑兵。战士们看出孩子的想法，就轮流让孩子们骑马前行，骑马的体验让孩子们暂时忘记了离别的伤心和不舍。除了骑兵连，还有由乡府干部、民兵组成的护送队护送保育院的师生们。乡府护送队由老高带领，三十多个年轻人拉着毛驴，背着行李。小一点的孩子就放在柳筐里，由毛驴驮着，每个老师和老乡各自负责两到三个孩子，孩子们的物资和粮食又由老高带着的六七个人专门负责。

白肤施早听说老高也跟来了，内心很高兴，嘴上却不饶他说，你咋来了？路远得很！老高说，我有战斗经验，乡府就同意了！白肤施就笑他木讷，逗他说，我们这次可是出远门呢，说不准就不回来了。老高脸上就不高兴了，但还是抢过白肤施背上的一口大锅说，你长着翅膀呢，我也得送你飞嘛。白肤施不好继续跟他打趣，就说，唉，这一路远得很，回头把新鞋换上了！老高说，我这鞋耐跑得很，换啥？！

白肤施又气又笑说，新鞋在锅里藏着呢，早做好了，没时间给你。休息的时候，白肤施一边拿出鞋让老高试一试，一边不经意似的说，看合不合脚，时间赶得紧。老高突然得了这个宝贝，笑得意外地得意，一边说，合适！肯定合适嘛！谁不晓得你的针线好，哪有不合适的呢。白肤施说，认识这么长时间都没见你笑过，突然笑这一次，还吓我一跳！老高说，那我以后多笑几次！白肤施赶忙说，千万别，你得让我慢慢适应才好。说这话的时候，自己也不由得笑了起来。

一路上走走停停，在安塞逗留了半个多月，才接到命令继续再向东走。向东走了三天，就到了瓦窑堡，算是有了歇脚的地方。院香也随队看护孩子们，还背着自己的孩子。白肤施看那女孩可爱，不由得多抱了几次。院香说，你抱得多，你可得当干妈呢。白肤施喜欢得不得了说，那一定得是干妈，就把随身最后的一个值钱的小铜锁挂在孩子的脖子上。院香还想说什么，白肤施立刻说，咱俩啥都不用说呢，孩子都是咱的宝贝。这是平安锁原本有两个，花花戴了一个，我自己戴着一个，没有想到，她有缘呢。院香说，这娃有你这干妈，一辈子都会平平安安！

在瓦窑堡住了一个月，又接到命令去绥德，于是向北又走了两三天，总算到了。在绥德的干部子弟学校暂时安置下来后，正好赶上了儿童节。孩子们高兴极了，白肤施早早地就准备好了给孩子们的礼物，每个孩子都有，小毛袜子、小弹弓、小皮筋、小奖状，还有老师们做的各种草编工艺品、小八角帽子等。羔羔带头唱了一首歌《高楼万丈平地起》，赢得了群众和孩子们热烈的掌声。

唱完之后，羔羔没有去领礼物，他都不喜欢，他告诉刘院长，他要一个算盘。旁边的老高听到了说，你又不算账，要个算盘干什么？羔羔说，不关你的事。老高就真去绥德街上，买来一个算盘给他，不过是个旧算盘，少了很多算盘珠子。怕羔羔不满意，老高就把桃核磨成了圆形，再打了孔，总算把算盘给弄齐整了。

羔羔得了这个算盘高兴得不得了，说，这是我的奖励，我要把这个奖励送给妈妈。白肤施说，我又不会算盘，你送我，等于送给一个瞎子一副眼镜啊。羔羔说，不是有我教你呢吗？白肤施这才明白了，说，用得着？羔羔说，用得着，你不是买菜吗？用这个方便，不信你学学。白肤施就答应了说，行，羔羔老师，我跟你学就是了。没几天时间，白肤施还真把算盘给学会了。

在绥德安定下来，白肤施就盘算着不会再走了。可老高不知道从哪里得知，孩子们全得过黄河，就私下询问白肤施，如果孩子们过黄河，她怎么办？白肤施毫不犹豫地说，孩子们走，我也得走，我得跟他们在一起！老高闷闷地应了一声说，那我也跟着你们一起走，什么时候送到了，什么时候再回来！白肤施笑了笑。她心里很清楚，黄河是一道坎，能不能过去还是未知！

果然，就在野花都开遍山梁的时候，突然传来了消息：所有的人，即刻起身，向东，过黄河！

向黄河

赶着夜，白肤施把每个孩子的衣服里里外外又拆洗了一遍。从李家洼出发以后，孩子们的衣服都在陆续拆洗，若是真要过了黄河，也不知道什么时候能再洗。夏天马上来了，总不能让孩子们还穿着棉衣度过。白肤施和老师们把棉衣的棉花拆了一些，因为一早一晚还是有些凉。过了黄河还不知道去哪里落脚，最有可能还是去东北。白肤施不知道东北在哪儿，只是听老师们在说冷啊热的，她也没有去过。若是东北太凉，那就不能把棉花都拆了。又想到了去东北，可以见到蛋蛋，也不免一阵欢喜。

　　拆洗完了，白肤施就用红线给每个孩子的裆裢上都缝了"延安"两个字，每个字都像红心一般热烈。白肤施缝这两个红色的字，就像把自己的一片爱心全缝了进去。她想，这两个字就是"家"的意思，无论何时何地，孩子们想家的时候，心里想想这两个字，看看这两个字，就会好受些吧。她希望这两个字，如光明一般照耀着孩子们前行的路。而后她又将陕北的一撮黄土装了进去。刘院长问她，这是啥意思？白肤施嘿嘿嘿地笑着说，孩子们要是离开陕北，怕是水土不服。如果真有水土不服的话，喝水时就把这黄土放一点，或许顶用呢。

看到刘院长疑虑，白肤施赶忙解释说，院长姐，这不是迷信，这就是个土方子。后来我也问了中央医院的医生，他们说这个有一定的道理，因为长期在一个地方住着，就适应了这土里的细菌，换个地方，土里的细菌不一样了，就容易生病，也就是常说的水土不服。刘院长笑了笑说，既然是土方子，你给咱俩都带点，还有其他保育员老师也带点。延安也是咱的故土了，故土难离啊，这土疙瘩提醒咱永远不能忘了延安。白肤施笑了笑说，我走的时候，都带着呢，放心吧。又说，我最羡慕院长姐，什么话从你嘴里出来，都特别好听。刘院长也笑着说，你的陕北话，我这辈子口音里都会带着了，改不了了，也不想改，因为这口音让我们永远记住，我们是延安人。对了，这次出发以后，过了黄河，什么时候能回来，那就说不准了，你是怎么给他说的？刘院长指了指不远处正在收拾行李的老高。白肤施笑了笑说，孩子们在哪里，我就去哪里，我也是组织的人，我只听组织的话。嘴上这么说，可刘院长也明白了什么。

黄昏时，孩子们从绥德出发，一路向东不知道过了多少村庄，也不知道越过多少沟坎，在星夜中穿行，一直走了一宿，到了一处村庄时，已快晌午了。村里的老乡说这里离黄河只有十几里路了。刘院长和骑兵连商议，孩子们走了一宿，都很累了，该休息一下。吴连长和老高也同意了这个方案。还没等孩子们把饭全咽进肚子，前方传来命令，所有人员必须赶着今天晚上到达黄河边，准备渡河！

白肤施听过这个村子，这个村子离她老家天尽头也就不到十里地。她在村里走来走去，从山川中找寻到了熟悉的记忆。小时候，似乎在这个村里，她还吃过席。这村里应该还有一两户不远不近的亲戚，但是她却怎么都记不起具体是哪户人家了。

刘院长和骑兵连的吴连长还不敢贸然落脚，县乡府的人因为忙着备战，并没有把这个村子作为落脚点，刘院长也不敢打扰这里的老百姓。白肤施在村子里走了一圈，就跟村里的人熟了，又说是天尽头骡马店掌柜的女儿彩云回来了，都说以前见过呢，也不再生分了。

　　村子里的人大都知道天尽头的白掌柜。白肤施和他们聊起已经回到了老家米脂的父母，和在米脂落户的几个哥哥，不由有些想念，但她想着他们叶落归根，总算放心。又听说村里的支部和民兵发动群众，都参与到帮助孩子们渡河的行动中了。

　　村子不大，临河的北面，刚好有一个山坳，聚集住着二三十户人家。因为离黄河近了，沟深山高，这山坳就如同镶嵌在这黄河支流旁的明珠，祖祖辈辈的人依靠山上的田地过活。村子东西来往也就一条大道，一边通向绥德县，另一边通向黄河。这个村子群众基础挺好，村民们听说孩子们都是从延安过来的，热情得很，家家户户敞开了大门拴住了狗，等着娃娃们来家里吃饭。

　　白肤施把自己打探的消息说给刘院长听，觉得村子里的老百姓都是自己的人，所以也不用太着急赶路，便说，我知道路，我对这儿太熟悉了，从这个庄子出去就是天尽头，从天尽头过黄河快得很！我从小在这儿长大，我家骡马店就在天尽头，小时候经常放羊呢。刘院长一听她这么说，就放心了，无论如何在天黑之前让孩子们吃饱肚子才行，只要吃饱饭，赶十几里路也不是什么难事。

　　白肤施正和刘院长商量呢，院子里就站满了一群村里的婆姨，他们就等着领孩子去自己家里吃饭呢。有人说，饭都好了，就让娃娃们去家里吃一口，走这么远的路啊。刘院长也被这里老百姓的举动感动了，虽然点头答应，但依然按纪律把钱都给了村干部，千叮咛万嘱咐，坚决不能白吃饭，孩子也不行！

保育员和战士们也陆续到各个家户里做客。没想到刚放下碗筷，村子周围就响起了枪声。老高赶忙命令所有的民兵立刻集合。孩子们也乱作一团，到处叫妈妈，保育员们也忙着喊孩子们一起聚集。

白肤施听到老高的口令声，慌忙扔下碗，拉着羔羔就往院子外跑。大家伙儿按照预先的命令，都往村干部家的窑洞跑。一时骡马嘶叫声、队伍的列队声、孩子的哭声、大人的喊声，连同尘土一起笼罩在这个小村子上空。吴连长的侦察兵赶回来报告，这个村子已经被敌人团团包围了。吴连长询问，咋回事？是哪支部队？报告说，是敌人的河防部队，大概有一个团的兵力！

吴连长马上组织部队进行突围，迅速守住了村子前后的道路，以免敌人偷袭。骑兵连虽然有战斗经验，但是在小山村里却几乎无用武之地，马匹在小山村一声声嘶叫着。

老高和民兵将孩子们藏在相对安全的窑洞里，同时组织乡亲们藏匿起来以免造成伤亡，村长组织民兵迅速参加到了这次战斗中，帮助运送物资和抢救伤员。保育院的临时医疗队由院香带领，快速进入火线，在旁边的窑洞临时建起了战斗医院。

刘院长和保育员老师们此时清点孩子，一个不少。保育员们各自安抚好孩子，等待前方命令。敌人的火力越来越猛烈，骑兵连的伤亡很大。老高也亲自带人上阵，依然无法撕开被包围的口子。白肤施第一次遇到这样的战斗情景，一时也手忙脚乱，不知所措，站在窑洞院子里，听着四周的枪声，她竟然有些发愣。炸弹在四周轰然响彻村庄，好像这村庄整个都要被掀翻了一般，她蹲在地上，吓得不敢抬头。烟雾中，她似乎听不到任何声音了，之前在李家洼，所有的保育员们都进行了军事化训练，但是，那些内容她已经忘得一干二净。

敌人主要集中在两个路口和山上的沿线据点，所以，对这个小山坳来说，所有的人犹如被瓮中捉鳖一般，任人宰割。院子里突然出现一阵短暂的安静，白肤施还没有来得及抬头，一个炸弹被扔到了这个院子当中。刘院长大声叫着，彩云，彩云……炸弹在炸响的一刹那，刘院长迅速跑过去，将白肤施摁倒在地。随着一声剧烈的爆炸声，院子里的玉米架被炸得四散飞扬，院子里一片被火烧焦的玉米味。

白肤施抬起头来，看到刘院长趴在她的背上，额头上渗出一行鲜血。她慌忙抱住刘院长，大喊着，姐，姐，你……没事吧？刘院长抖了抖身上的尘土，把帽子摘下来，摇了摇头说，你愣什么神呢？赶快撤回窑洞里。白肤施慌忙将刘院长扶回窑洞，迅速帮她止血。

战斗到了傍晚时分，敌人突然放慢了进攻的步伐，骑兵连用惨重的代价终于撕开村口被封锁的道路。刘院长和白肤施立刻组织所有的孩子，尽快冲出村子，向天尽头的黄河岸边进发。

被一下午的战斗折腾后，孩子们已经筋疲力尽，每个孩子的眼神里都带着惊惧。白肤施经历了一场生死后，克服了对战争的恐惧，不断地鼓励孩子们，大声叫喊着，娃娃们，不要害怕，前面就是天尽头，就是黄河，咱的队伍都在前面等着咱哩！孩子们听到白肤施的声音，就慢慢克了枪声和炮弹声带来的恐惧，也逐渐停止了哭闹。一路上，白肤施的声音不敢停下来，她知道，保育员们只要有声音，就代表着大人们一直在孩子们的身边，他们也有了安全感。

孩子们在骑兵连的护送下，冲出村口，一路向渡口赶去。大概行进了六七里路，到达官道的一个小山坳，突然，四周再次响起枪声，民兵和几个骑兵连的战士应声倒地。吴连长这时才明白，敌人是想一边放行一边伏击，村口放行只是敌人的一个缓兵之计，目的是将骑兵和孩子们赶入这个小山坳，妄图赶尽杀绝！

黄昏的山坳里，到处是血，鲜血飞溅流淌，将道路上的黄土浸湿，成了一片红色的道路，不断有战士们倒下，他们的鲜血汇聚在道路上，流淌到山下的河流中，一直流向黄河……孩子们目睹战士们一个个倒下，目睹着敌人想置他们于死地的疯狂行为，内心也不再恐惧和退缩，他们都知道，没有了退路，在这山坳之外，是绝壁，是死亡……

几个保育员老师和孩子也不同程度地受了伤。白肤施和老师们很快找到了藏匿的掩体，就在这个小山坳里，离沟掌不远处有一座小庙，相对比较安全，所有的孩子们有序而快速地进入小庙里暂时躲避。

夜色已经慢慢降临，老高建议吴连长停止战斗，等待敌人冲入山坳再进攻，这样既可以节省弹药，也可以伺机寻找突破口。

从地势上来看，小山坳完全是一个大口袋，吴连长和众人之所以进入口袋，完全是因为急于向黄河岸边赶路，这说明黄河岸边的情况也并不乐观。老高和吴连长对这个判断是一致的。

此时，队伍完全被困在这个小山坳里，甚至没有了小村庄那样有利负隅的机会。敌人停止了战斗，对于他们来说，小山坳里的人只不过是唾手可得的战利品，只要天亮就能够一举缴获。所有的人已经成为瓮中之鳖。

吴连长的骑兵连损失已经过半，马匹发挥不了作用，民兵也几乎损失殆尽。修整了一个多小时候后，吴连长决意突击，因为按照目前的情况看，离这里最近的沿河一带部队，必然被敌人的河防部队阻碍，等待救援的希望渺茫。

吴连长亲自带着一个突击队，准备从一个土坡上去寻找突破口，占领高地，伺机吸引火力，从而突破这个小山坳。老高虽然觉得这样胜算不多，但是也没有更好的办法。

夜晚，战斗再次打响了。

吴连长一马当先冲到最前面。从土坡突破，不仅敌人的火力比较强，而且爬山的难度也很高。就在吴连长带着战士冲上半山坡的时候，敌人立刻向制高点增援，形成了火力集中点，老高和剩余的战士努力向前突破，却没有成功。

白肤施看到一个又一个战士倒下，不断有受伤的战士被抬进小庙里。她冲出去，望着这山坳，看着左右的地势，还没等她看清楚，在半山坡的吴连长突然被敌人的榴弹击中了。战士们悲痛地叫着吴连长的名字，山坳里充满了复仇的火焰。

重伤的吴连长被抬下来，他在牺牲的时候，嘱咐副连长代他攻下这个制高点！副连长领命后，继续向上冲去。战斗在继续，火光冲天，将这个小山坳照耀得透亮，老高和其他战士在山坳口冲锋，已经受了伤，毫无进展。副连长等人再次损失多半，不得不将仅有的战斗人员集中回缩，以保护孩子们的安全。

孩子们在这个小庙里的四周围静坐等待，看着战士们一个个牺牲，听着他们受伤后，在小庙里接受治疗时痛苦的呻吟，孩子们默默地流下了眼泪。

天色阴沉，光线暗淡，似乎在这个山坳中，已经到了上天无路，入地无门的绝境！

受伤的老高和仅剩的战斗人员，围坐在孩子们的周围，用石头和矮墙作为掩体，已经做好了决死战的准备。一待天亮，就是最后的战斗。副连长还没有从连长牺牲的悲痛之中恢复过来，他说，请院长同志放心，我们骑兵连绝不让一个孩子落入敌人的手中，就算牺牲到最后一位战士，也要保护好孩子们的安全！

刘院长看着这如口袋一般的山坳，努力点了点头。老高说，如果完不成任务，我们也没法向组织交代，您放心，同志们已经做好了最后牺牲的准备！刘院长脸上的愁容一直没有消退，她缓步走到孩子们中间，鼓励着孩子们说，孩子们，我们的队伍，为了我们已经牺牲了大半，我们绝不能让他们的血白流！你们要记住今天，今夜，记住每一个为我们牺牲的英雄，抱定必胜的信心，坚决渡过黄河去！然后，扭头对白肤施示意说，彩云，你也说两句。

白肤施笑了笑说，娃娃们，别害怕，我们也不许哭，现在外面都是豺狼虎豹，但是，我们手里也有枪，我们不怕他们！天无绝人之路，娃娃们，咱多难的路都走过来了，这点困难不算啥！黄河就在眼前，谁都困不住咱！我提议啊，我们唱一首歌！白肤施说完，带头低声唱了起来：

夕阳照耀着山头的塔影，

月色映照着河边的流萤，

春风吹遍了平坦的原野，

群山结成了坚固的围屏。

啊！延安……

你这庄严雄伟的古城，

到处传遍了抗战的歌声。

啊！延安……

虽然是压低嗓音在歌唱，但在昂扬有力的旋律中，孩子们逐渐消除了恐惧，战士们也跟着一起唱着，士气在慢慢恢复。

刘院长看到大家情绪渐渐恢复了，再次提议说，所有保育院老师，有过战斗经验的立刻出列！刘院长说完，保育员们一个个站起来，白肤施也跟着站起来。刘院长有些纳闷地看着白肤施说，你，你不用……白肤施说，我有呢，我跟老高战斗过，我可以！刘院长只好郑重地点了点头。

夜风轻轻吹拂着这个隐秘的小山坳，但是，他们所有人都清楚，黑暗中，有无数的枪口时刻对准着他们，一旦天亮，枪声就会响起……所有的人只能静静地等待着，似乎等待着即将到来的死亡。他们和孩子们一遍又一遍地唱起那些昂扬有力的歌曲，似乎只有这样才能驱散死亡的威胁。

院香的工作基本完毕了，受伤的战士们躺在地上，手里却紧紧握着自己的枪支。白肤施将半个馍交给她，院香咬了一口，笑着说，彩云姐，我们明天能出去吗？白肤施说，你觉得呢？院香说，我也不知道，如果我牺牲了，你就捎话给我那男人，让他好好活着，我们这辈子能在一起，也是上天给的一种缘分。白肤施笑了笑说，院香，你进步了呢。院香说，彩云姐，其实我心里一直想跟你说，谢谢你，若不是你，我说不准……白肤施说，别瞎说，你有福气呢。好好活着，明天肯定能出去。

院香看了看不远处的老高，老高目光如炬，警惕地观察着四周的动静。院香说，老高伤得不轻。白肤施把院香递过来的一个煮鸡蛋接在手里，然后给老高送过去。老高还要推辞，又怕惊动了周围的人，会意地笑了笑。

夜已深。

突然小山坳的四周一阵骚动，战士们立刻子弹上膛，准备战斗，定睛一看，却是后面小山村里的村民赶来了。他们一个个猫着腰，手里提着筐子，悄悄摸到了小山坳里，筐子里都是给战士和孩子们准备的煮鸡蛋和干粮。

刘院长看到村长等人赶来送食物，非常感动。村长说，这会儿天黑，敌人放松了警惕，娃娃们也没吃饱，这么饿着肚子受不了。刘院长说，谢谢你们，无论什么时候都要依靠群众，群众才是我们的靠山啊。又问，你们这个村叫啥名字？村长说，我们这村叫刘家山，翻过这座山不远处就是天尽头渡口了。我姓王，你叫我老王就行。刘院长点了点头，白肤施试探地问他，干大啊，从咱这个地方去渡口，除了这条大道，还有没有其他路可走了？我记得我放羊那会儿，山路挺多呢。

刘院长和白肤施都期待地看着他，老王村长迟疑了一下说，我们来，就是为这件事情。副连长和老高也赶忙走过来，老王村长在黑暗中，指了指东北面一个黑黢黢的山崖说，那半山上有一条小道，可以穿到后山山梁上去，但是，也就是羊能走，非常危险。

老高得到这个消息神情振奋起来说，只要羊能走的地方，我们也肯定能过去，走！老王村长却说，咱这山道，还真不像延安那边的山道，那边是土山道，这儿是石头悬崖山道，一不小心就会丢了性命，而且这么多娃娃，怕是不行！老高有些不服气，副连长一脸的失落。

白肤施问，那还有没有别的办法？老王村长说，有！你们看，我们不是来了吗。白肤施和刘院长看着这一百多名村民，每个人身上已经捆上了粗壮的绳子。刘院长有些不解，老王村长说，唯一的办法就是由我们村民爬这条道，一个村民守护一个娃娃，大人和娃娃绑在一块。这路窄，没法背着孩子，小一点的可以用柳筐提着。我们也是想了这大半夜，才想出了这个主意。只要首长们同意，我们就立刻行动，事不宜迟啊。

老高和副连长倒是都同意这个办法，但是刘院长迟疑了，刘院长看着老王村长说，这么多村民，万一让敌人发现，非常危险啊，老王同志……老王村长说，客气话都不用说了，咱现在是紧急时刻。之前区里的干部已经通知过我们了，全力以赴，不惜代价保护好娃娃们。我们原来想不就是几个娃娃路过嘛，没有想到敌人却在这里给咱"包饺子"。请首长放心，我们都做了动员了，就算自己掉下山崖了，也要保护好娃娃们！如果信得过我们，现在就行动！

刘院长看着这些打扮朴实的村民，他们一个个眼神里都是期望，她又看了一眼白肤施，白肤施也点了点头。刘院长低着头思考良久，下了很大的决心，最后说道，老王村长，辛苦你们了，马上行动！

命令发出后，老高和副连长做了一个详细的方案，由副连长带领剩余的战士在大道上佯攻敌人，从而吸引敌人的注意力和火力。老高和老王村长带着几个战士去寻找小道。

那条悬崖小道很快就找到了，老高和几个民兵迅速在前方护卫。后面的刘院长和老王村长、白肤施等人紧随其后。孩子们在村民和保育员老师的帮助下，在山崖小道战战兢兢地挪动着步子。绳子的一端绑在身上，另一端绑在村民的腰上，村民们拉着孩子，后面又跟着另一个村民，像一串身子连着身子、心连着心的糖葫芦儿。有了这样的保护，孩子们也不再害怕了。

因为天黑，山崖深不见底，偶尔掉下去的一块石头，传递出粉身碎骨的回声。众人还没来得及多想，一名受伤的民兵没有踩稳，掉下了山崖。谁都没有敢出声，大家默默地继续走着，默默地抹着泪水，默默地爬下来匍匐前行，走过最窄的地势后，终于到了老高等人据守的山梁上……

后半夜的时候，村民们终于将孩子们一个个都送到了山梁上。天麻亮了，敌人很快发现了冲上山梁的孩子们，疯狂地向这里增加兵力，老高和村长老王等人全部加入战斗。

在山坳路口的副连长听到山梁上的战斗打响，奋不顾身地配合进攻，敌人在左右进攻的强力攻势下，暂时被打退了。

刘院长等人乘机带着孩子们穿过山梁，直奔渡口。老高和副连长带着剩余的战士和民兵拼尽全力阻击敌人，给前面奔向渡口的孩子们争取时间。

刘院长带着孩子们顺利到达了黄河渡口，看到前方已经有战士和老百姓为他们准备好了渡船。

老高满脸的鲜血，发现了旁边还在帮忙抬担架的白肤施，命令道，彩云，你立刻去追赶孩子们，马上渡河！白肤施不得不听命令，刚走到半路，两位老师跑着返回来，喘着气告诉她，幼稚班的巧巧不见了，应该还在山坳的小庙里！

白肤施嘱咐他们说，你们立刻回渡口等待，这里的地形地势我熟悉，我去寻找孩子！说完之后，又冲进了半明半暗的晨雾里。

看到白肤施又返回山崖边上，老高大声吼着，彩云，危险！你去干吗？回来！白肤施不敢回答他，因为山崖上面全是敌人。老高看她毫无退缩的意思，显然是想通过山崖转回到山坳里去，也明白了她的意图。他叮嘱副连长，一定要不惜代价守住这个山口，不能让敌人冲到渡口去，而后，匍匐着也冲到山崖。老高一只胳膊支撑着，很快追上了白肤施。白肤施埋怨他，你怎么跟来了？老高说，这里太危险了，你怎么这么大胆子呢？白肤施说，巧巧丢了，我得回去把她找回来，决不能让一个孩子掉队！

正说着，突然白肤施脚下一滑，一闪，差点掉下去。晚上看不清山崖底部还好，但是，天已经麻麻亮了，山崖底下云雾逐渐散去，令人眩晕。老高慌忙之间伸出一条腿，不偏不倚，挡住了白肤施。白肤施吓出一身冷汗，呆呆地看着老高。老高解下绑腿，将另一头递给白肤施，白肤施也不多说什么，两个人一前一后，缓缓向下走去。

在小庙里，白肤施看到巧巧一个人蹲在墙角边哭鼻子。一问才知道，自己刚去上厕所的时候太困了，就睡着了，醒来以后，其他孩子已经走了，自己的脚也扭了，疼得走不动路了。白肤施安抚她说，巧巧，有白妈妈在这儿，你别害怕，来，闭上眼睛，跟妈妈走！

白肤施一来，巧巧听话多了，趴在白肤施的背上，紧紧地盘住她的脖子。白肤施一边沿着小道往回跑一边不住地安慰巧巧说，巧巧别害怕，有白妈妈在呢，闭着眼睛，什么都不用看。

对白肤施来说，即使背着巧巧走小道也是轻而易举的事情，从小在天尽头放羊，对白肤施来说这一切都轻车熟路。可是，在大白天面对如此高的山崖，老高内心反而有些战栗，再加上他身上还有伤，一条胳膊攀爬很困难。刚攀过最险的山崖时，突然敌人就发现了他们。

枪声在山崖上响起，白肤施很快跳到山崖嶙峋处，算是安全了。老高手忙脚乱，一迟疑暴露了自己，只好停下来，掏出手枪，向侧上方的敌人射击，将火力吸引在自己这里——

对面的白肤施焦急却没有办法，她把巧巧安顿在大石头后面，然后试图返回去拉老高。老高大声喊叫着，彩云，别过来！老高猛烈地向侧上方的敌人开火，敌人很快调整了目标方向，无数子弹无情地射过来，老高大喊，彩云，别过来！白肤施脚快，眼看就到了老高不远的位置，一伸手，却空空如也。

老高中弹了，他想伸手，却没有握住白肤施的手。紧接着，那深渊下面发出一声沉闷的声音，白肤施撕心裂肺地大喊：老高——

山崖的谷底回荡着白肤施的呐喊声，那声音穿过山峦，穿过无数岁月的云层，像一支箭一样射在了白肤施的心上。她一瞬间似乎看到那个跟她一起下炭窑的老高，在黑暗中，不断地呼喊她的名字：

——嫂子，你叫啥？白肤施说，我叫彩云。老高说，彩云嫂子啊，你别怕，这炭窑不深啊，就是看不着，到了窑底就好了，有灯呢。因为听到了这个男人的声音，她就不再害怕了。他俩背靠着背绑在一起，一起向炭窑下面沉下去。他的背，宽阔有力，她有一瞬间觉得，这是一个可以依靠一辈子的背，虽然她又很快觉得自己可笑。

但是，老高敏感地察觉出了白肤施对黑暗和炭窑的恐惧，从此以后，她每次下炭窑，他都跟着她。每一次，他都背靠着背，和她绑在一起，而后一起用绞车下沉到炭窑里……但是，这一次，只有老高一个人下去了。她怎么能让他一个人下去呢？男人也会害怕，她不能让他一个人就这么孤零零地下去。她正想着伸出脚和老高一起下去的时候，突然巧巧大叫一声：白妈妈——

这一声呼喊，把白肤施从痛苦与恍惚中解救了出来。接着几声枪响，又彻底惊醒了她。白肤施顾不得抹泪，一边跑向巧巧，一边不住地看那山崖。

她几步冲到了巧巧身边，背着孩子就跑。但是，跑了几步又有些担心，她不能再背着孩子奔跑，敌人在他背后，必须顺势抱着巧巧奔跑。这样的话，敌人的子弹只会先伤到她而不会伤到孩子。

　　敌人密集地追过来的同时，白肤施已凭借从小练就的腿脚，很快穿过了拗口。在拗口的山路上，白肤施将巧巧交给两位老师，让她们先跑，白肤施在后面捂着伤口，吃力地跟着。一直跑到渡口的山坡上，怎么也跑不动了，一下子倒在一棵小树下。

　　她望着这个渡口，这里曾经就是她救牛丰林的地方，牛丰林就是隐藏在这棵树下的黄蒿林里，黄蒿林里有一个山水渠儿，刚好能够藏匿一个人。她当时就站在这里，她冲着那些豺狗一样的兵撒了个谎，这才救了牛丰林一命。她的羊就在这河滩的草林吃草，她一眼便能望到远处山峁上的官道和骡马店，骡马店就是她大和她妈做买卖的地方。真没有想到，她又回到了这里。

　　她伸了伸手，手里是血，她不知道哪里来的血，也不知道哪里疼痛，似乎早就失去了知觉一样。

　　背后山梁上的敌人向着渡口射击，一瞬间，她突然听不到任何声音了，耳边全是黄河水的滔滔声。而另一边，则是延河水缓缓融入的黄河的汇聚口。延河水欢快而热烈，像是孩子看到了自己母亲的手，微笑着，奔腾着，脚步慌乱，内心悦然而动，冲进母亲的怀抱。她抬起头看到巧巧已经上了船。刘院长紧紧地抱着羔羔，羔羔使劲地挣扎着，号叫着，要冲过来。

　　老师和孩子们不住地冲她招手，想让她尽快跑过来，可是不知道为什么，她跑不动了，双腿已经失去了知觉无法站立。她看了看，她的腿上也全是血。这时有一颗榴弹在渡口炸响了。世界一片寂静，她已经听不到枪炮声、孩子们叫她的声音以及羔羔的哭喊声，但是，她能够看到，他们焦急的渴盼的眼神，还有他们不住地用力招手的样子……

从山坳口退出来的战士和民兵与渡口剩余的战士一起，依然在河滩上奋力地阻击着山坡上冲下来的敌人。枪炮声交织着，就像这黄河水和清晨的光芒互相辉映着，银白的，血红的，阴暗的，光明的，一股脑儿都喷涌着。黄河、延河混沌着，奔流着，与岸边的炮火连成一片。她觉得自己的身体在慢慢地融化，变成了水，流进了延河中，汇聚在这黄河水中，与水一起形成强大的力量，裹挟岁月的沧桑和泥土的力量，一起向前冲去，冲去……

她看到太阳已经从对面的山梁上升了起来，驱散了阴云。阳光像无数的箭镞洒在黄河两岸，洒在滔滔的黄河水面上，让整个黄河激荡着，让整个民族激荡着，也让时间永远激荡着。

她微笑着躺在那个山水渠儿的旁边，好像守护着曾经的沧桑岁月。她望着那些船只一条条向对岸飞去，好像每个人都长了翅膀一般，将要飞向深厚的大地，飞向湛蓝的天空。她笑着笑着，眼泪也不由自主地流了下来，与那些血汇聚在一起，流向奔腾不息、永世激昂的黄河，流向深沉宽阔的大海……

船已经渡到了河中央，在黄河的怀抱里所有的孩子和老师们都凝聚成了一座座永恒的雕像。晴空里，一朵彩云悠悠地飘过，也飘来了一阵熟悉的歌声：

我们离开了爸爸，我们离开了妈妈，

我们失去了土地，我们失去了老家。

我们的敌人是日本帝国主义和它的军阀，

我们要打倒它！打倒它！

打倒它才可以回老家，

打倒它才可以看见爸爸妈妈，

打倒它才可以建立新中华。

我们不依赖爸爸，我们不依赖妈妈，

我们自己求新学问，我们创造了新的家，

我们的好朋友来自日本帝国主义的炮火下，

我们要团结他，团结他！

团结他才可以回到老家，

团结他才可以看见爸爸妈妈，

团结他才可以建立新中华。

白肤施在歌声中缓缓醒来，微笑着看着孩子们坐的船渐渐向对岸划去。枪声戛然而止，黄河水也不再滔滔咆哮，白肤施好奇地看着左右，敌人不知道什么时候已经撤离了，很多战士们倒在河滩里，孩子们已经到了对岸，他们齐声叫着，像是孩子刚刚挣脱母亲的怀抱，直穿白肤施的心：

妈妈——

妈妈！妈妈！

妈妈，妈妈……

她和自然离得那么近，与河流、泥土、风雨、日月、动植物对话，并生出柔软和爱。

丢，丢，丢手绢，

轻轻地放在小朋友的后面，

大家不要告诉他，

快点快点捉住他，

快点快点捉住他，

快点快点捉住他……

    儿歌《丢手绢》是延安时期保育院老师创作的